U0136559

坎特伯雷故事

The Canterbury Tales

(上)

坎特伯雷故事

The Canterbury Tales

（上）

經典文學系列 31

坎特伯雷故事

The Canterbury Tales

（上）

喬叟 著

黃杲炘 譯

經典文學系列 31

坎特伯雷故事(上)
The Canterbury Tales

作　　者	傑弗瑞‧喬叟 (Geoffrey Chaucer)
譯　　者	黃杲炘
系列主編	汪若蘭
責任編輯	翁淑靜
特約編輯	史怡雲
封面設計	林翠之
電腦排版	辰皓電腦排版有限公司
出　　版	貓頭鷹出版社
發　　行	城邦文化事業股份有限公司
	台北市信義路二段213號11樓
	電話：(02) 2396-5698
	傳真：(02) 2357-0954
	service@cite.com.tw
郵撥帳號	1896600-4　城邦文化事業股份有限公司
香港發行	城邦（香港）出版集團
	電話：852-25086231
	傳真：852-25789337
新馬發行	城邦（新馬）出版集團
	電話：603-90563833
	傳真：603-90562833
印　　刷	崇寶彩藝股份有限公司
登 記 證	行政院新聞局局版北市業字第1727號
初　　版	2001年1月
定　　價	280元

ISBN	957-469-215-9（上冊）
	957-469-216-7（下冊）

享受閱讀經典的樂趣

　　貓頭鷹出版社繼推出卞之琳新譯的《莎士比亞四大悲劇》後，陸續推出一系列經典文學，主要是希望作為一個介面，引導讀者重新認識經典的真實面貌。經典之所以能夠歷經歲月熬煉流傳下來，並且在不同環境歷經不同語言翻譯移置，而仍一直吸引不同的文化族群閱讀，自有其動人之魅力。然由於目前常見之版本多為二三十年前的舊譯，也欠缺向讀者對作品重要性與時代意義的說明，使經典令人覺得難以親近，在影音圖像風靡的世代中更顯過時。

　　所幸近年來精通各種語文的人才與研究學者越來越多，不但有較多新的譯本出現提供忠實可靠的文本選擇，並且有專精的學者提供清晰的導讀，讓讀者透過更流暢清楚的閱讀經驗，真正體會經典的真諦與涵意。另一方面，針對讀者閱讀視覺而作的重新編排與包裝設計，也賦予經典一個現代面貌，拉近讀者與經典的距離，讓經典更平易近人，讀者更容易享受閱讀的樂趣。

貓頭鷹經典文學編輯室　謹識

在那天傍晚，有二十九位旅客
來到了這客店，他們形形色色，
全都是在路上彼此萍水相逢，
全都是跨著坐騎要前去朝聖，
而坎特伯雷是他們去的地方。

坎特伯雷故事　第一組　總引

目　錄

（上冊）

第　一　組

第　二　組

---

①此標題原文目錄中無而正文中有，現補加。

第　五　組

第　六　組

第　七　組

第　八　組

第　九　組

附　錄

英詩之父終於登陸台灣

　　《坎特伯雷故事》，六百年前的作品，憑什麼要我們去讀？

　　一張發黃的照片會使人耽迷不捨，無非是因為有人從中看到一個時候的形形色色，或一段人生經驗的縮影。這就是經典：只要伸手睜眼，讀者就可以進出虛擬的現場，蒙塵的記憶因而產生親切感。喬叟正是這樣一個「和我們同處於當代」的作家，恰如莎士比亞在一首十四行詩寫的，詩人「憑空揮筆／預言這個時代，事先寫影」。他的《坎特伯雷故事》寫三教九流的七情六慾，人物的生活經歷與激情動慾的背景雖然和我們有所不同，卻為我們提供了情感教育和人情世故的活教材。亞里斯多德說「詩比歷史更真實」，喬叟提供了另一個例證。

　　如果寫活一個時代的一段人生經驗可以為經典，那麼喬叟的《坎特伯雷故事》絲毫無愧於「詩國經典王子」的美譽，在「高舉明鏡映自然」（哈姆雷特語）的同時，不只是總結一個文化斷代，而且開創一個文學傳統。如此展現承先啟後之境界的「王子俱樂部」成員並不多，西洋文學史上排行在仲伯之間的包括荷馬、但丁和莎士比亞。喬叟筆下的生命情態，對此時此地佔絕大多數的讀者來說，切

身之感超過描寫英雄情操的荷馬，視野之廣超過反
映基督教觀點的但丁，深入人心又超乎人世的寫實
筆觸、幽默語調和心理洞察，則只有莎士比亞可與
頡頏。

只說我們身邊的塵世浮華。滿口道德文章的衣
冠禽獸，夫妻失和造成的悲劇，乃至於永不退燒的
三角關係，喬叟一一拈來。一夜情；堅持情慾自主
權的豪放女；不識相的多情人；老夫配少妻可以為
害，也可以為悲，差別在於有的睜隻眼閉隻眼，有
的卻妒火中燒──凡此種種當代當紅的社會議題，
喬叟全都訴說過了。他甚至探討到緊貼在我們身邊
的情事：有潔癖的女人，形態不一的暴力，貞操的
意義，婦德的考驗，愛情的本質，星象的威力。而
這些故事的緣起，我們也不會陌生，就是進香朝聖
為了打發旅途的寂寞。

喬叟的銳眼穿透空間的藩籬，他的利筆跨越時
間的障礙，一旦和他神交，浮雲蒼狗照眼來絕不只
是視覺暫留而已。這樣一部可久可長的作品，素以
短視見長又以流行為久遠的社會遲遲不見譯本，本
不足為奇。為了填空補虛，引進大陸譯本不失為可
行之道。在版權不彰而兩岸阻隔的年代，筆者見過
兩種《坎特伯雷故事》的台灣盜印版，根據的是方
重在半個世紀以前的同一個散文譯本。散文譯詩固
然有功於介紹原作的故事，偏離譯事而淪為改寫
（paraphrase）的情形卻屢見不鮮，甚且往往刻意追
求明確而扭曲原義，或為求曉暢而簡化本義。更嚴
重的是，散文譯筆怎麼可能使讀者相信喬叟是「英
詩之父」？

《坎特伯雷故事》不只是一部詩篇（只有極小

的一部分使用散文體），而且單從喬叟使用的格律本
身就可以看出他如何受到歐陸（尤其是義大利）文
學的影響，又如何影響繼起的英國詩人。一個盡責
的翻譯者不會貪圖方便省事而棄詩的形式於不顧，
道理有如畫家不會為了嫌麻煩而以塗鴉代替構圖。
絕對的自由無助於藝術造境，倒是從既定的格局破
繭而出更能展現造詣；翻譯也是一樣。黃杲炘的
《坎特伯雷故事》就是這樣的一部譯作。他的翻譯原
則（見〈譯者前言〉9-19頁）難免見仁見智，他的
譯文為了遷就原則也往往需要添補虛字冗詞，但是
逐行對譯使得譯者無從打馬虎眼，其結果無疑比舊
的散文譯本精確得多。如果注釋能夠再詳盡些，自
然是更為理想。

呂健忠

爲什麼我要譯《坎特伯雷故事》

　　我的一位極忠於職守又最直言不諱的同事吳勞（吳國祺）先生這樣說過：如果荷馬的史詩、但丁的《神曲》和喬叟的《坎特伯雷故事》這三本巨著沒有交待得過去的詩體譯本，那就未免是一種很大的遺憾（大意如此）。後來，譯詩界前輩錢春綺先生告訴我說，日本的著名詩人和翻譯家土井晚翠也曾說過類似的話：日本沒有荷馬史詩的詩體譯本乃是日本的恥辱。

　　這種說法對我的觸動很大，因為依我看來，這至少反映了有鑑別力的讀者對詩體譯本的強烈要求與呼喚，反映了有使命感的譯詩者的自我激勵。我想，如果我早些聽到這種說法，也許會更迫切地下決心翻譯《坎特伯雷故事》的（當然，我早下決心譯，未必此書就一定可早出版，因為這裡還有一個定選題者的識見問題）。當初使我下決心翻譯此書的動機是這樣三點：

　　(1)為這一可說是英詩奠基之作的巨著提供一個詩體譯本，這譯本在內容上應當忠實於原作內容，在形式上應當能反映原作形式。讓這一譯本既是對逝世近六百周年的英國詩歌之父喬叟的紀念，也可以體現英詩漢譯百餘年以來翻譯標準的進化情況。

(2)證明詩是有可譯性的，至少，某些英語敘事詩在漢語中是有可譯性的——但當然應當有合情合理的要求，例如要求譯詩讀上去完全像英國十四世紀的詩就不甚合理；事實上，如果要求過於挑剔，那麼散文也未必是可譯的，因為世界上根本就沒有與原文完全一致的翻譯。

(3)證明譯詩不僅應當在內容上忠實於原作，而且也應當在形式上忠實於原作，或者說，在格律上與原作有一種合理的對應關係，同時讓譯詩的本身證明：這種要求看似嚴格，卻完全可行。

關於上面的第二點與第三點，我已在十來本譯詩集中做了程度不同的嘗試，並在十來篇文章中從各個角度進行了討論，但它們比較分散，而且那些詩集的規模與重要性都遠不及《坎特伯雷故事》。因此我認為，憑藉此書在英國詩史和世界詩史中的特殊地位，探討一下詩歌是否可譯和應當怎樣譯（這裡指的都是英對漢的翻譯）這兩個長期以來眾說紛紜、懸而未決的問題，當可使問題更加清楚明白。當然，在做這樣的探討前，我們還應對喬叟及其這一巨著做一簡略介紹。

（一）喬叟和《坎特伯雷故事》

(1)喬叟的生平

傑弗瑞・喬叟（Geoffrey Chaucer, 1340～1400）生於倫敦一富裕的中產階級家庭，祖先是法國人，父親是有地位的酒商，母親艾格尼絲・德・貢東則

與宮廷有密切關係，因此他自幼受到良好教育。十七歲那年，他進入宮廷，在英王愛德華三世的兒媳厄爾斯特伯爵夫人身邊當少年侍從。當時，英法百年戰爭（1337～1453）已經開始，他於一三五九年隨英王出征法國，但被法軍俘虜。不久，他父親籌集了二百四十英鎊贖回了兒子。可順便一提的是，這筆款子中也有國王捐助的十六鎊，而在此之前國王為贖回他的馬匹付了六十鎊。

　　喬叟回國後，大約於一三六六年娶一位爵士的女兒菲莉帕為妻（菲莉帕死於一三八七年）。由於他的妻妹後來成為愛德華的四子蘭開斯特公爵①（1340～1399）的第三位妻子，因而喬叟一直受到這位公爵的保護。在他的一生中，他得到愛德華三世、理查二世和亨利四世的信任和幫助，擔任過一系列處理各種具體事務的公職，具有豐富的閱歷。而對他特別重要的是，他曾多次銜命前往歐洲大陸進行外交活動，到過的國家包括法國和義大利，特別是在義大利的熱那亞與佛羅倫斯逗留的時間較長，這使他深受義大利文學的影響。

　　一四○○年喬叟逝世，葬於倫敦西敏寺，是那裡著名的「詩人之角」的第一位入葬者。當然，他葬在那裡並非因為他是偉大的詩人，但是在當時，一個平民身分的人葬在那裡卻是一種殊榮。

(2)喬叟的詩歌創作

　　喬叟受教育的情況至今人們還缺乏了解，但可

---

①這位公爵是愛德華三世壽命最長的兒子，是他侄兒理查二世早期的攝政者，而後來的英王亨利四世則是他的兒子。

以肯定的是，他是在城市文化中成長起來的，而且他勤於閱讀，知識淵博——他的書房中有六十冊藏書，這在當時是個很大的數字。除了精通英語外，他通曉拉丁語、法語和義大利語，是一些古羅馬作家的熱心讀者，對法語和義大利語詩歌也很熟悉，甚至對當時的星象學和煉金術也都有相當的了解。然而，至少同樣重要的是，他有著豐富的閱歷，對社會各界有著廣泛而精細的觀察。所有這些條件，再加上他不像他同時代的有些著名作家那樣常用拉丁語或法語寫作，而是堅持用他那個時代的英語寫作，這就使他無可置疑地成為中古英語文學最偉大的代表，成為英語詩歌的奠基人——用英國大詩人兼劇作家、評論家德萊頓（1631～1700）的說法，他是「英語詩歌之父」。

喬叟的創作可分為三個時期。第一時期從六〇年代開始到一三七二年，可稱為受法國影響的時期，主要作品有從法語詩翻譯的《玫瑰傳奇》和創作的《公爵夫人之書》。根據當時社會與文化的環境，受法國影響本是十分自然的，但他在此期間還是奠定了英國詩歌格律和詩體形式的基礎，證明了當時的倫敦一帶的方言能成為文學語言。第二時期從一三七二年到一三八七年，可稱為受義大利影響的時期，主要作品有《聲譽之宮》、《百鳥會議》、《特羅伊勒斯和克萊西德》、《好女人的傳說》等。這同他在七〇年代兩次前往義大利有關，在此期間，他到過熱那亞、比薩、佛羅倫斯和米蘭等地，接觸到但丁、彼特拉克、薄伽丘的作品，受到人文主義思想的影響，並從中世紀浪漫主義轉向現實主義，而這些作品則顯示了他的創作力。第三時期從

一三八七年到一四〇〇年，這是他創作的成熟時
期，其作品就是英國文學史上第一部現實主義典範
的《坎特伯雷故事》。

(3)《坎特伯雷故事》簡介

　　喬叟的這部巨著是由許多故事組成的，但與眾
不同的是，作者通過他匠心獨運的組織與安排，所
有這些原先各不相干的各色故事有機地結合起來，
構成了一個完整的統一體。儘管由於原計畫過於龐
大，作者未能如願完成，但這統一體的輪廓已十分
明確地呈現了出來。

　　作者在此書的〈總引〉中介紹了這次「故事會」
的緣起。那是在四月的一個傍晚，喬叟見到一隊騎
馬的朝聖者來泰巴旅店投宿，這些將要前往坎特伯
雷的人共有二十九名，他們有男有女，各人的身
分、地位、職業不同，除了沒有最顯赫的皇親國戚
和最貧困卑賤的人以外，其他三教九流的人物幾乎
應有盡有，包括騎士、扈從、跟班、修女院院長、
修女、修女院教士、修道士、托缽修士、商人、牛
津學士、律師、平民地主、縫紉用品商、木匠、織
工、染坊主、織毯匠、廚師、海員、醫生、有手藝
的巴思婦人、堂區長、莊稼漢、磨坊主、伙房採
購、管家、教會差役和賣贖罪券的人。結果，喬叟
和旅店主人也參加了這支朝聖隊伍。

　　坎特伯雷在英格蘭的東南角，離倫敦（當時面
積僅為一平方英里）六、七十英里，並不遙遠。但
十四世紀的英國人口約二百五十萬，居民密度不
大，結伴而行自然比較安全，同時也有利於相互照
應和減少旅途寂寞。所以，自告奮勇當大家嚮導並

儼然如領隊的旅店主人提議，各人在往返共需四天的路上都要講四個故事，由他擔任評判，誰的故事講得「最有意義最有趣」，回來後就在他旅店裡由大家出資設晚宴犒賞那人。

可見，如果按原計畫每人各講四個故事的話，故事總數應在一百二十個左右。但喬叟並沒有完成這一極其宏大的計畫。事實上，只有二十三個人講了故事，其中有的故事沒講完（例如廚師和扈從的故事），有的被打斷後只得重講一個（例如喬叟本人講的故事），有的則包含很多歷史小故事（例如修道士講的故事）。然而，儘管這是一部未完成的巨著，我們仍可以看出其組織得很好的整體性。首先，〈總引〉部分已形象而幽默地介紹了各位朝聖者；其次，每個故事前往往還有一段或長或短、內容不拘一格的引子，讓這故事同整部書的佈局聯繫起來。特別有趣而巧妙的是，故事與故事之間往往有因果關係，例如朝聖者之間有矛盾時，會以他們的故事作為相互攻擊的手段；同時，講故事者與所講的故事之間往往也有某種聯繫。前者如管家認為磨坊主的故事傷害了他，便講了個故事回敬，另外，托缽修士與教會差役雖然都是吃著宗教飯，卻也在故事中相互攻訐，反映了不同教派之間的矛盾。後者的例子如修女院教士講的故事，這故事中的主人公是一隻公雞，牠周圍有好多母雞，這處境同周圍有很多修女並應聽她們懺悔的修女院教士極為相像。可見，即使是這部巨著中的一些細節，也是經過作者苦心經營的。

（二）《坎特伯雷故事》的意義

（1）認識上的意義

事實上，《坎特伯雷故事》是形象鮮明的巨幅畫卷，向人們清晰地展示了十四世紀下半葉英國的社會面貌。在這方面，它的作用是獨一無二的。

前面說過，喬叟生活的年代正處於英法百年戰爭之中，而發生於一三四八、一三六〇、一三七九年的三次被稱為黑死病的鼠疫流行，使英國的人口減少了一半，大大削弱了英格蘭的國力。所有這些使英國的國內矛盾十分尖銳，抗議之聲時有所聞，牛津大學的約翰·威克利夫（John Wycliffo）及其追隨者則傳播宗教改革的思想，一三八一年更爆發了瓦特·泰勒（Wat Tyler）與傳教士約翰·保爾（John Ball）領導的農民暴動，使整個社會處於動蕩與騷亂之中。

英國當時的種種矛盾中，最根本的就是中世紀制度與社會發展之間的矛盾。由於手工業和商業的發晨，這時英國已出現人文主義思潮，中產階級也頗具經濟實力——這只消看看那幾個服飾鮮明，帶著廚師去朝聖的手藝人和巴思婦人便可一清二楚。他們自然要維護他們的利益，要在社會事務中發揮影響並要求他們個人的權利，其結果必然是封建制度的解體。這時，作為封建主義兩個重要支柱的騎士制度和天主教會雖然還主宰著英國人的生活，情況卻已不妙。以《坎特伯雷故事》中的騎士來說，他雖然忠勇正直，但他所講故事中的兩名年輕武士

卻大不一樣，他們儘管出身皇家，又是表兄弟，本
該是最有騎士精神的人物，卻為了一個女人而反目
成仇，殺得你死我活。至於當時的天主教會，那就
更不像話了。

中世紀的天主教會本就是壓抑人性、崇尚神權
的，它把教會的權力看得高於一切，否認人們有權
為自己考慮並做出判斷，卻以一套空洞的精神教條
來約束人們的思想，規範人們的行為。然而，這時
的天主教本身已極其腐敗，許多神職人員只是利用
教會的特權愚弄人民、魚肉百姓，而這種情況的蔓
延又腐蝕了人民，敗壞了社會風氣，從而進一步地
使天主教會喪失了其精神上的主宰地位和道義上的
力量。

即使以這次本應純粹是宗教活動的朝聖之行面
言，有些人的出發點也是非常功利的，因為據說去
坎特伯雷的聖托馬斯·阿·貝克特的聖祠朝拜對於
祛病強身頗有奇效。這些朝聖者中，巴思婦人有點
重聽，賣贖罪券的人不長鬍子，廚師的小腿上長著
惡瘡，教會差役則是一臉小膿皰而且鬍子稀疏、眉
毛上結滿痂，磨坊主的鼻尖上長著個瘊子，管家的
肝火很旺，商人則是年老新婚等等。更為惡劣的
是，可象徵教會腐敗的賣贖罪券的人還想利用這次
朝聖機會兜售贖罪券（天主教會發行贖罪券，聲稱
犯有罪孽的人只要買了此券，便可贖罪，其腐敗可
想而知），還想以一些破爛冒充聖物，進行招搖撞
騙；另外還有個天主教教士團成員，路上看到這支
朝聖者隊伍，氣喘吁吁地追了上來，想要靠他那套
所謂的煉金術騙取錢財。

總之，通過來自四面八方的眾多朝聖者以及他

們講的故事，我們看到了當時英國社會的實況。特
別難能可貴的是，喬叟作為虔誠的教徒，卻能對倚
仗教會勢力而為非作歹之徒進行嬉笑怒罵的揭露，
同時又不失寬容與幽默。另一方面，他又讓我們從
中看到了生氣勃勃的新興中產階級（在那朝聖者隊
伍裡，他們的人數約佔二分之一弱，而吃教會飯的
人數約佔三分之一強），聽到了他們要求社會正義和
幸福生活的呼聲。

(2)《坎特伯雷故事》翻開了英國文學史上嶄新的一頁，它的意義可以分幾方面來看：

(i)喬叟是英國現實主義的第一位偉大作家，他
的創作使英國文學擺脫了中世紀的浪漫主義，走上
了現實主義的道路，《坎特伯雷故事》則是他的代
表作，也是英國文學史上第一部偉大的現實主義作
品。事實上，他從開始創作，尤其是在寫他的那些
抒情詩時[2]，他已擺脫了中世紀文學中的宗教性，
讓他的作品成為一種世俗文學。與他同時代的作家
們相對照，這一點就更加明顯。

(ii)《坎特伯雷故事》中眾多的人物和故事全面
地反映了中世紀文學所達到的廣度和深度，可以說
是集中世紀文學之大成。例如，根據內容的不同，
這些故事可以分為宮闈傳奇（騎士的故事、律師的
故事、扈從的故事、牛津學士的故事），市井滑稽故
事（磨坊主的故事、管家的故事、商人的故事、海
員的故事、廚師的故事），關於聖徒的傳說（修女院
院長的故事、第二位修女的故事），關於騎士的故事

---

②關於這一點，可參見本書附錄的兩首著名短詩。

(托帕斯爵士、醫生的故事、巴思婦人的故事、平民地主的故事)，古代悲劇 (修道士的故事)，動物寓言 (修女院教士的故事③、伙食採購人的故事)，道德教訓 (梅利別斯的故事、堂區長的故事)，勸諭文④ (賣贖罪券教士的故事)，關於教士行騙的故事 (托缽修士的故事、教會差役的故事、教士跟班的故事)。可見，喬叟熟悉當時的各種文學類型，並有足夠的創作天才寫出各種體裁的典範作品，從而使他的《坎特伯雷故事》成為英國中世紀文學精華的集中表現，成為這一時期世界上少數的幾部文學巨著之一。考慮到喬叟只是位「業餘作家」，他主要的工作還是處理世俗事務，因此，他這《坎特伯雷故事》的宏大計畫更令人驚嘆！

(iii)對於英語的意義。喬叟是一位語言大師，除了他母語之外，還掌握法語、拉丁語和義大利語。但他敏銳地發現作為他母語的英格蘭南部口語的表達潛力，一開始就用他當時的這種英語寫作，成為用英語寫作的第一位英國的偉大詩人。由於他作品的成功，更促使這種方言成為公認的文學語言和英格蘭的標準語言。喬叟既然是這種新的文學語言的開山祖師，《坎特伯雷故事》作為其代表作，更是確立英語這種地位的第一個明顯證據。

(iv)為後世的英詩發展奠定了格律與各種詩體

③特別有趣的是，在這首詩中，作者對一些瑣屑的小事故意用一種頗莊重的文辭，以突出諷刺的效果。這稱為戲擬英雄體。十八世紀大詩人蒲柏的《秀髮遭劫記》也是此類名篇。

④這種勸諭文專指中世紀教士佈道時作為例子所講的故事或寓言等，以說明整個佈道的主題。

的基礎。在喬叟之前的古英語即盎格魯-撒克遜語時期，英詩的格律基礎是對詩行中的重讀音節押若於頭韻（類似漢語中用聲母相同的字），稱為頭韻體。到了喬叟的時代，儘管使用的已不是古英語，而是頗受法語影響的中古英語，但人們仍常按這種詩律寫詩。⑤喬叟生活於法語文學在英國佔支配地位的時代，而他身居南方，又在血統上、文化上與語言上與法國有較深的淵源，自然也熟悉法國詩歌並把法國等各種外國詩體引進英詩，確立了以音步和押尾韻為格律基礎的詩律，而此後數百年中在英語詩裡佔絕對主宰地位的正是這種詩律。

由於上述各點，十七世紀英國文學巨匠德萊頓不僅稱喬叟為英語詩歌之父，而且認為他應當享有希臘人對於荷馬、羅馬人對於維吉爾那樣的崇敬。

（三）從《坎特伯雷故事》看詩的可譯性

講到詩的不可譯，人們舉出的例子往往是我國的古典詩歌譯成外語或抒情詩翻譯中的情況。這非常自然，因為就前者來說，我國的古典詩歌用的是一種極其濃縮的語言（之所以能這樣濃縮，恐怕同用的是表意文字有關），它與日常口語的差別極大，以致單憑聽人吟誦不易聽明白。而就後者來說，詩作為最精練、最有表現力和感染力的文字，它的這種特色在抒情詩裡表現得最為充分。因此，在這兩

---

⑤可參看拙文《英詩格律的演化與翻譯問題》中的第一節，載《外國語》一九九四年第三期及拙著《從柔巴依到坎特伯雷——英詩漢譯研究》。

種情況下，翻譯所遇到的困難也就異乎尋常，特別是前者。然而如果我們反過來，看看用英語之類的拼音文字寫的外國詩歌，看看敘事詩的漢譯，情況也許有所不同。英語詩歌中的語言同日常口語的差別遠沒有我們漢語中的那樣大，特別是敘事詩，往往只是用一種有某些格律特點的語言講述故事而已，其主要的著眼點是整個故事，而未必是某種微妙的感情。因此我覺得，在詩歌的可譯性方面，至少可以這麼說：英詩漢譯同漢語古典詩英譯相比，前者成功的可能性較大；而譯敘事詩和譯抒情詩相比，一般來講也是前者成功的可能性較大。

現在我們就以《坎特伯雷故事》的開頭部分為例，來看看〈總引〉中頗為抒情的頭四行。根據英國學者斯基特（1835～1912）參考多種手抄本編定的版本，這四行的文字為：

Whan that Aprille with his shoures sote
The droghte of Marche hath perced to the rote,
And bathed every veyne in swich licour,
Of which vertu engendred is the flour;

就我所見到的一些版本來看，這一段的文字都與此接近，唯一的差別只在於拼法不同，例如其中差別可說最大的一種文字如下：

When that Aprille with his showres swoot
The drought of Marche hath percèd to the root,
And bathèd every veyn in suche licoúr,
From which vertu engendred is the flour;

　　可以看出，無論是哪一種文本，即使有一些拼寫、用詞乃至語法上的差異，對現代的英語讀者似乎尚不會造成大大的理解困難。

　　按照有些人的説法，讀詩最好讀原文（其實，讀任何東西都是讀原文最好，又何止是詩），否則在韻味上將大受損失。當然，這種可能性是存在的，因此愛讀詩的人最好是能讀各種語言的詩。然而對於絕大多數的人來説，這是辦不到的；他們只能讀譯詩。所以問題在於，詩的韻味在翻譯中究竟損失到什麼地步，是否損失之大已足以使人排斥譯詩？

　　我感到未必如此。因為如果損失確實極大，那麼以英語為母語的人完全應當只讀《坎特伯雷故事》的原文，最多用點註釋就可以了。但是就我所知，該書卻有著眾多的現代英語譯文——孤陋寡聞的我也已見到了四種。可見，無數以英語為母語的人即使讀喬叟原作比其他民族的人要方便不知多少，他們卻不在乎那點損失，寧可讀現代英語譯文。

　　現在請看上面那四行詩的幾種現代英語譯文。首先是尼科森（Nicholson）的譯文：

> When April with his showers sweet with fruit
> The drought of March has pierced unto the root
> And bathed each vein with liquor that has power
> To generate therein and sire the flower;

科格希爾（Coghill）的譯文是：

> When the sweet showers of April fall and shoot
> Down through the drought of March to pierce the root,
> Bathing every vein in liquid power

From which there springs the engendering of the flower;

賴特（Wright）的譯文為：

When the sweet showers of April have pierced
The drought of March, and pierced it to the root,
And every vein is bathed in that moisture
Whose quickening force will engender the flower.

海厄特（Hieatt）的譯文為：

When April with his sweet showers has
pierced the drought of March to the root,
and bathed every vein in such moisture
as has power to bring forth the flower;

　　拿這些譯文同喬叟的十音節五音步偶句體（或稱雙韻體）原作比較，頭兩種譯文的音步數與韻式同原作一致，很重視反映原作的格律；第三種已放棄了押韻，第四種則近似自由詩，連詩行長短也與原作不同，而且從全詩來看，詩行的長短有時相差比較懸殊。

　　從內容上來看，儘管這四種譯文都很不錯，卻存在著一些差異，看來還是第三與第四種譯文與原作最貼近。偏離原作的明顯情況可見於第一行，該行的第一種譯文裡多了with fruit，第二種譯文裡多了fall and shoot，為的是讓詩行保持五音步的長度並與下一行押韻。另外，第二與第三種譯文不是等行翻譯，例如原作的〈總引〉為八百六十行，但第二種譯文的〈總引〉為八百七十八行，第三種的為八百四十六行。

　　可見，即使是以現代英語翻譯《坎特伯雷故事》，忠實於文字內容也往往與忠實於詩歌形式相矛盾，有點顧此失彼（恐怕這也是那些主張讀原作的英、美人的依據之一）。然而，儘管存在這種不足，說英語的讀者還是接受了現代英語的譯文，並沒有因為擔心由此帶來的損失而寧可多費一點時間去讀原作。

　　現在讓我們來看漢語譯文，例如下面的拙譯：

　　　當四月帶來它那甘美的驟雨，
　　　讓三月裡的乾旱濕到根子裡，
　　　讓漿汁滋潤每棵草木的莖脈，
　　　憑其催生的力量使花開出來；

　　可以為漢語自豪的是，儘管漢語與英語的差異遠遠地大於現代英語與中古英語的差異，但同以上四種現代英語譯文相比，在忠實反映原作中的意義、形象，乃至一些具體用詞方面，這一漢譯與原作的差別並不比它們與原作的差別大（對第三種譯文來說，把has pierced分拆在兩行似不夠合理，也不夠自然）。而與此同時，漢語譯文的形式又十分整齊，並以每行五頓應原作的五音步，在格律上完全可反映原作。

　　由此可見，詩是有可譯性的，尤其是把某些外語詩譯成漢語詩、把某些敘事詩譯過來時，這種可譯性更大、更明顯。我希望，拙譯的《坎特伯雷故事》將能證明這一點。

（四）從《坎特伯雷故事》看詩歌應該怎麼譯

前面說過，喬叟為後世的英詩發展奠定了格律與各種詩體的基礎。事實上，這個某國第一位韻律大師的作品中格律極其多樣，而且大多本為英詩所無，是他借鑑了法國等國家的詩歌而創制的。這不僅大大豐富了英語中的詩體，而且顯示出格律的無限可變性。

在喬叟的詩作中，除了每行四個重音的偶句體（雙韻體）、歌謠體（例如《坎特伯雷故事》中的〈托帕斯爵士〉）和四行詩節是英詩中古已有之的詩體外，由他在英詩中首次使用的詩體有：

(1)英雄偶句體。《坎特伯雷故事》中的大部分詩行用之。這種詩體後來在十七、十八世紀發展到頂峰。

(2)隔行押韻的三行詩節（即但丁在《神曲》中使用的那種義大利格律），但喬叟用得不多。

(3)五行詩節，韻式為aabba，如本書附錄中〈向他的錢袋訴苦〉一詩的「獻詞」部分。

(4)六行詩節，韻式為ababaa。

(5)六行詩節，韻式為ababcb，重複六次，如本書中〈學士的故事〉最後的三十六行。

(6)七行詩節，韻式為ababbcc。這是喬叟愛用的形式，亦稱「喬叟詩節」，〈律師的故事〉、〈托帕斯爵士的引子〉、〈學士的故事〉、〈第二位修女的故事〉都以此種韻律寫成。這種詩節又稱「君王詩體」，因為蘇格蘭國王詹姆斯一世用它寫出了蘇格蘭方言的愛情詩《國王之書》。

這種詩節在喬叟的手中還有兩種形式。一種是三節一組，後加一副歌部分，如〈向他的錢袋訴苦〉。另一種則韻式不同，為ababbab。

(7)八行詩節，韻式為ababbcbc，如〈修道士的故事〉。在《坎特伯雷故事》以外的作品中，喬叟也曾使用這種詩節，三節一組，再加一副歌。

(8)九行詩節，韻式為aabaabbab；有的詩節中還用行內韻或者是三節一組地使用。

(9)另一種九行詩節的韻式為aabaabbcc。這兩種九行詩節的排列方式都突出了它們的這種韻式，即押b韻的詩行在排印中都是縮進的，因此兩者的區別一目了然。

(10)十行詩節，韻式為aabaabcddc。另有一種十行詩節喬叟也偶爾使用，其韻式為aabaabbaab。這種韻式可視為上一韻式的特例，但在排印上兩者的區別卻也十分明顯。

(11)迴旋曲。這種詩體的例子可見本書附錄中的〈無情的美人〉。

(12)十六行詩節，韻式為aaabaaab·bbbabbba。

由上文可以看出，除英詩中原有的六行歌謠體及其變體外，喬叟在《坎特伯雷故事》中使用了他為英詩所創制的五音步偶句體（即雙韻體）；韻式為ababbcc的七行詩節，韻式為ababbcbc的八行詩節，還有韻式為ababcb並重複六次的六行詩節。其中的頭三種，特別是頭兩種，構成了《坎特伯雷故事》中詩歌部分的主體，且也是後世的重要詩體。

如果我們進一步觀察，還可以發現一個有趣的現象，即喬叟是根據不同的內容而選擇詩歌形式的。例如，對於《坎特伯雷故事》中的絕大部分內

容，採用五音步偶句體，這是喬叟最愛用的形式。然而，對於律師、學士和第二位修女講的故事，他用的卻是七行詩節，而這些故事的內容都含有較濃重的宗教與道德色彩。其八行詩節則用於〈修道士的故事〉，即用於以眾多貴人遭難為例來講命運無常的歷史悲劇故事。

耐人尋味的是，喬叟為他自己安排的是個中世紀的騎士傳奇〈托帕斯爵士〉，用的是英詩中原來就有的六行歌謠體（該故事的引子卻是三節七行詩，但這引子與故事內容無關）。然而，根據喬叟的安排，他這歌謠體傳奇只進行了二百來行，就被不客氣地打斷，因為身為故事裁判的旅店主人認為這種詩叫人聽了膩煩。喬叟不得不另講一個〈梅利別斯的故事〉，並且從頭至尾是用散文講的。《坎特伯雷故事》中最後的〈堂區長的故事〉也一樣，長長的一篇全由散文寫成。其實，這兩篇東西雖名為故事，卻是全書中最缺乏故事性的文章。前者是夫妻兩人對報復與寬容的辯論，雙方都引用大量先賢的語錄作為論據（值得一提的是，最後是明智的妻子說服了丈夫）；後者則更像是勸人改惡從善的講道。兩篇屬於道德和宗教說教的東西都用散文寫成，這恐怕是因為喬叟認為詩歌與散文的內容應有所不同。

對於《坎特伯雷故事》這樣一本詩、文兼有的作品應當怎樣翻譯呢？我想，首先可以確定的一點是：詩譯成詩，散文譯成散文。但是，這裡的詩有多種形式，而各種形式又有其相應的內容，那麼這些詩該怎麼譯呢？

把這些詩都譯成自由詩是不妥當的，因為這種

「自由化」意味著無格律化，而格律對於格律詩是至關重要的，是格律詩的基礎。同樣，把這些詩譯成我國傳統的五七言形式或其他某種現成的固定形式也是不可取的，因為這種「一體化」不管有什麼理由，都無可避免地取消了各種詩體之間的差異，使本來可以反映詩人各種意圖的詩歌外部形式歸於一致。這種作法給詩歌帶來的損失，就像讓世上萬千種花草只存在一個形態一樣。何況，用一種固定的形式來譯萬千行的敘事詩，讀者不可能不感到厭倦。再聯繫到上面一節來看，我感到這兩種作法畢竟都沒有考慮原作的格律，而這恰恰給詩不可譯論提供了口實。

所以，對《坎特伯雷故事》中的詩歌，我用對應的形式翻譯，例如全詩的頭四行原文是偶句體，譯文也用與其相應的偶句體處理。至於其他的幾種形式，現分別舉例如下：

(1)七行詩體的原作中，每行為五音步十音節，韻式為ababbcc，譯文可照此辦理，如〈律師的故事引子〉第一節：

> 哦，可恨的苦難與貧困的處境！
> 伴隨著惱人的乾渴、寒冷、饑腸！
> 求助於人吧，你感到有愧於心；
> 如果不求助，困苦給你的創傷
> 巨大得使你沒辦法加以隱藏！
> 你迫於貧困，只能違反你本意，
> 去偷去借去乞討，以維持生計。

(2)八行詩體的詩行也為五音步十音節，韻式為

ababbcbc，譯文如〈修道士的故事〉第一節：

> 我要以悲劇這樣的一種文體
> 為遭到不幸的人們表示悲哀；
> 他們從高位上一旦跌落在地，
> 難把他們再從逆境中拉出來。
> 幸運女神從他們那裡要跑開，
> 那就沒有誰能讓她改變主意；
> 所以不要對幸運盲目地信賴，
> 要看看歷史上這些確鑿事例。⑥

　　(3)歌謠體的六行詩節，其一、二、四、五行多為四音步八音節，其三、六行多為三音步六音節，韻式為aabaab。譯文的例子如〈托帕斯爵士〉第一節：

> 請你們好好聽我說，各位，
> 我很想說得合你們口味，
> 　　講出個有趣的故事。
> 有一位騎士英俊而高貴，
> 戰場、比武場上總顯神威，
> 　　他叫作托帕斯爵士。

　　通過這樣的譯文，我們不但可以清楚地看出一節詩中各詩行長度上的異同和韻式，而且還可以看出不同的詩體在詩行長度和搭配乃至韻式上的異同，而這正是構成各種詩體的基本要素。

---

⑥這節譯詩的韻式為ababbaba，可視為ababbcbc的特例。當然，如一定要第六、八兩行另押一韻，也是辦得到的，例如將「主意」改為「心思」，將「事例」改為「事實」。

　　也許有人會懷疑，按這種要求譯詩是否會妨礙對原作內容的傳達？我認為基本上不會。根據我的經驗，漢語與漢字具有極大的潛力，在絕大多數情況下可以做到在忠實於原詩內容的前提下也同比忠實於原詩的形式。即使是一些很難複製的格律，在漢語中也能解決，問題常常在於譯者有沒有這樣的決心，肯不肯花這樣的力氣。例如〈學士的故事〉最後有一段「喬叟的跋」，這是六節韻式均為ababcb的六行詩，也就是説，在這三十六行詩中，a韻要重複十二次，b韻要重複十八次，c韻要重複六次。這樣的韻式在英詩中也是獨一無二的，被稱為是喬叟最奧妙的押韻奇蹟之一。拙譯中也做到了這點，下面就以其中的第一節為例：

　　格里澤爾達同她的那種耐心①
　　都已死亡，都已在義大利埋葬；
　　為此我要向世上的人喊一聲：
　　一個男子無論有多硬的心腸，
　　也別為了把格里澤爾達尋覓
　　而考驗妻子，因為他準會失望！

　　應當承認，對於《坎特伯雷故事》中那些五音步十音節的詩行，我本想一律譯成構成五頓（或稱音組、拍子等），但限於自己的一些主客觀條件，未完全做到，大概尚有幾十行是十二字四頓的。這當然是一種不足（另一種不足是：有些詩行以同音字甚至同一個字押韻，或以輕音字押韻，很不理想；但聊可自慰的是，原作中也有以同一個詞押韻的情

_____

①為放寬限制，近似韻（如氣「心」、「聲」等）可通押。

形），但這並不是我這種譯詩要求的必然後果。我想，如果我有較扎實的文字功底、較多的時間、較少的惰性和較好的眼力，那麼這些不足之處還是可以克服的。對於這種譯文格律上的不足之處，我常有這樣的想法：一部格律體名作就像是一座造型給人深刻印象的著名建築物，但這建築物也許為了其整體形象時需要，會在一些細小的局部留下某種遺憾之處，但人們總不會因為少了個傳達室或儲藏間而改變整個大廈的外觀設計吧。在這種地方，我們是否可以視作破格呢（原作中也有破格之處）？事實上，對於敘事詩來說，格律實在是太重要了，因為敘事詩就是以一種有格律的文字來（或者說，一種量化的語言）講故事，如果譯文中只剩下故事而沒有了格律，那麼這還算是詩嗎？

　　拙譯的《坎特伯雷故事》中還有百來行譯文是十一字五頓的，還有少量十字五頓的。這些本都是十二字五頓一行，但考慮到這些詩行中的標點和排印上的整齊，刪成了十一字或十字，也就是說，對這些詩行用的是「以頓代步」的標準。由此可見，對原作中是五音步十音節的詩行，拙譯中基本上都以兼顧頓數與字數的要求（即每行五頓十二字）解決；少數則用以頓代步的要求解決或讓譯詩詩行的字數與原作的音節數相等。對於原作中構成歌謠體的四音步八音節及三音步六音節詩行，拙譯中都以十字四頓及八字三頓的詩行解決。所以，拙譯《坎特伯雷故事》是完全建立在形式與原作對應的基礎上，因為以頓代步及字數與原作音節數相應的譯法仍都屬於對應的範疇。可以說，在我知道了英詩有格律之後，我是再也不敢在譯文中置原作格律於不

顧了。因為這時我發現，傳統詩與歌曲的相似之處在於前者是把語言中的節奏因素發揮到極致，後者則是把語言中的旋律因素發揮到極致。所以，讀拋開格律的「自由化」譯詩，就像是以讀歌劇唱詞代替聽歌劇；而讀格律「一體化」的譯詩，就像是用一種曲調唱任何一種歌劇。

　　《坎特伯雷故事》是一本極為重要的作品，是英語詩歌乃至英語文學的基石，篇幅既大，又以我並不熟悉的中古英語寫成，譯起來的困難是可想而知的。何況我還要受另外兩種情況的牽制，其一是時間較緊，因為我希望拙譯能在西元二○○○年之前出版，以紀念喬叟逝世六百周年；其二是我的視力越來越差，譯了一半左右時，用放大鏡看原文都已困難，白內障已到了非解決不可的地步。但五○年代起就知道我患有視網膜色素變性症的眼科專家建議我盡可能晚些動手術，而我也因為怕手術失敗而無法繼續翻譯，為避免這種半途而廢的可能，只得靠滴一種可略為放大瞳孔的藥水再繼續工作。為這些情形所迫，我一方面不得不抓緊時間，爭取盡早完成，另一方面對於今後自己是否有足夠的眼力對拙譯做較大的修訂不抱很大希望，所以在翻譯時自問還是認真負責的，因為我希望提供一個合格的詩體譯本並通過這一譯本證明詩的可譯和這樣譯詩的合理。當然，譯這麼一本六百年前的巨著，難免會有缺點和錯誤，望專家學者批評指教。

　　寫到這裡，我又想到最早把《坎特伯雷故事》介紹給我國讀書界的學者方重先生。他在任教於武漢大學的三○年代開始翻譯此書，當時翻譯條件之

困難可想而知，其開創之功實不可磨滅。單是看作者姓名譯喬叟，書名譯《坎特伯雷故事》而不譯《坎特伯雷故事集》，就顯出他考慮之周到：用「叟」象徵其英國文學始祖地位；不用「集」則可區別於一般的短篇小說集，強調作品的整體性與內在的有機聯繫。半個多世紀以來，他的譯本幾乎是我國讀者了解喬叟這一巨著的唯一途徑。[8]據曾為方先生的《坎特伯雷故事》作責編的吳鈞陶先生相告，方先生在八〇年代初為其譯本不是詩體譯本而遺憾，但此時他年事已高，身體衰弱，又加目疾，即使想再做一次全面修訂也難以如願了。

　　最後要向讀者交代的是，拙譯所依據的原作是Walter W. Skeat編輯的《喬叟全集》（一九三三年牛津大學版）。因為我手邊的幾種原作中，這個版本最為權威，而且詩行都標有行碼，對於拙譯這樣按等行翻譯原則譯出的譯本來說，這更便於讀者查對原作。但是由於該全集字體極小，因此翻譯中也經常利用現代叢書版字體較大的原作，最後再以這個牛津大學版校核一遍。

　　本書中有一些拉丁語文字，尤其是最後的〈堂區長的故事〉中拉丁語出現較多。蒙復旦大學楊烈教授和美國霍爾約克山學院[9]助理教授Paula Debnar

---

[8]據說台灣有二、三種散文譯本，我看到一九七八年出版的一種，其內容幾乎就是方譯的翻版，可見方譯影響之大。

[9]順便說一下，該學院是美國最重要的女詩人狄金生曾經就讀的地方，也是不久前去世的諾貝爾文學獎得主、詩人布羅茨基任教的地方。

指點，得以順利解決，特此鳴謝。

黃杲炘

1998年2月

第 一 組

總 引

坎特伯雷故事由此開始

當四月帶來它那甘美的驟雨，
讓三月裡的乾旱濕到根子裡，
讓漿汁滋潤每棵草木的莖脈，
憑其催生的力量使花開出來；
5 當和風甜美的氣息挾著生機，
吹進樹林和原野上的嫩芽裡，
年輕的太陽也已進入白羊座，①
已把白羊座一半的路程走過，
而小鳥小雀唱著各自的曲調——
10 整夜裡牠們都睜著眼睛睡覺——
（這是大自然撥弄出它們心聲）；
這時候人們也就渴望去朝聖，
遊方僧也就渴望去異地他鄉，

①白羊座是太陽經過的黃道帶星座的第一個（共有十二個星座，也稱黃
道十二宮）。太陽經過白羊座邊界的日期是3月21日至4月19日。

去各地知名於世的神龕聖堂。

15　無論英格蘭各郡的東西南北，

人們尤其要去的是坎特伯雷，②

去拜謝恩澤萬民的殉難聖徒，③

因爲人們有病時他給予救助。

就在這時節，就在其中的一天，

20　我正住在薩瑟克的泰巴旅店，④

已經滿心虔誠地準備好登程，

專誠去坎特伯雷那地方朝聖。

在那天傍晚，有二十九位旅客

來到了這客店，他們形形色色，

25　全都是在路上彼此萍水相逢，

全都是跨著坐騎要前去朝聖，

而坎特伯雷是他們去的地方。

旅店的房間和馬廏都很寬敞，

把我們個個安頓得十分舒適。

30　不久後太陽從地平線上消失，

我同他們每個人都做了交談，

很快就成了他們當中的一員。

大家約定來日上路要起個早，

而路上的情形，下面我會說到。

---

②坎特伯雷在英格蘭東南部的肯特郡。該城有坎特伯雷大教堂，教堂中安放著聖托馬斯的遺骸。

③這聖徒指聖托馬斯·（阿·）貝克特。他1118年生於倫敦，原是坎特伯雷大主教，1170年12月29日遇刺，1173年被尊爲聖徒，受信徒朝拜。

④薩瑟克現已爲大倫敦內部自治市。泰巴是音譯，即該店的店招上畫著的紋章，泰巴旅店是英國最古老的旅店之一，1866年收歸公有後，不久即毀。

35　　　但是既然我有很充裕的時間，
　　　　在我進一步細述這故事之前，
　　　　我覺得比較合情合理的作法
　　　　是根據我對他們各人的觀察，
　　　　把我看到的情況全告訴你們：
40　　　他們是什麼人，屬於哪個階層，
　　　　甚至還要說說他們穿的衣裳──
　　　　現在我就從一位騎士開始講。

騎士　　這位騎士是個勇敢的男子漢，
　　　　從他一開始騎著馬闖蕩人間，
45　　　就熱愛騎士精神和榮譽正義，
　　　　就講究慷慨豁達與溫文有禮。
　　　　在他君主的戰事中表現英勇，
　　　　他南征北戰處處都留下行蹤，
　　　　在基督徒世界或在異教之邦，
50　　　他都因為有勇氣而備受頌揚。

　　　　攻下亞歷山大城時他就在場；⑤
　　　　他在普魯士的多次慶功宴上，
　　　　比各國騎士優先，坐上了首席；
　　　　與身分同他一樣的基督徒比，
55　　　他在立陶宛、俄羅斯戰功最大；

⑤亞歷山大城是埃及重要城市，在尼羅河三角洲西緣。

　　　　　　圍攻阿爾赫西拉斯他也參加，⑥
　　　　　　並且馳騁在柏爾馬利亞作戰；⑦
　　　　　　他與人一起把阿塔利亞攻占，⑧
　　　　　　也把阿亞斯攻克；在地中海上⑨
　60　　　　他率領大批高貴的戰士出航。
　　　　　　他曾十五次投入殊死的戰鬥，
　　　　　　又爲我們的信仰，三次把敵手
　　　　　　殺死在特萊姆森的比武場上。⑩
　　　　　　他一度侍奉帕拉希亞的君王，⑪
　65　　　　在那段時間裡我們這位騎士
　　　　　　征討土耳其異教徒的另一支：
　　　　　　每次贏得最高榮譽的總是他。
　　　　　　儘管他極其勇敢卻世事洞達，
　　　　　　舉止的溫和簡直就像是姑娘；
　70　　　　一生中他不管遇到什麼對象，
　　　　　　也從來都不曾說過一句粗話。
　　　　　　這騎士眞是忠貞、完美又溫雅。
　　　　　　現在我告訴你們他那副裝備：
　　　　　　他的馬雖好，衣著卻並不華美。
　75　　　　穿的是一襲粗布的無袖長衣，
　　　　　　已被他鎖子甲弄得滿是污跡；

---

⑥阿爾赫西拉斯爲西班牙海港，隔直布羅陀灣與直布羅陀相望，古時曾屬格拉納達王國，也曾被摩爾人占領。這次戰事發生在1334年。

⑦柏爾馬利亞爲古城名，在現今的摩洛哥境內。

⑧阿塔利亞爲古城名，在小亞細亞。這裡指的戰事發生在1361年。

⑨阿亞斯也在小亞細亞，這裡講的攻占一事發生於1367年。

⑩特萊姆森現爲阿爾及利亞西北部一省，北臨地中海，西接摩洛哥。

⑪帕拉希亞爲古國名，在現土耳其境內。

因為他是遠征後剛乘船歸來，
接著便上路來進行這次朝拜。

扈從 他有個兒子隨行，這年輕扈從
80 正在戀愛，他精神振奮又忠勇，
有一頭像是火鉗燙出的鬈髮。
依我看，他年紀約在二十上下；
他的個子同一般的人差不多，
但孔武有力而且出奇地靈活。
85 他一度隨同騎士團遠征各地——
到過佛蘭德斯、阿圖瓦、皮卡第——⑫
時間雖很短，然而表現卻不壞，
為的是博取他心上人的青睞。
他繡花的衣裳像是草地一片，
90 滿是白花和紅花，新鮮又嬌艷。
整天裡他不是唱歌就是吹笛，
就像是五月天充滿青春朝氣。
他穿著短衫，那袖子又肥又大。
他精於騎術，善於駕馭他的馬；
95 他能文能詩，能作曲又能跳舞，
還能繪畫並騎馬執矛去比武。
熾熱的愛火在他的心中燃燒，
使他夜裡睡得同夜鶯一樣少。
他謙遜有禮，樂於幫人家一手；
100 到了餐桌上，他總為父親切肉。

---

⑫佛蘭德斯一譯佛蘭德，為中世紀時的公國，在低地國家西南部，即今
法國、比利時、荷蘭接壤的地區。阿圖瓦為法國北部一古省名。皮卡第
也是法國北部一地區。

跟班	騎士還帶有一名跟班，他這趟
	沒多帶僕從，因為他愛這樣闖；
	跟班的外衣和兜帽全是綠色；
	腰帶下有一筒利箭穩穩掛著；
105	孔雀毛的箭羽，箭鏃閃閃熠熠——
	這箭從沒因箭羽萎蔫而落地——
	他善於修整武器，因為是鄉勇，⑬
	而他手中握著的，是一張硬弓。
	他臉色黝黑，短髮蓋在頭四周。
110	論林中狩獵，他可是一把好手。
	他的手臂上套著精緻的護腕，
	身子的一旁是他的盾牌和劍；
	另一邊則是寒光閃閃的匕首，
	它製作精良，鋒利得就像矛頭。
115	他胸前閃著白銀的聖徒像章，⑭
	一只號角掛在他綠色肩帶上——
	是個護林人，我想我猜得不錯。
修女院院長	還有一位女修道院院長嬤嬤，
	她淺淺的笑容謙和而又純眞，
120	她的痛罵是說聲「聖羅伊作證」；⑮
	大家對她的稱呼是玫瑰女士。

---

⑬這個跟班因為是自由農出身，又有武藝，所以是騎士手下的鄉勇。

⑭這裡的聖徒指的是聖克利斯托弗，他是林中居民的守護神。這個護林人出身的鄉勇佩戴他的像章，是以此作護身符。

⑮據說羅伊原是六世紀末一金銀匠的學徒，後成為琺瑯工藝的奠基人。一說聖羅伊即聖埃利希烏斯，為時尚的守護神。

聽她唱歌要趁她做禮拜之時，
她唱的聖歌帶鼻音最是動人；
她講的法語既流利又很標準——
125　是從斯特拉特福學來的腔調，[16]
因為巴黎的法語她從未聽到。
她餐桌上的禮儀學得很到家；
沒一點食物會從她唇間掉下，
她手指不會蘸到調味汁裡面。
130　她小心翼翼把食物送到嘴邊，
絕不讓一點一滴往她胸前掉——
講究禮節與禮儀是她的愛好。
她的上嘴唇她總擦得很乾淨，
所以杯沿沒一點油膩的唇印，
135　儘管已就著杯子喝了好幾次；
進食時她好一派得體的舉止。
可以看出，她性格開朗興致高，
既使人舒服，對人又親切友好；
她盡力讓舉動顯示高貴氣度，
140　表明她是懂宮廷禮儀的人物——
這一切表現使得她頗受尊敬。
要說到那種仁厚溫柔的感情，
她是滿腔慈悲，一肚子好心腸；
看到一隻老鼠夾住在捕機上
145　死去或流血，她就不禁要流淚。
她養著幾條小狗，她給牠們餵
烤肉，或者餵牛奶和精白麵包；

---

[16]這是指鮑河邊的斯特拉特福，該地在倫敦以東兩英里處，當地有一女
修道院。

只要這中間有一隻竟然死掉
或挨了棍子抽打，她準會哭泣——
150　她有滿腔的柔腸、仁愛的心地。
她修女的頭巾摺得恰到好處；
鼻子勻稱，亮如玻璃的灰眼珠；[17]
她的嘴很小，長得又紅又嬌柔；
說眞的，她還有個白皙的額頭——
155　我看這幾乎是一個手掌寬度，
因爲她完全是一個常人高度。
我還注意到她的斗篷做得好。
她臂上有一串珊瑚念珠環繞，
中間隔著綠色的飾珠一顆顆，[18]
160　這串念珠上有個金胸針閃爍；
這個胸針上有個Ａ字的大寫，
下面是句拉丁語：愛戰勝一切。

修女和三位　她還有三位教士同她一起走——
教士　還有位修女，那可是她的副手。

修道士　這是一位十分出色的修道士；
他很有氣概，堪當小寺院住持；
眼下他管隱修院的院外產業。
他馬廄中頗多駿馬，又愛打獵，

---

[17]在古時候，西方人認爲灰色的眼珠比其他顏色的眼珠都美。
[18]飾珠又稱祈禱珠，是一串念珠中顆粒較大者。在一般的情況下，每隔十粒念珠便有一顆祈禱珠，信徒們撥弄到這顆大珠時，便需重複背誦主禱文。這也是天主教徒稱之爲玫瑰經的一種虔修方式，即反覆數算念珠祈禱。

他騎馬外出，人們就可以聽到

170　他馬具上的鈴鐺在風中晃搖，

那鈴鐺聲十分清晰十分響亮，

像他主持的那小教堂的鐘響。

至於聖馬烏魯斯或者聖本篤[19]

定下的規矩，既陳舊而又嚴酷，

175　這修士就讓陳舊的東西消逝，

他按當今世界的方式過日子。

有的經文說打獵的人不聖潔，

說修士如果不注意生活細節，

就像是一條已經離開水的魚，

180　就是說修士已經不像在隱居；

他認為這說法不值一個牡蠣——

而前面那句不值拔光毛的雞。

我認為他這種說法沒有錯誤。

為什麼他得在隱修院裡啃書，

185　鑽研來鑽研去，弄得自己發瘋？

幹嘛照聖奧古斯丁的話做人，[20]

去動手操勞？對世人有什麼好？

聖奧古斯丁盡可自己去操勞。

所以他老是騎著馬東奔西跑，

190　而他迅跑的獵狗快得像飛鳥；

---

[19]本篤一譯本尼迪克特（480？～547？），義大利人，天主教隱修制度和本篤會的創始人，創辦義大利卡西諾山隱修院。1964年，教皇保羅六世宣布其為全歐洲的主保聖人。馬烏魯斯是其弟子，將其509年創建的本篤會引入法國。

[20]聖奧古斯丁（？～604）是羅馬本篤會聖安德烈隱修院院長，593年率傳教團到英格蘭，使英格蘭人皈依基督教，同年任英格蘭坎特伯雷首任基督教大主教，故又稱坎特伯雷的聖奧古斯丁。還有一位聖奧古斯丁（354～430）是基督教哲學家。

　　　　　　他的唯一娛樂不過是騎著馬，
　　　　　　把野兔追獵：為此他不惜代價。
　　　　　　我看到他袖口鑲著灰色毛皮，
　　　　　　而這種毛皮的質量全國第一；
195　　　　另外還有個金別針非常細巧，
　　　　　　在他的頷部底下扣住他兜帽——
　　　　　　別針大的一頭還有個同心結。
　　　　　　他謝頂的頭像玻璃那樣光潔，
　　　　　　臉也一樣，就像抹了油那麼亮。
200　　　　這是位富態的老爺，相貌堂堂；
　　　　　　他微微鼓出的眼睛又亮又活，
　　　　　　就像是鍋子下面爐子裡的火；
　　　　　　他皮靴柔軟，他的馬非同一般，
　　　　　　這高級教士的確是非常體面：
205　　　　他並不蒼白，絕非消瘦的餓鬼；
　　　　　　烤熟的肥天鵝最合他的口味；
　　　　　　他的胯下馬很馴順，顏色如栗。

托缽修士　　這是位托缽修士，他放蕩不羈，
　　　　　　得到特許在一定區域內行乞：
210　　　　他很神氣，在四個這種教團裡㉑
　　　　　　沒人能講他這麼多調情故事。
　　　　　　他給很多年輕的女子辦婚事，
　　　　　　多少的花費都成了他的支出。
　　　　　　他可是他教團裡的高貴台柱。

㉑四個教團指的是天主教的加爾默羅會（12世紀時建於敘利亞加爾默羅山）、奧古斯丁會、多明我會以及方濟各會。

215　在他活動的那個區域，小地主
　　　都喜愛他這人物並同他相熟，
　　　在城裡有錢女人中也是如此；
　　　因爲據他自己說，他當懺悔師
　　　要比教區裡的教士更加適宜，
220　因爲他得到批准，有這種權力。
　　　他聽人家懺悔時既十分和藹，
　　　赦免人家罪孽時更令人愉快。
　　　要他同意人家的悔罪並不難——
　　　只要讓他知道將得到筆捐款；
225　因爲誰肯向貧苦的教團捐錢，
　　　就表明他已悔罪，已獲得赦免；
　　　誰捐錢，這托缽修士就敢發誓，
　　　說這人對自己的罪已有認識，
　　　因爲很多人心腸硬得不會哭，
230　儘管他的罪使他感到很痛苦。
　　　所以人們儘管不祈禱不哭泣，
　　　只要向托缽修士捐錢就可以。
　　　兜帽裡他總塞滿了小刀、別針，
　　　爲的是送給年輕漂亮的女人；
235　他的確有著令人愉快的嗓音，
　　　很會唱歌又彈得一手的好琴。
　　　唱歌比賽，奪走錦標的準是他。
　　　他頸項雪白，白得就像鳶尾花；
　　　而且他強壯得像是武士一般。
240　他熟悉每座城裡的客店酒館，
　　　熟悉那些老闆和侍女遠勝過
　　　熟悉女乞丐以及痲瘋病患者；

他是這麼個體面人，很有身分，

怎麼能結識生了麻瘋病的人？

245　　這樣做對他來說非常不妥當，

非常不對；同這樣的貧民交往

絕不會給他帶來任何的好處；

但是對於賣糧食的人和富戶——

總之，在什麼地方他有利可圖——

250　　他就肯低聲下氣地殷勤服務。

再沒有一個人比他更有德行。

全教團數他最有乞討的本領；

252b　　他付一筆款子才得到那特許，㉒

252c　　才有權不讓別人進他的領域；

哪怕有寡婦窮得鞋也穿不起，　　　　255

可他開口說「太初」就叫人歡喜，㉓

255　　結果在走前總得到一點施捨。

他收的租金遠不如乞討所得。

他有時像小狗那樣胡鬧一通，

而在裁定日卻能起很大作用；㉔　　　260

這時他不像住修道院的修士，

260　　不像穿著舊大氅的飽學之士，

倒像是一位教皇或主教大人，

穿著精紡細織的雙料短斗篷——

就像鐘剛出鑄模時那樣挺括。

㉒本行與下面一行在有的版本中可不計行數，因此下面出現兩種行碼。

㉓托缽修士開口向人打招呼時，常用《新約全書・約翰福音》1章1節的
拉丁文經文，中文意譯為「太初有道……」。

㉔裁定日指的是為解決糾紛而定下的一些日子。

他拿腔作勢，常咬著舌尖說話，㉕
265 以爲這樣說出的英語才動聽；
他唱好了歌曲，彈起他的豎琴，
他的雙眼在眼眶裡忽閃忽閃，
就像星星在一個霜凍的夜晚。 270
這體面的托缽修士名叫休柏。

商人 他鬍鬚一半朝右而一半朝左——
這商人身穿花色衣，騎著大馬。
做他帽子的，是佛蘭德斯水獺；
他的靴子扣得又牢靠又美觀。
他發表他的見解時頗爲莊嚴，
275 總在強調他如何使利潤增長。
米德爾堡和奧威爾之間通航，㉖
他認爲應不惜代價確保安全。
他善於買賣外匯，用外幣嫌錢。 280
這個體面人很會用他那天分；
280 沒有人知道他還有債務在身，
儘管他又做買賣又向人借債，
但言談舉止還有那麼點氣派。
不管怎麼講，他確實是個人物；
可是說實話，他大名我沒記住。

學士 這一位是牛津來的飽學之人，

㉕也即把s、z等音發成th音，如把sing唸成thing。
㉖米德爾堡在中世紀時為興旺的商業城鎮，現為荷蘭南荷蘭省省會。奧威爾一譯奧韋爾，在奧威爾河口，是英格蘭薩福克郡的北海港口。

多年來他研究邏輯這門學問。
他的馬瘦骨嶙峋像是個草耙，
而要說胖卻怎麼也輪不到他。　　　290
我說，看上去他瘦削而又嚴肅，
290　一件短短的外套已經緯畢露，
因為至今還不曾拿到過薪水——
他不識時務，得不到教會職位。㉗
他不愛提琴、豎琴或華麗衣服，
寧可在床頭放上二十來本書——
295　書中的哲學出自亞里斯多德，
書外的封皮做成黑色或紅色。
然而儘管對哲理他非常精通，
錢箱裡卻沒金子可供他使用；　　　300
從朋友那裡得到的所有接濟
300　他已全部都用於學術和書籍；
對於給他錢、支持他研究的人，
他熱心祈禱，祝福他們的靈魂。
他的心思大部分用在學問上，
不是必要的話他一個字不講，
305　講起來則頭頭是道，提綱挈領，
而見解之精到令人肅然起敬。
他講的內容多是道德和道義，
他愛做的事不外施教與學習。　　　310

律師　　　這是位細心明智的高級律師，

㉗當時牛津的讀書人的出路就是擔任教職。

310 　常被邀請去聖保羅教堂議事，㉘
　　　在那裡他也是一位傑出的人。
　　　他大受敬重是由於他的審慎
　　　至少看來是這樣；他語言精練，
　　　曾受到皇家任命並擁有全權，
315 　一度是法官坐在巡迴法庭上。
　　　他的學識以及他崇高的聲望
　　　爲他贏得了酬金和高貴袍服。
　　　在購置地產上沒人像他突出；　　　　320
　　　實際上他總取得地產的全權，
320 　而他的契據上很難找到缺點。
　　　世界上沒有人像他這樣忙碌，
　　　而看來他比實際上還要忙碌。
　　　從威廉一世以來的每件案例㉙
　　　和判決結果，都在他心中牢記。
325 　他還能動筆起草契約或協議，
　　　他寫的東西沒什麼可以挑剔；
　　　每一條法令法規他都記清楚。
　　　他騎在馬上，穿的布衣很樸素，　　　330
　　　絲質腰帶上只有點金屬裝飾——
330 　關於他穿著，我說到這裡爲止。

平民地主　有個平民身分的地主陪伴他；

㉘當時律師常被邀至這個倫敦大教堂的門道裡商討事情。
㉙這位威廉一世指的是英格蘭的第一位諾曼人國王（1066～1087在位）。
他生於1028年前後，十五歲在其公爵領地執政，1066年渡海打敗英王，
成爲英格蘭國王，把英格蘭朝政交給主教掌握，並任命老友弗朗克爲坎
特伯雷大主教。

這人的鬍鬚白得就像雛菊花。
他臉色紅潤，性格開朗又樂天，
最愛以浸過酒的麵包當早餐。

335　他一向的宗旨就是活得舒適，
因為他願作伊壁鳩魯的弟子；
他的觀點是：完完全全的歡快
就是幸福，這幸福真切又實在。　　　340
他的家很大，他是這一家之主；

340　在家鄉，他是款待客人的聖徒。
他的麵包和啤酒質量第一流，
沒有誰藏有他這麼多的好酒。

345　他的家裡總有著大量的菜餚，
魚呀肉呀這類的東西真不少──
他家的酒菜多得像雪片一樣，
還有無數的美味你不難想像。
一年裡各個時節不斷地在變，
他隨之更改他的午餐和晚宴。　　　350
他的籠子裡養著許多肥鷓鴣，

350　魚塘裡的鯉魚狗魚不計其數。
要是廚師製做的醬汁不辛辣，
餐具不備齊，倒楣事就輪到他。
一張餐桌總放在那間大廳裡，
桌上整天都安排得有條有理。

355　治安法官開庭時他主持法庭；
又多次出席議會，代表他的郡。
他的腰帶白得像早晨的牛奶，
腰帶上掛著匕首和緞子錢袋。　　　360
他曾當過郡的審計官和郡長，

莊稼漢

360　　　哪裡有租地人像他這樣風光！

縫紉用品商　一起趕路的，還有縫紉用品商、
、木匠、織　織工、染坊主人、織毯匠和木匠，
工、染坊主　他們個個是一樣的服飾打扮──
人、織毯匠　都是一個有名大行會的成員；
　　365　　　所有的東西打點得光鮮體面，
　　　　　　就連佩刀也不是用黃銅鑲嵌，
　　　　　　而是全部用白銀；腰帶和錢袋
　　　　　　做工細巧，各方面都十分精彩。　　　*370*
　　　　　　這些自由民確實個個都神氣，
　　370　　　坐在會館的高座上完全適宜；
　　　　　　他們每個人憑著各自的才智，
　　　　　　做他們行會裡的會長極合適，
　　　　　　因為有著足夠的資產和收益，
　　　　　　而他們的妻子肯定也會同意；
　　375　　　不這樣，他們反倒會受到埋怨──
　　　　　　畢竟聽人叫「夫人」是美妙體驗，
　　　　　　而且節日進教堂也走在頭裡，
　　　　　　連斗篷後襷也有人小心拾起。　　　*380*

廚師　　　他們為這次旅行帶了個廚師，
　　380　　　要他把又酸又香的佐料配製，
　　　　　　再加上髓骨和良薑把雞燒煮。
　　　　　　倫敦的酒他一嘗就能夠辨出。
　　　　　　他能烤會燒，善於煎炒善於煨，
　　　　　　做的雜燴濃湯和餡餅是美味。
　　385　　　但我想他有一個可惜的地方，

因為他的小腿上生了個惡瘡。
但他的閹雞雜燴滋味卻最鮮。

海員　　這是從遙遠的西部來的海員，　　　　　*390*
　　　　　據我所知他來自達特茅斯港。㉚
　390　　他正盡力騎穩在一匹駑馬上，
　　　　　一件粗呢的長袍垂到他膝頭。
　　　　　他頸項上有根帶子掛著匕首，
　　　　　這匕首一直垂到他胳臂下面。
　　　　　炎炎夏日曬黑了他的那張臉。
　395　　這是一個「好漢」，我能肯定地講；
　　　　　他從波爾多來的那一段路上，
　　　　　趁酒商睡覺，偷喝了許多好酒。
　　　　　至於良心，這東西他一點沒有；　　　　　*400*
　　　　　若在海上同人打拼打敗人家，
　400　　他就把對方送過海水回老家。
　　　　　但說到他本領，比如計算潮位
　　　　　和水流速度，判斷逼近的艱危，
　　　　　還有停泊、看月色和領航技術——
　　　　　從赫爾到卡塔赫納唯他獨步。㉛
　405　　他幹起事情來膽大而又心細；
　　　　　他鬍鬚受過多少暴風雨洗禮。
　　　　　從哥得蘭直到菲尼斯泰爾角，㉜

────────────

㉚英國的達特茅斯在當時以出海盜出名。
㉛赫爾為英國海港。卡塔赫納為西班牙東海岸良港。
㉜哥得蘭一譯果特蘭，是波羅的海中的島名。該島現為瑞典的一省。菲尼斯泰爾為法國西北部省份，臨英吉利海峽。

沿途所有的港口他全都知道；   *410*

不列塔尼和西班牙的每條河㉝

410   他都熟悉；他的船名叫瑪格德。

醫生   與我們同行的還有一位醫生；

在這整個世界上沒有一個人

能在內科和外科上同他相比。

因爲他有星象學方面的根底，

415   他給病人治病，在很大程度上

用他的法術決定施診的時光。

他知道什麼時候病家那顆星

進入星位，就乘機用護符治病。   *420*

他知道引發每種疾患的病根，

420   不管是熱症冷症或濕症乾症，

他知道病的成因和病的類型，㉞

可眞是一位全面的開業醫生。

一等弄清楚病的起因和性質，

他會毫不遲疑地替病人醫治。

425   他的藥劑師也眞是一叫就應，

立刻會送來內服外用的藥品；

因爲他們間早已建立了友誼，

這樣我幫你、你幫我大家有利。   *430*

他對古代的埃斯科拉庇俄斯、㉟

㉝不列塔尼是法國古省和公爵領地，約相當於今日之菲尼斯泰爾。

㉞古代把人的體質分爲四種類型：血質型（熱與濕），痰質型（冷與濕），膽質型（熱與乾），鬱質型（冷與乾）。

㉟埃斯庫拉庇俄斯是傳說中的醫藥之神及希臘醫藥之父。

430	迪奧斯科里斯、魯弗斯都熟悉；㊱
	還有希波克拉底、哈里和加倫，㊲
	拉齊茲、阿維森納和塞拉匹恩，㊳
	阿威羅依、達馬辛與康士坦丁，㊴
	伯納德、吉爾伯特與加台斯騰。
435	在飲食方面他可非常有節制，
	因爲多餘的東西他一點不吃——
	吃得既容易消化而且營養好。
	說到讀書，他《聖經》讀得相當少。 *440*
	他穿的衣裳顏色是大紅淺藍，
440	而襯裡不是塔夫綢就是細絹；
	不過在花錢方面他倒很節儉，
	至今存著大瘟疫時期掙的錢。
	黃金作爲藥，既然是種興奮劑，㊵
	他特別愛黃金也就頗有道理。

巴思婦人	還有位好女人來自巴思附近，㊶
	可惜的是她的耳朵有點重聽。
	她織呢織布的手藝極其嫻熟，

㊱迪奧斯科里斯（40？～90？）是希臘醫生及藥理學家，所著《藥物論》沿用了十六個世紀。魯弗斯（Rufus）不詳。

㊲希波克拉底（西元前460？～前377？）爲古希臘醫師，被稱爲醫學之父。哈里（Hali）不詳。加倫（129～199）爲古代科學史上重要性僅次於希波克拉底的醫學家。

㊳拉齊茲（850？～925？）爲阿拉伯名醫。阿維森納（980～1037）是西方尊爲「最傑出醫生」的波斯人。塞拉匹思疑爲四世紀時基督教的高級教士。

㊴阿威羅依（1126～1198）是最重要的伊斯蘭思想家之一。這兩行中的其他一些人還有待查考。

㊵中古時代有人認爲黃金還有藥用價值。

㊶巴思是英格蘭西南部城市，以溫泉著稱。

　　　　　　　超過伊普爾、根特的紡織好手。㊷　　　　450

　　　　　　　在她那教區裡，任何一位婦女

　450　　　　想在她前面奉獻，她絕不允許；

　　　　　　　若有誰這麼幹，她準大發脾氣，

　　　　　　　而她發起脾氣來就不留餘地。

　　　　　　　她的頭巾是質地細密的料子；

　　　　　　　我敢發個誓：隨便哪個星期日

　455　　　　她頭上的飾物準有十磅之重。

　　　　　　　她繫得很牢的長襪顏色鮮紅，

　　　　　　　穿的一雙新鞋子皮質很柔軟。

　　　　　　　她紅潤的臉蛋漂亮而又大膽。　　　　460

　　　　　　　作為女人她一生絕不算虛度；

　460　　　　在教堂門口她嫁過五個丈夫，

　　　　　　　而年輕時的相好還不在其內——

　　　　　　　現在不提這點我看也無所謂。

　　　　　　　耶路撒冷那地方她三次去過，

　　　　　　　還渡過多少異邦的巨川大河；

　465　　　　布洛涅、科隆和羅馬她也到過，㊸

　　　　　　　還到過加利西亞的聖地亞哥。㊹

　　　　　　　她走的地方多，長了許多見識。

　　　　　　　可我得說，她嘴裡像少了牙齒。　　　　470

　　　　　　　她穩穩地騎著慢步行走的馬，

　470　　　　頭戴的帽子寬度竟有盾牌大，

――――――――――

㊷伊普爾在現比利時西佛蘭德省，是中世紀時的主要紡織中心。根特是
比利的最古老城市之一。

㊸布洛涅在現法國北部加來海峽省。

㊹加利西亞是中世紀西班牙西北部地區名，聖地亞哥是該地區的城市。

帽子之外還仔細繫著塊頭巾；
她的肥臀外也有騎馬的罩裙，
她的腳跟上還有尖馬刺一副。
同人們一起時她能談笑自如。

475 得了相思病她該有辦法治療，
因爲這方面的事她全都知道。

堂區長⑤ 這又是一個好人，一位窮教士；
雖主管著城裡一個教區的事， *480*
卻還不乏崇高的思想和作爲。

480 他很有學問並且任職於教會，
眞心實意地宣講基督的福音，
熱誠地教導他教區裡的教民。
他非常仁慈而又出奇的勤奮，
然而在逆境裡卻又富於耐心——

485 多次事例證明他就是這種人。
不向他繳什一稅，他也絕不肯
把人逐出教門，卻毫不遲疑
動用收到的捐款和自己收益， *490*
拿出一部分在附近扶貧濟苦。

490 他自己則所求甚少，容易滿足。
他的教區面積大，房子又分散，
但是他不管下雨或雷轟電閃，
也不怕辛苦麻煩或自己生病，
總拄根拐杖去走訪他的教民，

495 哪怕是住得最遠的富戶貧家。

---

⑤堂區長是堂區（或教區）的負責教士。

這就給他的教民把榜樣立下：
就是先拿出行動然後再說教。
他是從《福音書》裡引來這訓條，㊻　　　500
不過他又另外加上了一句話：

500　黃金都鏽掉，鐵還有什麼辦法？
因為我們信賴的教士若腐敗，
那麼無知者腐化就不足為怪。
願教士注意最最可恥的情況：
便是羊群乾淨而牧羊人骯髒。㊼

505　教士應以自己的無瑕作榜樣，
讓教民知道怎樣生活才正當。
他不像人家把聖職租給別人，
從而讓其羊群在泥潭裡受困，　　　510
自己卻去倫敦的聖保羅教堂，

510　去為一些人超度亡魂而領賞，
或主持宗教儀式受雇於行會；
他總在家裡把他的羊圈守衛，
免得他的羊遭到惡狼的襲擊；
他的工作是牧羊不是做生意。

515　儘管他為人聖潔而品格高尚，
但對於罪人卻並不冷眼相向，
說話的時候也並不驕矜倨傲，
而是苦口婆心地教誨與勸導。　　　520
他抱定宗旨，要引人們進天堂，

520　用的是他的善行以及好榜樣。

㊻《新約全書》中有馬太福音、馬可福音、路加福音和約翰福音，合稱
「四福音書」。

㊼基督教中，常把教職人員與教民的關係比喻為牧羊人與羊群的關係。

但是如果有什麼人頑固不化，
他一定會把這個人狠狠責罵，
無論這人的身分高貴或低微——
比他好的教士世上沒第二位。
525　他並不汲汲於追求浮華尊榮，
不假裝道德上的顧忌特別重。
他只講基督及其使徒的言行——
其中的道理他是自己先遵循。　　*530*

莊稼漢
530　他有個莊稼漢兄弟在旁作陪，
這兄弟拉過許多大車的廄肥。
他是個忠厚老實的幹活好手，
生活平和又安寧，對人也寬厚。
任何時候，不管是高興是悲戚，
他總是全心全意地熱愛上帝——
535　其次愛鄰人，就像愛自己一樣。
為了基督，他願意給窮人幫忙；
只要能辦到，他就為他們挖溝，
為他們打麥掘地卻不要報酬。　　*540*
他規規矩矩，按照勞力和收益
540　交納稅金，按十分之一的比例。
他身穿農民的外衣，騎著母馬。

此外只除了磨坊主、差役、管家、
伙房採購和賣贖罪券的傢伙，
就再沒有別人——只除了一個我。

磨坊主　這個磨坊主是個強壯的漢子；

他骨骼又粗又大，肌肉又結實——
這點有證明：凡參加摔角比賽，
無論在哪裡他總把羊贏回來。[48]　　　　　550
他是個壯實的人，個子矮墩墩，
550　　有氣力從門框上卸下任何門，
也能一頭衝過去撞開那門扇。
他鬍鬚一大把，寬得有如鐵鏟，
紅得像母豬、狐狸的鬍子一樣；
他長著一個瘊子，正在鼻尖上，
555　　而這肉贅上長的毛顏色很紅，
跟母豬耳朵的毛色沒有不同；
他的兩個鼻孔又是黑又是大，
身子的一邊也有劍和盾佩掛。　　　　　560
他的嘴巴像一個巨大的爐子，
560　　能夠滔滔不絕說笑話、講故事，
講的東西大多是醜事和犯罪。
他善於偷麥，偷的是掙的兩倍；
卻有「金拇指」這種誠實的外號。[49]
他身穿白上衣，頭戴藍色兜帽。
565　　他能熟練地把他的風笛吹奏，
我們出城時和著他那曲調走。

伙房採購　　這是法學院一位伙房好採購，
搞採辦的人可以向他學一手，　　　　　570
學他採購食品中的精打細算；

---

[48]當時對摔跤比賽的優勝者的獎品通常是一頭公羊。

[49]在當時的諺語中，「金拇指」是對誠實磨坊主的一種比喻說法。

570	因為不管是記帳還是付現款，
	他在買東西方面總十分注意，
	總是要在交易中占到些便宜。
	像他這樣粗俗卻憑著小聰明
	反倒超過了大堆學子的才情。
575	這是不是上帝恩典的好例子？
	他的主子數目三十個還不止，
	他們個個是博學的法律專家，
	而且在這一批人當中有一打
	夠格去英國任何貴族的家裡，
580	為主人管理他的收益和田地，
	使其靠自己的資財體面度日
	而沒有債務（除非他自己發痴），
	或按他希望的那樣過得儉樸，
	這樣，無論發生什麼樣的變故，
585	都能夠具有幫助全郡的力量：
	但這個伙房採購比他們都強！

管家　這管家身材瘦長而脾氣很大。
　　　　他有個鬍子刮得乾淨的下巴；
　　　　他的頭髮齊耳邊短短剪一圈，
590　　他的頭頂前像教士那樣修剪。
　　　　他的兩腿相當長卻又相當瘦，
　　　　細得像棍子，小腿上沒有肌肉。
　　　　他很懂得如何把糧倉管理好，
　　　　所以查帳人對他沒毛病可挑。
595　　他根據天氣是乾旱還是雨多，
　　　　能夠憑種子預計糧食的收穫。

580

主人的豬馬牛羊和奶酪作坊，
主人的儲藏以及家禽的飼養　　　　　600
完全由這位管家一個人掌管。
600　根據合同，從主人二十歲一滿，
他就已開始隨時把帳目報出。
事實上沒人發現他有過延誤。
無論是羊倌和雇工還是管事，
在他跟前一個個都怕得要死，
605　他們的詭計花招都騙不過他。
他在牧場上有個很漂亮的家，
那兒掩映在一派綠樹樹蔭裡。
他去買東西總比他主子便宜；　　　　610
私下裡已積起相當一筆財產。
610　他手段高明，很會討主人喜歡：
拿主人東西借給或送給主人，
換來衣帽的賞賜和道謝之聲。
年輕的時候他學過手藝一門——
當過木匠，是個很好的手藝人。
615　他騎的一匹灰公馬毛色斑駁，
這匹好馬的名字叫作司各特。
他穿著長長的藍色外套一件，
身邊佩一把鏽跡斑斑的長劍。　　　　620
我說的這管家來自諾福克郡，
620　他的家是在鮑茲威爾鎮附近。
他把撩起的長外套塞在腰間
像托缽修士，總走在大家後面。

差役　　　　同我們一起走的還有個差役；⑤
　　　　　　他火紅的臉像是畫中的天使。
625　　　　他眼睛細小，有著一臉小膿疱，
　　　　　　那種激動和好色就像是小鳥。
　　　　　　他鬍子稀疏，黑眉毛上結滿痂──
　　　　　　他的臉叫小孩子們見了害怕。　　　　　　630
　　　　　　無論是什麼水銀、硼砂和硫磺，
630　　　　還是什麼酒石油、鉛白和鉛黃，
　　　　　　反正任何一種清潔劑、收斂膏
　　　　　　都不能治好他面頰上長的疱，
　　　　　　不能治好他臉上白色的疤斑。
　　　　　　他愛吃的是韭蔥、洋蔥和大蒜，
635　　　　他愛喝的是紅得像血的烈酒。
　　　　　　待把這種酒喝了個痛快以後，
　　　　　　他就又說又叫像瘋了的一樣──
　　　　　　或者除了拉丁語，一個字不講。　　　　　640
　　　　　　他會說些拉丁詞，不過兩三個，
640　　　　無非都是從判決詞裡聽來的；
　　　　　　這並不奇怪，因爲他整天聽它。
　　　　　　你也清楚地知道，連一隻松鴉
　　　　　　也能把「沃特」說得教皇那樣好。
　　　　　　但若是有人想要再把他考考，
645　　　　他的知識也就露了底，只會以
　　　　　　拉丁語叫道：「問題是哪條法律？」
　　　　　　這個無賴也算心地好、人厚道；
　　　　　　比他再好的傢伙倒也難找到。　　　　　　650

────────────

⑤這是個教會法庭的差役，專事傳喚違犯教規者到庭，該庭有權在普通
法之外，對之做出懲罰。很明顯，這個差役患有屬於癩瘋病之脫毛症。

　　　　　哪怕人家養了一年的小老婆，
650　　　只消給他一杯酒，他也就放過，
　　　　　對那人的事絕不再理會，因為，
　　　　　私下裡他也犯偷雞摸狗的罪。
　　　　　要是他在哪裡找到個好朋友，
　　　　　他就會教這人：根據他的案由，
655　　　不必為宗教法庭的判決戰慄，
　　　　　除非他的靈魂裝在他錢袋裡，
　　　　　因為在錢袋裡才會從重發落。
　　　　　「錢袋是領班教士的地獄，」他說。　　　660
　　　　　然而我很清楚，他這是在騙人：
660　　　每個罪人得害怕被革出教門──
　　　　　這是死路，正如蒙赦免是獲救──
　　　　　還得為自己被移送監獄擔憂。㉛
　　　　　在他那位主教管轄的教區裡，
　　　　　他讓年輕女子們聽他的旨意；
665　　　他知道她們祕密，做她們顧問。
　　　　　他頭上戴的一只花環大得很，
　　　　　大得可掛在酒店門前作店招；
　　　　　作他盾牌的是個很大的麵包。　　　　670

賣贖罪券　　有個賣贖罪券的同他一起走，
的人

────────────

㉛宗教法庭審結後由民事當局執行懲罰（往往是坐牢）。

670　　是這差役在若望西伐的朋友。⑫
　　　這剛來自羅馬教廷的人高唱：
　　　「親愛的，請你快快來到我身旁，」
　　　兩差役有力的低音爲他伴唱，
　　　沒一只喇叭能有一半這麼響。

675　　這個賣券人的頭髮黃得像蠟，
　　　服貼地披在他頭上像是亞麻；
　　　這頭髮一絡一絡垂在頭四周，
　　　他就讓這些頭髮披在他肩頭——　　　680
　　　只是一縷縷披散得又稀又疏。

680　　他沒戴兜帽，爲的是路上舒服——
　　　已把帽子紮起來放在行囊裡。
　　　他認爲他騎馬樣子最合時宜；
　　　披著頭髮，只戴著小便帽一頂，
　　　閃爍的目光像出自兔子眼睛。

685　　聖維羅尼卡汗巾綴在他帽上，⑬
　　　在他身前的馬鞍上放著行囊——
　　　滿是剛從羅馬帶來的贖罪券。
　　　他的嗓音像山羊叫，又細又尖；　　　690
　　　他沒有鬍子，以後也永遠不長，

690　　臉上光潔得就像剛刮過一樣；
　　　依我看，他不是騸馬便是牝馬。

---

⑫若望西伐是倫敦的一所醫院，附屬於西班牙若望西伐聖母修女院。當
時有不少人自稱獲天主教會准許，有權賣贖罪券（或稱赦罪符）以資助
該醫院，但也常有人揭露有些人並無這種授權。
⑬聖維羅尼卡汗巾是一種有耶穌面像的汗巾。據說耶穌當初背著十字架
去髑髏地時，遇到一位名叫維羅尼卡的女子，她以汗巾為耶穌擦臉，耶
穌的面像就留在了汗巾上。這就是聖維羅尼卡汗巾，後泛指有耶穌像的
織物。

　　　　　但要找個賣贖罪券的人像他，
　　　　　從貝里克到韋爾難找第二位；㊾
　　　　　因爲他還有個枕套在行囊內，
695　　　他說這是遮面布，原屬於聖母；
　　　　　他說還有一片原來是帆的布，
　　　　　那是聖彼得航海時用的東西——
　　　　　直到耶穌基督召喚他上陸地；　　　　700
　　　　　他有個黃銅十字架，鑲有寶石，
700　　　還有幾塊豬骨頭，裝在瓶子裡。
　　　　　憑這些所謂聖物，他無論何時
　　　　　在鄉間遇上一個貧窮的教士，
　　　　　那麼他在一天裡搞到的錢財
　　　　　教士花上兩個月也掙不進來。
705　　　就這樣，憑著花招和胡亂吹捧
　　　　　他把教士和眾多的百姓唬弄。
　　　　　但最後還得爲他說句公道話：
　　　　　教會裡面的好教士數得上他。　　　　710
　　　　　無論唸經文、講傳說他都在行，
710　　　但最好的是奉獻時他的歌唱；
　　　　　因爲他知道唱那曲子的時候，
　　　　　爲了掙銀錢，他就得鼓動舌頭，
　　　　　就得講道；而他確實能做得好——
　　　　　所以他唱得高興，唱得調門高。

715　　　我已簡要地對你們照直說過

㊾貝里克爲蘇格蘭郡名，以特威德河與英格蘭隔開。韋爾爲英格蘭赫特
福德郡城鎮，在大倫敦北側。

這一批人的人數、身分和衣著，
也說過這批人爲了什麼道理
來到薩瑟克一家好旅店聚集——　　　　　720
這泰巴旅店在貝爾客棧近旁。

720　但是現在我要對你們講一講：
我們在那家客店前下馬以後，
接下來怎樣在那裡過了一宿，
隨後還要講一講我們的旅行
和這次朝聖中其他種種情形。

725　但我要先請你們別說我放肆：
我告訴你們他們的言談舉止，
這就要求我把情況照直說出，
所以別認爲這是我爲人粗魯——　　　　　730
即使我把他們的原話講出來；

730　因爲你們也同我一樣地明白：
任何人要複述別人講的故事，
就得盡量複述原話的每個字，
不管這些字多麼下流或粗俗——
只要他聽到這些字並且記住；

735　要不然他就使他那故事走樣，
或者想出些新字眼、新的名堂。
哪怕是兄弟的話也不能更改：
必須按原話把每個字說出來。　　　　　740
《聖經》裡基督說的話也很隨便——

740　而你們知道這不算粗鄙下賤；
能讀柏拉圖作品的人還清楚：
他說語言必定是行動的親屬。
另外，我還要請你們把我寬恕，

如果這個故事裡的每個人物
745　我沒能給以恰如其分的表現——
你們會諒解，因爲我智力有限。

店主歡迎我們每個人的到來，
很快給我們備下最好的飯菜，　　　750
安排我們入座後就開始晚餐。
750　他的酒相當濃烈，我們喝得歡。
我們這店主的確長得很神氣，
完全能在一座大廳裡當司儀；
他身材魁梧，炯炯有神的眼睛，
是全契普賽德最體面的市民。⑤
755　他說話爽直又明智，很有文化，
男子漢氣概他一點也不缺乏。
除此之外，他的確是個快活人。
晚餐後他便開始了說笑打諢。　　　760
講了很多事讓我們聽得歡暢——
760　這時候我們各人都已付了帳——
他說道：「今天各位貴客的光臨，
說眞的，我打心眼裡表示歡迎。
我要擔保我的話句句是眞言：
你們這樣一群人同來小店，
765　這年頭我還沒遇見這種情形。
若能使你們快活我就很高興。
我現在爲你們想出一種消遣，

---

⑤契普賽德現爲倫敦城中的東西向大道。中世紀時是條商業大街，有很
多豪華建築及教堂。

而你們不必爲這種消遣付錢。　　　　　　*770*

「你們去坎特伯雷，願你們順當；
770　願那賜福的聖人給你們報償。
我知道，你們騎著馬一路過去，
免不了講講故事和找些樂趣；
因爲，要是像石頭一塊不開口，
那麼路上就什麼消遣也沒有。
775　所以我希望爲你們找些樂趣，
像我剛說的那樣使你們歡愉。
如果說對於我的說法和建議
你們在座的各位都一致同意，　　　　　*780*
都願意聽從我對你們的囑咐，
780　那麼到明天你們都騎馬上路，
我憑我已故父親的在天之靈，
以腦袋保證你們一路上高興。
我就不說了，大家舉手來看看。」

要我們做決定不用很長時間；
785　我們覺得這件事不必多商量，
沒怎麼考慮就同意他的主張，
要他講一講他已想好的主意。

他說：「各位貴客請你們聽仔細，　　　*790*
千萬別把我的話不當一回事。
790　簡明地說，我這主意的要點是，
爲了大家在旅途上過得愉快，
你們每人要講出兩個故事來──

我是說，在去坎特伯雷的路上——
回來時也講兩個，同去時一樣，
795　都要講過去有過的奇異經歷。
你們之中，誰講的故事數第一，
就是說，誰按照我們這個規矩
講出的故事最有意義最有趣，　　　*800*
那麼等大家從坎特伯雷回來，
800　我們其餘的人就出錢備酒菜，
就在這根柱子邊請他吃晚飯。
而且爲了使你們一路上更歡，
本人就陪同你們騎馬走一趟——
自己出錢，爲你們把嚮導擔當。
805　但如果有誰違反了我的條件，
他得爲我們路上的花費付錢。
要是你們都同意我這種設想，
請立即告訴我，話就不必多講——　　　*810*
我還得早做準備，好一起出發。」

810　我們高興地起誓，同意這辦法，
同時我們也對他提出了建議，
請求他給我們面子千萬同意，
就是說，請他來當我們的總管，
記好我們的故事並做個評判，
815　對我們那頓晚餐定出一個價；
而我們則無論事情是小是大，
反正全都聽他的安排和指揮——
對他的領導沒有一個人反對。　　　*820*
事情一說定就立刻取出酒來；

820　我們每個人全都喝了個痛快，
　　　然後便不再耽擱，都去上了床。

　　　第二天店主起身時天還剛亮；
　　　他叫醒我們，像是報曉的公雞，
　　　然後他就把我們聚攏在一起。
825　我們出發，走得比步行快一點，
　　　這樣我們來到了聖托馬斯泉。⑤⑥
　　　我們的店主在這裡把馬勒停，
　　　說道：「各位貴客，請你們仔細聽：　　830
　　　我提醒大家，各位已有言在先；
830　要是昨晚的話今早上仍不變，
　　　那就要看看第一個故事誰講。
　　　就像我必定要喝酒下肚一樣，
　　　我說過了的規矩誰要是違背，
　　　那他就得付我們路上的花費。
835　現在我們來抽籤，抽好了再走：
　　　誰抽到最短的籤，就由他開頭。
　　　騎士先生，我的大老爺和貴客，
　　　我已做出決定，你先來抽一個。」　　840
　　　他接著又說：「院長嬤嬤過來吧，
840　還有你，學士先生，別羞羞答答，
　　　別再用功啦；大家都來抽一抽！」

　　　轉眼間人人都已經抽籤在手。
　　　經過的情形這裡就長話短說，

---

⑤⑥聖托馬斯泉離泰巴旅店不遠，僅一英里多些。

反正不知是運氣、命運或巧合，
845　　事實是，這個籤正在騎士手裡——
對於這結果，眾人都感到欣喜。
按道理，他就得第一個講故事；
這事先已經有約定，人人盡知，　　　　850
還有什麼必要再多說什麼話？
850　　騎士的為人明智又遵紀守法，
這位好漢子看到抽籤的結果，
便主動履行自願做出的承諾。
他說：「既然由我來開始講故事，
我歡迎這籤，憑上帝之名起誓！
855　　大家就一邊走一邊聽我講吧。」

聽了這話，我們便騎上馬出發。
於是他就興高采烈地開始講，
他講的內容就像下面的這樣。　　　　860

本書的總引到此結束，
騎士的故事由此開始，
此為第一個故事。

騎士

騎士的故事

忒修斯同西徐亞人進行了激戰之後①
現在乘著凱旋的戰車駛近他的祖國⋯⋯
　　　斯塔提烏斯《底比斯戰紀》第十二卷519～520②

　　　　古老的歷史告訴我們一件事，
860　　　曾經有一位君主名叫忒修斯，
　　　　他統治雅典，是這城邦的主宰，
　　　　普天下，在他生活的那個時代，
　　　　沒有一個征服者比他更偉大。
　　　　他曾經戰勝許多富饒的國家；
865　　　憑著他的智慧與強大的武力，
　　　　他曾攻占亞馬孫的全部土地。③
　　　　這女人國的地域原叫西徐亞，
　　　　他娶了那裡的女王希波呂塔。　　　　*10*
　　　　他把這女王帶回自己的祖國，

---

①忒修斯是希臘傳說中的大英雄，有許多斬妖除怪的事蹟，後繼承雅典
王位並統一全國，還曾降服亞馬孫女王希波呂塔並與之生子。亞馬遜人
為此入侵雅典，致使希波呂塔戰死忒修斯軍中。西徐亞一譯錫西厄，是
古代歐洲東南部以黑海北岸為中心的一個地區。
②斯塔提烏斯（45？～96）是羅馬詩人。
③亞馬孫指希臘神話中一族女戰士中的成員。當希臘人開闢黑海一帶的
殖民地時，那鬼被說成是亞馬孫人的地區。據希臘傳說，英雄赫拉克勒
斯也曾率領遠征隊去奪取亞馬孫女王希波呂塔的腰帶。

870　那種榮耀和風光已難於細說，
　　而且還帶回女王之妹艾米莉。
　　在一片慶祝勝利的軍樂聲裡，
　　我讓這高貴的君王馳向雅典，
　　讓他的大隊人馬隨同他凱旋。

875　眞的，要不是在這裡說來太長，
　　我就要源源本本對你們講講：
　　忒修斯和他那支驍勇的隊伍
　　怎樣攻取了亞馬孫人的國土；　　　　　　20
　　講講雅典人和亞馬宗人之間
880　那一場大戰驚心動魄的場面；
　　講講西徐亞的女王希波呂塔
　　儘管美貌膽大又怎麼被捉拿；
　　還要講講他倆結親時的筵席
　　以及回國途中遇到的暴風雨。
885　現在，講這些事情我可得避免，
　　因爲需要翻耕的土地一大片，
　　但爲我拉犁的牛卻並不強壯，
　　而我故事的其他部分卻很長。　　　　　　30
　　再說，我不願妨礙同行的諸位──
890　大家該有輪流講故事的機會，
　　讓眾人看看：誰把那晚餐贏去。
　　在哪裡扯開，我還在哪裡繼續。

　　且說我剛才提到的那位君王
　　感到滿腔的快樂和無限風光，
895　正朝著他那座城池一路馳來。

朝路旁一望，他覺得有點奇怪，
因爲在那大路上有許多婦女；
她們一身黑，前後排得很整齊，　　　　40
兩個兩個一排地全跪在地上。
900　她們又是喊又是哭，聲音很響，
像這樣哭哭叫叫的淒慘場面
世界上沒有別人聽見和看見。
她們就這樣哭號著不肯停止，
一直鬧到拉住了他的馬韁時。

905　「你們是誰？爲什麼這樣哭叫——
把我凱旋而歸的好日子打擾？」
忒修斯說道，「你們是不是妒忌
我的榮譽就這樣來哭哭啼啼？　　　　50
要是有人欺侮或侵犯了你們，
910　說出來，讓我看看是否能糾正；
還有，爲什麼你們都穿一身黑？」

只見婦女中最最年長的那位
臉色慘白，像剛剛昏厥過一樣，
那模樣叫人看了眞可憐；她講：
915　「我的君主，是幸運之神給了你
生爲征服者的福分，讓你勝利；
我們絕不因你的榮耀而難受，
倒是要懇求你的仁慈和搭救。　　　　60
可憐可憐我們的痛苦和不幸！
920　讓我們這些處境悲慘的女性
也能分享你寬厚的點滴雨露。

我的主上啊，因爲情況很清楚，
我們個個都曾是貴婦或女王。
可現在我們顯然都處境淒涼：
925　要多謝命運女神的無常之輪，
她絕不會把幸福給定任何人。
我的主上啊，我們爲了見到你，
就在這處仁慈女神的神廟裡　　　　　　70
已經足足地等待了兩個星期。
930　請幫助我們吧，你有這個能力。

「現在我哭哭啼啼地滿臉悲愁，
從前卻是卡帕努斯王的王后——
在那可恨之日，他死於底比斯！④
我們在這裡都哭得力竭聲嘶，
935　而且個個都穿著這種黑衣裳，
因爲我們的夫君都已經陣亡——
當時那底比斯城正受到圍攻。
可是眼下呀，可恨那老克瑞翁　　　　　　80
竟然已做了底比斯城的主宰，
940　一味地倒行逆施又爲非作歹。
他生性暴虐無道又惡毒至極，
竟把所有的屍體全堆在一起；
儘管我們的夫君都已被殺掉，
可他還要對他們的遺體施暴。
945　對這些遺體，他怎麼也不同意
用埋葬或者火化的辦法處理，

④底比斯爲古希臘中東部一主要城邦。

　　　　　而且要讓狗來吞吃，算是洩憤。」
　　　　　她說完這句話，所有那些女人　　　　　90
　　　　　都匍匐在地淒淒惶惶地哭道：
950　　　「願你的心感受到我們的苦惱，
　　　　　對我們這些可憐女人開恩吧。」

　　　　　這仁厚的國君立即翻身下馬。
　　　　　聽她們這麼說話，他滿心憐憫；
　　　　　看她們那種可憐可悲的情景，
955　　　想到她們以前所享有的高位；
　　　　　他感到胸中的心難受得要碎。
　　　　　他伸手把她們一個一個扶起，
　　　　　說的安慰話出自於真心實意。　　　　100
　　　　　作為忠勇的武士他發出誓言，
960　　　說是要盡一切力量做到一點：
　　　　　要為她們向暴君克瑞翁報復，
　　　　　要讓希臘的全體人民都記住：
　　　　　克瑞翁的死完全是惡貫滿盈，
　　　　　忒修斯對待這惡棍恰如其份。
965　　　隨後他立即展開了他的旗幟，
　　　　　一點也不再耽擱便策馬奔馳，
　　　　　率領他的大軍朝底比斯殺去。
　　　　　他不願再朝雅典邁步或馳驅，　　　　110
　　　　　也不願停下來好好休息半晌，
970　　　那晚就紮營在他進軍的路上。
　　　　　希波呂塔女王和漂亮的妹妹
　　　　　艾米莉，他派人馬把她們兩位
　　　　　送到了雅典並把她們安頓好。

他自己則進軍；這就暫且不表。

975　瑪斯持槍執盾，他紅色的形象⑤
　　　在忒修斯的白色大旗上發亮，
　　　照得周圍的田野都有如火燎。
　　　在這大旗旁，他的三角旗在飄——　　120
　　　這富麗的金色旗上繡有怪獸，
980　那是他在克里特殺的彌諾牛。⑥
　　　這位常勝的君王就這樣進軍，
　　　軍中有的是武士之中的精英。
　　　他威風凜凜來到底比斯下馬，
　　　選好了戰場便把他營寨紮下。
985　但這裡我們還是長話短說吧。
　　　反正那底比斯王敗在他手下：
　　　堂堂正正地他同克瑞翁交手
　　　並且殺了他，使他部下全逃走。　　130
　　　然後他發起進攻，把城池占領，
990　接著還把城牆和房屋都夷平。
　　　派人收集好那些被殺者屍骨，
　　　他都交還給那些喪夫的貴婦，
　　　以便按習慣為死者舉行葬禮。
　　　貴婦們看著火化親人的遺體，
995　一個個都號啕大哭，流淚不止；
　　　當她們告別這位高貴君王時，

---

⑤瑪斯，是羅馬神話中的戰神。
⑥彌諾牛又叫彌諾陶洛斯，是希臘神話中克里特島上的牛頭人身怪物，
每年要吃雅典送來的童男童女各七名。

忒修斯又給她們極高的禮遇，
非常殷勤周到地送她們離去；　　　　　140
但所有這些說起來太費時間，
1000　我只想盡量地說得簡短一點。
這樣，勇敢非凡的君王忒修斯
殺了克瑞翁之後攻占底比斯；
那一夜他就在這戰場上休息，
按自己心意把這個國家處理。

1005　底比斯的軍隊已被完全打敗，
另外一些人卻加緊忙碌起來；
爲了把死者的盔甲衣物剝掉，
他們還在一堆堆屍體中翻找。　　　　150
也是事有湊巧，在那些屍堆裡
1010　他們發現有兩個武士躺一起；
兩人年輕的身上是纍纍創傷
用的又是同一種精美的紋章。
說到這兩位年輕武士叫什麼，
一個帕拉蒙，另外一個阿賽特。

1015　他們看來雖死卻還有一口氣；
憑他們用的紋章和其他東西，
紋章官一看便已經完全明白
他們兩人是帝王之家的後代，　　　　160
是底比斯王家二姐妹的兒子。
1020　於是人們把他們拖離了死屍，
小心地抬到忒修斯王的大營。
他當即決定絕對不接受贖金，
同時又下令把他們押送雅典，

要永遠把他們關在大牢裡面。

1025 這位不凡的君王把這事辦完，
便作為一個勝利者頭戴桂冠，
騎上馬帶著隊伍回到了雅典，
在那裡他一生過得歡快體面。　　　　170
一生都如此，還有什麼話可說？

1030 然而帕拉蒙、阿賽特他們兩個
始終關在塔樓裡，滿腔的悲愁，
因為金錢贖不回他們的自由。

時光一天天、一年年這樣過去，
到了個五月的早晨。說也有趣，

1035 艾米莉撩人眼目的那種漂亮
綠葉襯托的百合花也比不上，
百花盛開的五月也沒她鮮艷，
因為她面頰能夠同玫瑰爭妍——　　　　180
真不知是她還是花更加美麗。

1040 那天同往常一樣，剛出現晨曦，
艾米莉就已起身，穿好了衣裳，
因為五月可不容人賴在床上——
這時節會挑動每顆溫柔的心，
會以這句話使人從夢中甦醒：

1045 「起來吧，來向我表表你的敬意。」
所有這些全都提醒著艾米莉，
要她快起身，快去向五月致敬。
她穿的衣服看來又光鮮又新；　　　　190
她金髮編成的辮子垂在背上——

1050 按我的猜想，恐怕快有一碼長。

到了日出時分，她已在花園裡
來來去去，而且隨自己的心意
採集著花朵；這些花有紅有白，
給編成一個精巧花冠頭上戴。
1055　她唱著美妙的歌，唱得像天使。
且說那主堡樓造得堅固厚實，
是這城堡中最最重要的地方，
兩個武士就關在其中的牢房——　　　　200
關於他們，我還有很多事要講。
1060　這個主堡樓連著花園的圍牆，
而那花園裡艾米莉正在遊蕩。
那早晨天氣晴朗又陽光明亮；
這時那個悲苦的囚徒帕拉蒙
照常經看守同意已經起了身，
1065　在塔樓高處的一間房裡踱步。
這裡能看見這個都城的全部，
也能看見這花園裡綠樹遍地——
正是這裡，嬌艷窈窕的艾米莉　　　　210
輕盈地漫步在一片花木之中。
1070　那個滿懷愁緒的俘虜帕拉蒙
也在囚室裡來來回回地踱步，
自言自語地訴說自己的悲苦，
又常為自己來到世上而嘆息。
說來非常巧，也真是合該有事：
1075　因為他那個窗口有許多鐵柵，
那鐵柵像椽子似的又粗又大，
而他竟通過這窗看見艾米莉——
這就像有根針扎進他的心裡，　　　　220

使他臉色蒼白地「啊」地叫一聲。
1080　聽見這麼一叫，阿賽特跳起身，
急忙問道：「表哥你哪兒不舒服？
爲什麼臉色白得像塊裹屍布？
你爲什麼叫？什麼人把你傷害？
爲了上帝的愛，你還是得忍耐──
1085　既然被關在這裡，還能怎麼辦？
是命運給我們安排這種磨難。
土星的位置若不對，根據星象，
那麼這情況就能使我們遭殃；　　　230
任我們發誓不幹也無法更改，
1090　因爲出生時上天已做出安排；
我們得忍受，這是簡明的道理。」

帕拉蒙當即回答道：「我的表弟，
根據你講的這麼一番話，我講，
你可眞是有點兒在胡亂猜想。
1095　倒不是這牢房使我發出叫聲，
而是我眼睛剛才看到的情景
刺傷我的心：這能置我於死地。
我看到一位女子絕頂地美麗，　　　240
在這花園的那一邊來去走動，
1100　是她引起了我的叫喊和苦痛。
我雖不知道她是女神或女子，
但是我想她是眞正的維納斯。」
說到這裡，他又跪倒在地上講：
「維納斯啊，如果這是你的願望，
1105　要以這形象顯身在這個花園，

出現在我這悲苦不幸者眼前，
那就幫我們逃出這牢獄之災。
如果說天意已經做出了安排：　　　　　　　　250
老死在監房中便是我的命運；
1110　那就請對我的家族多加憐憫，
因爲在暴政下他們飽經摧殘。」
聽了這番話，阿賽特抬頭一看，
看到這女子在那裡到處走動，
他的心也因那美貌感到扎痛——
1115　如果說帕拉蒙的心受到重創，
那麼阿賽特至少也同樣受傷。
他嘆了一口氣，哀哀切切地講：
「在那裡散步的那位絕色女郎，　　　　　　　260
眞是轉眼之間就要了我的命；
1120　除非她對我給以眷顧和憐憫，
讓我至少能見上她一面，否則，
我就死定了；沒有什麼好說的。」

帕拉蒙聽了他的這麼一番話，
怒氣沖沖地瞧他一眼並回答：
1125　「你是在說眞心話還是開玩笑？」

「這是我的眞心話，」阿賽特說道，
「願上帝保佑，我沒心思開玩笑。」

帕拉蒙皺起了他的兩條眉毛；　　　　　　　270
「如果你對我不忠或是背叛我，
1130　這絕不會給你帶來榮譽，」他說，

「因為我是你表兄，我們還彼此
莊嚴地立過誓：一是同生共死；
二是除非在酷刑下命歸黃泉，
否則我們在被死神分開之前，

1135　好兄弟，在愛情等一切事情上，
別彼此作梗；這可得永志不忘。
你應該事事都助我一臂之力，
而我也同樣誠心誠意幫助你，　　　　　280
這是你和我莊嚴立下的誓言。

1140　我很清楚你不敢否認這一點。
因此你不言而喻該為我出力，
可現在你倒背信棄義搞詭計，
愛上我鍾愛並且崇拜的女子——
我愛她愛到我的心死滅為止。

1145　我說阿賽特，你不該背信棄義，
是我先愛她，並把苦惱告訴你，
因為我已經說過，你曾立過誓，
以為你是一定會幫我的兄弟。　　　　　290
如果你有這能力，那作為武士

1150　就有這種義務幫我做這件事。
否則我敢說一句：你背信棄義。」

「那麼更背信棄義的恰恰是你。」
阿賽特十分高傲地反唇相譏，
「實話對你說，是你在背信棄義。

1155　因為要說愛上她，我在你之先。
你有什麼可說？就一會兒以前，
你還不知道她是人還是神靈！

所以你的感情是宗教的感情；　　　　　　*300*
而我因爲她是個女人才愛她。
1160　　而我之所以告訴你我愛上她，
是把你當表兄又當結義兄弟。
就算我想到先愛上她的是你，
難道你不知讀書人有句諺語：
情場上一切作法都天經地義？
1165　　憑腦袋我敢說，愛情之法高於
世人之間所存在的一切法律。
因此在任何階層，人爲的律令
每天在遭到破壞，就爲了愛情。　　　　　*310*
人在愛情問題上由不得自己，
1170　　就是死，他也沒法從愛情逃離，
不管他愛的是姑娘、人妻、孀婦。
再說你的一生中，她那種眷顧
你未必能得到，當然我也一樣。
因爲你自己也很清楚，事實上
1175　　你我都被判定了終生受監禁，
人家還絕不接受我們的贖金。
我們就像兩隻狗爭搶肉骨頭，
鬥了一天也沒有一點奪到口；　　　　　　*320*
而就在牠們鬥得起勁的時候，
1180　　一隻鷹把牠們間的骨頭叼走。
我的表兄，所以在國王宮廷裡，
人人都爲自己，這也是不得已。
你要愛就愛，我既然把她愛上，
就要一心愛到底；情況就這樣。
1185　　我們得耐心地被人關在這裡，

今後也得各人碰各人的運氣。」

他們兩人爭得又激烈又久長，
但是我沒有工夫去細細地講；　　　　　　330
為了盡可能把故事講得簡短，
1190　　我這就言歸正傳：且說某一天
有位勇武的君主庇里托俄斯①
來到雅典拜訪老朋友忒修斯，
同時像慣常那樣來享受享受。
他同忒修斯是一對要好朋友，
1195　　他愛忒修斯勝過愛任何別人，
而忒修斯愛他愛得同樣深沉；
因為他們的友情開始於童年。
古籍上說過，這兩人親密無間；　　　　340
要是一個人去世，那麼說實話，
1200　　另外那個人願去地獄裡找他——
但是那種事我就說到這兒了。
庇里托俄斯非常喜歡阿賽特——
早在底比斯就有多年的交情。
經過庇里托俄斯一再的懇請，
1205　　忒修斯終於同意贖金也不要
就恢復他的自由，放他出大牢，
讓他去他願意去的任何地方——
但有個條件，下面我這就來講。　　　　350

———————————

①據希臘神話，庇里托俄斯是英雄忒修斯進行各種冒險活動時的同伴和
助手。有關庇里托俄斯的最早傳說可能是他與養蜂人布特斯的女兒希波
達彌亞結婚。

　　　　　　　簡單地說起來，這是一項協議：
1210　　　　　如果阿賽特在他今後一生裡，
　　　　　　　竟然再來忒修斯王的國土上，
　　　　　　　那麼不管是白天或者是晚上，
　　　　　　　只要一旦被發現並且被抓到，
　　　　　　　那麼他腦袋就得被大刀砍掉──
1215　　　　　哪怕他只待了僅僅一個鐘點。
　　　　　　　此外沒折衷辦法，就這個條件。
　　　　　　　於是他只得離開，趕緊回故土；
　　　　　　　但他得記住：他押的是他頭顱！　　　　　　　360

　　　　　　　現在阿賽特感到莫大的苦痛！
1220　　　　　這苦痛像是死亡扎在他心中。
　　　　　　　他流淚呼號，他哭得哀哀切切，
　　　　　　　只想找機會暗暗把自己了結。
　　　　　　　他說：「我呀真是生下來就命苦，
　　　　　　　現在我坐的牢比先前還不如；
1225　　　　　我如今待的是地獄，不是煉獄，
　　　　　　　而且注定要永遠在這裡定居。
　　　　　　　我竟認識庇里托俄斯，真晦氣！
　　　　　　　不然我如今還在忒修斯那裡，　　　　　　　370
　　　　　　　被永遠關在他牢中倒也極好，
1230　　　　　那可是我的幸福而不是苦惱。
　　　　　　　只要我能看到她，能把她崇拜，
　　　　　　　哪怕永遠也不配得到她青睞，
　　　　　　　那麼我也就感到非常滿足了。
　　　　　　　帕拉蒙兄弟呀，我的親愛表哥，
1235　　　　　你在這件事情上獲得了勝利，

可以極其幸福地待在監房裡。
誰說監房裡？根本就是個天堂！
命運的骰子幫了你一個大忙：　　　　　　　380
你能見到艾米莉，我卻遠離她。
1240　而今後你可能運氣發生變化──
既然你是個智勇雙全的武士，
離她又這麼近，只要機會合適，
也許到時候你的願望能實現。
但是我永遠得不到什麼恩典，
1245　這樣被趕了出來，滿心是絕望，
無論是土水火空氣的哪一樣，⑧
或是由它們構成的任何生物，
在這事上不能給我慰藉、幫助。　　　　　　390
確實，我該毀滅於絕望和不幸。
1250　再見啦我的歡樂、希望和生命！

「上天在各個方面待人都不薄，
比人自己想到的還要好得多；
但是人常常埋怨上天和命運，
唉，這究竟出於什麼樣的原因？
1255　一個人想發財，就為這個緣故
便死於非命或病得一命嗚呼。
另外一個人要從監獄裡出來，
不料在家裡被一個僕人殺害。　　　　　　　400
這種情況裡災禍能層出不窮，
1260　我們不知道祈禱起什麼作用；

---

⑧古代西方哲學認為土、風、水、火是構成世界上一切物質的四大要素。

我們就像是醉漢，醉得像老鼠：
醉漢有個家，這一點他很清楚，
但他不知道怎樣才能走回家，
而對醉漢來說條條路都很滑。
1265　的確我們在世上就是這個樣：
總在為自己尋找幸福和歡暢，
然而事實上我們常把路走錯。
這句話我們都會說，尤其是我，　　　　410
因為我原先以為並完全相信：
1270　只要我離開牢房不再被監禁，
那麼我就會很高興又很滿足，
不料我現在卻被趕離了幸福。
既然我已不能再見到艾米莉，
又對此毫無辦法，我與死無異。」

1275　話分兩頭，且說帕拉蒙那一頭。
他在得知阿賽特已走的時候，
淒淒慘慘地號啕痛哭了一場——
那哭聲在巨大的城堡中回響；　　　　420
連他結實的腳上戴著的鐵鐐
1280　也因他淒苦的淚而完全濕掉。
他嘆道：「唉，阿賽特，我的表弟，
你已贏得了我們爭吵的勝利。
此刻你在底比斯自由地走動，
哪裡還會想到我心中的苦痛。
1285　你既很精明機靈又勇猛威武，
有能力召集我們所有的親屬，
來向這城邦發動猛烈的攻擊，

然後憑什麼條約或某種時機，　　　　　　　430
就能使她做你的情人和妻子，
1290　而我爲了她就只能一死了之。
因爲如果從可能性方面來講，
你既已獲得了自由，出了監房，
恢復了權勢，自然就比我有利——
我死在囚籠裡，怎能同你相比。
1295　活在世上，我每天會哀傷痛哭，
因爲牢房既使我受許多苦楚，
我的愛情也同樣使得我難過，
這使我受到痛苦的加倍折磨。」　　　　　440
這時候妒忌之火在他胸膛裡
1300　一下子竄起來把他的心侵襲，
那勢頭之猛使他頓時變了樣——
看來像死灰又像枯死的黃楊。
接著他說：「眾位殘酷的天神哪，
統治人間，你們憑那永恆的話，
1305　只把你們的律令和不變意向
刻在硬得有如剛玉的石板上。
人類在你們眼中具有的形象
怎樣才勝過瑟縮在圈裡的羊？　　　　　450
人也同別的走獸一樣遭屠殺，
1310　而且還在監房裡被囚禁關押；
事實上一個人即使沒有罪過，
也常受病痛或其他厄運折磨！

無辜的人受折磨居然是天意，
這種天意裡究竟有多少道理？

1315　　另外一點也增加了我的痛苦：
　　　　人還得受到道德義務的束縛，
　　　　爲了神得把自己的慾望約束，　　　　　　460
　　　　而野獸的慾望倒是可以滿足。
　　　　一頭動物死了就不再有痛苦，
1320　　但是人死後還得悲傷和哀哭，
　　　　儘管在世上他飽經憂患苦惱：
　　　　毫無疑問，這大致是眾生之道。
　　　　這個問題我讓神學家來回答，
　　　　但我知道世上的痛苦太多啦。
1325　　可嘆的是，我看見毒蛇或賊子，
　　　　他們殘害了多少位忠義之士，
　　　　仍逍遙自在，可以去任何地方。
　　　　但我得坐牢，因爲土星要這樣，⑨　　　470
　　　　因爲朱諾滿懷著妒意和怒氣⑩
1330　　把底比斯城的高牆夷爲平地，
　　　　把底比斯的王族幾乎消滅光。
　　　　而維納斯的一方又要我滅亡，
　　　　因爲她對阿賽特妒忌又害怕。」

　　　　現在我把帕拉蒙暫時擱一下，
1335　　讓他安安靜靜地待在牢房裡；
　　　　先把阿賽特的情況講講仔細。

---

⑨在占星術中，土星是「冷」星，是行星中最兇險的。

⑩朱諾是羅馬神話中主神朱庇特之妻，因此也稱天后，她因為朱庇特與
多名底比斯王家女子私通而與底比斯為敵。

夏天過去後，夜變得越來越長，
那位情人和那個囚徒的悲傷　　　　　　480
也與夜俱增，使他們加倍痛苦。
1340　要說哪個更痛苦我可說不出。
因為情況可說很簡單：帕拉蒙
已被判定要坐牢，坐整整一生，
看來得在鎖鏈和鐐銬中死亡；
阿賽特則被永遠趕出那城邦，
1345　要是回來他腦袋就得被砍掉——
那位意中人他將永遠見不到。

你們也都戀愛過，我要問你們：
哪個更苦，阿賽特還是帕拉蒙？　　　490
這個每一天都能見到心上人，
1350　但是一輩子他只有坐牢的份。
那個能走路、騎馬去任何地方，
但永遠不能去見心上的女郎。
他們中哪個最苦隨你們去想，
我得像先前那樣繼續往下講。

第一部結束

第二部開始

1355　這位阿賽特回到底比斯之後，
每天都長吁短嘆，人逐漸消瘦，
因為再也見不到他的意中人。

總括說來一句話，他那種鬱悶，　　　　500
無論現在或將來，這個世界上
1360　再沒有誰的憂愁能夠比得上。
他嚥不下水和飯菜，睡不著覺，
弄得人枯搞精瘦，簡直像長矛。
他眼窩深陷，害得人人都怕看，
他臉色蒼白憔悴，像死灰一般。
1365　他總是獨自一個人，孤孤零零，
晚上哀訴時就整夜哭個不停。
他聽到人家唱歌或彈奏樂器，　　　510
忍不住就要沒完沒了地哭泣。
他的精神萎靡得完全變了樣，
1370　以至於人家儘管正在聽他講，
也沒法認出來這是他的聲氣。
他表現得滿腔愁緒、心情壓抑，
不僅完全像是患上了相思病，
而且更像是腦子裡出現病情，
1375　就是說抑鬱之氣進了前腦裡，
這樣便造成了他的癲狂痴迷。
總之，這位痛苦的相思病患者
不像以前那青年貴族阿賽特──　　520
他的習慣和心情已完全變樣。

1380　為什麼我總是在說他的悲傷？
這種殘酷的折磨、痛苦和悲愁
他足足地忍受了一兩年以後
（我說過他在他的祖國底比斯），
有一天夜裡他正躺著睡覺時，

1385　似乎看到長著翅膀的墨丘利──⑪
　　　這天神站在他面前給他鼓氣，
　　　他的手中筆直地握著催眠杖，
　　　一頂帽子戴在光亮的頭髮上。　　　　　　530
　　　阿賽特心想，這位天神的衣裳
1390　像當時他催眠阿耳戈斯一樣。⑫
　　　他對阿賽特說道：「你得去雅典，
　　　那裡注定了是你悲愁的終點。」
　　　聽到這句話，阿賽特醒了過來
　　　並一躍而起。「不管遭什麼禍害，」
1395　他說道，「我也要立即就去雅典，
　　　絕不能因為怕死就躊躇不前。
　　　我要去看看我所傾心的女郎，
　　　在她的面前我絕不畏懼死亡。」　　　　　　540

　　　說罷，他拿起一面大鏡子就照，
1400　只見鏡子裡的他已換了面貌，
　　　就連他的面色也完全變了樣。
　　　這時一個想法來到了他心上：
　　　既然他這一個時期都在生病，
　　　結果連他這張臉也已變了形，
1405　那麼他以後只要肯隱姓埋名，
　　　在雅典城裡過得像平頭百姓，
　　　他就能常常見到心上的女郎。

───────────────

⑪墨丘利是羅馬神話中眾神的信使，司旅行、技藝等等。
⑫阿耳戈斯是羅馬神話中的百眼巨人，奉朱諾之命看住朱庇特的相好，
但朱庇特派墨丘利去唱歌，唱得他一百隻眼睛都閉上睡覺後，終於把他
殺了。

於是他立刻換掉了一身衣裳，　　　　550
把自己扮成一個貧困的苦力。
1410　他只讓一名扈從跟隨著自己——
這扈從知道他的祕密和情況，
同樣扮成窮人，像阿賽特一樣。
這樣，阿賽特便抄近路去雅典；
到了之後，他一天來到宮門前，
1415　自告奮勇地說是願意幹雜活——
不管誰有什麼零星事給他做
他都願意。這件事就長話短說，
總之不久後他已得到了工作——　　560
給他工作的是艾米莉的管事；
1420　因為阿賽特很精明，很快得知：
僕人之中誰在為艾米莉服務。
由於阿賽特本來就高大魁梧，
再加上他既年輕又身強力壯，
所以劈柴和擔水幹得很在行，
1425　也足以完成任何人派他的活。
這樣幹下來轉眼就是一年多，
可愛的艾米莉選他來當侍從；
他說他名字叫菲拉斯特拉通。　　570
宮中像他這樣身分的男子漢
1430　遠遠不像他那樣討人家喜歡；
他待人接物又非常溫文爾雅，
結果王宮中到處都在誇獎他。
他們說如果忒修斯給他機會，
把他提升到比較體面的職位，
1435　讓他在那職位上發揮其才智，

那麼忒修斯就做了一大好事。
就這樣，由於他言行出眾超群，
他的好名聲很快傳遍了宮廷，　　　　　　580
結果忒修斯聽到後為之所動，
1440　就把他召到身邊讓他當扈從
並給他與這職位相稱的金錢。
另一面，人們從他的故國每年
悄悄地送來他所得到的收益，
但是這筆錢他花得謹慎得體，
1445　所以沒人懷疑他這錢的來源。
這樣的生活他轉眼過了三年——
他在這期間表現得智勇超群，
所以忒修斯對他已最為寵信。　　　　　　590
這裡我要撇下有福的阿賽特，
1450　現在來把帕拉蒙的情況說說。

在陰森可怖的堅固牢房裡面，
帕拉蒙這時已待了七年時間，
痛苦和悲傷使他變得很消瘦。
誰像他那樣受到雙重的搓揉？
1455　一方面是愛情使他感到苦惱，
這苦惱簡直已使他神魂顛倒，
另一方面他是個被囚禁的人，
而且不是囚禁一兩年，是一生。　　　　　　600
他這種受苦受難，英語詩歌裡
1460　誰能寫得好？我就沒這種能力；
所以只好盡量簡短地點一點。

　　　　　且說那第七年的五月第三天
　　　　　（這是一些古書上講述的情形，
　　　　　在那些書中這故事講得詳盡），
1465　　　反正不管是巧合或者是天命
　　　　　（總之注定了的事必定會發生），
　　　　　帕拉蒙憑著一位朋友的幫助，
　　　　　在半夜以後不久從牢房逃出，　　　　　610
　　　　　然後盡快地逃離了那個城市。
1470　　　原來他拿很多酒給那看守吃，
　　　　　這種酒裡面加進了香料、蜂蜜、
　　　　　底比斯的上好鴉片和麻醉劑，
　　　　　所以那看守吃後就進了睡鄉——
　　　　　哪怕推他，他也得酣睡一晚上。
1475　　　這樣，帕拉蒙竭盡全力地逃跑。
　　　　　但那時夜很短，很快就將拂曉，
　　　　　所以他必須盡快找地方藏身。
　　　　　就是這樣，戰戰兢兢的帕拉蒙　　　　　620
　　　　　小心翼翼地鑽進近旁的樹叢。
1480　　　他想整個白天就躲在樹叢中，
　　　　　等到天黑了之後再動身趕路，
　　　　　回底比斯後再請親友們幫助，
　　　　　要大家一起出力攻打忒修斯。
　　　　　總之他寧可冒冒險，拚著一死
1485　　　也要贏得艾米莉，同她結良緣：
　　　　　簡而言之，這是帕拉蒙的心願，
　　　　　是他的目的，是他的全部打算。

　　　　　現在我回頭來把阿賽特談談。　　　　　630

他哪裡知道麻煩已離他很近，
1490　因為命運已引他落進了陷阱。

忙碌的雲雀為白天來臨報信，
牠唱著歌兒迎接晴朗的黎明，
這時火一樣的太陽燦爛升起，
那光明使整個東方顯出笑意；⑬
1495　那光線照進枝枝椏椏的中間，
把樹葉上的銀白色露滴曬乾。
阿賽特這時在忒修斯的宮中
已是這位君王的最主要扈從；　　　640
起身後他看到屋外陽光明媚，
1500　為了前去迎接這五月的朝暉，
同時他心頭湧起他那種渴望，
為了排解便騎到一匹戰馬上，
那性烈如火的馬離開了王宮，
迅跑了一二英里馳向田野中。
1505　他來到一個小樹林（說來也巧，
這個小樹林我剛才正好說到），
為了用嫩枝給自己編個花環──
無論是忍冬或山楂他都不管。　　　650
他把一支歌迎著陽光高聲唱：
1510　「五月裡百花開放和綠葉生長；
我要歡迎你，美好清新的五月，
因為我想要一些綠色的枝葉。」
他唱著這歌，一縱身下了馬鞍，

---

⑬語出《神曲，地獄篇》第1歌第20行。

心情愉快地走進了樹林中間，
1515　沿著這林中的小徑信步遊蕩。
碰巧帕拉蒙藏身在這個地方──
在那灌木中沒人能夠發現他，
因爲他極其擔心會遭到追殺。　　　　　　*660*
來人竟是阿賽特，他哪裡知道，
1520　眞的，這點他怎麼也不會想到。
多年來有句老話說得眞不錯：
「田野長眼睛而樹林生著耳朵。」
所以每個人的行動應該冷靜，
因爲每天會遇上意外的情形。
1525　阿賽特當然不知道這裡有人──
偏偏灌木中靜靜坐著帕拉蒙，
近得能聽清他講的隻言片語。

阿賽特高高興興唱完了歌曲，　　　　　　*670*
同時又盡情地做了一番遊蕩，
1530　突然不快地陷入了沉思默想──
這種古怪心情相思者中常見；
有時在樹巔，有時落到荊棘間，
忽上忽下，像井裡的吊桶一般。
說眞的，這也就像星期五那天，⑭
1535　有時出太陽有時雨下個不停，
多變的維納斯把情人們的心
就這樣撥弄；而她多變的安排

───────────

⑭星期五又叫維納斯日，或叫金星日，據西方古代迷信，這一天頗為特殊，不同於星期中的其他日子。

就像她那日子裡，天時好時壞。　　　　　680
星期五難得同其他日子一般。

1540　阿賽特唱完了歌便長吁短嘆；
他不再走來走去，坐下了說道：
「唉，只怪我出生的那日子不好！
朱諾啊，你對底比斯咬牙切齒，
你同這城邦作對要作到幾時？
1545　卡德摩斯以及安菲翁的苗裔⑮
是金枝玉葉卻都被橫掃一氣：
卡德摩斯是我們最早的祖先，
是他第一個把底比斯城興建，　　　　　690
並且成了底比斯的開國之君；
1550　我是他直系後裔，是他的子孫，
完全是君王之家的嫡系後代，
可是現在我成了卑賤的奴才——
同我有不共戴天之仇的那人
我卻低三下四地當主人侍奉。
1555　而朱諾使得我更加蒙受恥辱，
因爲我不敢把眞姓實名公布：
過去我叫阿賽特，聽來很受用；
現在低賤得叫菲拉斯特拉通。　　　　　700
唉，殘酷的瑪斯、殘酷的朱諾啊，
1560　你們的怒氣滅了我們這王家——
弄得只剩不幸的帕拉蒙和我，

⑮希臘神話中，卡德摩斯是腓尼基王子，曾率人建起底比斯城並引進了
文字。安菲翁則是宙斯之子，曾以七弦豎琴的魔力建起底比斯城牆。

而他還在雅典的牢中受折磨。
這樣還不算，最最要我命的是：
愛神猛烈地射來火樣的箭矢，

1565　命中我忠貞而憂思重重的心。
使我必死無疑，像生下時注定。
你的眼睛要了我的命，艾米莉，
我死的原因完完全全在於你。　　　710
要是我能做任何事使你高興，

1570　那我心頭上的任何其他事情
就不再值得我加以絲毫注意。」
他說到這裡竟突然倒地不起，
昏迷了好長時間才站起身來。

帕拉蒙聽了阿賽特這番自白，

1575　覺得似乎有一把冰冷的匕首
扎進他心頭，氣得他渾身發抖。
這時他感到難以再繼續忍耐，
竟像瘋子從灌木叢後衝出來，　　　720
面如死灰地指著阿賽特數落：

1580　「你這個背信棄義的惡毒傢伙！
現在你暴露你愛的心上人，
可我爲了她忍下了多少悲恨，
而你我還是立誓結義的親戚——
我在此之前多次這樣告訴你。

1585　而在這裡你又欺騙了忒修斯，
竟然這樣欺上瞞下地改名字。
現在我們倆得拚個你死我活，
因爲艾米莉的愛人只能是我——　　　730

你和別人都不准愛上艾米莉，
1590　因為我是帕拉蒙，是你們死敵。
我儘管憑運氣剛剛逃出牢房，
完全赤手空拳地來到這地方，
我照樣無所畏懼：你要麼死亡，
要麼從此不再把艾米莉愛上——
1595　兩條路你挑，因為你已跑不了。」

阿賽特滿心鄙夷地拔劍出鞘——
他聽了這話又已認出帕拉蒙，
這時已變得像獅子一樣勇猛——　　　　　740
這樣說道：「我憑天上的神作證，
1600　你要不是生病，不是愛得發瘋，
而且在這裡又沒有一件武器，
那麼你這回必定死在我手裡，
根本就別想活著逃出這樹林。
你說你我兩人立過誓、結過盟，
1605　我現在就讓這束縛化為烏有。
你這大傻瓜想想：愛本就自由，
而我就是愛她，這不關你的事！
然而你既然是個英勇的武士，　　　　　750
願意為了贏得她而決一生死，
1610　我就以武士的信譽向你發誓：
這事我絕不會讓任何人知道，
你明天在這裡準能把我找到；
我要帶來足夠的甲胄和武器——
你把差的留給我，好的就歸你。
1615　今晚我給你送足夠的飲食來，

還給你送些衣服當作被子蓋。
如果你在我現在待的林子裡
殺死了我，把我意中人贏了去， 760
那麼你就去像我一樣愛她吧。」
1620 「我同意你這安排，」帕拉蒙回答。
就這樣，兩人以信義做了擔保，
然後就分手，等待第二天來到。

絲毫不懂仁愛的愛神丘比特，
你這君王邊怎能把同伴容得！
1625 俗話說得真對：戀愛和支配權
最不願讓別人分享，而要獨占。
帕拉蒙、阿賽特懂了這個道理。
阿賽特立刻就騎馬回到城裡， 770
到了第二天天還不亮的時候
1630 已悄悄備好兩份武器和甲冑——
這兩份東西足夠他們倆使用，
讓他們在野外單獨決一雌雄。
他騎馬而去，像出生時地孤獨，
身前還帶有甲冑和武器兩副；
1635 在彼此早先約定的時間、地點，
他同帕拉蒙在那林中見了面。
這時候兩人的臉上神色大變，
這就同色雷斯那位獵手一般—— 780
他手執長矛站在林間空地上，
1640 聽著他的獵物衝過來的聲響
（他要打的野獸是大熊或猛獅），
他聽著牠來時撞落樹葉樹枝，

心中在想：「我的死對頭可來啦！
這一回準有一個死，非我即牠：

1645　我得在這林間空地上殺了牠；
要是做不到，牠準會把我撲殺。」
他們也是這樣；剛認出了對方，
兩人的臉色就已完全變了樣，　　　　　　790
根本就不來「你好」之類的客套，

1650　彼此不說話也不試著來幾招，
就立刻動手幫對方戴盔披甲，
那種友好就像他們是兄弟倆。
但隨即把鋒利堅挺的矛拿起，
兩人便開始難分難解的攻擊。

1655　你也許早就已經想到，帕拉蒙
在這廝殺中像獅子一樣兇猛，
阿賽特則像一頭兇殘的老虎——
反正他們搏鬥得像兩頭野豬，　　　　　　800
在暴怒中他們嘴裡流出白沫。

1660　他們渾身是血，在拚命地相搏。
讓他們繼續去這樣你扎我刺，
這裡我可要回頭講講忒修斯。

命運之神哪，你這人世的主宰！
上帝所預示的一切福祉禍災

1665　由你在世界的各處地方兌現；
你堅強有力，哪怕人發出誓言，
或正或反地抗拒某一件事情，
但總有一天那件事照樣降臨，　　　　　　810
哪怕再次降臨在一千年之後。

1670	因爲有一點肯定：我們的慾求，
		無論是要戰要和或要恨要愛，
		全得受到天意的支配和主宰。
		現在我讓忒修斯來做個證明，
		因爲愛打獵是這君王的脾性，
1675	就是說愛在五月裡去獵大鹿——
		每一天當曙光照到他的床鋪，
		他就已穿好了衣裳準備上馬，
		還有獵手、號手和獵狗伴隨他。　820
		他在狩獵中感到很大的樂趣，
1680	而他最大的歡愉和渴望在於
		能親手打到一頭大鹿，因爲他
		崇拜戰神和狩獵女神狄安娜。
		我前面說過這一天天氣晴好，
		滿心歡暢的忒修斯喜上眉梢，
1685	帶著他美麗的希波呂塔女王，
		帶著艾米莉（大家全穿綠衣裳），
		前呼後擁地催馬朝獵場馳去，
		並逕直衝向就在近旁的林地，　830
		因爲他聽說這林中有一頭鹿。
1690	忒修斯這位君王就這樣奔突，
		騎著馬衝向一片林中的空地，
		因爲那鹿很可能奔逃到這裡，
		隨即在越過一條小溪後逃竄。
		只要身邊有幾條稱心的獵犬，
1695	忒修斯倒想這樣追牠一兩趟。

這位君王追到那林間空地上，
在那低低的太陽下抬眼一看，
立刻就把阿賽特、帕拉蒙發現： 840
　　　　　　兩人廝殺的兇猛像野豬一樣，
1700　　兩把閃爍發亮的劍你來我往，
那狠勁就像只消被劍刃擦到，
那麼連一棵橡樹也將被劈倒。
這君王不知兩人是什麼來歷，
便使勁把兩腳一夾，催動坐騎，
1705　　猛地就衝到這兩個人的中間，
一面大聲叫「住手」一面拔出劍：
「別再打，我以偉大的瑪斯起誓，
看見誰再動手，我叫他馬上死！ 850
誰要再打，我立刻就要他腦袋！
1710　　你們是什麼人，從實給我講來。
為什麼不在皇家的角鬥場上，
卻在這裡如此輕率地鬥一場，
連一個裁判或是證人都不找？」

　　　　　　帕拉蒙聽了之後立刻回答道：
1715　　「陛下，多說話能夠有什麼用處？
我們兩個人本就該引頸就戮。
身為俘虜，我們倆活得很悲慘，
我們的生命讓我們感到膩煩； 860
既然你是公正又明斷的君主，
1720　　那就不要給我們憐憫和庇護，
而要仁愛又寬厚地先殺了我，
然後像殺我一樣殺我這同夥。

或者先殺他，因為你不知底細：
他就是阿賽特，也即你的死敵。
1725　他被驅逐出這裡，回來是死罪，
憑這理由，殺了他沒什麼不對。
因為就是他來到了你的王宮，
說他的名字叫菲拉斯特拉通。　　　　　870
這人就是因為愛上了艾米莉，
1730　就這樣，多年以來他把你蒙蔽，
而你還提拔他當你的扈從長。
現在我既然已經面臨了死亡，
我就把事情全部都向你招認：
我是個不幸的人，名叫帕拉蒙，
1735　憑詭計，我剛從你的牢房逃脫。
我也是你的死敵，而且我要說：
我對可愛的艾米莉愛到極點，
能死在她眼前便是我的心願。　　　　　880
所以我要求懲罰我，把我處死；
1740　但對我這同夥也該同樣懲治，
因為我們倆全都應該被殺掉。」

那位英武的君王當即回答道：
「我立刻就能夠處置你們兩人：
就憑你剛才親口所做的招認，
1745　你們已被定罪，你的話賴不掉；
用刑逼供對你們完全沒必要。
憑紅戰神瑪斯之名，你們得死！」

那女王有一副女性柔腸，這時，　　　　　890

禁不住流下淚來，同時艾米莉
1750　　和所有同行的貴婦開始哭泣。
在她們看來，這樣可悲的命運
降臨在這兩人身上眞是不幸，
因爲兩人既高貴又溫雅年輕，
之所以決鬥只不過爲了愛情。
1755　　女眷們看到他們淌血的傷口
大又深，於是都開始又哭又求：
「主上啊，看在我們女人的份上，
發發慈悲吧！」說著都跪在地上，　　　900
簡直要去吻忒修斯站著的腳。
1760　　就這樣，這君王終於怒氣漸消，
因爲他寬厚的心中湧起憐憫。
儘管他起先氣得亂抖了一陣，
但對於這兩個人的胡作非爲
及其原因，他略略思考了一會，
1765　　雖然說氣惱仍肯定他們有罪，
但理智卻要他承認他們無罪。
於是他又想到，人只要有能力，
總是要在愛情上爲自己出力，　　　910
總是要千方百計地逃脫監禁；
1770　　再說，看那些女子仍舊哭不停，
他心裡對她們不免感到憐惜。
於是他寬厚的心中這樣考慮：
「只有是昏君才沒有憐恤之心，
對待心懷恐懼又肯悔改的人，
1775　　表現的言行才會像獅子一樣——
就像是對待一個驕橫又狂妄

　　　　　而且堅持其錯誤作法的傢伙，」
　　　　　忒修斯心中對自己這樣解說；　　　　　920
　　　　　「這樣的君主識別能力沒一點，
1780　　　在此情形下劃不出區分的線，
　　　　　而是把傲慢與謙卑混爲一談。」
　　　　　怒氣很快就這樣地煙消雲散，
　　　　　於是他目光炯炯地抬頭一瞧，
　　　　　並且嗓音朗朗地這樣宣布道：
1785　　　「愛神哪，請你祝福我們大家吧！
　　　　　你這位主宰的威力多麼偉大！
　　　　　世上的一切擋不住你的威力，
　　　　　你當然是神，因爲你創造奇蹟，　　　930
　　　　　能夠按照自己的願望和愛好，
1790　　　使每一顆心得到塑造或改造。
　　　　　我們看看阿賽特、帕拉蒙兩位，
　　　　　現在他們已不在我的監房內，
　　　　　若是回底比斯就是王室子弟；
　　　　　而他們知道我是他們的死敵，
1795　　　落到我手裡我能要他們的命。
　　　　　但愛神讓他們空長一雙眼睛，
　　　　　卻讓他們來這裡拿性命冒險。
　　　　　想想吧，難道這不是蠢到極點？　　　940
　　　　　除了正在愛的人，誰才眞正蠢？
1800　　　瞧他們，爲了坐在天庭裡的神，
　　　　　流了多少血，不還是殺氣騰騰？
　　　　　他們侍奉的愛神是他們主人，
　　　　　對他們的效勞這樣就算酬報！
　　　　　但侍奉愛神者覺得自己頭腦

1805　最聰明，不管將會招來什麼事！
　　　不過這整個事情中最妙的是：
　　　他們爲之而做此表演的女郎
　　　對他們的感謝之情同我一樣；　　　　　　950
　　　天哪，對於這一場血腥的爭奪，
1810　她的了解不比杜鵑或野兔多！
　　　但不論好歹，事情總得試一試；
　　　人無分老少，傻瓜總得做一次。
　　　憑親身體驗我早知道這道理，
　　　因爲我也曾當過愛神的侍役。
1815　我完全明白愛神造成的創傷，
　　　懂得一個人落進愛神的羅網，
　　　這個人將會受到怎樣的揉搓，
　　　所以我原諒你們的這次罪過——　　　　　960
　　　因爲連我的王后和她的妹妹
1820　都跪在地上要求不治你們罪。
　　　你們倆必須現在就對我發誓：
　　　永遠都不做對我國不利的事，
　　　絕不在白天或黑夜對我襲擊；
　　　盡力在一切方面同我站一起——
1825　你們的罪過我這就免於懲治。」
　　　於是他們按要求莊嚴地宣誓，
　　　並且請求他保護和從輕發落。
　　　答應了他們的請求之後他說：　　　　　　970

　　　「憑著你們的王室血統和財富，
1830　哪怕女方是一位女王或公主，
　　　只要時機成熟，你們倆都無疑

有資格與她結合成一對夫妻。
但我還是要爲我姨妹說幾句——
你們爲她才發生衝突和猜忌：
1835　畢竟你們也知道，任你們再打，
她一個女人沒法嫁兩個男家。
你們中總有一個，儘管不願意，　　980
得去常春藤下面吹他的蘆笛；
就是說任你們怎麼妒忌、發怒，
1840　你們不可能兩人都做她丈夫。
所以我替你們做如下的布置，
要讓你們各自把機會試一試，
看命運怎麼安排。聽好這辦法，
這是我解決你們這事的計畫：

1845　「我的主意是，爲避免再有爭議，
讓你們的事解決得一勞永逸，
喜歡這辦法就自願接受下來，
你們可不付贖金就自由離開，　　990
各人願意去哪裡就可去哪裡，
1850　而不多不少再過五十個星期，
都得帶一百名武士來這地點；
這一百名武士都得配備齊全，
準備爲她而搏鬥在比武場上。
我是個武士，我以武士的信仰
1855　斬釘截鐵地向你們做出保證：
你們兩人中不管誰有這本領，
也就是說，無論是他或者是你，
再加各自那百名武士的實力，　　1000

能把對方殺死或趕出比武場，
1860　這人就得到命運女神的厚賞，
那麼我就把艾米莉許他爲妻。
那個比武場我準備設在這裡；
而爲了使天神憐憫我的靈魂，
我這個裁判將公正而又忠誠──
1865　除非你或他被殺或者被制服，
就別想同我談條件，要我讓步。
你們認爲這辦法好就講出來，
也講講你們是否滿意這安排。　　　　　1010
這是對你們做出的最後決定。」

1870　誰像帕拉蒙那樣的滿臉高興？
誰像阿賽特快活得又蹦又跳？
忒修斯這樣開恩又這樣公道
在這裡造成的那種歡欣鼓舞，
誰能編成歌謠唱或者能描述？
1875　反正在場的眾人全雙膝著地，
衷心又熱烈地感謝他的美意。
尤其感恩的是兩個底比斯人；
懷著美好的希望和歡快的心，　　　　　1020
他們就這樣告別眾人騎上馬，
1880　趕回底比斯古老大城中的家。

第二部結束

第三部開始

如果我忘了說說那大筆支出，
我相信人們一定會說我疏忽，
事實上忒修斯一手大力操辦，
把那比武場建造得氣派非凡，
1885　我也許能夠說，世上其他地方
都沒這樣壯觀的露天競技場。
要走一英里才能繞它走一周，
石砌的大牆外還有一道壕溝。　　　　　1030
比武場的外形說是圓圈正好，
1890　梯狀的座位共有六十英尺高——
這樣，觀眾坐在前面的座位上
不會把後面觀眾的視線阻擋。

一扇白雲石大門在場子東面，
同樣的門也在正對它的西面。
1895　總而言之，造出同樣的比武場，
用這點時間，世上沒其他地方。
因為對於全國的巧匠與能工
只要對幾何與數學比較精通，　　　　　1040
還有全國的畫師以及雕刻家，
1900　忒修斯供給飲食並付出工價，
讓他們設計並營造這座建築。
他為了舉行儀式和獻祭牲畜，
在東門上面建造了一個祭壇
和一個小巧精緻的祈禱房間：

1905　這裡供的是愛的女神維納斯。
　　　而在西門上，爲了供戰神瑪斯，
　　　他同樣造了聖壇和祈禱房間。
　　　爲了這一切他花了大堆金錢。　　　　　　1050
　　　在北面那個牆上的塔樓裡面，
1910　按照他吩咐闢出一個小神殿，
　　　裝飾得富麗堂皇，所用的材料
　　　都是紅色的珊瑚和雪花石膏：
　　　這裡供著貞潔的女神狄安娜。

　　　然而我還是忘記了描述一下
1915　這三座小小供奉神殿的情況，
　　　講講那些華美的雕刻和畫像，
　　　還有那種種形象、面貌和圖案。

　　　首先，在維納斯殿裡你能看見　　　　　　1060
　　　牆上畫的是令人傷心的圖景，
1920　那是愛神的奴僕受苦的情形：
　　　不得安寧的睡眠，悲涼的嘆息，
　　　一往情深的流淚，哀哀的哭泣，
　　　像火焰一樣猛烈的苦苦相思；
　　　幫他們訂下百年之好的盟誓；
1925　歡樂和希望，慾望和冒失唐突，
　　　美貌和青春，明來暗去和財富，
　　　謊言和曲意奉承，誘人的魅力，
　　　豪奢和鋪張，兢兢業業和妒忌；　　　　　1070
　　　你看見她頭上戴著金盞花冠，
1930　在她的手上則棲著一羽杜鵑；

盛宴和華服，樂器和狂舞高唱，

反正與愛情有關的種種情況——

無論我已經提到或沒有提到，

而我講到的遠比沒講的要少——

1935　　都非常有條有理地畫在牆上。

因爲維納斯居住的主要地方，

就是說那整整一座西塞龍山[16]

事實上也已畫上那裡的牆面——　　　　1080

連同那一切園林和遊憩勝地。

1940　　連那看門的懶漢也沒被忘記，[17]

同樣畫上的還有古代美男子

那喀索斯和所羅門幹的蠢事，[18]

還有赫拉克勒斯巨大的力氣，[19]

美狄亞和喀耳刻兩人的魔力，[20]

1945　　生性十分勇敢兇猛的圖努斯，[21]

被俘後當差的豪富克羅伊斯。[22]

---

[16]西塞龍山是希臘山脈，是舉行酒神節和祭祀赫拉的勝地。古時，從雅典到底比斯的大道穿過山上的隘口。但這裡作者誤把此山當作維納斯居住的基西拉島（在希臘南部）。

[17]在作者的翻譯作品《玫瑰傳奇》中，這個懶漢是愛情之園的看門人。

[18]那喀索斯是希臘神話中的美少年，因拒絕山林水澤仙女厄科的求愛而受到懲罰，死後變為水仙花。

[19]赫拉克勒斯的妻子名叫德傑妮拉，她覺得即將被丈夫拋棄，便把一件她以為有魔力的襯衣給丈夫穿，目的是讓丈夫永遠愛她；不料這襯衣把赫拉克勒斯燒得遍體鱗傷，使他自殺身死。

[20]美狄亞是希臘神話中的公主，精於巫術，但結局悲慘；喀耳刻則是希臘神話中純粹的女巫。

[21]圖努斯是羅馬神話中盧圖利人之王。

[22]克羅伊斯（？～前546）是呂底亞的末代國王，後被波斯人俘虜，在波斯宮廷任職。

所以你們能感到，智慧與財富，
美貌與詭計，力量與勇敢英武，　　　　　　1090
都不能享有維納斯那種威權，
1950　因爲她能叫世界遵從她意願。
瞧啊，所有這些人掉入她羅網，
最後只得以嘆息嘆出其悲傷。
這裡舉一二個例子就已足夠，
儘管要舉一千個例子我也有。

1955　維納斯的雕像看去十分輝煌，
只見她裸著身子浮在大海上──
肚臍以下全都沉浸在水波裡，
那綠色水波閃耀得像是玻璃。　　　　　　1100
她的右手中拿一把彈撥的琴，
1960　一個玫瑰花花冠戴在她頭頂，
而且這花冠美麗、鮮艷又芬芳；
在她的頭上，她的鴿群在飛翔。
她兒子丘比特站在她的身前，
背著弓，帶著鋥亮又鋒利的箭；
1965　同大家平時看到的情形一樣，
他雙目失明，肩上長一對翅膀。

在那偉大紅戰神神廟的牆上，
同樣也畫著許許多多的肖像，　　　　　　1110
爲什麼我對你們不也說一下？
1970　事實上那牆上全都畫滿了畫，
就像在那個天寒地凍的地方，
在色雷斯的瑪斯神殿內牆上──

那裡是這位戰神的主要住地，
那裡的壁畫會令人不寒而慄。

1975　起初那牆上畫的是一座森林，
那林中沒有野獸也沒有居民，
只有多節多瘤的光禿禿老樹——
那殘枝斷幹頗令人感到可怖。　　　　　　1120
林中掠過一陣隆隆聲颯颯聲，
1980　似乎刮起令樹枝盡折的暴風。
一座小山的山坡下有個山坳，
那兒聳立著赫赫瑪斯的神廟；
這廟全部用磨光的純鋼建成，
那入口又深又窄，看來很嚇人。
1985　從那裡吹來一陣風又猛又急，
吹得每一扇大門都戰慄不已。
從一個個的門口照進北極光；
因為那裡的牆上全都沒有窗　　　　　　　1130
人們無法通過窗把明暗區別。
1990　那些剛玉做的門永遠不會裂——
橫裡和邊角全都用硬鐵包住；
為了使這個神廟堅牢又穩固，
裡面那一根一根鋥亮的支柱
用鐵製成並像大酒桶那麼粗。

1995　就是在那個地方，我初次看見
罪惡的陰謀及其種種的施展；
暴怒之火像燒著的煤那樣紅；
小偷小摸的賊和蒼白的驚恐；　　　　　　1140

盈盈微笑者斗篷裡藏著匕首；
2000　著火燃燒並冒出黑煙的馬廄；
床上發生的大逆不道的謀殺；
帶著血淋淋傷口的公開征伐；
那搏鬥中血染刀劍，形勢逼人；
那悲慘地方充滿了喧囂之聲。
2005　在那裡我還看見自殺身死者，
他的鮮血把他的頭髮浸泡著；
釘子在夜間釘進人的鬢角裡；
冰冷的屍體張著嘴仰躺在地。　　　　　　1150
神殿的正中坐著那惡運之神，
2010　他滿面愁容，一臉的喪氣灰心。
再往前，我看見瘋狂正在狂笑；
佩刀掛劍的怨憤、抗議和狂暴；
喉管割斷的屍體拋在樹叢裡；
一千人被殺而不是死於瘟疫；
2015　暴君用暴力進行掠奪和攫取；
城池被摧毀，一切被夷為平地。
我還看見船舶在水波上燒燃，
野熊竟然掐斷了獵人的喉管，　　　　　　1160
母豬吃了睡在搖籃裡的嬰孩，
2020　廚師儘管用長勺還是被燙壞。
瑪斯招致的惡運沒一件遺忘：
趕車人被他的大車輾過身體，
那輪子使他永遠也沒法站起。
那裡還有一些瑪斯的手下人：
2025　兼做醫生的理髮師、屠夫、鐵匠——
他在鐵砧上鍛造鋒利的刀槍。

從畫在一座塔樓頂部的畫裡，

我看見威風凜凜坐著的勝利， 1170

在他頭頂的上方掛著把利劍，

2030 掛這利劍的是根兩股的細線。

被畫在那個地方的還有凱撒、

偉大的尼祿、卡拉卡拉的被殺；㉓

他們那時雖沒有降生到世上，

但那畫已經預告他們的死亡，

2035 因為瑪斯已算出禍事的降臨。

那些畫就這樣披露他們命運，

就像天上主吉凶的星星一樣，

注定了誰將為愛被殺或死亡。 1180

古代故事中舉一個例子就行，

2040 因為這類故事我根本講不盡。

全副武裝的瑪斯站在戰車上，

他那勇猛的樣子像氣得發狂——

這像的頭上有兩個星座照耀，

根據一些古書上所作的介紹，

2045 它們分別叫普韋拉、魯貝烏斯，㉔

這就是這位戰爭之神的雄姿。

還有一隻狼就站在他的跟前，

因為正吞吃著人而紅了雙眼； 1190

㉓尼祿（37～68）是西元54～68年間的羅馬皇帝，在位數年後便轉向殘
暴統治，後被處死（一說自殺）。卡拉卡拉（188～217）是211～217年間
嗜殺成性的羅馬皇帝，後被臣子刺死。

㉔普韋拉與魯貝烏斯是泥土占卜和標點占卜的名稱。

高明的畫筆繪出了這個故事，
2050　　以敬畏之情頌揚光輝的瑪斯。

現在我要盡我所能地趕一趕，
要去獵神狄安娜的神廟轉轉，
把情形向你們詳細介紹一下。
那裡牆面的上下都畫滿了畫，
2055　　畫的都是狩獵和貞潔的典故。
我在那裡看見狄安娜發了怒，
這一來卡利斯托可就遭了殃，㉕　　　　　　　1200
她被變成了熊而不再是姑娘，
後來又被變成了一顆北極星；
2060　　畫中那些情景我說也說不盡；
但她兒子也是星，這可以看出。
我還看到達佛涅變成一顆樹——㉖
這裡我說的不是狄安娜女神，
是說達佛涅，皮內烏斯的千金。
2065　　我看見亞克托安變成了公鹿，㉗
這是偷看狄安娜沐浴的報復；
我看見他的狗咬他，把他吃下，
因為這些狗已經認不出是他。　　　　　　　　1210

㉕卡利斯托是希臘神話中的人物，是狄安娜手下居住在山林水澤中的仙女，被主神宙斯（或朱庇特）愛上並受其引誘後，狄安娜（一說赫拉）將她變成了熊。後又被變成大熊星座，而不是北極星。

㉖達佛涅是希臘神話中的一位居住在山林水澤的仙女，為了要逃避太陽神的求愛，結果變成了月桂樹。

㉗亞克托安是希臘神話中見到狄安娜洗澡的獵人，狄安娜憤而將其變成牡鹿，於是被他自己的狗群撕成碎片。

除此之外，後面還畫有一些圖，
2070　那是阿塔蘭特那一次打野豬——㉘
參加的還有梅利埃格等多人，㉙
結果狄安娜拿他來報仇雪恨。
在那裡我看到許多奇妙的畫，
但我想那些故事就不講了吧。
2075　那女神高高騎在一頭公鹿上，
一些小小的獵犬在她的腳旁；
她腳下有個月亮正漸漸變圓，㉚
但隨後變缺也不用多少時間；　　　　1220
她那雕像穿著鮮綠色的衣裳——
2080　箭袋裡插著箭，弓就拿在手上。
她把眼光朝下面遠遠地望去，
望到冥王普路托的黑暗疆域。
一位臨產的婦女在她的跟前，
由於是難產耽擱了很多時間，
2085　害得那產婦大聲哀求魯西娜：㉛
「你是最有辦法的，請救救我吧！」
畫這像的人眞畫得栩栩如生，
爲了買顏料花了許多弗羅林。㉜　　　　1230

㉘阿塔蘭特一譯阿塔蘭忒，是希臘神話中能疾走的女獵手，據說她首先用箭射傷了那野豬並獲得了野豬頭。

㉙梅利埃格一譯墨勒阿革洛斯，是希臘神話中卡昂登國的英俊王子。該國國王因祭祀時忘了狄安娜，她便使一頭兇猛的大野豬踐踏該國。王子召集所有獵手來捕殺野豬，結果野豬死在他手裡後，他和其他很多人都遭到了不幸。

㉚羅馬神話中的狄安娜即希臘神話中的阿耳特彌斯，她既是狩獵女神，又是月亮女神。

㉛魯西娜是羅馬神話中司生育的女神，有時認爲她就是狄安娜。

㉜弗羅林為金幣名，最早是佛羅倫斯鑄造（1252年），之後歐洲一些國家仿造。

現在這個比武場已全部造好；
2090　忒修斯花了大錢對那些神廟
和比武場的各處做好了安排，
面對這完工的建築極其喜愛。
但對忒修斯我要暫且擱一擱，
先來講講帕拉蒙以及阿賽特。

2095　他們該回來的日子已經臨近；
我前面說過，爲了決出個輸贏，
他們倆都得帶來一百名武士。
現在既到了他們的踐約之時，　　　1240
便各帶一百名武士來到雅典——
2100　爲這次搏鬥，武士們配備齊全。
事實上有很多的人確實同意，
自從上帝創造了海洋和陸地，
開闢了這個世界，從來還沒有
這麼多高貴武士來顯示身手——
2105　這是指一百人之中有這麼多。
對於熱愛武士精神的人來說，
都衷心希望自己能聲名遠揚，
所以都要求自己有機會出場。　　　1250
被選中去參加的人自然高興，
2110　因爲明天若發生這樣的事情，
你們都知道，每個英勇的武士
只要珍視愛、有保衛愛的意志，
那麼無論在英國或其他地方，
他都會要求去那裡搏鬥一場。

2115　老天爺保佑：為了意中人而戰，
　　　那種場面看起來將何等壯觀！

　　　帕拉蒙那班人正是這種情形，
　　　多少位騎士跟隨他，與他同行。　　　　　　1260
　　　他們中有人喜歡穿著鎖子甲，
2120　連同胸甲和一件輕便的馬甲；
　　　有人卻寧可前後繫鋼甲兩塊，
　　　手裡則拿圓盾或普魯斯盾牌；
　　　有人對雙腿的保護相當特別，
　　　有人拿狼牙棒有人則拿斧鉞；
2125　反正每件新東西都是老花樣。
　　　總之我已經說過，他們的武裝
　　　得看各人的愛好，各人的心意。

　　　你能看到，同帕拉蒙來的人裡　　　　　　　1270
　　　有色雷斯的大王利庫爾戈斯；㉝
2130　他威風的臉上長著黑色鬍子。
　　　他那雙眼睛的瞳仁非常奇怪，
　　　竟然閃現出又黃又紅的光彩；
　　　環顧四周時他像鷹傲視天下，
　　　兩道劍眉之上是密密的頭髮；
2135　他四肢發達，肌肉結實又強健，
　　　他肩膀寬闊，兩條手臂長又圓。
　　　根據他那國度裡向來的風尚，
　　　他高高站在金燦燦的戰車上，　　　　　　　1280

──────────

㉝古希臘有兩位著名的利庫爾戈斯，但都不是色雷斯國王。

　　　　　給他拉車的是四頭白色公牛。
2140　　　他的征衣上連個紋章也沒有，
　　　　　卻披著一張舊得發黑的熊皮，
　　　　　熊皮上四隻黃爪子金光熠熠。
　　　　　他的長頭髮全梳在他的後背，
　　　　　就像是渡鴉的羽毛那樣烏黑；
2145　　　手臂那樣粗的一只沉重金冠
　　　　　鑲滿精美紅寶石以及金剛鑽，
　　　　　流光溢彩地戴在他頭上閃亮。
　　　　　白色獵狼狗跑在他的戰車旁，　　　　　　1290
　　　　　約莫有二十多條，大得像牛犢，
2150　　　這種狗可用來撲獵獅子和鹿；
　　　　　牠們跟著主人，嘴上都上了套，
　　　　　金的頸圈上有圓孔供人牽牢。
　　　　　隨他同行的還有一百位貴族──
　　　　　全副的武裝，全顯得勇氣十足。

2155　　　人們從書上可看到，印度大帝
　　　　　埃梅屈武斯卻同阿賽特一起；
　　　　　他騎著棗紅馬就像戰神瑪斯，
　　　　　他那匹馬上全是精鋼的馬飾，　　　　　　1300
　　　　　金絲織的馬衣，圖案斑斕輝煌。
2160　　　由韃靼來的絲綢做成他紋章，
　　　　　紋章上的珍珠又白又圓又大。
　　　　　新近打成的金鞍散發著光華；
　　　　　一件短斗篷披在他的肩膀上，
　　　　　滿綴其上的紅寶石火一樣亮。
2165　　　他的頭髮鬈曲成一個個小圈──

那頭髮又黃又亮像陽光耀眼。
他眼睛色如香橼，鼻子挺又高；
他兩片嘴唇豐滿，臉上血色好。　　　　1310
有一些雀斑散布在他的臉上，
2170　那顏色雖然黝黑卻還帶點黃。
他的目光像獅子一樣地威武，
他的年齡我估計約在二十五。
他開始蓄起的鬍子十分漂亮，
他號角一樣的嗓音相當洪亮。
2175　他的頭上戴一只玉桂的花冠，
那枝枝葉葉翠綠清新很好看。
他手上樓著一隻馴養的獵鷹，
這鷹白得像百合，能引他高興。　　　　1320
他也有一百名貴族跟隨著他，
2180　他們沒有戴頭盔卻全身披甲，
那些鎧甲真可說是富麗堂皇。
因為你們能想像，公侯和君王
為了愛情也為了武士的榮譽，
都在這支高貴的隊伍裡會聚。
2185　在這樣一位印度國君的身旁，
許多馴養的獅子和豹在奔忙。
就這樣，所有這些大小的貴人，
在某星期天早晨的九點時分，　　　　1330
來到雅典城並在城裡下了馬。

2190　忒修斯，這位君王兼武士之花，
陪他們進入了他的這座城池，
按他們身分對各人做了安置，

又設宴招待；總之他不遺餘力
使他們舒適並對他們表敬意——
2195　人們都覺得誰也沒有這能耐
能比這君王做出更好的接待。
至於歌手的獻唱，席間的照應，
送給上下各等人的珍貴禮品，　　　　　　1340
忒修斯王宮中那種堂皇富麗，
2200　宴會中誰坐在高位或者低席，
哪位女士舞跳得最好姿色殊，
或是她們中哪位最能歌善舞，
或講起愛情來最為慷慨激昂；
還有，哪些獵鷹是歇在棲木上，
2205　或者有哪一些獵犬趴在地下，
所有這些事現在我就不提啦——
只講個結果，這看來最為合理；
你們若是願意，請聽我講主題。　　　　　　1350

那個星期一凌晨，天還沒有亮，
2210　帕拉蒙聽到雲雀已經在歌唱
（儘管離天亮還有兩小時之久
但雲雀已經在唱），他一聽之後
立即起了床，懷著飽滿的情緒
和一顆虔誠而崇敬的心前去
2215　朝拜基西里婭，她賜福又仁慈，[34]
正是值得我們崇敬的維納斯。

---

[34]基西里婭是希臘神話中的愛與美的女神，即羅馬神話中的維納斯。

在她的那個時辰，他步行而去，㉟

來到那比武場中她的神廟裡　　　　　　　　1360

並懷著激動的心情跪在地下，

2220　謙卑地說了下面這樣一番話：

「我的女神維納斯仙界最美麗，

你是朱庇特之女、伍爾堪之妻，㊱

憑著你對阿多尼斯的那份愛，㊲

你在西塞龍山上賜人以歡快，㊳

2225　請對我苦澀的眼淚加以憐憫，

讓我卑微的禱詞進入你的心。

唉，我沒什麼禱詞可用來形容

我在我的地獄中感到的苦痛。　　　　　　　1370

我的心不能透露我受的折磨，

2230　羞愧使我不敢提要求，只能說，

『我的女神開恩吧，因為你了解

我的心思又清楚我受的傷害。』

㉟古人認為，行星有七，即太陽、月亮、水星、金星、火星、木星和土星，並以此命名一星期中的各天。每個這樣的行星以及用來稱呼這行星的神（例如水星叫墨丘利，金星叫維納斯，火星叫瑪斯等）都可以分配到一個「小時」，其計算則以代表當天的那個行星開始。根據這種星象學的計時方法，維納斯的「時辰」是在星期日日出後的第二十三個「小時」。星期一日出後的第一個「小時」則屬於狄安娜（英語與拉丁語中一樣，星期一〈Monday〉是以月亮〈Moon〉命名的，而月亮女神為狄安娜）。日出後的第四個「小時」則屬於瑪斯。這些「小時」的長度是不相等的，因為，根據這種計算辦法，從日出到日落，或者從日落到日出，一律都被分成十二個「小時」，而不管在一年裡的不同時候，日夜的長短是並不相同的。

㊱伍爾堪是羅馬神話中的火與鍛冶之神。

㊲阿多尼斯是希臘與羅馬神話中的美少年，為這位愛與美的女神維納斯所眷戀。

㊳作者在這裡誤將西塞龍山當作維納斯所居住的基西拉島（參見1079行註）。

請考慮這些並垂憐我的痛苦，
我就將永遠做你的忠實奴僕，
2235　就一定爲你的事業盡心盡力，
並且同無謂的節制鬥爭到底；
你若幫助我，這便是我立的誓。
我不是想把自己的武藝顯示，　　　　1380
我並不要求明天一定得取勝，
2240　不是要在這件事上獲得名聲，
讓我武藝高強的虛名傳各國。
只求你把艾米莉完全賜給我，
我願意爲你效勞並爲你而死；
所以求你給我想辦法、出點子。
2245　我並不在乎究竟什麼結果好：
我打敗他們或他們把我打倒，
我不管，只求得到我那意中人。
因爲，儘管瑪斯是我們的戰神，　　　1390
但在天庭裡你有足夠的威力，
2250　只要你同意，我就得到艾米莉。
我要永遠在你的神廟裡朝拜，
無論到哪裡，只要有你祭壇在，
我就要給你上供，爲你點聖火。
我的女神哪，你若不願這麼做，
2255　那我求你明天給阿賽特力量，
讓他那長予一下刺穿我心臟。
這樣，即使阿賽特贏得她爲妻，
我既斷了氣，對此就不會在意。　　　1400
我這祈禱，親愛的賜福女神哪，
2260　只是要求：把我心上人給我吧！」

帕拉蒙的這番祈禱剛一完畢，
他便立刻在維納斯像前獻祭；
他神情可憐但禮數十分周到——
那些儀式我現在就不做介紹。

2265　最後維納斯那座像震動起來
並顯示徵兆，由此帕拉蒙明白，
他這天所作的祈禱已被接受。
因為那徵兆雖表明有所保留，　　　　　　　　1410
但他已得知那要求已被認可；
2270　於是他急急回家，滿心的快樂。

這是帕拉蒙前去朝拜維納斯。
在這事之後過了約三個小時，⑳
太陽升起，艾米莉同樣起了身，
接著去廟裡朝拜狄安娜女神。
2275　陪同她前去那兒的一些侍女
為她準備好所有的材料、用具，
包括香火、祭服和其他的一切，
反正獻祭中必然要用到這些——　　　　　　　1420
根據慣例，角器中盛滿蜂蜜酒；
2280　獻祭中的東西真是樣樣都有。
待神廟裡香火點起，祭服穿起，
這時，懷著虔敬心情的艾米莉
用泉水把身子洗得乾乾淨淨；
她那套儀式我不敢詳細說明，

⑳當時的小時是一個變量，見1359行註。

2285 　　只能非常概略地大致提一提。
　　　　但聽聽全部的細節也很愜意，
　　　　只要沒有壞心思就不受指責，　　　　　　1430
　　　　然而一個人分寸最好要掌握。
　　　　且說她梳好的頭髮光亮披散，
2290 　　一只用常綠橡樹枝編的花冠
　　　　穩穩地戴在她頭上，十分相宜。
　　　　她在聖壇上把兩團聖火點起，
　　　　接著舉行儀式：要知道得詳細
　　　　可讀斯塔提烏斯等人的古籍。⑩
2295 　　點起聖火後她顯得可憐巴巴，
　　　　對著狄安娜說出下面一番話：

　　　　「貞潔女神哪，你住在綠樹林裡，
　　　　天空、大地和海洋你盡收眼底；　　　　　1440
　　　　你是普路托幽冥王國的王后，
2300 　　你這處女的保護神哪，我心頭
　　　　一些想法和願望你早就知道。
　　　　你憤怒的報復請別讓我遭到——
　　　　別像亞克托安付沉重的代價。
　　　　你也完全知道，貞潔的女神哪，
2305 　　我的願望是終生做一個處女，
　　　　不要被人愛也不要被人迎娶。
　　　　你知道我屬於你的那個隊列，
　　　　是一名處女，喜愛的只是打獵，　　　　　1450

---

⑩斯塔提烏斯的史詩《底比斯戰紀》是喬叟〈騎士的故事〉的來源之一，但其主要來源卻是薄伽丘的作品。

只是在莽莽樹林裡到處遊蕩。
2310　我不願嫁人，不願把子女生養。
　　　我也不要同男子往來，女神哪，
　　　你法力無邊，請你就幫幫我吧——
　　　就憑著你所具有的三重形象。
　　　至於帕拉蒙愛我愛成了這樣，
2315　至於阿賽特愛我愛得這麼深，
　　　我只求你在一點上對我開恩，
　　　就是讓他們兩個人相親相愛，
　　　讓他們把心思從我這裡移開；　　　　　　1460
　　　讓他們一切熾烈的熱望、愛火，
2320　讓他們一切激情的苦惱、折磨，
　　　都煙消雲散或轉向別的地方。
　　　如果你不願答應幫我這個忙，
　　　或者，如果我命運已有了安排，
　　　必須從這兩人中挑出一個來，
2325　那就把最愛我的一個給我吧。
　　　請你看看，最最貞潔的女神哪，
　　　從我臉頰上淌下的苦澀眼淚。
　　　你既是處女又要把我們保衛，　　　　　　1470
　　　所以請讓我保住我處女之身，
2330　而我將以這身分侍奉你一生。」

　　　艾米莉正在這樣虔誠地祈禱，
　　　聖火就在華美的神壇上燃燒，
　　　但是突然間她看到一個異象：
　　　因為一個火本來燒得相當旺，
2335　卻倏地滅了滅，接著重又燃燒，

隨即另一個火滅後就此熄掉，
而在熄掉的時候還嗶剝作響，
就像潮濕的木頭燃燒時一樣； 　　　　1480
從那火炬的一端還淌下東西，
2340　那東西就像一滴一滴的血滴。
看到這景象艾米莉大為驚慌，
直嚇得魂飛魄散大聲地叫嚷。
她不知道這究竟有什麼含義，
卻因為受了驚嚇而開始哭泣──
2345　聽了那哭聲真叫人感到可憐。
正這麼哭著，狄安娜卻已出現，
她手中拿弓，一身女獵手裝束，
嘴裡說道：「女兒，可不要再哭。 　　　　1490
天上的諸神已經做出了決定，
2350　而那永恆的天書上也已寫明：
他們中的一個為你吃盡了苦，
你將嫁給他，他將作你的丈夫，
至於他是誰，我可不能告訴你。
再見啦，我可不能再待在這裡。
2355　燃燒在我祭壇上的兩道火焰，
在你離去前，一定會有所表現，
把你愛情糾葛中的命運顯示。」
說完這話，女神箭袋中的箭矢 　　　　1500
相互碰撞而發出清晰的聲音，
2360　接著也就失去了女神的蹤影。
面對這情形，艾米莉感到驚異，
不禁嘆道：「這究竟有什麼含意？
狄安娜，我讓自己受你的保護，

你盡可隨心所欲地把我擺布。」

2365　艾米莉說了這話就徑直回家。

經過情形就這樣；此事且按下。

隨後那個鐘點是瑪斯的時辰；

這時候阿賽特帶著他的犧牲，　　　　　　　1510

走到那驃悍戰神瑪斯的神廟，

2370　以他異教的方式獻祭和祈禱。

懷著淒惶的心和高度的敬仰，

他對瑪斯的禱詞如下面這樣：

「在那寒冷的色雷斯，堅強的神，

人們把你當主宰看待和侍奉，

2375　無論在哪片國土和哪塊地方，

你的手裡總執掌著戰鬥之韁，

戰鬥的結果全按你心意決定，

現在請接受我這點可憐祭品。　　　　　　　1520

如果我因為年輕能得到眷顧，

2380　因為力氣大配為你這神服務，

從而有可能成為你手下一員，

那我就求你憐憫我這種哀怨。

因為你同樣經受過這種苦惱、

這種熾烈的情慾之火的煎熬——

2385　那時你正享有妙齡的維納斯，

享有她姣好鮮艷優雅的豐姿，

你讓她在你的懷中任你擺布——

儘管有一回你倒了楣被抓住，　　　　　　　1530

原來是伍爾堪用網罩住了你，

2390　發現你呀同他妻子睡在一起。
　　　看在你心中那種痛苦的份上，
　　　請你同樣憐憫我極度的悲傷。
　　　你知道我既年輕，閱世又不深，
　　　所以，比起所有其他的任何人，
2395　我覺得我更容易受愛情糟蹋；
　　　因為使我遭受到這苦楚的她，
　　　根本不在乎我沉下還是浮起。
　　　我非常清楚，等到她對我憐惜，　　　　　　1540
　　　我得先在比武場上把她贏得；
2400　我也很清楚，要是沒你的恩澤
　　　和幫助，我憑力氣沒法贏得她。
　　　所以戰神哪，明天請幫我去打──
　　　既為了當初煎熬你的那種火，
　　　也為了這火如今同樣煎熬我；
2405　請做個安排，讓我明天能勝利。
　　　讓我出力氣，讓光榮歸屬於你。
　　　我將置你的神廟於一切之上，
　　　我將要永遠不遺餘力地弘揚　　　　　　　　1550
　　　你威力並讓你感到完全滿意；
2410　我將在你的殿堂裡掛我的旗，
　　　還要掛上我所有戰友的紋章；
　　　而且從現在開始直到我死亡，
　　　我將永遠維持你面前這聖火。
　　　我還願意用這個誓言束縛我：
2415　我的鬍子和頭髮，從來沒刀剪
　　　來傷害，所以在我背後和胸前
　　　長得很長；我願把它們當禮物

　　　　　獻給你，並且終生做你的忠僕。　　　　　　　　　　　1560
　　　　　神哪，請你垂憐我痛苦的悲愁，
　2420　讓我獲勝；我對你將別無所求。」

　　　　　堅強的阿賽特禱詞剛一講完，
　　　　　神廟門上和其他門上的鐵環
　　　　　忽然撞擊出非常響亮的聲音，
　　　　　阿賽特聽後不免有點兒吃驚。
　2425　精美祭壇上的火燒得特別旺，
　　　　　把整個的神廟照得通亮通亮；
　　　　　然後地上散發出一陣香味來，
　　　　　阿賽特聞到之後就把手一抬，　　　　　　　　　　　　1570
　　　　　又把另外一些香投進了火中，
　2430　進行了其他一些儀式後，最終，
　　　　　瑪斯像上的鎖子甲殷殷作聲。
　　　　　同時阿賽特還聽見一種話音：
　　　　　又低又很含糊地說了聲「勝利」；
　　　　　為此，對瑪斯他致以崇高敬禮。
　2435　這樣，阿賽特懷著喜悅和希望
　　　　　回到了他所投宿的旅店客房，
　　　　　高興得像燦爛陽光中的小鳥。

　　　　　為了這恩賜，一場激烈的爭吵　　　　　　　　　　　1580
　　　　　卻已緊接著在天上驟然而起，
　　　　　害得朱庇特力圖要使之平息——
　2440　爭吵的一方就是愛神維納斯，
　　　　　另一方則是嚴酷的戰神瑪斯。

最後冷酷、蒼白的薩杜恩出場，[41]
他熟知許多古代的招數、花樣，
2445　　便憑自己的經驗想出條妙計，
當即就使各方面都感到滿意。
俗話說得有道理！年紀是個寶；
年紀一大，自然閱歷多智慧高——　　　1590
老人雖短於力氣卻長於心計。
2450　　所以儘管這作法違反他本意，
薩杜恩卻也馬上就想方設法，
就此平息雙方的爭執和懼怕。

「親愛的女兒維納斯，」薩杜恩說，
「我運行的軌道範圍十分廣闊，[42]
2455　　我的法力遠超過人們的了解。
我能在慘淡的海中淹沒隱匿，
能潛入漆黑一片的禁錮小屋，
我能使絞索或吊索套上頭顱，　　　1600
我能引起不滿和暗地裡下毒，
2460　　又能進行充分的懲罰和報復，
我能使下層百姓抱怨和暴動，
只要我住在黃道上的獅子宮。
我能叫玉堂華廈頃刻間垮下，
能叫高高的城牆和塔樓倒塌，
2465　　壓在下面掘土人和木匠身上。

㊶薩杜恩是羅馬神話中的農神。
㊷就像瑪斯（Mars）和維納斯（Venus）分別是火星和金星一樣，薩杜恩
（Saturne）就是土星。

　　　　　　我叫那搖倒屋柱的參孫死亡，㊸
　　　　　　我還管轄著叫人心寒的疾病、
　　　　　　歷史悠久的陰謀和謀財害命。　　　　1610
　　　　　　我的目光是一切瘟疫的禍根。
2470　　　　現在別哭啦，我可以向你保證：
　　　　　　帕拉蒙，這位受你支持的武士，
　　　　　　像你許諾的那樣得到那女子。
　　　　　　瑪斯雖也要幫他的那位武士，
　　　　　　你們間得把一定的和平維持——
2475　　　　儘管你們倆由於性情不一樣，
　　　　　　經常造成你們間爭吵的現象。
　　　　　　我是你的老長輩，事事順著你；
　　　　　　現在別哭啦，我將會使你滿意。」　　1620

　　　　　　現在我不再講天上神明的事，
2480　　　　不講戰神瑪斯和愛神維納斯；
　　　　　　我要簡單明瞭地講講那結果，
　　　　　　所以下面我就要開始這麼做。

第三部結束

第四部開始

　　　　　　那天雅典城裡像盛大的節日，

㊸參孫是基督教《聖經》中的人物，以身強力大著稱，事見《舊約全書·士師記》13至16章。

加上那喜氣洋洋的五月天時，

2485　使城裡的人個個都歡欣鼓舞，

整個星期一不是跳舞就比武——

爲了要把這一天獻給維納斯。

但爲了看那場搏鬥不致誤時，　　　　1630

第二天他們人人都要起個早，

2490　所以夜幕一降臨便上床睡覺。

第二天凌晨天色剛剛有點亮，

只聽得所有旅店的各處地方

馬匹和盔甲的聲音一片嘈雜；

貴人們騎著大大小小的好馬，

2495　成群結隊地一路路來到宮裡。

在那裡可看到種種甲冑武器，

它們都做得華麗、精巧又別緻，

極盡金匠、鐵工和繡女的能事。　　　1640

你能看見鋥亮的兜鍪和盾牌，

2500　金盔、鎖子甲、紋章和馬的鐵鎧。

騎在馬上的貴人們衣飾雍容，

身後是隨侍左右的武士、扈從；

他們給盾安皮帶，給盔裝帶扣，

把皮條穿好繫好，給矛釘矛頭——

2505　反正總有叫他們忙不停的事。

只見噴白沫的馬咬著金嚼子，

許多盔甲匠帶著鐵銼和銼刀

也騎著馬兒不停地到處急跑；　　　　1650

徒步的鄉勇和平民手執短棍，

2510　來來往往時都擠得密密層層；

還有大鼓和號角、喇叭和軍笛，

　　　　　發出的聲音都有騰騰的殺氣。
　　　　　王宮的裡外，處處是成群的人，
　　　　　三五個、八九個，無非是在討論
2515　　或猜測兩位底比斯武士的事；
　　　　　不外是如此這般或這般如此。
　　　　　有的人支持長著黑鬍子的人，
　　　　　有的支持頭髮濃密的或禿頂；　　　　　　　　1660
　　　　　有人說這人看來兇猛又頑強：
2520　　「他那把戰斧重量就有二十磅。」
　　　　　就這樣，在太陽升起之後很久，
　　　　　那大廳裡人們還在猜測不休。

　　　　　因為那樂聲和鬧聲實在厲害，
　　　　　偉大的忒修斯這時已經醒來，
2525　　但仍待在他那華麗的寢宮裡；
　　　　　直到那兩位底比斯青年武士
　　　　　像是貴賓一樣地被引進宮殿。
　　　　　忒修斯這時候已經坐在窗前，　　　　　　　　1670
　　　　　寶座上的他完全是天神排場。
2530　　人們很快地湧向他那個地方——
　　　　　為的是一睹丰采並向他致禮，
　　　　　也為了聆聽他的吩咐和旨意。

　　　　　傳令官在一個台上喊道：「肅靜！」
　　　　　於是人群裡的聲音逐漸變輕；
2535　　等到人們已完全安靜，他這時
　　　　　才這樣宣布偉大君王的意旨：

「我們聖明的君主仁愛又慎重，
認為在這一次的盛大比武中，　　　　　　*1680*
如果要進行你死我活的惡鬥，
2540　那麼這就是讓高貴的血白流；
為做出不讓比武者死的安排，
他要對他原先的計畫做修改。
誰違反下列規定，以死罪論處：
進入比武場的人不得帶戰斧、
2545　匕首和任何種類的投射武器；
任何的短劍只要是劍頭鋒利，
能夠傷人就不得使用和佩掛。
各人只能向對方做一次衝殺，　　　　　　*1690*
這時用的矛能有磨快的矛尖，
2550　但若是下馬自衛則不受此限。
誰被打敗了就應當把他捉住
（而不應殺死）並被帶往那樁柱──
樁柱應豎在雙方指定的地方；
人被押到那裡後不准再上場。
2555　如果一方的主將被對方捉拿，
或者說如果一方的主將被殺，
那麼這次大比武就立即作罷。
願天神保佑你們，出擊去打吧！　　　　　*1700*
用長劍或用狼牙棒打個痛快！
2560　現在就開始，這是主上的安排！」

人們發出的呼號聲動地震天，
他們用歡快的嗓音大聲叫喊：
「願天神保護這樣仁慈的君王，

　　　　　　他不願讓無辜的血白白流淌！」
2565　　　忽然之間響起喇叭聲、音樂聲，
　　　　　　所有的人馬排列得齊齊整整，
　　　　　　通過那座大城朝比武場進發——
　　　　　　城裡處處把錦緞當旗幟懸掛。　　　　　　　　　　　1710

　　　　　　這君王騎在馬背上氣象萬千，
2570　　　兩名底比斯武士分列他兩邊；
　　　　　　後面接著就是王后和艾米莉，
　　　　　　在她們之後，按照地位的高低，
　　　　　　排列著一批批各種各樣的人。
　　　　　　他們這樣秩序井然地出了城，
2575　　　來到那個比武場時不早不晚——
　　　　　　說來還不能算是真正大白天。
　　　　　　忒修斯坐上他那高高貴人席，
　　　　　　他王后希波呂塔女王、艾米莉　　　　　　　　　　　1720
　　　　　　和其他貴婦依次在周圍坐好，
2580　　　群眾全都湧向前，把座位占牢。
　　　　　　在西面，通過瑪斯下面幾道門，
　　　　　　阿賽特帶著支持他的一百人
　　　　　　高舉著紅旗轉眼之間進了場；
　　　　　　同時，帕拉蒙頗顯得威武雄壯，
2585　　　通過維納斯像下的一個門口，
　　　　　　打著白旗來到了比武場東頭。
　　　　　　隨你在世界上任何地方尋找，
　　　　　　這樣的兩支隊伍可別想找到——　　　　　　　　　1730
　　　　　　真可謂旗鼓相當，分不出高低。
2590　　　因為無論講年齡、高貴或勇氣，

　　　　　沒有一個聰明人有能力斷言
　　　　　一隊比另一隊多些有利條件；
　　　　　這些人可真是挑得勢均力敵，
　　　　　如今分列在兩隊十分地整齊。
2595　　　他們各人的名字被報了一遍，
　　　　　以避免雙方人數上存在欺騙；
　　　　　這時候門關上，命令大聲傳下：
　　　　　「高傲的年輕武士們，盡力打吧！」　　　1740

　　　　　傳令官不再催著馬東奔西跑；
2600　　　接著場上吹響了喇叭和號角。
　　　　　閒話不說；只見那東面和西面
　　　　　矛都已端平，矛柄都頂住托墊，㊹
　　　　　隨著尖馬刺朝馬的兩肋一扎，
　　　　　就能看出誰善於格鬥和騎馬。
2605　　　只見矛刺上厚盾，有些就折斷；
　　　　　有的人感覺到矛把胸骨刺穿。
　　　　　有的矛脫手飛離地面二十尺；
　　　　　於是，劍出了鞘閃亮得像銀子；　　　1750
　　　　　亂劍砍落時，砍得頭盔成碎片；
2610　　　只見大量的血在湧出，在飛濺；
　　　　　武士的狼牙棒叫人粉身碎骨；
　　　　　有人朝人馬最為密集處奔突；
　　　　　戰馬紛紛失足，馬和人倒在地；
　　　　　於是有人球似地在地上滾去；

㊹當時騎馬的持矛武士格鬥時，為增加攻擊的力量，總是把矛端平，把矛柄尾端頂在盔甲上一處專用來抵住矛柄的地方。因此，做出這一動作時，表示即將衝鋒。

2615	有人站定在那裡用斷矛抵抗；
	這個人同馬一起翻倒在地上。
	那個人受傷之後被對方抓住，
	儘管不願意仍被押到那椿柱： 1760
	先前有規定，他必須留在那裡；
2620	對面那柱邊也有個武士站立。
	有時忒修斯叫他們稍事休息，
	若需要就供應一些吃喝東西。
	那兩位底比斯對手頻繁交手，
	交手時也都叫對方吃些苦頭；
2625	他們倆都曾使對方落馬兩次。
	嘎爾嘎菲山谷裡的老虎，即使
	幼小的虎仔被偷而報復獵人，
	也沒滿懷妒意的阿賽特殘忍， 1770
	絕不像他對帕拉蒙那樣狠毒；
2630	柏爾馬利亞的獅子遭到追逐
	或餓得發瘋，這時任怎麼兇狠，
	怎麼想吃人的血要人的性命，
	沒像帕拉蒙對待阿賽特狂野。
	醋心使他們把對方頭盔打癟；
2635	殷紅的血在他們的身上灑滿。
	任何事情到時候得有個了斷：
	就在那一天太陽下山前不久，
	帕拉蒙、阿賽特兩人正在惡鬥， 1780
	勇猛的國王埃梅屈武斯殺到，
2640	在帕拉蒙身上深深砍了一刀，
	使出二十人的力氣把他抓住，

　　　　　　見他不投降就把他拖到椿柱。
　　　　　　為了要上前來把帕拉蒙救下，
　　　　　　利庫爾戈斯大王也被打下馬；
2645　　　　埃梅屈武斯大王雖力大無邊，
　　　　　　卻也被拖出馬鞍有一劍之遠——
　　　　　　帕拉蒙那時沒被捉，狠擊對方
　　　　　　卻沒奏效，結果被拖到椿柱旁。　　　　1790
　　　　　　他的心雖勇敢，卻也無能為力；
2650　　　　他既然被捉住，就得待在那裡：
　　　　　　這既是較量的結果，也是規定。

　　　　　　現在，誰的悲傷能超過帕拉蒙？
　　　　　　要知道他這時不能再去戰鬥。
　　　　　　忒修斯看到這一情景的時候，
2655　　　　對仍在拚命搏鬥的人們高呼：
　　　　　　「不要再打啦，大比武現在結束！
　　　　　　我是個公正的裁判不偏不倚，
　　　　　　現在宣布阿賽特贏得艾米莉——　　　　1800
　　　　　　憑著好運氣，公道地贏得了她。」
2660　　　　這時人群中爆發出一陣喧嘩——
　　　　　　他們聽到這結果，高興得大叫；
　　　　　　那轟響似乎快要使看台塌掉。

　　　　　　美麗的天神維納斯又能如何？
　　　　　　這愛的女王說了又做了什麼？
2665　　　　她只是哭泣，因為沒如願以償，
　　　　　　她的熱淚竟然落到比武場上。
　　　　　　她說：「我毫無疑問將遭人恥笑。」

「孩子別哭，等著吧，」薩圖恩說道， 　1810
「瑪斯遂了願，那武士達到目的，
2670　但我用腦袋擔保：你將會滿意。」

喇叭手吹起他們響亮的樂曲，
傳令官大聲叫喊著來來去去，
他們為阿賽特武士喜氣洋洋。
但你們聽好，不要再發出聲響，
2675　我把當時發生的奇事說一回。

勇猛的阿賽特脫下他的頭盔
露出了臉來，接著給了馬一鞭，
要牠在那寬闊的場上繞一圈。　　　　1820
與此同時，他仰望那位艾米莉。
2680　艾米莉回看他，眼中頗有情意
（因為從整體上來看，作為女子，
難免傾向於隨著幸運者行事）；
艾米莉是他心中幸福的源泉。
突然間一個惡鬼冒出了地面──
2685　普路托派來，是應薩圖恩要求──
阿賽特的馬見後驚得一扭頭
向旁邊一跳，卻偏偏摔倒在地。
阿賽特猝不及防被摔了出去，　　　　1830
他的頭部重重地在地上一撞，
2690　於是躺在地上像死了的一樣。
他的胸部被鞍橋撞得癟進去；
他黑得像煤，又像烏鴉的毛羽，
因為大量的血湧到了他臉部。

2695　一面他感到心頭無限的痛苦，
　　　一面被立刻送到忒修斯宮裡。
　　　人們忙割開他那身上的鐵衣，
　　　很快就把他放上舒適的床鋪，
　　　因為他依然活著，神志也清楚，　　　1840
　　　並且時時在大聲叫喚艾米莉。

2700　忒修斯回到自己的雅典城裡；
　　　帶著他全班人馬和所有貴賓，
　　　興致勃勃又十分氣派地回城；
　　　儘管發生了這次意外的不幸，
　　　他不想因此讓大家感到掃興。
2705　何況人們說阿賽特不會死掉，
　　　說他受的傷完全可以被治好。
　　　叫人慶幸的還有另外一件事：
　　　儘管有的人傷勢較重，特別是　　　1850
　　　有個人的胸骨遭到矛頭扎刺，
2710　不過格鬥中畢竟沒人被殺死。
　　　至於其他的一些傷筋或斷骨，
　　　有的治療用藥膏，有的用法術；
　　　他們都喝著草藥湯或者煎藥，
　　　為的是要身體好，把四肢保牢。
2715　高貴的忒修斯好在很有能力，
　　　把每一個人招待得舒服愜意，
　　　他根據當時的禮儀招待貴賓，
　　　請他們整個夜晚都歡宴不停。　　　1860
　　　大家都認為這樣一次比武會
2720　談不上有誰輸掉或有誰敗北；

因爲事實上沒有一個失敗者，
落馬也只是運氣不佳的結果。
同樣的道理，一個人赤手空拳，
不投降，卻同二十名武士周旋，
2725　結果被他們抓住，使不出力氣，
被拉著手腳，拖到了椿柱那裡，
而對方那些徒步的家丁家僕
用棍棒把他的馬從場上趕出——　　　　　　1870
所有這些算不得是什麼恥辱，
2730　沒人能因此就叫帕拉蒙懦夫。

正因如此，爲防止積怨和忌妒，
忒修斯吩咐傳令官公開宣布：
雙方都獲得了成功，不分高低，
這方同那方的關係如同兄弟。
2735　他根據地位尊卑送客人禮品，
整整三天爲他們擺筵席歡慶。
他禮數周到，爲外邦君主送行，
一出城就一天，可謂極盡殷勤。　　　　　　1880
就這樣，每個人管自徑直回家，
2740　無非還說些「一路平安，再見啦！」
對這場搏鬥我寫到這裡爲止，
現在來講帕拉蒙、阿賽特的事。

阿賽特整個胸部腫得很嚴重，
他感到他的心頭也越來越痛。
2745　不管試著用什麼辦法做治療，
體內敗壞的淤血總沒法除掉；

所以給他放了血、吃了煎草藥、 *1890*
拔了火罐，都不見有什麼療效。
從被稱爲自然功能的機體裡，
2750 　那種叫作肉體功能的排除力
已沒有力量把毒消除或排空。⑮
他那兩個肺中的管脈已水腫，
他的胸部和胸部以下的肌肉
由於中了毒而在腐爛和衰朽。
2755 　無論讓他下面瀉或者上面吐，
對救他的命來說都沒有幫助；
因爲他那一部分都已經壞掉，
憑他的生命力再也恢復不了； *1900*
當然，既然生命力也不起作用，
2760 　藥就免了，只等送病人進墓中。
一句話，阿賽特的死指日可待，
於是，他派人去請艾米莉過來，
同時，請他親愛的表兄帕拉蒙；
他對他們講的話，我告訴你們：

2765 「我的意中人，我最最珍愛的人，
我因爲心中充滿哀怨和苦悶，
難以向你吐露出絲毫的悲愁。
但既然我的生命已到了盡頭， *1910*
我要把我心靈中的一點忠誠

---

⑮中世紀的人們認爲有三種功能控制著生命；自然功能源於肝臟，生命
功能集中於心臟，肉體功能則在於肌肉；由於肉體功能有「排除」的能
力，應當能排出自然功能中的毒。

2770　獻給你，因為你高於其他世人。
　　　唉，這麼些的艱難困苦和悲愁，
　　　我為你遭受，為你遭受那麼久；
　　　唉，我即將死去，親愛的艾米莉；
　　　唉，我們倆將永遠永遠地分離；
2775　唉，我心愛的妻子和我的女王，
　　　你是我的心上人，卻使我死亡！
　　　世界是什麼？人們要追求什麼？
　　　此刻情人在身旁，但一過此刻，　　　　　　1920
　　　便孤零零一個進了冷冷的墓。
2780　為了對上帝的愛，請把我抱住；
　　　我的甜蜜敵人艾米莉，再見啦，
　　　但在分離前，請聽我說幾句話。

　　　「過去很長時間裡，我因為愛你，
　　　也因為我對這位表兄的妒忌，
2785　我對他懷著敵意並同他鬥爭。
　　　願明察的天神引導我的靈魂，
　　　公正地說說一位愛情的忠僕，
　　　把他的全部品質忠實地說出──　　　　　　1930
　　　說他的忠誠、氣節和騎士行為，
2790　他的智慧和謙虛，家世和高貴，
　　　還有慷慨等等騎士們的美德。
　　　現在我靈魂即將歸於朱庇特，
　　　終於知道，論這個世界上的人
　　　誰最值得愛，首先得數帕拉蒙。
2795　他為你效勞，一生將永遠如此；
　　　如果你要嫁人，給人家做妻子，

這位高尚的帕拉蒙你別忘記。」
講到了這裡，他上氣不接下氣，　　　　　1940
因為有股死亡的寒氣從腳部
2800　升到了他胸口，使他周身麻木；
更為嚴重的，是他的兩條手臂
已經完全喪失了活力和生氣。
受創痛折磨的心既感受到死，
殘留在他心中的孤零零心智
2805　這時也開始逐漸地離他而去。
他眼前模糊，呼吸已難於延續，
但他的雙眼仍朝心上人望著，
最後說了一句：「艾米莉寬恕我。」　　　1950
他靈魂離開了軀體，去了別處——
2810　那地方我沒去過，當然說不出。
所以也就不說啦；我不懂鬼神，
在我這書中也沒有什麼靈魂；
有人雖寫過靈魂居住的地點，
我可不想轉達這種人的意見。
2815　願瑪斯帶去阿賽特靈魂一縷；
這裡我把艾米莉的事說下去。

帕拉蒙號哭；艾米莉呼天搶地，
不多一會兒已哭得昏厥過去；　　　　　　1960
忒修斯扶著姨妹離開那遺體。
2820　花時間講她白天黑夜在哭泣，
對你們、對我自己有什麼好處？
因為在此情況下女子最痛苦——
每當她們的丈夫離她們而去，

多數情況下她們都這樣悲戚，
2825　要不是這樣就會生一場大病，
結果這場病準會要她們的命。

這位底比斯青年武士的死亡，
使雅典城裡的百姓極其悲傷；　　　　　1970
老老少爲他灑無數的淚滴，
2830　成人和孩子無不爲他而哭泣。
可以肯定，當初赫克托被殺後，⑯
他遺體送進特洛伊城的時候，
人們沒哭成這樣；多麼淒慘哪：
人們抓自己臉頰，扯自己頭髮。
2835　「你既有足夠的錢，又有艾米莉，」
女人們哭道，「爲什麼竟然死去？」
沒有人能使忒修斯振作起來，
除了他的老父親埃勾斯以外；　　　　　1980
因爲這老人飽經世事的滄桑，
2840　見過人世的變遷和起落無常——
無非是樂極生悲或悲歡相續——
爲打動忒修斯，他把往事列舉。

他說道：「正像每一個死去的人
都曾在世上以某種方式生存，
2845　所以只要是曾經生活在世上，
一個人到一定時候不免死亡。

---

⑯赫克托，據希臘神話是特洛伊王普里阿摩斯的長子，是特洛伊戰爭中的英雄，後在戰場犧牲。

人間只是條大道，充滿了哀傷，
而我們是路上旅客，來來往往；　　　　　*1990*
死亡把人世間的痛苦全了結。」
2850　　此外，這種話他還說了好一些；
總之，他說這些話是爲了勸導，
勸大家千萬想得開，不要苦惱。

現在國君忒修斯盡心又盡力，
考慮在什麼地方舉行那葬禮
2855　　對於阿賽特來說該是最恰當——
葬禮還要符合他身分，要像樣。
最後，他終於選定了一個地點，
就是當初阿賽特、帕拉蒙之間　　　　　　*2000*
爲了愛情而發生搏鬥的地方——
2860　　阿賽特那種情意綿綿的希望、
那種苦惱和火一樣熾熱的愛，
曾在這清新的林中顯示出來。
忒修斯決定要把一堆火燒起，
他要在火中完成整個的葬禮。
2865　　接著他吩咐下去：要砍伐木材，
於是砍倒的老橡樹排列起來，
一排排、一堆堆準備點火燃燒。
這時，他手下的將士急急奔跑　　　　　　*2010*
或騎馬奔馳，把他的指示執行。
2870　　在這之後，忒修斯又下達命令，
叫人把一副棺木送來，棺木裡
鋪著他最好的錦緞，極盡華麗。
他給阿賽特穿戴得同樣精妙：

　　　　讓他的手上戴著潔白的手套，
2875　　讓他的頭上戴著綠枝的桂冠，
　　　　讓他的手中拿著鋥亮的利劍。
　　　　忒修斯放他進棺，讓他露著臉，
　　　　自己哭起來，那哭聲叫人心酸。　　　　　2020
　　　　忒修斯為了讓大家瞻仰遺容，
2880　　白天裡就把靈柩移到大廳中，
　　　　於是那廳中迴盪著哭泣之聲。

　　　　這時來了那位悲傷的帕拉蒙——
　　　　飄拂的鬍鬚和亂髮上都是灰，
　　　　穿著的黑色喪服上遍布眼淚；
2885　　所有的人裡面艾米莉最傷心，
　　　　她流的眼淚奪於其他任何人。
　　　　忒修斯為了使這樣一次葬禮
　　　　更顯得隆重莊嚴和盛大壯麗，　　　　　2030
　　　　命人牽來了三匹上好的戰馬：
2890　　馬身上純鋼的馬飾閃耀光華，
　　　　上面同時還有阿賽特的紋章。
　　　　在這又高又大的三匹白馬上，
　　　　是三個拿著阿賽特遺物的人：
　　　　一個拿著他長矛，一個拿著盾，
2895　　一個把他土耳其弓背在背上——
　　　　還有擦亮的黃金盔甲和箭囊。
　　　　他們悲哀地騎馬慢慢去樹林——
　　　　下面你們將聽到有關的情形。　　　　　2040
　　　　幾位最最有身分的希臘貴冑，
2900　　肩上抬著阿賽特的那副靈柩

慢慢地走，睜著哭紅了的眼睛，
通過主要的街道橫穿雅典城。
主要街道上，黑布從頭鋪到底，
面街房屋上，黑布從頂掛到地。

2905　靈柩右面，走著年老的埃勾斯，
靈柩左面，走著那君王忒修斯；
他們兩人的手中都端著金器，
盛滿了美酒和血、牛奶和蜂蜜；　　　　2050
帕拉蒙也同很多人走在一起；

2910　他們後面，是那悲傷的艾米莉，
她手中握著火把，按當時風尚，
在進行火葬儀式中，這將用上。

爲了準備那火堆和這次葬禮，
花費了多少心思和多少努力：

2915　那木堆綠色的頂端高可摩天，
它的每一邊伸到二十尋之遠——㊼
我是說那些樹大得令人叫絕。
那裡先堆好許多許多車麥秸。　　　　2060
至於那些樹如何堆成這樣高，

2920　還有，樹的各種樹名又怎麼叫——
例如橡樅樺檀柳，楊榆和聖櫟，
梣栗楓榛梾，山楊黃楊和菩提，
月桂山楂紫杉，懸鈴木和柏樹——
有關它們的砍伐，我不想敘述。

2925　我不講神祇們如何上下奔忙：

㊼1尋等於6英尺，即1英尋。

水神、林仙和樹精所住的地方
在此之前是多麼地清幽安謐，
可現在他們失去了這處住地。　　　　　　2070
我不講鳥獸紛紛地逃往他鄉，
2930　牠們怕的是樹被砍倒時遭殃；
林中的地面長年看不見太陽，
如今在陽光下顯得如何驚慌。
不講火怎樣先把麥秸燒起來，
然後燒著了一劈為三的乾柴
2935　以及帶有綠葉的樹木和香料，
隨即燒的是綾羅綢緞和珠寶，
燒的是無數花朵編成的花環，
是薰香和沒藥，燒得奇香瀰漫。　　　　　2080
不講阿賽特躺在這一切之中，
2940　遺體的四周有多少珍寶陪同；
我不講艾米莉如何按照習慣，
把這次火葬儀式上的火點燃，
點火之後又如何昏倒在地上；
不講她說了什麼，有什麼願望。
2945　不講火燒得越來越旺的時候，
有什麼珠寶被扔在火堆裡頭；
不講人們扔進矛或者扔進盾，
有人把身上衣服也往火裡扔；　　　　　　2090
投進那狂燒大火的東西還有
2950　整杯的血，整杯的牛奶和美酒。
不講大隊的希臘人騎著戰馬
圍著左手邊的火堆繞了三匝，
他們一邊走還一邊高聲叫嚷，

又三次把長矛撞得咔咔作響。
2955　不講那些哭喊了三次的婦女，
不講艾米莉如何被送回家去；
不講阿賽特燒成冷冷的灰燼，
不講那整夜裡人們如何守靈；　　　　2100
不講希臘人守靈時如何消遣，
2960　講這方面的情形我很不情願：
誰摔角優勝就在光身上抹油，
誰最不慌不忙表現得最無憂。
我也不想講，結束了這種消遣
人們又怎樣各自回到了雅典。
2965　我只想盡快回到我主題上來，
把這長故事的結局做個交待。

隨著時間的推移，好幾年以後，
人們的哀悼已停止，淚已不流。　　　　2110
這時，似乎經希臘人一致同意，
2970　決定在雅典城召開一次會議，
為的是研究一些情況和問題；
在這些問題中包括兩項建議，
那就是同某些國家結成同盟，
並要完全制服那些底比斯人。
2975　於是高貴的忒修斯立刻派人
請來那位溫文爾雅的帕拉蒙，
卻不讓他知道請他來的目的。
帕拉蒙悲傷地穿著一身黑衣，　　　　2120
按照忒修斯的吩咐來到雅典。
2980　此時忒修斯又請艾米莉露面。

當他們坐下後全場寂靜一片，
然而忒修斯並沒有立即發言；
他讓他的眼光隨意地瞧了瞧，
這時他的內心中已把話想好，

2985 便面帶愁容地輕輕一聲嘆息，
隨後就這樣道出了他的心意：

「當那位最初創造萬物的天神
最初把美好的愛的鎖鏈造成，　　　　　　　*2130*
意義很重大，其用心非常崇高——

2990 此舉的目的，祂自然完全知道。
因為憑這副美好的愛的鎖鏈，
祂就可以在一定的範圍裡面，
束縛住空氣水火土，不使脫逃。
就是這位造物主，」忒修斯說道，

2995 「對我們這不幸世界也有法度：
凡是在這裡生長的一切生物，
都給設下了一定的延續時間，
無論哪個都不得超過那期限——　　　　　　*2140*
儘管要縮短壽命有的是辦法。

3000 我不必引用任一位權威的話，
因為這一點憑經驗便可證實。
我希望我能講清楚我的意思。
從這種規則我們就可以看清
這位造物主既永恆而又穩定。

3005 只要不是傻瓜，人人能看明白，
每個部分都是從整體分出來；
因為自然的開始之處或起源

不會僅僅是一個部分或單元，　　　　　　　2150
而是個不能改變的完整東西——
3010　它延續下去直到毀滅的終極。
所以造物主以他的大智大慧
訂出極其恰當的安排和法規，
使得各種門類的事物和事件
要靠代代相傳才存在於世間，
3015　而個體不能永恆；這說法不假——
你們完全能明白，只要看一下。

「看看橡樹吧，從它開始發芽起，
經過了這麼漫長的成長時期；　　　　　　2160
我們可以看到它壽命還很長，
3020　但是最後這棵樹仍不免死亡。

「也想想我們腳下的這些石板——
我們踩在上面或是走或是站——
再硬也會磨損兩廢棄在路邊。
寬闊的大河有時候也會枯乾。
3025　我們還看到大城市變爲廢墟。
可見一切的一切都有個結局。

「說到男人女人，也同樣能看到
他們要不是年輕，那就是年老，　　　　　2170
就是說，兩個時期中必居其一。
3030　國王同隨從一樣，總不免死去：
只是有人死床上，有人死野郊，
有人死海中；這人人都能看到；

　　　　　　　沒什麼辦法，人人都是一條路——
　　　　　　　這條路可說適用於世上萬物。
3035　　　　　若不是朱庇特造成這一情況，
　　　　　　　還能是誰？他確是萬物的主上，
　　　　　　　他使每樣東西都變回其本源，
　　　　　　　而這正是其由之而出的淵源。　　　　　　　2180
　　　　　　　任何生物，不論其類別的高低，
3040　　　　　若同這規律對抗，絕不會勝利。

　　　　　「所以我認爲明智的作法就是：
　　　　　　　要自願地去做非做不可的事，
　　　　　　　甘心地接受不可避免的情形，
　　　　　　　特別是接受人們共同的命運。
3045　　　　　誰對此有怨言就是蠢事一件，
　　　　　　　也是對引導眾生之神的反叛。
　　　　　　　當人們肯定自己有個好名聲，
　　　　　　　無愧於親友和自己，度過一生，　　　　　　2190
　　　　　　　如果在這花團錦簇之時死去，
3050　　　　　那麼確實獲得了最大的榮譽。
　　　　　　　如果一個人帶著榮譽斷了氣，
　　　　　　　他的親友們該爲他感到欣喜，
　　　　　　　因爲等他令名因年齡而枯槁，
　　　　　　　這時候他的能耐早已被忘掉。
3055　　　　　所以如果有人要留個好名譽，
　　　　　　　那麼最好在聲名最隆時死去。
　　　　　　　否定這一點便是任性或固執。
　　　　　　　我們何必要怨尤呢？我們明知　　　　　　　2200
　　　　　　　好樣的阿賽特這朵騎士之花，

3060 明知他帶著功成名就的光華
離開人塵的髒牢寵，何必難過？
這裡是他最愛的新娘和表哥，
他們何苦為他的幸運而傷悲？
他會感謝他們嗎？天知道，不會。

3065 這樣對自身對他靈魂都不利，
而且也不能使他們轉悲為喜。

「從這番說理能得出什麼結論？
只有一條：請大家不要再傷心， 2210
要高興起來並感謝神的恩典。

3070 我建議在我們離開這裡之前，
還要把兩個綿綿無盡的悲哀
結合成一個永恆的完美歡快。
現在請想，這中間哪裡最傷心，
我們就先從那地方著手改進。」

3075 他又說：「姨妹，我有一個意見，
而且這裡與會的都同意這點，
就是你的那一位武士帕拉蒙
對你是盡心盡力又一片忠誠， 2220
而且從你見他後他一向如此。

3080 所以你該憐惜他，恩與惠並施，
並且接受他，讓他當你的夫君：
把手伸給我，這是我們的協定。
現在該顯示你女人家的同情。
我的天，國王的兄弟是他父親；

3085 相信我，哪怕他是一個窮青年，

就憑他爲你效勞這麼許多年，
就憑他爲你受過這麼許多罪，
他也就值得你好好考慮，因爲，　　　2230
溫厚的憐憫比公正更加重要。」

3090　接著他轉朝帕拉蒙這樣說道：
「我想，若要你接受我這一建議，
也就不必講這麼一番大道理。
走近些，握住你這位女士的手。」
於是在滿朝貴人面前，這時候
3095　一種被稱爲婚姻的契約關係
在這對男女之間牢牢地確立。
於是在歡天喜地的音樂聲裡，
帕拉蒙、艾米莉終於結爲夫妻。　　　2240
創造世界的神哪，願你把愛人
3100　給這付出巨大代價的帕拉蒙。
現在帕拉蒙可眞是美滿幸福，
他盡情享受生活、健康和財富。
艾米莉愛他愛得非常地溫柔，
而他忠於艾米莉也一仍其舊；
3105　他們兩人間眞是十分地恩愛，
從來沒一句怨言或半點不快。
帕拉蒙、艾米莉的事到此結束，
願上帝保佑這支忠實的隊伍──阿門！　2250

騎士的故事到此結束

磨坊主

磨坊主的引子

下面是旅店主人同磨坊主的對話

　　騎士這樣講完了他的故事後，
3110　無論老少，那整個的隊伍裡頭
　　每個人都說這個故事很崇高，
　　完全值得大家在腦子裡記牢——
　　對每位溫文爾雅者尤其如此。
　　旅店主人笑說道：「看來我這事
3115　進行很順利；現在袋口已打開。
　　我們看誰能另講個故事出來，
　　因爲這比賽已經順利地開始。
　　修道士先生，你可否講個故事，　　　　10
　　作爲對騎士那個故事的回應？」
3120　磨坊主臉色蒼白，人已醉醺醺，
　　在馬上坐都坐不穩，東歪西倒，
　　他根本不管待人接物的禮貌，
　　完全不想把頭巾和帽子脫掉，
　　卻用彼拉多的聲氣誇口叫道：①
3125　「憑神的手臂、鮮血和骨頭起誓，

────────────

①彼拉多（？～36？）羅馬的猶太總督（26～36），曾主持對耶穌的審判並下令把耶穌釘死在十字架上。

眼下我就有一個精彩的故事，
我要拿它作爲對騎士的回報。」

店主看他已喝醉了酒便說道：　　　　　20
「等等，我的羅賓，親愛的兄弟，
3130　先讓別人講一個故事更適宜。
等等，做事情我們要合理合情。」

他卻說：「憑天主之靈起誓：不行！
我要講，不然我就走自己的路。」
店主道：「就講吧，真是魔鬼的路！
3135　你是傻瓜，酒已沖昏了你頭腦！」

磨坊主說道：「各位，你們聽好；
我喝醉了酒，這點我先講清楚——
這點我聽自己的聲音就有數——　　　30
所以我若講得不妥當，就要求
3140　你們別怪我，要怪薩瑟克的酒。
現在我要給你們講的這故事，
講的是一個木匠和他的妻子，
講木匠吃了一個讀書人的虧。」②

管家當即回答道：「閉上你的嘴！
3145　別喝醉了酒盡說下流的瘋話。
要知道這樣既很罪過也很傻，

---

②中世紀時的這種讀書人（也稱學士）指大學學生或受過大學教育的
人，而受教育的結果往往是擔任聖職。

　　　　因為根本就不該壞人家名譽，
　　　　何況把人家老婆也牽扯進去。　　　　　　40
　　　　你既然要講，別的故事非常多。」

3150　磨坊主帶著醉意當即回答說：
　　　　「聽著，我的親愛的兄弟奧斯瓦，
　　　　沒有老婆的人就不會做王八。
　　　　我可沒因此就說你其中有份。
　　　　世上多的是賢妻良母好女人，
3155　好的對壞的往往是一千對一。
　　　　你這點也清楚，除非不講道理。
　　　　我講我的故事，你幹嘛要發火？
　　　　天哪，我同你一樣家裡有老婆。　　　　　50
　　　　我不會因為公牛在為我耕地，
3160　就無端懷疑自己是牠們之一，
　　　　以為自己像牠們也頭上長角——
　　　　我相信我絕不會給戴上綠帽。
　　　　對於上帝的或者妻子的祕密，
　　　　做丈夫的人不應該感到好奇。
3165　只要他看到上帝賜他的福分，
　　　　其他的事情他就不必去過問。」

　　　　我還能說些什麼？這個磨坊主
　　　　不肯因為人家有意見就停住，　　　　　　60
　　　　只管照他的心意講粗鄙故事——
3170　要把這照錄下來是我的憾事。
　　　　所以我請求各位有教養的人
　　　　別以為我說了就是心術不正——

看在上帝之愛的份上，要知道，
故事得照錄，我不管是壞是好，
3175　要不然，就是對我的材料摻假。
所以如有哪一位不愛聽的話，
盡可把書翻過去另選個故事；
因爲他會發現好故事多的是，　　　　　70
講的事都是高貴、高潔又高尚。
3180　這些古代的故事有短也有長，
如果你選錯了，請別把我責怪。
磨坊主是老粗，這事你們明白——
管家和其他幾個人情況一樣——
他們兩人說的一些話都很髒。
3185　所以請你們注意，別把我責怪；
再說都是講了玩，別認眞對待。

引子到此結束

磨坊主的故事

磨坊主的故事由此開始

從前在牛津住著一個守財奴，
他的房間也出租，管房客吃住；
雖然行當是木匠，但是很有錢。
3190　他家住著一個求學的窮青年；
他學了文科課程的前面幾樣，①
但是他最感興趣的卻是星象。
他知道一些這類的推算辦法，
你若在某些特定的時刻問他，
3195　要他告訴你有雨還是有旱情，
或者你要他預卜各種的事情　　　　10
（我沒法對這些事情一一說明），
他會用星象分析給你做決定。

這位書生叫作殷勤的尼古拉，
3200　他熟知男女私情和偷歡作耍，
同時他為人相當機靈和狡點，
看來卻又溫順得像個姑娘家。
他在那木匠家租了一間房屋，

---

①當時文科學生學的七門課程中，前三門是語法、修辭、邏輯。

獨自一個，沒有別的人陪他住。
3205　他那間屋裡布置了芳草香花，
極其雅緻；他本人同樣瀟灑，　　　20
看上去甜美得像是甘草的根。
天文學的書和其他大小書本，
他用來測量天體高度的星盤，
3210　還有用來做數字運算的算盤，
全都整齊地放在床頭架子上。
一塊羊毛紅方巾罩在衣櫃上，
方巾上放有一只索爾特里琴。②
到了夜裡他彈出優美的樂音，
3215　這樂音迴盪在他的整個屋子；
他總是先唱天使傳報讚美詩，　　30
然後接著唱當時流行的歌曲——
對他的歌喉人們常常很贊許。
就這樣這書生消磨他的時間，
3220　花著自己的和親友資助的錢。

這木匠不久前娶了一位新娘，
他愛她像愛自己的性命一樣。
新娘年方十八歲，年輕心又野；
而他已經是老漢，醋心又大些——
3225　恨不得要把新娘關在籠子裡，
因爲他知道他做王八很容易。　　40

---

② 索爾特里琴是中世紀的一種撥弦樂器。

　　　　　他知識貧乏，不知道加圖說過，③
　　　　　要娶就娶同自己般配的老婆——
　　　　　人們結婚要根據自己的條件，
3230　　　因為年輕和年老難融洽無間。
　　　　　可是他既然已掉進這種羅網，
　　　　　只得受這種磨難，像別人一樣。

　　　　　這位年輕的妻子長得很俊俏，
　　　　　那身材像鼬鼠一樣窈窕嬌小。
3235　　　她繫著一條絲綢編織的腰帶，
　　　　　圍裙像早晨的牛奶那樣潔白——　　　　50
　　　　　繫在腰上，周邊還做成鋸齒形。
　　　　　她穿的衫子也是白色，那衣領
　　　　　無論是前面後面或裡面外面，
3240　　　都繡上了花，用的都是黑絲線。
　　　　　她的帽子上有幾條緞帶裝飾，
　　　　　這些同她的領子相配很合適。
　　　　　她的束髮寬綢帶束得相當高。
　　　　　她那雙眼睛確實是極其風騷。
3245　　　她那彎彎的眉毛修得十分細，
　　　　　那種顏色卻黑得像是黑刺李。　　　　60
　　　　　看著她真讓人感到滿心舒服，
　　　　　因為她賽似剛剛開花的梨樹。
　　　　　她細皮嫩肉柔軟得賽過羊毛。
3250　　　她的腰間懸掛著一只皮錢包，

───────────

③這位加圖似指狄奧尼西·加圖，他生活在三至四世紀。中世紀時有一
本用作識字課本的諺語集據傳是他的作品。

包上有絲的流蘇和黃銅珠子。
就算你找來找去，找遍了人世，
也找不到一個足夠聰明的人——
能想像這樣妖媚的寶貝娘們。

3255　她那姿色和面色惹眼又亮麗，
完全勝過倫敦塔新鑄的金幣。　　　　　70
說到唱歌，她歌喉清亮又宛轉，
就像棲在穀倉上的燕子呢喃。
除了這一切，她還常調皮嬉戲，

3260　同跟在母羊後面的小羊無異。
蜂蜜酒甜不過她的那張小嘴，
藏進乾草的蘋果就是那滋味。
她活潑好動像是馬駒，箭一般
身材挺直，細挑的個子像桅杆。

3265　一枚胸針別在她低低領口上，
那大小像圓盾上的浮雕一樣。　　　　　80
她的靴統高，鞋帶直繫到小腿。
她是一朵報春花，一個小寶貝——
配得上隨便哪一位貴人的床，

3270　完全能夠作富裕農民的新娘。

我說各位，現在請各位聽好啦！
話說一天這位殷勤的尼古拉
同這位少婦打情罵俏地逗樂；
這時那木匠丈夫去了奧斯訥。

3275　這些讀書人狡猾又花樣百出，
他偷偷捏住對方最最敏感處。　　　　　90
「除非你滿足我的心願，」他說道，

「寶貝，愛情將憋得我死路一條。」
他緊緊摟住了對方，一邊又說：

3280 「寶貝，求求你現在馬上就愛我，
否則我就活不成，啊上帝幫忙！」
像釘鐵掌時關著的馬駒一樣，
她縱身一跳又猛地把頭一扭，
說道：「你快讓我走，你快讓我走！」

3285 又說：「我決計不會吻你，尼古拉！
你再不放手，我可要叫救命啦！　　　　*100*
把手挪開，你還有沒有個進退！」

尼古拉開始哀求，求她發慈悲；
他言詞動聽，而且又逼得很緊，

3290 那要求最後那女的只好答應，
並且以聖托馬斯之名發誓說，
以後她願意照他的意思去做——
只要她看到有這種機會的話。
她又說：「我的丈夫妒忌心很大，

3295 所以，除非你等我祕密地約你，
否則我可以肯定我必死無疑。　　　　*110*
在這件事情上，你得千萬小心。」

尼古拉說道：「別為這件事擔心，
讀書人連個木匠也都騙不了，

3300 他的讀書時間就白白浪費掉。」
就這樣，他們山盟海誓並同意，
要像我說過的那樣，等待時機。
尼古拉做到所有這一切之後，

把她愛撫一番，又是吻又是摟，

3305　然後拿出他那只索爾特里琴，

彈出了曲調，彈得非常地盡興。　　　　　120

話說有一個聖日，這位好女郎

前往她那個教區的那座教堂，

爲的是去做該對基督做的事。

3310　這天她幹好家務便細細擦拭，

結果額頭像白晝一樣地白淨。

且說那座教堂裡有個管事人，

這個人的名字叫作阿伯沙朗。

他頭髮鬈曲，像黃金一樣閃亮——

3315　鋪展在頭頂，像是一把大扇子，

正中挑的那頭路漂亮又筆直。　　　　　130

他面色紅潤，灰眼睛像鵝一樣；

鞋上網眼像聖保羅教堂的窗，

他腳穿紅襪，走來走去很神氣。

3320　他身穿一件淺藍色短短外衣，

式樣既得體，大小也十分合身，

上面鑲著的花邊也非常相襯。

他在這外面還套著一件法衣，

這法衣白得可同蘋果花相比。

3325　天哪，他真是個可愛的小夥子。

善於替人放血、剪頭髮、刮鬍子，　　　　140

也善於起草地契和租賃文書。

當時的牛津有二十來種舞步，

所有這些舞他都跳得十分好，

3330　來來回回的雙腳輕盈又靈巧。
　　　他會在三弦琴上彈奏出樂曲，
　　　有時還用他的尖嗓子唱歌曲。
　　　他也會彈六弦琴，彈得同樣好，
　　　城裡所有賣酒的店舖或商號，
3335　只要那裡有俊俏的賣酒姑娘，
　　　他都曾帶著他的節目去拜訪。　　　　　　　　150
　　　但是說句老實話，他有點拘謹，
　　　連說話放屁似乎也陪著小心。

　　　這個活躍又快活的阿伯沙朗
3340　那聖日爲教區中的婦女薰香；
　　　他手裡殷勤地捧著一只香爐，
　　　看著人家的眼中常流露愛慕。
　　　他特別愛看那位木匠的妻子——
　　　能夠看到她眞是一件大快事，
3345　因爲她俐落嬌艷又十分動人。
　　　如果這女人是老鼠，我敢保證，　　　　　　　160
　　　準已落進了他這隻貓的腳掌。

　　　這可愛的教區管事阿伯沙朗
　　　心裡充滿著對於愛情的期盼，
3350　所以絕不肯收取婦女的捐款，
　　　他說他出於禮貌，這錢不能收。
　　　夜幕降臨後，月色明亮又溫柔，
　　　阿伯沙朗拿起他那把六弦琴，
　　　準備像戀人把夜晚獻給愛情。
3355　他懷著柔情和慾火不停地走，

終於在聽到公雞啼叫後不久，　　　　　　*170*
來到了住著木匠一家的房屋。
他走近木匠屋子的一個窗戶，
站在那扇用鉸鏈固定的窗旁，
3360　開始用他那優美的嗓音歌唱：
「親愛的女士，如果你願意的話，
那麼就請你對我發發慈悲吧。」
他的歌有他的琴在很好配合。
木匠醒來後聽見了他唱的歌，
3365　沒聽多久便對他妻子這樣講：
「艾麗森，你可聽見了阿伯沙朗　　　　*180*
這樣在唱，就在我房間的牆下？」
那位小嬌妻對丈夫這樣回答：
「天哪，約翰，我聽得清清楚楚的。」

3370　事情就這樣下去。還能更好麼？
一天又一天，漂亮的阿伯沙朗
就這樣求愛，結果卻滿心憂傷。
他整日整夜沒法子睡個好覺；
他梳理滿頭鬈髮，要顯得俊俏。
3375　他托人去傳話送信，表達情意；
又發誓要絕對服從她的旨意。　　　　　*190*
他有如夜鶯，顫抖著嗓子歌唱；
他送去的蜜酒、香酒各種各樣，
還送去剛剛出爐的糕點餡餅——
3380　由於她是城裡人，更送她禮品。
要贏得人家，有時應該靠財富，
有時靠拳打腳踢或寬厚大度。

為了顯示出他的靈巧和本領，
有一次他在高台上扮演暴君。
3385　但在這件事上，還有啥能幫他？
對方只愛討人喜歡的尼古拉，　　　　　200
他阿伯沙朗只能去吹吹鹿角。
他費了大勁，換來的只是恥笑；
就這樣那女人拿他當作猴耍，
3390　把他的一番眞情全當作笑話。
有一句俗話無疑說得非常對——
人們說得好：「身邊有個機靈鬼，
就使人覺得遠方的情人討厭。」
正因爲不在這艾麗森的眼前，
3395　任憑他阿伯沙朗氣得要發瘋，
那個身邊的尼古拉總占上風。　　　　　210

討人喜歡的尼古拉，好好地幹！
因爲阿伯沙朗只能哭著哀嘆。
就這樣又是一個星期六到了，
3400　這一天木匠早早去了奧斯訥。
討人喜歡的尼古拉和艾麗森
經過了一番討論得出個結論，
就是尼古拉應該想出個花樣，
讓那愛妒忌的愚蠢丈夫上當。
3405　如果這一招玩得好，能夠奏效，
他們倆就能整夜地抱著睡覺，　　　　　220
因爲這是他們倆共同的願望。
這樣商定後，尼古拉二話不講，

立刻就行動，不肯再耽擱時間。
3410　他偷偷把飲食拿進自己房間，
這些飲食足夠他一兩天吃喝。
與此同時，他對艾麗森吩咐說；
如果丈夫問起尼古拉的情況，
就說不知道他是在什麼地方，
3415　就說那天根本就沒有看見他，
並估計他恐怕已經病倒在家，　　　230
因為任女僕叫喚，他也沒開門——
無論發生什麼事，他都不應聲。

就這樣過了整個星期六一天：
3420　尼古拉待在屋裡就是不露面；
他吃吃睡睡，隨意幹些零碎事，
直至星期日到了黃昏日落時。

傻乎乎的木匠感到有些吃驚，
生怕尼古拉真是得了什麼病，
3425　他祈禱說：「憑著聖托馬斯之名，
我真擔心尼古拉出什麼事情。　　　240
上帝該不會叫他突然死去吧！
說真的，現在這世界叫人害怕；
我剛看到個死人被抬往教堂——
3430　上個星期天我還看見他在忙。

「上樓去，」他轉而吩咐他的僕人，
「去叫他一聲，或用石塊敲他門。
看看情況怎樣，馬上來告訴我。」

　　　　　僕人上樓後直奔尼古拉的窩，
3435　　　轉眼之間就來到了他的門前，
　　　　　瘋了似地又是敲門又是叫喊：　　　　250
　　　　　「喂喂你在幹什麼，尼古拉先生？
　　　　　你整天都在睡覺，這可怎麼成！」

　　　　　但毫無結果，沒有人應他一聲。
3440　　　他在板壁的下端發現一個洞，
　　　　　這是貓經常鑽進鑽出的地方；
　　　　　於是他俯身在洞口朝裡張望，
　　　　　終於看到尼古拉坐在椅子上，
　　　　　只見他張著嘴巴朝著天上望，
3445　　　那神情似乎在盯看新月一彎。
　　　　　那僕人忙下樓跑到主人跟前，　　　　260
　　　　　報告他所看到的這人的情形。

　　　　　木匠給自己畫十字畫個不停，
　　　　　說道：「聖菲德斯懷德，救救我們！
3450　　　誰知他頭上什麼事情會發生！
　　　　　這個人一天到晚搞什麼天文，
　　　　　眼下竟然搞得發了痴發了瘋。
　　　　　我早就料到這種事情會發生──
　　　　　去窺探天機，這不是人的本分！
3455　　　是啊，還是不讀書的人有福氣，
　　　　　因為他只知道上帝講的道理。　　　　270
　　　　　還有個書呆子也是同樣情形；
　　　　　他搞天文，在野外走路只看星，

想要了解將來會發生的事情，

3460　結果卻跌進一個積肥的大坑——④

竟沒有看見！憑聖托馬斯之名，

討人喜歡的尼古拉叫我擔心。

我要是有能耐，就憑耶穌起誓，

一定去罵他，叫他別作書呆子。

3465　「給我拿根棍子來，我門下一撬，

羅賓，這時你一扛就把門卸掉。　　　　280

我想這一來，他就學不下去啦。」

接著，他上樓把棍子插到門下。

僕人身強力壯，幹這事最拿手，

3470　一下就把門扛離了門框搭扣，

這門也就一下子翻倒在地上。

尼古拉坐著不動，像石頭一樣，

而且照舊是張著嘴巴看著天。

木匠以為尼古拉是犯了痴癲，

3475　便用足力氣抓住他兩個肩膀

猛搖了一陣，又對他大叫大嚷：　　　　290

「喂，尼古拉，你也朝地上看看！

快點醒醒吧，想想耶穌的受難！

我替你畫十字，驅除鬼怪妖魔。」

3480　然後他走向屋子的四個角落，

又來到屋外，在那大門的門前，

把夜裡唸的咒語急急地誦唸：

　　「耶穌基督，聖本篤，請聽我求告。

————————————

④這是《伊索寓言》中的故事。

　　　　　　請保佑這屋子不受邪魔侵擾；
3485　　　　白佩特諾斯特，請保我們過夜。⑤
　　　　　　你呀去了哪裡，聖彼得的姐姐？」　　　300
　　　　終於，那位討人喜歡的尼古拉
　　　　開始傷心地嘆氣並開口說話：
　　　　「唉，難道這世界又快毀滅啦？」

3490　　木匠道：「什麼意思，你在說啥？
　　　　像我們幹活的人，也想想上帝！」

　　　　尼古拉答道：「給我點喝的東西，
　　　　喝過之後，有件事我要同你談，
　　　　要私下裡談，這事同你我有關──
3495　　對別人說這事，我可絕不願意。」

　　　　木匠下樓又上樓，回到那屋裡，　　　310
　　　　帶來了好大一瓶上等麥芽酒。
　　　　兩個人各自把酒喝下肚子後，
　　　　這位尼古拉把門緊緊地關上，
3500　　讓那位木匠坐下在他的身旁。

　　　　他說：「約翰，我尊敬親愛的房東，
　　　　你要以名譽向我發個誓保證，
　　　　絕不把我講的話向別人透露，
　　　　因為我這個祕密來自於基督。
3505　　你若是對人講，就會丟掉性命，

────────────

⑤佩特諾斯特為拉丁文音譯，意為「我們的父」，是為主禱文的開始詞。

因為這麼做就得受這種報應。　　　　　*320*
如果你對我失信，你就會發瘋。」
「不，憑基督的聖血，他不會容忍！」
這傻瓜答道，「我向來不愛嘮叨，
3510　不是我自吹，我不愛同人閒聊。
說吧；憑征服地獄的基督起誓，
我絕對不會告訴老婆或孩子。」

尼古拉說道：「約翰，實話對你講，
前一陣我在觀察明亮的月亮。
3515　根據我的星象學，我竟然發現，
下個星期一，過了晚上的九點，　　　　*330*
就會下一場既狂又暴的大雨──
挪亞時下的那一場同這相比
一半都不及。這暴雨厲害至極，
3520　不到一小時，世界就淹在水裡，
整個人類將難逃淹死的命運。」

木匠叫起來：「哎呀，我的艾麗森！
哎呀，我的老婆！她也會淹死嗎？」
他受了這一驚嚇，差點兒垮下，
3525　忙問道：「那麼有沒有補救辦法？」

「憑上帝起誓，有的，」尼古拉回答，　*340*
「但得遵從這方面知識和指示，
不得按照你自己的意思行事。
說話最最可靠的所羅門說過，
3530　『萬事按照忠告做，你就不會錯。』

　　　　　　你如果能夠按我的忠告去辦，
　　　　　　那我保證，用不到桅杆和船帆，
　　　　　　我就能救你救她，也救我自己。
　　　　　　挪亞得救的事，可聽見人說起——
3535　　　那一次也是世界將被水淹掉，
　　　　　　但我們的主事先向他發警告？」　　　　350
　　　　　　木匠答道：「聽說過，那是在老早。」

　　　　　　「是不是還曾聽說，」尼古拉說道，
　　　　　　「因為挪亞的妻子沒登上方舟，
3540　　　他和孩子曾多麼焦急地等候？
　　　　　　我敢打個賭，那時他們極緊張，
　　　　　　寧可不要他那些黑毛的好羊，
　　　　　　只求他妻子自己有一條好船。
　　　　　　現在你可知道最好該怎麼辦？
3545　　　這事要辦就得快，情況很緊急，
　　　　　　已容不得你再講道理再遲疑。　　　　360

　　　　　　「快去，找到三只揉麵用的木槽
　　　　　　或三只木盆，就先拿來給我瞧——
　　　　　　三個人一人用一只。一定要大，
3550　　　因為我們浮在水面上得靠它。
　　　　　　盆裡要備足可供吃喝的東西——
　　　　　　夠一天吃喝就行，其他都不必。
　　　　　　因為第二天上午九點鐘左右，
　　　　　　這一場大洪水就會很快退走。
3555　　　可不能讓你的僕人羅賓知道，

你家的女僕吉兒我也救不了。　　　　　　　*370*
別發問；就算你問我什麼道理，
我不會告訴你，這是上天機密。
你得到的恩典可同挪亞相比，

3560　除非昏了頭才會感到不滿意。
至於你妻子，我確實願意救她。
可以走啦，快去幹你的事情吧。

「等為你妻子為我和為你自己
把三只揉麵用的盆弄到手裡，

3565　就把它們在椽子上高高吊起，
讓人看不出我們準備的目的。　　　　　　*380*
等你做到我所吩咐的這兩點，
再把吃喝的東西放好在裡面
放進把斧子，這樣大水一來，

3570　便可以斬斷繩子讓盆浮起來。
若是你再打個洞，打在山牆上──
要朝著花園和馬廄那個方向──
那麼只消等這場大暴雨停下，
我們就能自由自在地出去啦！

3575　我保證你會漂游得十分愜意，
就像白公鴨跟在母鴨後嬉戲。　　　　　　*390*
那時我會喊：『喂，艾麗森！約翰！
高興起來吧！洪水馬上就退掉！』
你也會喊：『尼古拉先生，你好啊！

3580　早安！我看你很清楚，天已亮啦！』
那時候，我們將是世界的主子，
一輩子都是，像挪亞和他妻子。

　　「但是有件事我要特別提醒你，
　　讓你在那天夜裡能特別注意，
3585　就是一旦登上了我們那種船，
　　任何人不得講話也不得叫喊，　　　　　400
　　更不能互相招喚，只准許默禱——
　　這是上帝親自做的親切關照。

　　「你的盆同你妻子的盆離遠些，
3590　免得你們兩個人又犯下罪孽——
　　眼光的，肉體的，同樣一概不許。
　　情況已講明白；去吧，祝你順利。
　　明天夜裡，等人家都睡覺之後，
　　我們就爬到那些揉麵盆裡頭，
3595　就坐在那裡，等待上帝的恩典。
　　現在你去幹你的事，我沒時間　　　　410
　　對你長篇大論，講這些就夠啦。
　　人說：『派聰明人幹活，不用說話。』
　　你很聰明，我再教你也就不必。
3600　救我們的命要緊；走吧，求求你。」

　　這個頭腦遲鈍的木匠一離開，
　　立刻長吁短嘆，不是嗐就是唉，
　　接著把這個祕密告訴他老婆，
　　老婆比丈夫明白，知道這麼做，
3605　這麼精心地安排是什麼意思。
　　不過她裝得好像馬上就會死，　　　　420
　　說道：「哎，你就去吧，要趕緊！

你不幫我們逃脫，我們全沒命。
我是你正式娶來的忠實老婆，
3610　親愛的夫君，去吧，可得救我。」

瞧，情緒這東西有多大的威力！
印象這東西能深深扎到心底，
想像出來的東西能要人性命。
傻瓜木匠這時候哆嗦個不停；
3615　他確實感到眼前出現個前景，
是挪亞洪水洶湧而來的情形——　　　430
這將淹死他蜜樣甜的艾麗森。
他一臉苦相流著淚，泣不成聲；
他唉聲嘆氣，嘆不盡胸中苦惱。
3620　隨後他外出，找到一只揉麵槽，
接著他又找到一只盆，一只桶，
便偷偷把三樣東西送回家中，
隨即悄悄地把它們一一掛起。
他親自動手，做好了三架扶梯；
3625　踏著那梯級，他們就能爬上去，
爬進吊在椽子上的盆和槽裡。　　　440
他在盆裡和槽裡把食品放好，
那是大罐麥芽酒、麵包和乾酪——
這些東西足夠供他們吃一天。
3630　不過在他做這番準備工作前，
他派他那個男僕和女傭出門，
要他們為他辦事，去一趟倫敦。
到了星期一夜幕降臨的時分，
他不點蠟燭就悄悄關上了門，

3635　把樣樣事情都做得無可挑剔——
　　　簡而言之，三個人都爬上扶梯，　　　　450
　　　靜坐了可走三百步路的時間。

　　　「現在，佩特諾斯特，」尼古拉輕喊。
　　　「別出聲！」夫妻兩人應道：「別出聲！」
3640　木匠一面等著聽是否有雨聲，
　　　一面開始在心裡把禱文背誦，
　　　祈禱時他坐在那裡動也不動。

　　　在八點鐘的時候，或再晚一點，
　　　我估計，木匠因禱告禱得睏倦，
3645　竟一覺睡去，直睡得昏昏沉沉。
　　　他靈魂苦惱，所以痛苦地呻吟；　　　　460
　　　接著就打鼾，因爲頭的位置歪。
　　　尼古拉輕手輕腳地爬了下來，
　　　艾麗森急急忙忙悄悄下扶梯——
3650　兩個人一言不發就摟在一起，
　　　轉眼便上了木匠平時睡的床。
　　　眞可謂興高采烈又和諧異常。
　　　於是艾麗森、尼古拉這對男女
　　　忙乎著尋求快活和尋求歡愉，
3655　直到叫人唸晨經的大鐘敲響，
　　　直到聖壇上修道士開始高唱。　　　　470

　　　那教區管事，多情的阿伯沙朗，
　　　多時以來爲愛情而滿心憂傷。
　　　星期一這天他要前往奧斯訥，

3660　爲的是同朋友一起解悶取樂。
　　　他在那裡碰上個修道院成員，
　　　就悄悄地向他打聽木匠約翰。
　　　那人領著他走到了教堂外面，
　　　說：「我不知道；從星期六到今天
3665　我沒見他在這兒幹活，依我猜，
　　　是我們院長派他去弄些木材；　　　480
　　　因爲弄木材的事他經常在幹，
　　　也常在那莊子上住上一兩天；
　　　要不然他就一定在自己家裡──
3670　我實在沒法說得準他在哪裡。」

　　　這阿伯沙朗樂得心裡開了花。
　　　「這可是我整夜不睡的時候啦，」
　　　他想，「因爲肯定從天亮的時候
　　　到現在，他沒出現在他家門口。
3675　我就要交好運啦；一到雞叫時，
　　　我就去偷偷地敲敲那扇窗子──　　　490
　　　那窗低低地開在臥室的牆上。
　　　我那時要對艾麗森好好講講
　　　我的相思病；這樣做不會吃虧，
3680　至少至少我也能同她親個嘴。
　　　這樣的安慰肯定多少有一點，
　　　怪不得我嘴巴癢了整整一天；
　　　那至少就是一個接吻的兆頭。
　　　何況在夢中我整夜吃肉喝酒。
3685　所以我先去睡上一兩個鐘點，
　　　然後就一夜不睡，去找那消遣。」　　　500

　　　　　這色迷心竅的情種阿伯沙朗
　　　　　聽見第一聲雞叫便立刻起床；
　　　　　他穿衣打扮直弄到無可挑剔。
3690　　在他梳理頭髮前，他先在嘴裡
　　　　　嚼些豆蔻和甘草，讓嘴香噴噴。
　　　　　他還在舌頭下含著輪葉王孫，⑥
　　　　　希望憑這個能受到人家喜歡。
　　　　　他不慌不忙地走到木匠屋邊，
3695　　在有鉸鏈的窗前他悄悄站住——
　　　　　那窗子很低，只夠到他的胸部——　　　510
　　　　　然後他小聲地輕輕咳嗽幾聲。
　　　　　「你在幹嘛，最最甜蜜的艾麗森？
　　　　　你是我美麗的鳥、香甜的肉桂。
3700　　醒來同我說說話吧，我的寶貝。
　　　　　你不大把我的痛苦放在心上；
　　　　　我愛你卻愛得渾身熱汗流淌。
　　　　　我焦躁我流汗，這倒並不奇怪；
　　　　　我想你就像小羊想著要吃奶。
3705　　我的寶貝，我確實生著相思病，
　　　　　所以像忠於愛情的斑鳩哀鳴。　　　520
　　　　　我茶飯無心，吃得不如姑娘多。」

　　　　　「離開我的窗口，傻瓜，」艾麗森說，
　　　　　「上帝保佑我，要我吻你可別想，

---

⑥輪葉王孫是一植物名，它在中古英語中的原名意為成雙草，這是因為
其柄上的四片葉子宛如同心結而得名。

3710　我愛的人遠比你好，耶穌在上，
　　　不然，阿伯沙朗，我就得挨人罵。
　　　快走，否則我可就要扔石頭啦！
　　　讓魔鬼把你帶走吧，我要睡覺！」

　　　「這可是眞糟糕，」阿伯沙朗說道，
3715　「我一心愛你，竟遭到這種對待。
　　　爲了耶穌的愛也爲了我的愛，　　　　　530
　　　請你吻吻我，這是我最低要求。」
　　　艾麗森問道：「我吻了，你可就走？」

　　　「一定走，寶貝兒，」阿伯沙朗答道。

3720　艾麗森說：「我就來，你快準備好。」
　　　說完後，她對尼古拉悄悄說道：
　　　「現在別出聲，我讓你捧腹大笑。」
　　　這時候阿伯沙朗已雙膝著地，
　　　說道：「我現在可眞是榮耀至極，
3725　因爲，我想這以後還有所發展。
　　　只求你開恩發慈悲，我的心肝！」　　　540

　　　艾麗森匆匆忙忙地把窗打開，
　　　說道：「來把事了結吧，動作要快，
　　　免得我們的鄰居看見你這人。」

3730　阿伯沙朗仔細地擦乾了嘴唇；
　　　那個夜晚黑得像瀝青又像煤，
　　　艾麗森朝窗外露出一個部位。

　　　　　阿伯沙朗算不得運氣或倒楣，
　　　　　湊上前去同一個光屁股親嘴
3735　　還津津有味：因爲他不疑有詐。

　　　　　他猛然一退，覺得事情出了岔，　　　　　550
　　　　　因爲女人沒鬍鬚，這個他知道；
　　　　　可他碰上的有長鬚，而且粗糙。
　　　　　他呸了一聲，說：「我幹了什麼事？」

3740　　「嘻嘻，」艾麗森一笑，便把窗關死。
　　　　　阿伯沙朗垂頭喪氣地走開去。

　　　　　乖巧的尼古拉叫道：「鬍鬚，鬍鬚！
　　　　　憑上帝的身體起誓，這太妙啦！」

　　　　　上當的阿伯沙朗聽見了這話；
3745　　他氣傷了心，狠狠地咬著嘴唇，
　　　　　暗自說道：「我要報這仇雪這恨！」　　　560

　　　　　誰在用草用布，用木屑用泥沙
　　　　　把自己的嘴唇來來回回搓擦？
　　　　　除了哼哼的阿伯沙朗還有誰！
3750　　他說：「我寧可把靈魂交給魔鬼——
　　　　　如果我竟要這城而不要報復，
　　　　　就此忍氣吞聲地嚥下這恥辱。」
　　　　　他說：「唉，爲什麼我不避開些？」
　　　　　他冷了下來的戀火終於熄滅，
3755　　因爲自從吻了艾麗森的屁股，

他對女人的愛情已不屑一顧—— *570*
他的相思病從此竟霍然而癒。
看人家明來暗去他心裡有氣,
就像挨了打的孩子一樣哭泣。
3760 阿伯沙朗悄沒聲地走過街去,
把叫傑維斯師傅的鐵匠尋找。
鐵匠正在鍛爐裡把農具製造,
正忙著打磨那些鑻頭和犁刀。
阿伯沙朗輕輕地敲著門說道:
3765 「傑維斯師傅,請你開開門,馬上!」

「這是哪一個?」「是我,是阿伯沙朗。」*580*
「這是怎麼回事,阿伯沙朗!天哪!
老天保佑,你起來這麼早幹嘛?
可是碰上了什麼麻煩?天知道,
3770 準是個騷貨讓你起得這麼早。
聖諾特在上,你明白我的意思。」

他阿伯沙朗沒有回答一個字,
這種打趣他完全不放在心頭——
他的麻煩事鐵匠哪裡猜得透!
3775 「親愛的朋友,」過了會他才說道,
「你爐邊那把熱氣騰騰的犁刀 *590*
我想借一借,我要借來用一用;
我很快就會把它還到你手中。」

傑維斯答道:「哪怕我這個東西
3780 是金的,哪怕我有滿袋的金幣,

作為誠實的鐵匠，我願借給你；
真見鬼，你怎麼要用這個東西？」

「這個你就隨我吧，」阿伯沙朗道，
「我明天告訴你，你就自然知道。」
3785　說著，把犁刀那個冷的柄一拿，
他輕手輕腳地離開鐵匠的家，　　　　　　600
一路走到木匠家外牆的邊上，
先是咳了一聲嗽，然後就敲窗，
那作法同他先前的作法一樣。

3790　「誰在那外面敲窗敲得這樣響？」
艾麗森問道，「我想一定是個賊。」

阿伯沙朗說：「哦上帝！不對，寶貝；
我親愛的，我是你的阿伯沙朗。
我帶來金戒指，讓你戴在手上。
3795　上帝保佑，這戒指我娘給了我，
它做工精緻，雕鏤得相當不錯。　　　　　610
我把它送給你，只要吻我一下。」

尼古拉剛好起來小過便，他呀，
想把剛才那玩笑再推進一步：
3800　讓阿伯沙朗也吻吻他的屁股，
然後再離開這裡。他把窗打開，
悄悄把整個臀部都擱在窗外──
他盡力往後，盡他大腿那點長。
「說話呀，」教區管事阿伯沙朗講，

3805　「哦親親，讓我知道你是在哪裡。」

尼古拉聽了，馬上就放了個屁，　　　　　620
這個屁厲害得像是炸雷一般，
差一點炸瞎阿伯沙朗的雙眼，
但他早就拿好那火燙的犁刀，
3810　朝著尼古拉屁股的正中一搗。

兩邊的皮都搗去巴掌大一塊，
他的屁股被犁刀燙得真厲害——
痛得尼古拉覺得自己會痛死。
於是他喊叫起來，喊得像瘋子：
3815　「救命啊救命，水，看上帝份上！」

從夢中突然驚醒過來的木匠　　　　　630
聽見有人在發瘋似地叫著「水」，
心想糟啦，「來的是挪亞的洪水！」
一個字也沒說他就坐起身子，
3820　操起手邊的斧子砍斷了繩子。
他連人帶盆嘩地全掉了下去，
想賣麵包賣酒還沒有來得及
就已落了地，摔得他昏了過去。

艾麗森、尼古拉嚇得一躍而起，
3825　跑到街上哇哇地大聲叫「救命」。
於是老老少少的街坊和四鄰　　　　　640
奔過來目瞪口呆地看這木匠，
只見他臉色慘白，昏倒在地上，

因為這一摔摔斷了他的手臂。
3830　但這次的倒楣全怪他自己；
因為每當他張嘴說話，尼古拉、
艾麗森的聲音馬上壓倒了他。
他們對眾人說木匠早已發瘋，
說他因為患上了一種幻想症，
3835　害怕挪亞洪水害怕得發了瘋，
就去買來了三只揉麵用的盆　　　　650
並把這三只盆掛在屋頂底下，
還要求他們倆也去盆裡坐下，
說是憑上帝的愛，大家做做伴。

3840　這奇思怪想使大家笑得更歡。
他們張著嘴巴抬頭望那屋頂，
以趣事一椿看待木匠的不幸。
因為他無論怎麼講都沒用處，
沒有一個人會相信他的敘述。

3845　大家硬是發誓說他已發了瘋，
於是他發瘋的名聲傳遍全鎮——　　　660
因為每個書生總支持另一個，
他們說：「親愛的兄弟，他是瘋了。」
每個人為這場忙亂哈哈大笑。

3850　這樣，儘管木匠醋心重、盯得牢，
他老婆還是睡在人家的身邊，
讓阿伯沙朗吻她下面那隻眼，
還讓尼古拉的屁股燙了一下。
故事說完了；願上帝保佑大家！

磨坊主的故事到此結束

管家

管家的引子

管家的故事引子

3855　阿伯沙朗和尼古拉這個故事
　　　讓各人聽了之後都大笑不止。
　　　不同的人對此事的說法不同，
　　　但多數的人都笑得歡快輕鬆。
　　　我沒看到誰對故事感到不快，
3860　只是那個管家奧斯瓦得除外。
　　　原來他幹的本是木匠這一行，
　　　聽了這故事心裡就不免懊喪。
　　　於是他就恨恨地發起了牢騷：

　　　「只要我願意講那下流的一套，　　　　　　10
3865　我完全可以奉還他一個笑話：
　　　磨坊主雖然驕橫，成了睜眼瞎。
　　　但我老啦，年紀老就不願胡鬧；
　　　青草期已過，我的秣料是乾草，
　　　我的白頭頂表明我上了年紀，
3870　我的心枯乾得同我頭髮無異。
　　　除非我的命運同歐楂果一般，
　　　那果實成熟的時候已經腐爛，
　　　最後落進了垃圾或者枯草裡。

恐怕我們老年人也是這規律：　　　　　　　*20*
3875　　在我們腐爛前我們不會成熟。
世人對我們吹笛，我們就跳舞，
因為有枚釘扎在我們願望下，
就是有白頭髮也有青春尾巴——
綠得像韭蔥；力氣儘管已沒有，
3880　　但想放蕩的念頭照舊在心頭。
也許幹已幹不動，卻要說一說；
我們的灰爐裡，還有一點餘火。

「我們有四點餘火，我來算算看：
就是吹噓、撒謊、發怒和貪婪；　　　　　　*30*
3885　　這也是留給老人的四點火星。
我們的肢體雖說動作沒有勁，
但說實話，情慾沒離我們而去——
我在這方面至今有點像馬駒。
自從我生命的桶塞開始打開，
3890　　多少年已經過去並不再回來。
當然啦，死神在我生下的時候
就拔掉我的桶塞，讓生命流走；
從那時候起，我這桶流個不停，
到如今，這個桶裡已幾乎流空。　　　　　　*40*
3895　　眼下生命的細流在桶邊滴下，
但是愚蠢的舌頭仍要說說話，
說那些早已過去的荒唐行為；
沒什麼給老年留下，除了昏聵。」

我們的旅店主人聽了這說教，

3900　擺出王上一般的威風搶白道：

「你說這番話究竟有什麼用呢？

是不是整天都得講《聖經》不可？

魔鬼把鞋匠變成水手或醫生，

魔鬼讓一個管家來開導我們。　　　　　　　　50

3905　講你的故事吧，可別浪費時間。

瞧啊，德普福到啦！現在是九點。

瞧那格林威治，那兒無賴不少；

所以你現在開始講故事正好。」

「我說各位，」管家奧斯瓦接口道，

3910　「請你們聽了我的故事別著惱，

因為我要對磨坊主回敬一下；

我這是天經地義的以牙還牙。

「喝醉的磨坊主剛才講了故事，

講的是木匠受欺騙愚弄的事；　　　　　　　　60

3915　這或許是笑我，因為我是木匠，

所以我報復他，要請大家原諒——

我講故事，也用他粗俗的語言。

我要求上帝，讓他的頭頸折斷；

我眼中的刺，他看得清清楚楚，

3920　但他看不見自己眼中的樑木。」①

---

①語出《新約全書·路加福音》：「為什麼看見你弟兄眼中有刺，卻不想自己眼中有樑木呢。」

管家的故事

管家的故事由此開始

離劍橋不遠的特魯平頓地方
有座橋，橋下有一條小河流淌，
小河的邊上矗立著一座磨坊，
我對你們講的事沒半點虛妄。
3925 那裡曾長期住著一個磨坊主，
他像隻孔雀那樣得意又自負。
他這人吹笛、釣魚、織網樣樣會，
還會摔角、射箭，用車床車木杯。
他腰帶上掛一把大刀作武器，
3930 那刀的刃口又是長又是鋒利；
他的皮袋裡有把精緻的匕首——
沒人敢碰他就因為怕他動手，
他的長襪裡插著設菲爾德刀。①
他圓圓的臉，鼻子扁平中間凹，
3935 腦袋像猿猴一樣沒一根頭髮；
市場上，他是十足的吹牛專家。
當地沒有一個人敢動他一下——
他發誓，誰動他就得付出代價。

10

———————————

①設菲爾德為英格蘭城市，中古時即以冶鐵著名。

他是一個賊，專偷麵粉和穀物，
3940　手法既非常狡猾又極其純熟。　　　　　　20
人家叫他蠻不講理的西姆金。
他的老婆倒是好人家的千金，
其父親是管全鎮教民的牧師；
為讓西姆金配得上他的家世，
3945　牧師給女兒許多銅錢作陪嫁。
這個女兒本在修道院裡長大；
因為要維持他的自由民身分，
西姆金說過他寧可不娶女人，
除非這女人是有教養的姑娘。
3950　她很驕傲，活躍得像喜鵲一樣。　　　　　　30
他們夫婦倆倒也頗值得一看：
聖日裡，那男的走在女的前面，
披肩的下垂部分纏著他的頭；
女的穿著紅裙子跟在他後頭——
3955　丈夫的長襪也是紅色。「夫人」，
沒有人敢於不這樣叫她一聲。
一路上沒有人竟會恁地膽大，
敢於走上前去挑逗她撩撥她，
因為西姆金有劍有刀有匕首——
3960　這時就會要他的性命、他的頭。　　　　　　40
畢竟醋心重的人非常地危險——
至少他們要老婆相信這一點。
又因為這個女人名聲並不妙，
碰她就像去碰陰溝水，犯不著。
3965　她擺出一副瞧不起人的模樣，
覺得自己受過修道院的教養，

而且又有個相當體面的娘家，
所以良家婦女應該來奉承她。

這一對夫妻有個漂亮的閨女，
3970　她今年二十歲；除了這個女兒，　　　50
還有個半歲幼兒睡在搖籃裡，
這孩子長得很結實也很淘氣。
那女兒身體健壯，發育得很好，
臀部大，眼睛灰色，鼻子尖又翹，
3975　兩個圓圓的乳房又高又飽滿，
說真的，她頭髮真是金黃一片。

鎮上那牧師見她長得極出色，
有意讓這外孫女作他繼承者，
將來由她繼承動產和不動產，
3980　所以滿足其擇夫條件就很難。　　　60
按這外公的打算，外孫女要嫁
就要嫁一個血統高貴的人家；
因為神聖教會的產業不外流，
得由神聖教會的後裔來接受。
3985　因此，為使他神聖的家世榮耀，
他不惜把神聖教會一口吞掉。

毫無疑問，從四處鄰近的地方
西姆金取得的麥子可謂大量；
特別要一提的是個很大學院，
3990　人們稱之為劍橋的索雷爾館，　　　70
他們的麥和麥芽都交給他磨。

但是有一天事情發生了波折：
那學院管伙食的人生了重病，
所有的人都認爲他肯定送命。

3995　這下，磨坊主又偷麵粉又偷麥——
比起往常來，偷得百倍地厲害；
因爲他以前還算是偷得客氣，
可現在他亂搶一氣毫無顧忌。
院長爲此訓了人，鬧得很張揚，

4000　磨坊主卻不把這事放在心上，　　　　　80
他大聲發誓，說是沒這種事情。

且說當時那兒有兩個窮學生，
他們住在我說到過的學館裡。
這兩人倔強又搗蛋，最是調皮；

4005　爲了能去尋開心，去胡鬧一場，
他們幾次三番地纏著那院長，
要他准許給他們倆一個短假，
讓他們去看磨坊主是否做假。
他們誇下海口，敢以腦袋打賭！

4010　磨坊主休想用詭計偷取穀物——　　　　90
即使他用武力搶也不會得手。
最後院長同意了他們的要求。
他們一個叫約翰，一個叫阿倫，
兩人都是在斯特羅瑟鎮出生——

4015　這鎮在北方，我不知具體地點。

阿倫準備好的東西一應俱全，
接著把一袋麥子摔到馬背上，

兩個學生阿倫和約翰就這樣
出發了，身邊都掛著盾牌和刀——
4020　約翰認得路，所以不需要嚮導。　　　　100
到了磨坊後，阿倫卸下麥子說：
「你好哇，西蒙，生意一定很不錯！
你那漂亮的女兒和太太可好？」

「衷心歡迎你，阿倫，」西姆金應道；
4025　「歡迎你，約翰。你們來有何貴幹？」

「西蒙，」約翰說，「天在上，急事急辦。
我們學生有句話：沒人幫著幹
就得自己幹，要不然就是傻蛋。
那個管我們伙食的人大牙疼——
4030　我看那疼法將會要了他的命。　　　　110
於是我來啦，於是阿倫也來啦，
來你這裡磨麥子，磨好帶回家。
希望你馬上就替我們趕一趕。」

西姆金說道：「我保證這就照辦。
4035　我磨的時候，你們打算怎麼樣？」

「老天在上，我要站在那料斗旁，」
約翰回答道，「看麥子怎樣進去——
那料斗究竟怎麼樣擺來擺去，
憑我父親發誓，我從來沒見過。」

4040　「約翰，如果你準備這樣，」阿倫說，　　120

「那我以腦袋擔保，待在那下面；
我覺得這對我倒是一種消遣——
看著粗磨的麥粉篩落在槽裡。
說眞的，約翰，這方面我就像你，
4045　對於磨坊裡的活，也是個外行。」

磨坊主笑著，看他們那副傻相，
心想：「幹那事一會兒工夫就成，
而他們以爲沒人能騙過他們；
但是任他們的學識怎麼高明，
4050　我發誓，我能蒙蔽他們的眼睛。　　　　130
他們越是對我耍古怪的花招，
我下手的時候就越狠狠地撈。
他們要麵粉，我把麥麩給他們！
『最有學問未必是最聰明的人』——
4055　正如寓言裡母馬對狼講的話。
他們的招數一概不在我話下。」

他待了一會兒，等到機會一來，
便悄沒聲息地偷偷溜到屋外。
他東找西找，終於找到那匹馬，
4060　原來那兩個學生來後就把牠　　　　　140
拴在磨坊後面的一棵綠樹上。
他悄悄走過去，來到那棵樹旁，
隨即動作麻利地解開了韁繩。
那馬獲得自由後就嘶叫一聲，
4065　不管路是好是壞便飛奔而去，
去那很多母野馬活動的沼地。

磨坊主回到屋裡，話也沒有說，
便一面敷衍學生一面幹著活，
直到把那些麥子完全都磨好。
4070　等那些麥粉裝進口袋並捆牢，　　　　　　　　150
約翰出了屋子卻找不到那馬，
於是就叫了起來：「哎呀倒楣啦！
馬兒不見啦！看在上帝的份上，
阿倫快來！馬上就出來，馬上！
4075　咱們院長的那匹好馬不見啦！」
阿倫一聽，把麥粉和麥子撇下，
把他那種精明全忘了個精光，
叫道：「什麼？牠跑的哪個方向？」

磨坊主的老婆奔到屋外叫道：
4080　「我看到你們的馬朝著沼地跑，　　　　　　　160
牠要盡快地去找那裡的母馬——
那個先前繫馬的傢伙該挨罵，
因為他本來該把韁繩繫繫牢。」

「看在基督的份上吧，」約翰叫道，
4085　「阿倫，你快學我的樣，解下佩刀，
你我就可以像鹿一樣地飛跑。
我對天發誓，牠跑不出我們手。
幹嘛不把牠關在牲口棚裡頭？
天哪真倒楣！你是傻瓜，阿倫！」

4090　於是兩個傻學生拔腳就飛奔——　　　　　　　170

　　就這樣阿倫和約翰奔向沼地。

　　磨坊主眼看著他們兩人離去，
　　便從他們的麥粉中偷了兩斗，
　　要老婆拿去揉好了做些饅頭。
4095　「我相信學生會懷疑我耍花招，
　　但是憑他們那點學問，」他說道，
　　「怎能同我來比！讓他們去追吧！
　　看好他們去哪裡。隨他們去耍！
　　我擔保，追到那馬沒這麼容易。」

4100　兩個傻學生一面追來又追去，　　　180
　　一面叫：「當心！站住！注意後頭！
　　打個唿哨！我攔住牠，不讓牠走！」
　　簡而言之，雖追到那天的晚上，
　　雖用足力氣，那馬還是沒追上，
4105　因爲那馬實在跑得快；到最後，
　　他們總算在溝裡把牠捉到手。

　　身上濕得像淋在雨中的牲口，
　　筋疲力盡的阿倫、約翰往回走。
　　「我生來就注定倒楣，」約翰說道，
4110　「這一回我們肯定會遭人恥笑。　　190
　　麥粉一少，我們就做定了傻蛋——
　　院長、同學會這樣把我們叫喚，
　　特別是那個磨坊主。眞是晦氣！」

　　約翰把捉回來的馬牽在手裡，

4115　一路朝磨坊走來一路在埋怨——
　　　因為時間已很晚，沒法再走遠。
　　　他們看見磨坊主坐在爐火旁，
　　　只能懇求他看在上帝的份上，
　　　留他們過夜和吃飯，他們付錢。

4120　磨坊主說道：「我家你們也看見，　　　200
　　　只要有地方，就會留你們睡覺；
　　　我屋子很小，但是你們有一套——
　　　讀書人自能講出一大堆道理，
　　　能把幾尺的長短說成好幾里。
4125　我們看看這裡是不是住得下，
　　　要不，用你們的辦法叫它變大。」

　　　「憑聖克貝之名，西蒙，」約翰說道，
　　　「你可真會開玩笑，回答得真好。
　　　我聽俗話說：二者總得取其一；
4130　不拿現成的，就得另外去尋覓。　　　210
　　　親愛的主人，我們這兒求你啦！
　　　求你給點兒吃喝，讓我們待下。
　　　我們按規矩付錢，一文也不少——
　　　空著手掌哪裡能把獵鷹捉到！
4135　瞧，這就是我們準備花的銀洋。」

　　　磨坊主叫他的女兒快去鎮上，
　　　去買酒買麵包，又把肥鵝燒烤，
　　　更把那匹馬拴牢，不讓再跑掉。
　　　在自己房裡，他為他們鋪了床——

4140　被單和毯子全都齊整地鋪上。　　　　　220
　　　這張床離他自己的床才一丈，
　　　不遠就是他女兒孤零零的床——
　　　反正都是在這同一個房間裡。
　　　事情也只能這麼辦；要問道理？
4145　那整個地方沒有更大的房間。
　　　他們又是吃又是談，相當舒坦。
　　　他們喝著上好的濃烈麥芽酒，
　　　到上床的時候已快半夜以後。

　　　磨坊主喝多了酒，臉上沒紅光，
4150　反變得煞白，倒是禿頂上發亮。　　　　230
　　　他打著飽呃，說話時帶著鼻音，
　　　既像傷了風，又像喉嚨不大行。
　　　這時他同老婆兩個人上了床。
　　　老婆輕鬆快活得像松鴉一樣，
4155　因為她的好嗓子潤濕得舒暢。
　　　幼兒的搖籃就放在床的邊上，
　　　這樣搖搖孩子餵餵奶也便當。
　　　一屋子的人全都醉得不像樣；
　　　這時磨坊主的女兒上床睡覺，
4160　阿倫和約翰隨後也上床躺倒。　　　　　240
　　　事情就這樣，大家無須催眠藥。
　　　那個酒磨坊主喝得著實不少，
　　　所以一睡下就馬嘶般地打鼾，
　　　但這馬對牠的尾部沒法照管。
4165　他老婆給他配的和聲很有力，
　　　那聲響傳到一里外不成問題。

女兒也打鼾，給她父母作伴奏。

這曲調傳到阿倫的耳朵裡頭。
「睡著了沒有？」他碰碰約翰問道，
4170　「這樣的歌聲你以前可曾聽到？　　　250
　　瞧，他們都在做什麼樣的晚禱！
　　願野火落到他們的身上亂燒！
　　誰曾聽見過這樣古怪的歌唱？
　　他們偷了麥粉就沒有好下場。
4175　這個長夜裡，我已沒法睡著覺；
　　但是不要緊，結果總歸能變好。
　　因為，約翰，」他說道，「但願我走運，
　　今夜盡量要拿那姑娘開開心——
　　按法律，我們是可以得到補償。
4180　因為，約翰，有一條法令這麼講：　　260
　　如果一個人在這裡受到損害，
　　可以在別處把那損失補回來。
　　毫無疑問，我們的麥粉已被偷——
　　這一天的事不稱心又不順手。
4185　既然我在這方面得不到補償，
　　我要憑我的損失換一番舒暢。
　　以聖靈發誓，我已決定這麼做。」

「阿倫，你要小心，」約翰回答說，
「磨坊主這個傢伙非常地厲害，
4190　萬一他倒從睡夢中醒了過來，　　　270
　　那麼你我兩個人肯定要遭殃。」

阿倫答道：「我不把他放在心上，」
說著便起身，悄悄去那姑娘處。
姑娘正仰面躺著，睡得非常熟，
4195　當然不知道有人已爬到身邊——
待到想叫喊卻已經為時太晚。
總之他們已合二為一。阿倫哪，
玩你的吧，我可要說說約翰啦！

這個約翰靜靜地躺了刻把鐘，
4200　開始為自己感到難過和心痛，　　　280
「唏，他這下實在厲害，」他說道，
「可以說，我同傻瓜差不了多少。
我朋友吃了虧，現在有了回報——
磨坊主的女兒給他摟著睡覺。
4205　他冒了險，就把那代價掙回來；
我躺在這裡，就像是垃圾一袋。
日後這一樁趣事要是傳出去，
人家準說我是個沒種的蠢驢。
我也要起來去碰碰運氣，沒錯；
4210　俗話說得好：『沒勇氣就沒快活。』」　　　290
於是他起了身，悄悄走了過去，
到了搖籃的邊上便把它提起，
輕輕拿回來，放在自己的床邊。

不久，磨坊主的妻子停止打鼾，
4215　醒來之後便起身出房去小便；
小便回來後果然找不到搖籃。
她摸來摸去，搖籃只是摸不到。

「唉，我差點走錯地方，」她說道，
「眞是險些就上了學生睡的床。

4220　天哪，我那樣豈不是大出洋相。」　　　　300
她摸著摸著，終於摸到了搖籃，
這時，她伸手又往前探了一探，
一摸到床便覺得找對了地方，
因爲這床正是在搖籃的邊上。

4225　房間裡漆黑，她哪裡知道情況！
只管爬上床，躺在那學生身旁——
躺得那麼安靜，本可以睡一覺。
不料沒多久約翰這學生一跳，
頓時就壓在這位好女人身上。

4230　她已好多年不曾這樣地舒暢，　　　　　310
因爲約翰瘋了似地大幹特幹。
兩個學生就這樣分兩處狂歡，
直到公雞開始牠第三遍啼叫。

在這拂曉時，阿倫感到了疲勞，
4235　因爲整整一夜他都在使勁幹。
他說：「瑪琳，甜蜜的人兒，再見！
天快亮了，我不能再待在這裡。
今後我無論走路、騎馬到哪裡，
都是你的人。但願我有好運道。」

4240　「親愛的人，好好去吧，」姑娘道，　　320
「但你走前，我要告訴你一件事：
在你回去的路上經過磨坊時，
你去看看那進門處的門背後，

那裡有兩斗麥粉做成的饅頭。
4245　我先前幫我父親偷你們麥粉——
饅頭就是用你們的麥粉做成。
再見啦寶貝，我求上帝保佑你。」
她說到這裡，差一點開始哭泣。

阿倫起了床想道：「趁天還沒亮，
4250　我要悄悄地回到朋友的身旁。」　　330
他的手很快摸到了搖籃；「天哪，」
他心裡想道，「怎麼我全走錯啦！
這一夜幹得我現在頭暈目眩，
走路曲曲彎彎成不了一直線。
4255　憑這個搖籃我知道走錯方向，
這裡是磨坊主夫婦睡的地方。」
像有鬼帶路似的，他東轉西轉，
結果轉到了磨坊主睡的床邊，
只道床上是約翰，就此上了床，
4260　卻不知正好睡在磨坊主身旁，　　340
偏還抱著他脖子輕聲說些話：
「約翰，你這豬頭三，快點醒醒吧！
憑基督之靈，講件趣事給你聽，
名叫雅各的聖徒會給我作證，
4265　在這短短一夜裡，我已經三次
騎上了磨坊主女兒那個身子。
而你像膽小鬼，嚇得目瞪口呆。」

磨坊主說道：「是嗎，你這個無賴？
啊，你真是個恩將仇報的東西！

4270　憑上帝發誓，你別想活著出去！　　　　　　350
　　　居然敢敗壞我好女兒的名聲——
　　　你可知道，我女兒是什麼出身？」
　　　說著，他一下卡住阿倫的喉嚨，
　　　而阿倫同樣狠狠地進行反攻，
4275　猛地一拳，打中磨坊主的鼻樑，
　　　打得他鼻血直淌，淌過他胸膛
　　　滴在地上；他鼻子和嘴都掛彩。
　　　兩人滾著，像兩頭豬進了口袋。
　　　他們一會兒站起，一會兒跌下，
4280　後來磨坊主在石頭上絆一下，　　　　　　　360
　　　仰面跌倒在他那老婆的身上。
　　　他這位老婆這會兒睡得正香——
　　　先前約翰沒讓她闔上過眼睛——
　　　所以並不知道這打架的事情。
4285　磨坊主這一跌，使她立刻驚醒，
　　　大聲叫道：「聖十字架呀，救命！
　　　上帝呀，求你伸出援助之手吧！
　　　醒醒吧，西蒙，魔鬼找上我們啦！
　　　我心膽俱裂，救命！我活不了啦！
4290　有個人往我身上、往我頭上壓！　　　　　　370
　　　兩個壞學生打架；救命，西姆金！」

　　　約翰一驚，盡快地從床上起身，
　　　隨即沿著牆跟摸過來、摸過去，
　　　想找根棍子；那女人也已躍起，
4295　對於這房間，她要比約翰熟悉，
　　　很快就找到了棍子，握在手裡。

這時她看見暗中微微有點亮，
原來牆洞外亮著皎潔的月光。
她憑這點光看見打架的兩人，
4300　這兩人是誰，她自然無法區分，　　　380
只是看見有個白糊糊的東西。
現在她看著那個白糊糊東西，
想起了一個學生戴睡帽睡覺，
便拿著棍子一點一點往前靠，
4305　心想要把阿倫狠狠地揍一下，
打的卻是磨坊主光禿的腦瓜。
他倒下之時叫道：「救命！殺人啦！」
兩個學生揍他一頓後撇下他，
各自趕緊穿好了衣服，牽了馬，
4310　拿好了麥粉，急匆匆上路回家；　　　390
還在磨坊裡找到做好的饅頭——
這饅頭用了他們的麥粉兩斗。

這樣，驕橫的磨坊主遭人痛打，
不但白磨了麥子什麼也沒拿，
4315　不但為他們兩人的晚飯付款，
而且這打了他的阿倫和約翰
還拿他老婆和漂亮女兒開心。
瞧，磨坊主心眼壞就是這報應。
所以，有一句俗話說得真不錯：
4320　「做壞事的人總歸沒有好結果；　　　400
愛欺詐別人，自己也會受欺詐。」
上帝呀你君臨一切，高坐天上，
請不管我們尊卑，保佑我們吧！

我這故事把磨坊主的抵消啦！

管家的故事到此結束

廚師

廚師的引子

廚師的故事引子

4325　那倫敦來的廚師聽了這些話
　　　感到有趣，拍拍還在說的管家。
　　　「哈，受難的基督在上，」他笑道，
　　　「這個磨坊主留人在家裡睡覺，
　　　結果就得到一個莫大的教訓。
4330　所羅門有句話說得非常聰明：
　　　『別帶隨便什麼人進你的家門。』
　　　因為留人過夜的事危險得很。
　　　把人帶進自己生活的小天地，
　　　對於那個人就應該非常熟悉。　　　　　　　10
4335　自從我叫作霍奇以來，我從沒
　　　聽說磨坊主吃過這麼大的虧，
　　　他在黑夜裡確實被愚弄一場——
　　　就讓我遭受天罰，如果我撒謊。
　　　上帝不答應我們在這兒停止；
4340　所以你們若願意聽我講故事，
　　　那麼儘管我這個人窮困潦倒，
　　　也要盡力為你們把故事講好——
　　　那是我們的城裡頭出的笑話。」
　　　旅店主人答道：「我同意，你講吧，　　　20

4345 現在就講。羅傑，要講個好故事。①
    因為你很多餡餅裡少了肉汁，
    而你賣掉的很多肉餅不新鮮，
    它們都熱過兩次又冷掉兩遍。
    很多人罵你，他們都是朝聖者：
4350 你用荷蘭芹燒那餵殘茬的鵝，
    人家吃了這個菜更感到難過，
    因為在你的店裡蒼蠅非常多。
    我的好羅傑，現在就請你講吧——
    請你別計較我上面說的笑話，   *30*
4355 不過人們的說笑中也有道理。」

    羅傑答道：「說真的，你講得有理。
    佛蘭芒人講：『說笑中不含道理，
    說笑就差勁。』所以，哈利・貝利，②
    因為有旅店老闆在我故事裡，
4360 在我們分手前，請你不要生氣。
    但那個故事眼下我暫且不講，
    等到你我快分手，再同你清帳。」③
    說罷他哈哈大笑，顯得很高興，
    接著把下面的故事講給你聽。   *40*

引子到此結束

---

①羅傑是霍奇的正式稱呼。

②哈利・貝利為旅店主人的姓名。

③看來，廚師準備把那個故事放在回來的路上講。

廚師的故事

廚師的故事由此開始

曾有個學徒住在我們這城裡，
學的是糧商行會的那門生意。
他像林中的金翅雀那樣快活，
短小精悍，褐色的皮膚像堅果。
他黑黑的頭髮梳得美觀整齊，
舞也跳得好，跳得歡天又喜地，
所以綽號叫尋歡作樂的帕金。
他是個多情種子，滿懷著愛情，
就像蜂窩裡滿是蜜甜的蜂蜜，
姑娘家遇上他，難保不會痴迷。
每次婚禮上，他都去唱歌跳舞，
他愛酒店遠勝過愛他那糧舖。

契普賽德如果有武士們比武，
他就會跑出店門往那裡直撲，
直到所有的節目他全都看完
並跳夠了舞，這時候才肯回店。
他還聚集了同他一路的青年，
一起做唱歌跳舞之類的消遣。
他們也時常約好碰頭的時間，

10

聚集在某條街上擲骰子賭錢。　　　　　　　20

4385　因為在這個方面，這整座城裡
　　　沒一個學徒有能力同他相比。
　　　所以他那些親密的朋友中間，
　　　他一向大手大腳，花錢很隨便。
　　　他師傅在做生意時發現這點，

4390　因為常發現錢櫃裡已經沒錢。
　　　當學徒的人既愛玩鬧愛喝酒，
　　　又放縱自己，愛擲骰子愛風流，
　　　師傅的店舖自然免不了遭殃，
　　　儘管這師傅本人並沒有荒唐。　　　　　　30

4395　因為偷竊和放縱能互相轉變，
　　　而這兩方面他都彈琴般熟練。
　　　在卑微者的身上，忠實和胡鬧
　　　總是要鬥爭，這點大家會看到。

　　　這快活學徒吃住由師傅供應，

4400　直到他滿師之時已相當臨近——
　　　儘管他不時總要給罵上一頓，
　　　有時因喝酒鬧事還進了新門。①
　　　一天他師傅翻閱契約的時候，
　　　有一句諺語響起在他的心頭；　　　　　　40

4405　這句諺語的全文如下面所說：
　　　「最好剔除蘋果堆裡的爛蘋果，
　　　免得它使好蘋果跟它一起爛。」

────────────────

①「新門」為意譯，也音譯為「紐蓋特」，是倫敦一著名監獄名。該監獄
已於1902年拆毀。

對於胡鬧的下人也該這麼辦；
讓他早一點滾蛋爲害就不大——
4410　　帶壞了其他下人，事情就壞啦。
於是他師傅跟他斷絕了關係，
要讓他帶著憂慮和傷心離去。
這樣，尋歡作樂的學徒離了店，
通宵達旦地胡鬧再沒人拘管。　　　　　　50

4415　　每個做賊的自會有他的同夥，
同夥在平時既幫他盡情揮霍，
又能分到他偷來或借來的錢。
他於是把鋪蓋行李等等物件
立刻送到他一個同路人那裡。
4420　　這人對賭錢喝酒作樂也著迷；
他的老婆表面上開一家店舖，
實際生活靠的是賣淫的收入。
......②

喬叟中斷了廚師的故事

---

②這個故事在喬叟的所有稿本中都不完整。看來，他可能認爲，接連三
個逗人發笑的胡鬧故事也許太多了，因此便戛然而止。

第 二 組

律師的引子由此而來

旅店主人對朝聖者們說的話

旅店主人看到，那大太陽已經
走了它白天的四分之一路程——
事實上還超過了半個多小時——
儘管他沒有什麼高深的學識，
卻知道這是四月的第十八天，
正是為那五月開道的先行官。
他也清楚看到，每棵樹的樹影
同投下這個樹影的直立樹身，
在長度上竟然完全沒有兩樣。
他憑樹影這情況，心裡想了想，
知道那照得一片光明的太陽
這時已爬到四十五度的天上。
根據所處的緯度，根據這一天，
他最後斷定，現在是上午十點。
於是他突然勒住他的那匹馬。

5

10

15

　　　　「各位，」他說，「我要提醒大家：
　　　　今天這一天已過去四分之一，
　　　　現在爲了聖約翰，更爲了上帝，
　　　　我們要盡量不浪費一點時光。
　20　　各位，時光日日夜夜地在流淌；
　　　　我們睡覺的時候，它絕不逗留，
　　　　我們醒時一疏忽，它也就溜走——
　　　　就像是山上流下平原的溪流，
　　　　時光這溪流永遠都不再回頭。
　25　　塞內加等人痛惜時光的流逝，①
　　　　認爲失去黃金比不上這損失。
　　　　『失去財物還可以補救，』他說道，
　　　　『但是失去了時間就永遠失掉。』
　　　　時光這東西一去之後永不回，
　30　　就像姑娘的處女膜，荒唐一回
　　　　捅破了，姑娘就沒法使它復原。
　　　　所以別讓我們因懶散而霉爛。
　　　　律師先生，」他說，「你得福有望，
　　　　應該講個故事，像約定的那樣。
　35　　你出於自願，曾贊同我的意見，
　　　　所以就應該聽從我做的決斷。
　　　　現在，你就來兌現你的諾言吧；
　　　　這樣，你至少盡了你的義務啦！」

　　　　律師道：「憑天起誓，我同意，老闆；
　40　　我根本一點也不想自食其言。

————————

①塞內加（西元前4～65）是古羅馬的哲學家、政治家和劇作家。

說真的，許下諾言就是欠下債——
我絕不賴，但我好聽的講不來。
俗話說得好：一個人定下規矩
要讓別人遵守，他自己就必須
45　　好好地去遵守那個規矩。但是，
眼下我真說不出有益的故事，
而喬叟，雖然他音步比較粗糙，
卻能夠非常熟練地把韻押好，
而且很多人知道，他就憑往時
50　　他那種語言，講述了許多故事。
他若沒在這本書裡講，好兄弟，
那麼他就會寫在另一本書裡。
他講過許許多多戀人的事蹟；
就連奧維德那些古老書簡裡
55　　提到的情人也沒喬叟那麼多。
我又何必把那些故事重複說？
年輕時他就寫了賽伊和奧申，②
後來幾乎寫過每一位有情人——
講的是佳人及其情郎的掌故。
60　　《貞節婦女的傳說》這一本大書，
任何人只要找來好好讀一次，
就能夠清楚地看到盧克麗絲、
巴比倫的提斯柏的巨大創傷；
狄多見棄於埃涅阿斯的悲傷；

---

②下面二十多行中出現了大量人名（也有個別地名，如提爾），其中賽伊和奧申曾出現在喬叟早期作品《公爵夫人之書》中，其他則大多是希臘、羅馬神話或傳說中的人物。

65　　得莫豐、菲莉絲以及她的那樹；
　　　德安尼拉與赫爾米恩的悲苦；
　　　許普西皮勒以及阿里阿德尼；
　　　那座荒島孤零零地矗在海裡；
　　　勒安得耳爲他的海洛而淹死；
70　　海倫的眼淚還有布里塞伊絲
　　　和雷奧德邁婭那種深切痛苦；
　　　那位王后美狄亞的忍心、殘酷——
　　　遭到伊阿宋遺棄後，絕望之餘
　　　她竟然勒死了她的幼小兒女！
75　　許珀爾涅斯特拉，阿爾刻提絲，
　　　帕涅羅珀！你們的婦道他珍視！

　　　「但是對於卡納絲那類壞女子，
　　　他自然不會寫有關她的文字，
　　　因爲這女人愛她自己的兄弟。
80　　對這類醜事我也是嗤之以鼻！
　　　他不寫提爾的阿波羅尼烏斯
　　　和那該詛咒的國王安條克斯——
　　　他竟然把親生女兒摔倒在地
　　　姦污了她，使得她不再是處女。
85　　這種事聽起來叫人怒火中燒，
　　　所以倒還是喬叟考慮得周到；
　　　在他所有的創作中，他有決心
　　　絕不寫那種違背天理的醜行。
　　　同樣，那類事我盡量不講爲妙。

90　　「今天要我講故事，講什麼是好？

繆斯也被人喚作皮厄里得斯
同她們去比，我可沒這個意思——
我是指奧維德《變形記》中的事——③
儘管如此，我絲毫也不以為恥！
95　讓我的粗糙東西跟在他後面，
寫寫散文；讓他寫押韻的詩。」
接著他露出一種莊重的表情，
開始講故事，這裡講給你們聽。

---

③奧維德的一個故事中，皮厄魯斯的女兒們想與繆斯們一爭高低，結果被變為喜鵲。

律師

律師的故事引子

哦，可恨的苦難與窮困的處境！
100　伴隨著惱人的乾渴、寒冷、飢腸！
求助於人吧，你感到有愧於心；
如果不求助，困苦給你的創傷
巨大得使你沒辦法加以隱藏！
你迫於貧困，只能違反你本意，
105　去偷去借去乞討，以維持生計。

你以你激烈的言辭責怪基督，
怪祂分配世上的財富出差錯；
你指責鄰居的話也非常刻毒，　　　　　10
說是你得到太少，他得到太多。
110　「等他屍體放到煤上燒，」你說，
「那時候報應就會落到他頭上，
因為他對於窮人不曾幫一幫。」

現在請聽聽聰明人一句名言：
「與其生活在貧困裡，不如死掉——
115　人一窮，連鄰居也會給你白眼。」
窮困潦倒，尊嚴哪裡還談得到！
還是把聰明人的這句話記牢：
「窮人過日子，天天是罪惡悲苦。」　　　20

　　　　　所以要當心，別落到那個地步！

120　　　「如果你貧窮，你的兄弟會嫌你，
　　　　　你朋友看到你，都會遠遠跑掉。」
　　　　　有錢的商人哪，你可眞是福氣；
　　　　　富貴的聰明人，你會過得很好！
　　　　　你們擲骰子總是會有好運道，
125　　　擲出的總是包你贏錢的點數；
　　　　　到了聖誕節你就歡快地跳舞！

　　　　　你們在陸上和海上尋找財富；
　　　　　作爲聰明人，知道各國的現狀，　　　　30
　　　　　了解發生的事和其中的內幕；
130　　　你們掌握和平與戰爭的情況。
　　　　　本來連一個故事我也不會講，
　　　　　幸而有商人給我講過一件事——
　　　　　我在多年後的今天講來試試。

律師的故事

律師的故事由此開始

古時候，敘利亞住著一批富商，
他們的為人都非常嚴謹公道。
他們向遙遠的地方運送奇香、
花色錦緞和金絲織就的衣料；
他們的貨物全都精緻又新巧，
所以大家都願意同他們交易，
當然把貨物賣給他們也願意。

一次他們中的幾位首領決定；
大家一起去羅馬城遊歷遊歷——
既是為了觀光又為了生意經；
他們並不另派送信人去那裡，
就自己去了羅馬這個目的地。
在那裡他們找到了旅店一家，
覺得很符合要求，便進去住下。

這些商人隨意地在那裡居住，
不知不覺地就住了一些時日。
且說那羅馬皇帝有一位公主，
這位公主的名字叫康斯坦絲；

135

140

145

150

40

50

她享有美名，有關她那些情事
那些敘利亞商人天天都聽到，
聽到的情形我下面做點介紹。

155　這是每個人異口同聲的話語：
「願上帝保佑我們的羅馬皇帝，
他有個天下獨一無二的閨女，
這公主既有德性又非常美麗，　　　　　60
在這兩方面沒人能同她相比；
160　我祈求上帝，永保她的好聲望，
但願她成為整個歐洲的女王。

「她極其美麗卻一點也不驕傲，
雖非常年輕卻又成熟而穩重，
她的謙遜使專橫顯得很渺小，
165　她以道德指導她所有的行動，
她是面鏡子反映出一切雍容，
她的心就是聖潔的神龕一座，
她的手總在進行慷慨的施捨。」　　　　70

這些話說得像上帝一樣沒錯，
170　但是讓我們回到故事上來吧。
且說那些商人把船裝滿了貨，
又把這一位美麗的公主看罷，
就心滿意足，把船駛回敘利亞，
然後像往常那樣工作和生活——

175　關於他們，我也只能講這麼多。

這些商人在本國非常受優待，
因為那位統治敘利亞的蘇丹
只要知道了他們從國外回來，　　　　　　　*80*
總要好意地把他們款待一番，
180　頻頻詢問他們在國外的觀感，
從而了解到各國的武功文治
和他們看到、聽到的奇聞軼事。

這些商人介紹了各方面情形，
特別提到了那公主康斯坦絲，
185　認真地講了她那些高貴品性；
蘇丹極為高興地聽著那些事，
康斯坦絲的形象撩動他情思，
使他最大的願望、最大的關注　　　　　　*90*
就是終生不渝地去愛那公主。

190　也許，在他剛出世的那個時候，
在人們喚作天的那本大書上，
那些同他的命運有關的星宿
已經寫明他將為愛情而死亡；
因為上帝知道，在那些星宿上
195　各人的死寫得比明鏡還清楚——
只要人並不害怕又善於去讀。

那些星宿上，多少個冬季以前
就寫明那些希臘英雄的死亡，　　　　　　*100*
而且都寫在他們的出生之前；
200　除寫出希臘羅馬名人的死亡，

星宿還表明底比斯成為戰場——
可惜人們的智力實在太不濟，
竟然沒有人完全讀出那意義。

205　蘇丹派人去請來了樞密大臣，
把事情向大家做了簡短介紹，
並且把心思全部告訴了他們；
直截了當地他向他們宣布道，

除非短期內有幸把公主得到，　110
否則他必死無疑；於是他下令，
210　要他們盡快想辦法救他性命。

不同的人說出的意見也不同，
他們各講各的理，爭來又爭去，
巧妙的花招一個個層出不窮，
甚至提出用魔法或各種詭計，
215　但最後的結論倒是相當統一：
唯一的辦法就是同公主結婚，
其他的所謂好辦法一概不成。

他們都看到辦這事困難很大，　120
因為這件事攤開來一加分析，
220　可看到長久以來這兩個國家
在信仰上的巨大衝突和分歧；
他們認為：「沒有信基督的皇帝
願把孩子嫁到我們這好國度，
因為我們是穆罕默德的信徒。」

225　蘇丹道：「與其會失去康斯坦絲，
　　　毫無疑問，我願受基督教洗禮——
　　　我不會選別人，只要康斯坦絲；
　　　我請求你們安靜地討論問題，　　　　　130
　　　救救我的命，為贏得她而努力，
230　因為我的命只有她才能拯救，
　　　而這種痛苦我不能長久忍受。」

　　　何必還要長篇大論地多囉唆？
　　　我說，憑著訂條約，憑著派大使，
　　　憑著教皇一次次地從中撮合——
235　還憑著全體教會人士和武士——
　　　結果談成了你們將聽到的事；
　　　但對穆罕默德的宗教很不利，
　　　卻又大大長了基督教的志氣。　　　　　140

　　　蘇丹和他手下的那大批貴族、
240　那全部藩臣全都得接受洗禮，
　　　他這才能娶到康斯坦絲公主；
　　　他還送去大量的黃金作聘禮，
　　　至於是多少，我卻無法告訴你。
　　　雙方宣了誓；美麗的康斯坦絲，
245　但願全能的上帝引導你行事！

　　　我能夠猜到，有些人要我講講：
　　　那位皇帝讓自己女兒出嫁時，
　　　在全國徵調人員車馬的情況，　　　　　150
　　　也講講處處顯示的皇家威勢。

250 　　但大家都知道，這樣一件大事，
　　　　這樣一個宏大的場面和規模，
　　　　用三言兩語又哪裡能夠概括！

　　　　隨同前往的主教們已經選定，
　　　　其他的命婦貴人、著名的騎士
255 　　及各色人等，我就不一一道明；
　　　　不過整個的羅馬城得到通知：
　　　　各人應該以高度的忠貞誠摯
　　　　向基督祈禱，祈求祂欣然接受　　　　　　160
　　　　這婚姻，並在旅途中予以保佑。

260 　　終於到了預定出發的那一天，
　　　　這決定命運的一天令人神傷；
　　　　到了這個時候已不能再拖延，
　　　　人人都做好準備去異國他鄉；
　　　　哀哀切切的康斯坦絲起了床，
265 　　臉色蒼白地穿衣梳裝準備走，
　　　　因為她知道，別的選擇已沒有。

　　　　所以她哭泣並不是沒有理由，
　　　　因為她將被送到陌生的國度，　　　　　　170
　　　　遠離一切真心待她好的親友，
270 　　去嫁給一個她不了解的丈夫，
　　　　而且注定了事事得聽他吩咐。
　　　　體貼妻子的丈夫向來個個好，
　　　　但除了這點，其他我可不知道。

「父親，你生了我這可憐的閨女，
275　你以父愛把我撫養大，」她說道；
「還有你，母親，你是我莫大歡愉；
除天上基督，數你們待我最好，
願你們常為我康斯坦絲祈禱，　　　　　　180
因為你們這孩子將去敘利亞，
280　從今後我同你們將遠隔天涯。」

「我馬上得去那個野蠻的國度，
唉，因為這本就是你們的主意。
但是為拯救我們而死的基督，
願祂眷顧我，讓我完成祂旨意，
285　我一個不幸女子死也不足惜，
因為女人生來得受苦又受難，
而且生來就得受男人的拘管。」

我想，當皮洛斯攻破特洛伊城，①　　　　190
或者伊利昂起火、底比斯陷落，②
290　又或者漢尼拔三次大獲全勝，③
打得羅馬人的軍隊七零八落，
人們的哭聲也沒這樣可憐過。
但不管這離別使人多麼痛苦，
不管她是哭是唱歌，她得上路。

―――――――――――

①皮洛斯是希臘神話中的人物，他在奪取特洛伊城時殺死了特洛伊國王普里阿摩斯。
②伊利昂是古城特洛伊（在小亞細亞西北部）的拉丁名稱。
③漢尼拔（西元前247～前183）為迦太基統帥，曾率大軍遠征義大利，因缺乏後援而撤離，後多次被羅馬軍隊擊敗而自殺。

295　　作為第一原動力的殘酷上天，
　　　宇宙間的萬物每天受你推動，
　　　在不停做著由東向西的運轉，
　　　不然它們自然做相反的運動；　　　　　200
　　　你為推動力安排了整個天空，④
300　　然而剛開始這次兇險的旅行，
　　　殘酷的火星就殺了這段婚姻。

　　　在曲曲折折的不祥升騰之中，
　　　唉，那個為首的卻跌落了下來，
　　　從它那角度進入了最暗的宮。
305　　哦，這時候火星的影響實在壞！
　　　虛弱的月啊，瞧你不幸的步態！
　　　你所去結合之處不能接受你，
　　　而對你有利的地方你卻遠離。　　　　　210

　　　啊，你輕率的羅馬帝國的皇帝！
310　　你全城就沒有一個星象學者？
　　　難道沒一個比這稍好的婚期？
　　　出發的日子就不能另選一個？
　　　何況是金枝玉葉，地位多煊赫，

---

④當時的天文學認為；地球是靜止不動的並處於中心位置，外面有九重
天圍著它轉，其中較接近地球的有七重，每重帶一個星體（月亮、金
星、水星、太陽、火星、木星、土星）。第八重天則有一些固定的星體，
並被認為是由西向東慢慢運動的，而最外面的第九重天被稱為第一運動
天或最外層天。據說它每天由東向西旋轉一周並帶動萬物也按這方向轉
動，而這個方向是與太陽「自然」運動的方向相反的，因為太陽按黃道
十二宮的順序運轉。

人人都知道這些貴人的生日——
315　唉，怪我們實在太遲鈍、太無知。

這位十分傷心的美麗的公主
排場十足地被簇擁到了船上。
她說：「願耶穌基督把你們眷顧。」　　220
她聽得人們喊「再見」之聲響亮，
320　努力地裝出十分愉快的模樣。
我就這樣讓她乘著船去航行，
現在來講講另一方面的情形。

卻說蘇丹的母親是邪惡之源，
她得知她那兒子心中的目的，
325　知道他情願放棄古老的信念，
便立即派人把她的謀士召集，
他們便前來聽她有什麼主意。
大家到齊後，她在寶座上坐下，　　230
開口說出了下面這樣一番話。

330　「各位大人，」她說，「你們知道
我的那個兒子已決意要背棄
我們《可蘭經》的那些神聖教導——
這是先知穆罕默德給我們的。
我向偉大的真主願立一個誓：
335　寧可不要我軀體裡的這條命，
也不讓伊斯蘭信仰離開我心！

「新信條能夠給我們什麼東西？⑤

無非是肉體上的桎梏和悔恨，　　　　　　240

而最後我們將全被拖進地獄——

340　　因爲把我們固有的信仰否認。

各位大人，你們是不是能保證，

支持我將說給你們聽的計畫？

這樣，能得救的將是我們大家。」

每個與會者都宣誓表示同意，

345　　願與她站在一起並同生共死，

而且每個人願盡最大的努力，

讓所有的親戚朋友團結一致，

共同來支持這位王太后的事。　　　　　250

她怎麼行動，我會對你們講講；

350　　她對他們說的話，如下面這樣。

「我們先假裝接受基督教洗禮——

一點冷水對我們沒什麼損害——

然後我要辦一個盛大的筵席，

這一下準能使蘇丹心裡安泰。

355　　他受過洗禮的妻子皮膚再白，

也將不得不清洗血跡的殷紅，

哪怕她帶著一盆聖水也沒用。」

你這個蘇丹之母是罪惡之根！　　　　　260

---

⑤這裡的「新信條」指的是，如果蘇丹和他的臣民接受洗禮，他們將奉行基督教信條。

兇悍得可稱塞米勒米絲第二！⑥

360　你是條毒蛇，只是長得像女人——
　　　就是關在地獄裡的那條毒蛇！
　　　你這個女人的詭計實在邪惡：
　　　那一肚子的壞水是罪孽之源，
　　　而破壞美德、天真是你的心願！

365　你被驅逐出我們的基督教會，
　　　撒旦哪，你從那時起心懷忌恨，
　　　當初就使夏娃讓我們遭了罪！
　　　你一向知道怎麼去教唆女人，　　　　　270
　　　你要破壞這次基督徒的結婚。
370　當你想隱蔽自己就利用婦女，
　　　這回呀，你又用婦女作為工具。

　　　我所譴責的蘇丹的這個母親
　　　悄悄把她的謀士們打發回家。
　　　我已經講了夠多的故事詳情。
375　且說有一天她去見蘇丹陛下，
　　　說了一通放棄舊信仰的鬼話：
　　　說是為信了多年異教而懊惱，
　　　這回要接受洗禮，信仰基督教。　　　　280

　　　她對蘇丹說，她要提一個請求：
380　讓全體基督徒出席她的宴請，

---

⑥塞米勒米絲是古代傳說中的亞述女王，以美麗、聰明和淫蕩聞名，相
　傳為巴比倫的創立者。

「我要盡力使他們滿意地點頭。」
蘇丹答道「我一定聽你的命令」，
說著便跪下來感謝他的母親。
他過於高興，不知該說什麼話；
385　母親吻了吻兒子，隨即便走啦。

第一部結束

第二部開始

那些基督徒抵達敘利亞國土，
他們人既多，場面宏大又熱鬧。
於是蘇丹匆匆地把命令發布：　　　　290
先通知母親，再向全國發通告，
390　說是他妻子無疑地已經來到。
他請求母親騎上馬也去迎候，
以顯示大家十分尊重這王后。

敘利亞人和羅馬人彼此見面，
那人頭攢動的場面十分壯麗；
395　那母后衣飾華美而笑容滿面，
爲迎接康斯坦絲而張開雙臂——
這熱情與母親迎接女兒無異；
然後讓坐騎踏著慢慢的步子，　　　　300
他們堂皇地前往最近的城池。

400　盧坎曾極力描寫凱撒的凱旋，⑦
　　但是我相信，凱撒的那支部隊
　　若在這歡天喜地的人群旁邊，
　　那就絕沒有如此奇妙而壯美。
　　然而這蘇丹的母親，這個惡鬼，
405　卻是一隻花言巧語的毒蠍子——
　　在那僞裝下，她想要把人螫死。

　　這以後不久，蘇丹也親自駕臨，
　　他可眞是氣度非凡，英姿勃勃，　　310
　　滿心歡喜地把康斯坦絲歡迎。
410　現在我就讓他們去高興快活，
　　因爲我想說的是事情的結果。
　　最後大家都覺得時間已不早，
　　先暫停作樂，還是去休息爲好。

　　到了定下的日期，蘇丹的母親
415　下令舉辦我曾說到過的盛筵；
　　所有的基督徒，無論年老年輕，
　　全都做好了準備一起去赴宴：
　　那裡既有皇家的氣派和場面，　　320
　　又有我難以描述的山珍海味——
420　但他們爲此付的代價太昂貴。

　　塵世的歡樂之後總跟著悲苦，

---

⑦盧坎（39～65）是生於西班牙的古羅馬詩人，作品有拉丁史詩《內戰記》，因密謀暗殺羅馬皇帝尼祿之事敗露而自殺。

這悲苦摻雜著哀傷，突如其來，
把我們努力掙來的歡樂結束，
於是我們的歡樂變成了悲哀。
425 請聽我一句忠告以避免意外：
在你高興的日子裡，可得記住──
那後面跟著不測的災難、痛苦。

現在，我就對你們長話短說吧。 330
總之，蘇丹和所有那些基督徒
430 全都在那宴會上遭到了屠殺──
就單單沒殺掉康斯坦絲公主。
那可詛咒的老太婆極其惡毒，
她讓親信們幹出這血腥事情
為的是獨斷專行地發號施令。

435 凡是敘利亞人改信了基督教，
凡是蘇丹的謀臣，還沒有離席，
一個個就全挨了致命的一刀，
而康斯坦絲則落到人家手裡， 340
被送到沒舵的船上，我的上帝！
440 她不懂航海，他們卻逼她出發，
要她把船從敘利亞駕駛回家。

她從羅馬帶來的一部分財寶，
說真的，還有許多糧食和衣物，
他們給她送到了船上並放好，
445 於是她就開始在大海上飄浮。
哦，我的仁慈的康斯坦絲公主！

你這羅馬皇帝的年輕女兒啊，
讓命運之神充當你的船舵吧！　　　　350

在胸前畫十字，神情可憐巴巴，
450　她悲聲對基督的十字架說道：
「哦，光明的聖壇，神聖的十字架！
基督的血把人間的罪惡洗掉，
而染紅你的正是這濟世之寶！
請在我淹死的那天保佑我吧，
455　別讓我落進那個魔鬼的魔爪。

「勝利之樹，你是誠信者的庇護，⑧
只有你才配把那個重任擔當，
把剛剛受傷的天國之王擔負──　　360
這位被長矛刺傷的潔白羔羊
460　把惡魔驅離男男女女的心上；
你朝虔誠的人們伸出了手臂，
也請保佑我，給我自救的能力。」

這可憐的人漂流了多少年月，
漂過希臘海來到摩洛哥海峽，
465　這真是命運讓她遭到的災劫；
多少粗劣的食物她努力嚥下；
她的船經受狂風駭浪的吹打，
漂向前面不知是哪裡的地方，　　370
她在這期間多少次面臨死亡！

⑧這裡的「樹」指的是釘死耶穌的十字架。

470　　人們也許會問：她怎麼沒有死，
　　　怎麼沒在宴會上被置於死地？
　　　對於這樣的問題我的回答是：
　　　在那洞窟中，是誰救了但以理？⑨
　　　除了他，別人一進那獅子洞裡
475　　就被咬死，無論是主人是僕人——
　　　救他的，是他牢記心中的上帝。

　　　上帝願意在她的身上顯奇蹟，
　　　從而讓我們看到他那種偉大；　　　　　　380
　　　在驅除災禍上，基督最有能力，
480　　學者們知道，他常用某種辦法
　　　達到其目的，但人的智力太差，
　　　自然就不了解這是什麼目的，
　　　也無法知道做此安排的天意。

　　　是誰使得她沒有淹死在海裡？
485　　使她在宴會上沒被殺的是誰？
　　　是誰讓約拿待在魚的肚子裡，⑩
　　　最後又讓魚把他吐在尼尼微？
　　　人們都知道，除了上帝沒有誰　　　　　　390
　　　能夠使希伯來百姓免於淹死，

---

⑨但以理是《聖經》中的人物，據說他因為篤信上帝，雖被拋入獅子坑
而安然無恙。

⑩約拿為《聖經》人物，事見《舊約全書·約拿書》。這裡是指在一次航
行中人們為平息風浪，把他拋進了大海，而耶和華安排一條大魚吞下約
拿，讓他在魚腹中待了三日三夜。

490　　而且在走過紅海時腳都不濕。⑪

　　　有能力呼風喚雨的四大精靈
　　　從東西南北侵擾大海和陸地；
　　　是誰向他們發出這樣的命令：
　　　不准許侵擾海洋、大陸和林地？
495　　能夠發出這命令的，只有上帝；
　　　祂使這女子不受暴風雨侵擾，
　　　無論這女子醒著還是在睡覺。

　　　這女子哪裡去找吃喝的東西？　　　　　　400
　　　三年多時間裡她靠什麼過活？
500　　在洞穴和沙漠裡的埃及瑪麗，⑫
　　　當然就是基督給她吃、給她喝。
　　　五個麵包兩條魚，〈福音書〉上說，
　　　創造了讓五千人吃飽的奇蹟──
　　　這女子同樣得到上帝的接濟。

505　　她終於漂到我們的這片大洋，
　　　最後漂過了浪濤洶湧的海面；
　　　浪把船推到諾森伯蘭那地方，
　　　甩到一座不知名的城堡下面；　　　　　　410
　　　船一下衝上海灘，牢牢擱了淺，
510　　任何的潮水再不能使船漂起。

---

⑪以色列人過紅海的故事見《舊約全書‧出埃及記》。

⑫埃及瑪麗又稱埃及的聖瑪麗，據說是五世紀的人，她早年生活放蕩，皈依後遁入約旦附近的沙漠達四十七年，遂獲正果。紀念日為每年的四月九日。

因爲基督就是要船停在這裡。

城堡的長官走到下面海灘上，
看那條破船，把船查看了一遭，
發現了一個女子滿臉的憂傷，
515　同時也發現這女子帶的財寶。
這女子用她的語言向他求告，
要他幫助她早點結束她生命——
這樣就可以擺脫愁苦的命運。　　　420

她說著一種不標準的拉丁語，
520　不過聽起來總算還聽得明白；
這時候那個長官已查看完畢，
便把這苦命的女人帶下船來。
她跪倒在地，感謝天上的主宰；
然而她是誰，她卻死也不肯說——
525　任憑你威嚇她還是做出許諾。

她只說她在海上時擔驚受怕，
結果實實在在是喪失了記憶；
那城堡長官夫婦都很憐憫她，　　　430
爲她灑下了不少同情的淚滴；
530　她爲大家做事既勤快又努力，
所以當地的人都非常喜歡她，
而且只要看她的臉就會愛她。

那位長官和他的妻子赫曼吉
信奉異教，當地人都是異教徒。

535　赫曼吉愛她像性命，愛得出奇。
　　她待在那兒，長期跟他們居住，
　　時時都在祈禱，在哀哀地啼哭；
　　結果，憑著耶穌的恩典和引導，　　　　　　440
　　那位長官的夫人改信基督教。

540　那個地方，基督徒都不敢活動，
　　大量的基督徒逃離那個地區，
　　因為異教徒從海上陸上進攻，
　　早征服了北方沿海那個區域；
　　布立吞百姓便朝威爾士逃去，⑬
545　這些基督徒原先住在這島上，
　　現在把那裡當作避難的地方。

　　儘管布立吞人大量出逃在外，
　　但那裡還是有人瞞過異教徒，　　　　　　450
　　私下裡仍在把耶穌基督膜拜；
550　城堡邊就有三個基督徒居住，
　　其中的一個是盲人，視力全無，
　　他是靠心靈的眼睛進行觀察──
　　人們失明後都得靠這個辦法。

　　在那個夏日裡，陽光明亮燦爛。
555　看到天氣好，那城堡長官夫妻
　　同康斯坦絲一起走向那海灘，
　　想去散散步，精神上做些調劑。

――――――――――

⑬布立吞人是古代居住在不列顛島南部的凱爾特人，信奉基督教的。

那兒離城堡最多不過半里地；　　　　460
散步中他們遇見了那位盲人，
560　這老漢雙眼緊閉，路也走不穩。

「憑基督的名義，」這位盲人說道，
「請讓我重見光明，赫曼吉女士。」
聽他這麼說，這位夫人嚇一跳，
簡單地說來，她是怕丈夫得知
565　她愛耶穌基督後會把她處死；
但康斯坦絲鼓勵她，要她作為
基督教的女兒，發揚主的慈悲。

那長官聽了這些話感到困惑，　　　　470
開口問道：「你們這些話怎麼講？」
570　「基督有力量，」康斯坦絲回答說，
「大人，祂幫人逃出魔鬼的羅網。」
接著她大力宣傳我們的信仰，
結果在天黑之前把長官說服，
使他改變了信仰，成了基督徒。

575　康斯坦絲那條船擱淺的地方，
其最高主宰不是那城堡長官－
他主公是阿拉，諾森伯蘭之王，
在主公手下，他治理該地多年。　　　480
這位國王很英明也很有手段，
580　人們知道他把蘇格蘭人打敗一
但現在我要回到我故事上來。

撒旦總是在等待機會坑害人，
一看到康斯坦絲做成許多事，
就想拿她來報復，洩心頭之憤，
585　於是讓堡裡的一名年輕武士
生邪念，狂熱地追求康斯坦絲：
只要能在她的身上遂一次願，
這武士覺得哪怕死了也無怨。　　　490

他向她求愛，但根本沒有結果；
590　康斯坦絲絕不肯幹苟且之事。
武士碰了一鼻子灰，心裡窩火，
便想出毒計，要叫她不得好死。
於是有一次那位長官外出時，
他等到赫曼吉酣然進入睡鄉，
595　便趁著夜色偷偷溜進她臥房。

康斯坦絲、赫曼吉祈禱了很久，
所以很疲倦，這時睡得特別熟。
那武士則因為受了撒旦引誘，　　　500
這時悄悄走到那張床的床頭，
600　下手割斷赫曼吉的喉管之後，
把兇器放在康斯坦絲的身旁──
兇手雖溜走，上帝會使他遭殃！

沒有過多久，那長官回到了家，
同他一起到來的，還有那國王。
605　他看到他的妻子已經被殘殺，
忍不住扭絞著雙手痛哭一場；

隨即發現血淋淋的刀在床上——
刀就在身旁，康斯坦絲怎麼說？　　　　510
她悲痛過度，神智都出了差錯！

610　這件慘案當即報告了阿拉王，
也報告了當初發現康斯坦絲
在那船上的時間、地點和情況——
反正我對你們已講過這些事。
但當他看到這位溫柔的女子，
615　見她遇到這樣的災禍和不幸，
心裡開始滋生出同情和憐憫。

因為就像是羔羊被牽去宰殺，
這無辜的人站在國王的面前。　　　　520
而那真正殺人的武士很狡猾，
620　發誓說是她割斷了人家喉管。
儘管如此，百姓認為她受了冤；
他們憤憤不平說：「誰能夠相信，
她會幹得出這樣毒辣的事情。

「因為我們一向看到她好德性，
625　而對赫曼吉也愛如自己性命。」
對於這點，家裡人人肯作證，
只有那真正的兇手不肯證明。
國王猜這人的心中必有隱情，　　　　530
因此就決定要查個水落石出，
630　要把事情的真相徹底弄清楚。

康斯坦絲呀，沒人做你的鬥士，
而你自己又不能自衛，真可嘆！
但基督，祂為了拯救我們而死，
而且一勞永逸地捆住了撒旦，
635　如今就讓祂勇猛地為你而戰！
因為，要是基督不創造個奇蹟，
人們將很快就處死無辜的你。

她跪了下來，祈禱中這樣傾訴：　　　540
「永生的神哪，你曾保護蘇珊娜，⑭
640　為她辯誣，還有你，仁慈的聖母，
你也就是聖安娜之女馬利亞，⑮
在你兒子前，天使高唱『和散那』——⑯
如果我沒犯這大罪，就請你們
把我拯救，否則我可就活不成！」

645　有時人群中有一張蒼白的臉，
那是一個人被押解著去刑場——
因為這個人得不到任何恩典。
既有這樣的神色流露在臉上，　　　550
任何人只要朝那人群望一望，
650　就知道哪個人將被置於死地——
康斯坦絲就這樣站在人群裡。

⑭蘇珊娜為《聖經·舊約》的《次經》中的女子，被誣告犯了通姦罪，幸有希伯來先知但以理為其辯護，恢復其清白。
⑮據《次經》中說，聖母馬利亞之母為聖安娜（或聖安妮）。
⑯和散那為希伯來語音譯，原意為「我們祈求現在得到拯救」，後為讚美上帝語。

生活在榮華富貴中的王后啊──
還有公爵夫人和所有的貴婦──
給身外逆境的她一點憐憫吧！
655 一位皇帝的女兒卻如此孤獨，
甚至沒有一個人聽她的哭訴！
哦，這極度危難中的皇家之女，
你所有的親友遠離你的急需！ 560

但是阿拉王對她卻非常同情，
660 憐憫之情充滿他仁慈的心間──
淌下的淚水沾濕了他的衣襟。
他說道：「去拿一本書來，快點！
如果這武士願意發正式誓言，
說這女子殺了人，我們將考慮：
665 派誰來對這件案子進行審理。」

拿來一本布立吞語的〈福音書〉。
正當那武士一隻手按在書上，
指著康斯坦絲做虛假的控訴， 570
有隻手突然打在他的頸骨上，
670 打得他像石頭一樣倒在地上。
在場的人個個都看得很清楚：
他兩隻眼睛已從眼眶裡掉出。

大家還聽見空中響起了人語：
「在這裡你誹謗一個無辜的人，
675 在國王面前污蔑基督教之女；
你幹這件事情，我一直沒作聲。」

在場的，除了康斯坦絲一人，
目睹這奇蹟，個個都目瞪口呆，　　　　580
只怕有報應落到自己身上來。

680　有人對康斯坦絲曾懷有疑心，
真是冤枉了這位清白的女子，
現在他們既驚恐又非常悔恨。
總之，親眼看到了這樣的奇事，
再加上從中開導的康斯坦絲，
685　結果，國王當時就同另幾個人
改信基督教；這得謝基督之恩。

阿拉王立即宣布了他的裁定，
那個做僞證的武士就被處死；　　　　590
但康斯坦絲還爲他的死傷心。
690　這以後，耶穌又顯示祂的仁慈，
祂使阿拉王娶了這聖潔女子——
婚禮隆重盛大，憑基督的福佑，
康斯坦絲就這樣成了位王后。

要是說實話，那麼只有一個人——
695　就是國王專橫的母親多納吉，
她對這樣的婚事感到很惱恨，
對兒子這種作法非常不滿意，
所以歹毒的心裡憋足了火氣：　　　　600
使她感到惱怒的，是她的兒子
700　竟然娶這種外邦女子作妻子。

枝節問題上我不想多費時間，
只想把故事的中心做一介紹；
我何必講那婚禮的豪華場面，
講誰走在前面就因為地位高，
705　什麼人吹著喇叭或吹著號角？
每個故事要講的是它的實處——
婚禮上只見吃喝、作樂和歌舞。

他們夫妻倆天經地義上了床，　　　　　　610
因為做妻子的哪怕聖潔至極，
710　到了夜裡也得做必要的忍讓——
人家的結婚戒指既給了自己，
就得讓那位給戒指的人滿意，
就得把那種聖潔暫時擱一邊——
看來事情恐怕也只能這麼辦。

715　過了不久，她懷上了一個孩子。
阿拉王要去蘇格蘭對付敵人，
就決定把懷了孕的康斯坦絲
交給主教和那位長官去照應；　　　　　620
康斯坦絲本來就靦腆而謙遜，
720　既懷孕多時就更常待在家裡，
安靜地等待耶穌基督的旨意。

分娩時，一個男孩降臨到世上；
為他施洗時，給他取名莫里斯。
那位長官寫了一封信給國王，
725　並把信交給一名送信的專使，

要他去詳細報告這件大喜事，
同時也報告一些緊要的事務；
使者接了信就準備出發上路。　　　　　　630

使者為了達到他自己的目的，
730　　馬上就馳去拜見國王的母親，
以奉承的口氣向這女人致禮。
「太后，」他說，「你該十分高興，
該好好感謝上帝一萬遍才行。
因為王后確實生下個小王子，
735　　這可是我們全國上下的喜事。

「我得盡快地把喜訊報告國王，
瞧，這是報告這件事的一封信；
如果你有什麼話要對國王講，　　　　　640
只要你吩咐一聲，我無不從命。」
740　　多納吉答道：「一時想不出事情；
但我希望你今夜在這裡休息，
明天我把我想講的話告訴你。」

使者人喝一通麥芽酒、葡萄酒，
接著便像豬一樣昏沉沉睡覺，
745　　根本不知道包中的信被偷走──
而且另一封信放進他的包；
這信極惡毒，但是偽造得巧妙，
算是那長官寫給國王的報告。　　　　650
至於其內容，你們下面就聽到。

750　據這信上說：「王后雖已經生產，
　　　但產下妖魔一般的可怕怪物，
　　　結果城堡裡的人哪怕再大膽，
　　　也不敢再在這個城堡裡居住。
　　　孩子的母親是妖精，憑著妖術
755　或憑著巫術碰巧來到了這裡，
　　　所以沒有人願同她待在一起。」

　　　國王讀了這封信，感到很傷心，
　　　但他只是把痛苦埋藏在心裡，　　　　　　660
　　　同時他回了這樣一封親筆信：
760　「既然我受了教育，信奉了上帝，
　　　就永遠歡迎基督給我的東西。
　　　主啊，你愛怎麼辦，我一概歡迎；
　　　而我的意願是：服從你的規定。

　　　「不管孩子醜或美，養他在那裡；
765　照管好我妻子，等我回來再說。
　　　如果基督要我對繼承人滿意，
　　　自然會把更好的繼承人給我。」
　　　他封好了信，儘管心裡很難過，　　　　　　670
　　　還是把信交給了那個送信人；
770　於是那個送信人就出發登程。

　　　你這喝得爛醉如泥的專使哦！
　　　你酒氣衝人，兩腿站都站不牢，
　　　無論是什麼祕密你都會洩露。
　　　你神志不清，像松鴉一樣聒噪，

775　就連你臉上也已經換了相貌！
　　無論誰喝酒喝得個昏天黑地，
　　就可以肯定他絕守不住祕密。

　　你這多納吉，英語中沒有字眼　　　　680
　　可用來形容你的兇狠與惡毒！
780　所以我把你劃到魔鬼那一邊，
　　讓他把你那些陰謀詭計記述！
　　滾吧狠毒的惡漢，哦說錯了，不──
　　滾吧你這個妖魔！我敢說一句：
　　你人在這裡走，靈魂已在地獄！

785　這個送信人從國王那裡回來，
　　又在國王母親的宮門前下馬。
　　這女人看到那信使喜出望外，
　　願意用她所有的一切招待他。　　　　690
　　他喝酒喝得腰帶都快繃斷啦；
790　接著去睡覺，照舊是鼾聲如豬，
　　響了一夜，到太陽升起才止住。

　　這一次他所帶的信又被偷掉，
　　換上的是這樣一封偽造的信，
　　國王在信中對城堡長官宣告：
795　「如果不執行命令就得處絞刑──
　　必須把康斯坦絲驅逐出國境，
　　她無論有什麼理由，離境最遲
　　不得遲於三天後的退潮之時。　　　　700

　　「得讓她登上她來時所乘的船，
800　　把她的兒子和她所有的東西
　　　也全送上船，然後推這船離岸；
　　　還要吩咐她，今後不准來此地。」
　　　哦康斯坦絲，怪不得你會恐懼——
　　　就在多納吉搞這陰謀的時候，
805　　儘管你在睡夢中你也在發抖！

　　　這個信使第二天醒來了之後，
　　　抄一條最近的路馳向那城堡，
　　　把那信交進了城堡長官之手。　　　710
　　　長官把這內容可怕的信讀好，
810　　忍不住唉聲嘆氣，感到很苦惱。
　　　他說：「基督啊，世上罪人多的是，
　　　這樣的話，這世界怎麼能維持？

　　　「偉大的神哪，若這是你的意願，
　　　那麼你既然公正，怎麼能同意
815　　讓邪惡的人掌握著生殺大權，
　　　把完全無辜的人卻置於死地？
　　　唉，好康斯坦絲！要我來害你，
　　　是我的不幸；但是沒其他辦法——　　　720
　　　我不這樣做，我將不得好死啦！」

820　　國王有那樣可恨的信件送來，
　　　當地人老老少少都為之哭泣。
　　　只見康斯坦絲既憔悴又蒼白，
　　　在那第四天朝著她的船走去。

但是，她對於基督的這個旨意
825　並無怨言，卻跪在海灘上說道：
「我永遠樂於接受我主的引導！

「當我生活在你們中間的時候，
祂既使我避免了惡意的誹謗；　　　　　　730
那麼我相信（儘管說不出理由）
830　在海上祂也會使我免受損傷。
祂過去有這力量，現在也一樣。
我信仰祂和祂那親愛的母親，
祂是帆，也是引導我航行的星。」

這時她懷中的嬰兒啼哭起來，
835　跪著的她悲哀地對孩子說話：
「孩子別哭，你不會受我的侵害。」
說著她把她披著的頭巾拉下，
蓋住兒子眼睛也就蓋住了他。　　　　　　740
她的雙臂把懷中的孩子搖動，
840　而她的雙眼向上仰望著天空。

「哦，光輝的聖母馬利亞！」她講，
「儘管因為女人的煽動而上當，
人被逐出樂園並注定要死亡；
為此你兒子被釘到十字架上，
845　而祂受的酷刑沒逃過你眼光——
世上任何人無論有什麼苦惱，
都不能同你承受的苦惱比較。

「你看到你孩子在你面前被殺，　　　　　750
而我的孩子現在還活在世上。
850　　受苦的人都向你哭叫，聖母啊，
你是美好的貞女，女性的榮光，
白天的太陽，躲避風暴的海港，
憐憫我的孩子吧，你仁愛之心
對世上一切受苦者懷著憐憫。

855　　「哦，我幼小的孩子，你有什麼罪？
你根本就沒有犯下任何罪過，
為什麼你父親把你往死裡推？
發發慈悲吧，親愛的官長，」她說，　　760
「把這嬰兒留下同你們一起過！
860　　如果你怕獲罪而不敢救救他，
就以他父親的名義吻吻他吧！」

說完這話，她回頭朝岸上看看，
說道：「無情的丈夫，我們永別啦！」
接著她站起了身子，走下了沙灘
865　　朝船走去，人們在後面跟著她——
她不斷說著求孩子別哭的話。
最後，虔誠地給自己畫了十字，
她登上那條破船，向大家告辭。　　770

船上有食品，所以這不用擔心，
870　　而且數量多，能維持很長時間；
其他旅途中必需的各種物品
她也很充足：感謝上帝的恩典！

但願上帝再給她順風和好天，·
送她回家鄉！這是我最大願望；
875　　現在就這樣讓她去航行海上。

第二部結束

第三部開始

這過後不久，阿拉王班師歸來，
他回到我曾提到的那座城堡，
問起了他的妻子和他的小孩。　　　　780
那城堡長官只感到心裡發毛，
880　　就把全過程詳細地做了報告——
這事你們已知道，我不必多談——
他把蓋了章的信交給國王看。

他說道：「主上，你既然下了命令，
不執行得處死，我就只好照做。」
885　　於是抓來了那信使，給他用刑，
直到他原原本本全部照實說，
並且招出他每夜都在哪裡過。
就這樣，憑著機智巧妙的審問，　　　790
終於猜到搞陰謀的是什麼人。

890　　寫那封信的筆跡被認了出來，
這條毒計的全部細節也查明——
用什麼辦法查明，我說不上來——

　　　　　人們可以從古書中得知詳情，
　　　　　反正結果是阿拉王殺了母親，
895　　　因爲她已背叛對國王的效忠。
　　　　　老多納吉也就這樣不得善終。

　　　　　爲了他已失去的妻子和孩子，
　　　　　這位阿拉王日日夜夜地傷心，　　　　　800
　　　　　世上沒有誰能描述他的愁思。
900　　　現在我來講康斯坦絲的情形：
　　　　　她漂泊在海上，歷盡萬千苦辛；
　　　　　也眞是天意如此，漂泊了五年，
　　　　　她的船總算又一次漂到岸邊。

　　　　　海流漂送著康斯坦絲和小孩，
905　　　把他們沖到異教徒的城堡下——
　　　　　這城堡的名字我已記不起來。
　　　　　普救天下眾生的全能的主啊，
　　　　　把康斯坦絲母子放在心上吧！　　　　　810
　　　　　因爲他們將落在異教徒手裡，
910　　　面臨死的危險：請聽我講下去。

　　　　　從那城堡裡出來了很多男女，
　　　　　他們來海邊看船、看康斯坦絲。
　　　　　然而在不久之後的一個夜裡，
　　　　　來了堡主的管家（他不得好死），
915　　　這個背叛基督教信仰的賊子
　　　　　來船上想占康斯坦絲的便宜，
　　　　　也不管康斯坦絲願意不願意。

這不幸的女子這時眞是痛苦，　　　　820
孩子在啼哭，她也哀哀地哭泣；
920　但是馬利亞立刻就給她幫助。
她奮力地掙扎並給那人打擊，
那賊胚突然從船上翻落海裡，
結果淹死在水裡也是他報應──
而康斯坦絲保全了貞節之名。

925　醜惡的淫慾啊，看看你的下場！
你不僅損害和扭曲人的心靈，
而且使人的肉體也大受創傷；
你那盲目的衝動造成的惡行，　　830
其結果非常可悲；我們早已經
930　發現：很多人只因起了這壞心，
還沒行動，就壞了名聲丟了命！

這個弱女子，力量怎麼這樣大，
竟能夠抵禦這個惡棍的騷擾？
我說歌利亞，你身材極其高大，⑰
935　怎麼竟然也會被大衛所打倒──
他不但沒有盔甲而且年紀小？
他怎麼敢於仰視你可怕的臉？
大家看得清，這是上帝的恩典！　　840

⑰歌利亞為《舊約全書・撒母耳記上》中的非利士族巨人，最後為大衛
所殺。

是誰給了猶滴那麼大的勇氣，⑱

940　讓她殺了營帳中的奧洛菲努，

把神的子民從苦難之中救起？

就在這個問題上，請讓我指出：

上帝給康斯坦絲勇氣和幫助，

正如把猶滴派給祂那些子民，

945　讓勇敢的她把他們救出不幸。

康斯坦絲那條船就這樣漂去，

漂過直布羅陀、休達間的峽口，⑲

她有時朝北或朝南，有時朝西　　　　　　850

或朝東，漂了無數個黑夜白晝，

950　直到聖母（願她的榮光垂永久）

出於她無限的慈愛，做出裁斷：

別再讓康斯坦絲承受那磨難。

現在讓我們先擱下康斯坦絲，

回過頭來講那位羅馬的皇帝。

955　他從敘利亞來的報告中得知：

基督徒因為中了人家的奸計

而被殺，他女兒也被趕離該地——

使這奸計的是那蘇丹的母親，　　　　　　860

她在宴席上殺盡了各等來賓。

---

⑱猶滴為傳說中的古猶太寡婦，據說她殺了亞述大將奧洛菲努，從而救了全城。

⑲休達是現摩洛哥北端海岸上一地名，該地扼地中海通往直布羅陀海峽要津，與直布羅陀隔海相望。

960　於是這皇帝立刻降下了聖旨，
　　派出一位大臣和好幾名將領，
　　帶了天知道多少的大批兵士，
　　一路開赴敘利亞去報仇雪恨，
　　要以燒殺給對方也製造不幸。
965　過了一陣（簡短些說個結果吧），
　　他們做出決定；要班師回羅馬。

　　那位大臣率軍隊打了大勝仗，
　　現在班師回羅馬多威武雄壯！　　　　870
　　歸途中看到一條船正在漂蕩——
970　可憐的康斯坦絲就在那船上。
　　人們不知道她怎會流落海上，
　　也不知道她是誰；她也不肯講
　　自己的情況，那怕立即就死亡。

　　大臣把他們母子帶到了羅馬，
975　把他們交給自己的妻子照管，
　　於是康斯坦絲在大臣家住下。
　　可憐的康斯坦絲雖歷盡艱難，
　　但聖母終於徹底地予以救援。　　　　880
　　她在大臣家住了相當的時日，
980　並像她蒙恩一樣，行一些善事。

　　有一個情況康斯坦絲不知道：
　　大臣的妻子原來是她的姑媽。
　　但對這個情況我不想多嘮叨，
　　眼下就把她留在那位大臣家，

985　　　回過頭去談一談那國王阿拉——
　　　　先前他曾出現在我們故事裡，
　　　　如今他爲了妻兒流淚和嘆息。

　　　　阿拉王雖把邪惡的母親殺掉，　　　　　890
　　　　但是有一天卻感到極其懊悔——
990　　　我要把故事講得簡短又明了——
　　　　他決定前往羅馬去進行懺悔，
　　　　把自己交給教皇去裁處、定罪；
　　　　他要把做過的種種壞事說出，
　　　　並從而祈求耶穌基督的寬恕。

995　　　阿拉王要來進行訪問的消息，
　　　　因爲有先行官在他前面開路，
　　　　很快就傳遍整個的羅馬城裡。
　　　　於是那大臣根據當時的禮數——　　　900
　　　　也爲了表示尊重一國的君主，
1000　　同時顯示自己的高貴和殷勤——
　　　　他帶著大批隨從，騎馬去歡迎。

　　　　高貴的大臣做了盛大的歡迎，
　　　　阿拉王也非常高興同他見面，
　　　　他們彼此向對方表示了尊敬。
1005　　這樣你來我往地過了一兩天，
　　　　阿拉王就請那位大臣去赴宴。
　　　　長話短說吧，我對你們不撒謊：
　　　　康斯坦絲的兒子隨大臣前往。　　　　910

有人會說，是康斯坦絲的意思，
1010　那大臣才帶她的兒子去赴宴——
講清楚每個細節我沒這本事，
但不管怎樣，那孩子是去赴宴。
事實上他母親要他記住一點：
在那宴會進行的整個過程中
1015　站在阿拉王跟前看他的面容。

阿拉王對這個孩子感到奇怪，
很快就向那大臣問了一句話：
「站在那裡的是誰的漂亮小孩？」　　920
「老天作證，我可不清楚，」他回答，
1020　「我只知道這孩子有媽沒有爸。」
隨後他把發現這孩子的經過
對那阿拉王簡短地說了一說。

「上帝知道，」那大臣繼續說下去，
「在我一生中，我從來沒有見到
1025　或者聽到過一位姑娘或婦女，
其品德有他母親那樣地崇高；
我敢說一句：她寧讓一把尖刀
刺進胸膛，也不肯做個壞女人——　　930
沒人能夠逼她做違心事，沒人！」

1030　這孩子極像他母親康斯坦絲，
真可以說是要多像就有多像。
阿拉王記著康斯坦絲的風姿，
看到這孩子的臉不由得猜想

　　　　其母親也許曾是自己的新娘。
1035　　這樣想著想著，他暗自在嘆息，
　　　　接著便匆匆忙忙地起身離席。

　　　　他想道：「我真想入非非，我的天！
　　　　因為按常理推想，我應該想到　　　940
　　　　我的妻子已經在海上遇了難。」
1040　　但隨後他又這樣對自己辯道：
　　　　「上帝把她從她去的地方送到
　　　　我那個國度，我怎麼知道上帝
　　　　就不會把她從海上送到這裡？」

　　　　午後阿拉王隨大臣來到他家，
1045　　為了想證實是否真有這奇事；
　　　　大臣很尊重這客人國王阿拉，
　　　　到家後立刻派人請康斯坦絲。
　　　　相信我，她可哪有跳舞的心思！　　950
　　　　因為當她知道了請她的目的，
1050　　她那兩條腿簡直都難以站立。

　　　　阿拉王見到妻子便向她問好——
　　　　他流淚的樣子叫人見了傷心——
　　　　因為他只是朝康斯坦絲一瞧，
　　　　立刻認出這是他妻子的倩影。
1055　　但康斯坦絲想到丈夫的無情，
　　　　難過得就像心兒已經被鎖住——
　　　　只是默默站在那裡像一棵樹。

她在丈夫的面前昏厥了兩次；　　　　　960
丈夫流著淚爲自己苦苦辯護。
1060　　他說：「上帝和所有的光明天使，
請你們務必對我的靈魂賜福。
你和酷似你的兒子受了大苦，
但你們的苦難不是我的罪過——
我若是撒謊，就讓魔鬼抓走我！」

1065　　他倆久久地哭泣，哭得極傷心，
但心中的悲苦還是難以平息；
聽他們的哀訴，人們無不同情，
這同情更使他們倆悲傷不已。　　　　970
我請求你們讓我停息在這裡——
1070　　我不能把那種哀傷講到明天，
因爲老是講哀愁我感到厭倦。

但到了最後，眞相終於弄清楚：
阿拉王對她的苦難並無責任。
於是他們倆都感到十分幸福——
1075　　我相信他們至少成百次親吻——
這種幸福，除了那歡樂的永生，
無論世界能夠存在到哪一天，
任何人現在、將來都難以看見。　　　980

爲慰藉多年的苦苦思念之情，
1080　　她極其謙恭婉轉地請求丈夫，
希望他專誠地舉行一次宴請，
請她那身爲羅馬皇帝的老父

哪一天來赴宴，讓她得以一睹；
她同時還懇求丈夫千萬注意：
1085　跟她父親說話時別把她提起。

有的人會說，是那孩子莫里斯
把那封邀請信送交羅馬皇帝；
但我想，阿拉王未必這樣冒失，　　　　990
對於基督教世界的這面大旗，
1090　對於這樣的君主，絕不會失禮，
絕不會派個小孩去送信，所以，
說他親自去請倒比較合情理。

這羅馬皇帝非常地謙和有禮，
他接受了邀請，答應準時赴宴。
1095　我在書上讀到的是：他很注意
那孩子，從而也把他女兒思念。
阿拉王回到他所下榻的旅店，
作為主人，他竭盡全力作準備，　　　　1000
為的是務必要辦好這個宴會。

1100　到了第二天，阿拉王夫妻兩人
都穿戴整齊，去迎接那位帝王；
他倆高高興興地騎馬出了門。
待康斯坦絲看到父親在街上，
她翻身下馬，跪倒在父親腳旁，
1105　說道：「父王啊，你女兒康斯坦絲
在你的記憶中早已沒有位置。

「我就是你女兒康斯坦絲，」她講，
「當初我被遠遠送到敘利亞國，　　　　　　1010
後來我被孤零零地送到海上，
1110　父王啊，他們硬是不想讓我活！
我的好父親，現在求你憐憫我，
別再送我去任何異教徒之境，
而要感謝我這位好心的夫君。」

他們三個人如今相聚在一起，
1115　那種興奮之情誰又能說得完？
時間過得很快，我不再講下去，
準備在這裡就把這故事了斷；
所以讓他們三人去坐下進餐——　　　　　　1020
這次相遇使他們都十分欣喜，
1120　那種歡愉我只能表達其萬一。

那孩子莫里斯受了教皇之封，
後來做了皇帝，是個好基督徒，
對基督教的教會曾立過大功；
但他的故事我這裡不想細述，
1125　因為我講的以康斯坦絲為主。
在古羅馬史中，人們可以找到
莫里斯的事蹟，但我沒有記牢。

阿拉王在羅馬住了一段時間，　　　　　　　1030
帶著他聖潔的愛妻康斯坦絲
1130　選了最好的路線回到英格蘭，

在那裡過著平靜美滿的日子。
但告訴你，這種日子轉瞬即逝——
畢竟光陰不等人，世上的歡情
像潮汐一樣，日夜在變個不停。

1135　有誰能過上十足美滿的一天——
在這一天裡他心上毫無煩惱，
沒有怒氣、慾望或某種恐懼感，
沒有妒忌或激奮，不快或驕傲？　　　　1040
我說這些，為的是證明一條：
1140　世上沒有持久的歡樂或幸福；
阿拉夫婦的幸福同樣很短促。

因為死神不管你地位高或低，
總要來找你；只過了一年光陰，
他就把阿拉從這世上抓了去。
1145　康斯坦絲為阿拉的死很傷心——
讓我們求上帝祝福他的靈魂。
最後我要為康斯坦絲說句話，
那就是她終於決定重回羅馬。　　　　1050

這位聖潔的人兒回到了羅馬，
1150　看到她的親友們都非常健康。
如今所有的危難都已過去啦！
當她在羅馬重見她那位父王，
她不禁雙膝著地，跪倒在地上，
心中的悲喜化作滿眼的淚水，
1155　嘴裡千百遍地在把上帝讚美。

父女倆生活中始終行善積德，
從此就不再分離而守在一處——
只要死神不來，就這樣生活著。　　　　*1060*
再見啦，現在我的故事已結束。
1160　耶穌基督啊，你總把我們守護，
我們受苦後，總把歡快賜我們——
我要懇求你：請保佑我們各人，阿門！

律師的故事到此結束

下面就是海員的引子

海員

海員的引子

海員的引子由此開始

　　旅店主人在馬鐙上站直身體，
　　說道：「請各位現在聽我說幾句。
1165　剛才的故事對我們很有益處！
　　堂區長先生，爲了上帝的聖骨；
　　你有言在先，得給我們講故事。
　　我很了解，你們這些人有知識，
　　憑上帝的尊嚴起誓，你有好貨！」

1170　堂區長答道：「但願上帝保佑我，
　　這人怎麼亂起誓，罪過也不怕？」

　　旅店主人道：「詹金，你在那裡嗎？　　　10
　　我在風裡聞到羅拉德的氣味。」①
　　旅店主人接著講：「聽我說，各位，
1175　再等一會兒，爲基督受的苦難，
　　我們將可以聽到大道理一篇；
　　這位羅拉德將會對我們說教。」

---

① 羅拉德是當時反對天主教會的一個英國基督教教派的名稱。

「不，憑我父親的靈魂，」海員說道，
「他別在這裡說教，這我不答應；
1180　我不要他給我們講什麼福音。
我們都信仰偉大的上帝，」他說，
「他卻在我們中間把麻煩撒播，　　　　　20
或在好好的麥地裡播下雜草。
所以老闆哪，我先給你個預告：
1185　我這快活人也要把故事講講，
我還想搖起一只歡快的鈴鐺，
喚醒你們，喚起你們的注意力。
但是我的故事裡沒什麼哲理、
醫學或古裡古怪的法律名詞——
1190　我的肚子裡沒有什麼拉丁字。」

海員的引子到此結束

海員的故事

海員的故事由此開始

從前有個商人住在聖但尼城，①
他有錢，所以人家認爲他聰明；
他家裡的妻子長得非常美麗，
這位妻子愛尋歡作樂愛交際。
1195　但是幹這種事情花錢得大方，
比起男人在宴席或者舞會上
對女人的奉承，這就大爲費錢——
無論是點頭哈腰或擠眉弄眼，
像是牆上的影子，轉眼就過去；
1200　所以得付帳單的男人很晦氣。
那個愚蠢的丈夫總是得付帳，
他得經常給妻子買漂亮衣裳；
妻子穿戴得華麗是他的體面，
而大家跳舞就跳得喜地歡天。
1205　如果他不肯去做這樣一件事，
或者他受不了這樣一筆開支，
認爲花這種錢根本就是浪費，
那麼自會有別的男人來付費，

①聖但尼是巴黎附近一地名。

10

或者借錢給她，這可就危險啦。

1210　　這富商有一個非常氣派的家；　　　　　20
　　　　他這個家裡每天是高朋滿座，
　　　　因爲他妻子美麗，他出手闊綽——
　　　　那情景叫人稱奇；且聽我故事。
　　　　他的各種客人中有個修道士，
1215　　這修道士長得英俊，膽子也大，
　　　　我看，他的年紀在三十歲上下。
　　　　這位修道士年紀輕，臉兒又俊，
　　　　是這富商家的一位經常來賓。
　　　　自從他開始同這好主人交往，
1220　　現在他們的交情已非同尋常，　　　　　30
　　　　要說他同這家庭的關係之密，
　　　　世上沒一個朋友能同他相比。

　　　　且說這一位慷慨闊綽的富商
　　　　同我剛剛說到的修道士一樣，
1225　　居然本是出生在一個村子裡，
　　　　於是修道士同他攀上了親戚。
　　　　而他對修道士非但計從言聽，
　　　　甚至只要看見他就心裡高興，
　　　　那種高興勁有如清晨的小鳥。
1230　　於是他們倆決定要終生交好，　　　　　40
　　　　彼此都向對方做莊嚴的保證：
　　　　要把這兄弟的情分維持一生。

　　　　這一位約翰先生花錢很大方，

特別對這家人，出手更是豪爽；
1235　　他大筆花錢，努力使大家滿意，
就連卑下的童僕，他也不忘記。
但他送東西，得看對方的身分，
當然先是主人，然後是其他人。
每次他來時，大家總有些收穫，
1240　　所以人人都歡迎他常來做客；　　　　50
那心情就像小鳥等日出一般——
這種事說夠了，暫且擱下不談。

且說這商人有一天做出決定，
要打點行裝出門做一次旅行——
1245　　他是想去比利時的布魯日城，
爲的是在那裡採購一批商品。
與此同時，他派人去巴黎送信，
向那位約翰先生發出了邀請：
希望這修士無論如何要賞光，
1250　　趁他在家，來聖但尼城走一趟，　　　60
這樣，在他出發去布魯日之前，
他們夫婦可以陪他玩一兩天。

這修士曾得到修道院長批准，
可隨時外出，因爲他十分謹慎，
1255　　而且有一定職務，是需要經常
騎馬去巡視各處的庫房糧倉。
所以他很快就到了聖但尼城。
除了這殷勤有禮的約翰先生，
這位好親戚，誰比他更受歡迎？

1260　他帶來珍貴的馬姆齊酒一瓶，　　　　70
　　　再加上一瓶義大利陳年名酒——
　　　同往常一樣，還帶野味來下酒。
　　　所以我讓他在那裡這樣消遣，
　　　讓他同商人一起吃喝了兩天。

1265　到了第三天，那位商人起了床，
　　　想要好好地算一算自己的帳，
　　　於是走進自己的那個帳房間，
　　　準備盡量準確地把帳算一遍，
　　　看看一年來經濟收入怎麼樣，
1270　看看一年來家裡開支的情況——　　　　80
　　　究竟他財產是增加還是減少。
　　　他把所有的帳本、所有的錢包
　　　全都放在面前的那個帳台上，
　　　他可真是個家產殷實的富商，
1275　所以他把帳房間的門上了閂；
　　　他還吩咐過，叫人家別來擾亂，
　　　免得他坐著算帳的時候分心。
　　　就這樣，他算著算著，中午已近。

　　　卻說約翰先生在早上起床後，
1280　就在花園裡隨意地到處走走——　　　　90
　　　當然這時已虔城地唸了禱詞。

　　　就當他在那花園裡散步之時，
　　　商人的妻子也輕輕走進花園，
　　　像往常一樣對他道一聲早安。

1285　同她一起走來的是個小丫頭，
　　她年紀很小，免不了挨打挨揍，
　　所以女主人要她怎樣就怎樣。
　　「親愛的好表親約翰先生，」她講，
　　「你有什麼不舒服，起來這麼早？」
1290　「親愛的妹子，」那位修道士說道，　　100
　　「晚上睡覺，睡上五小時就足夠，
　　除非是一些身體衰弱的老頭，
　　他們像結了婚的人，不愛起床——
　　就像被狗群追過的野兔那樣，
1295　累壞了身子，只能趴倒在窩裡。
　　你怎麼這樣蒼白，親愛的妹子？
　　我相信，準是你的那位好丈夫，
　　從昨晚開始，叫你一整夜辛苦。
　　依我看，你得趕快去休息一會。」
1300　他說完這句話，自己回味回味，　　110
　　臉倒也紅了，但還是哈哈一笑。

　　那位美貌的女人把頭搖了搖，
　　這樣道：「上帝知道所有的情況，
　　我的表親啊，事情並不是這樣。
1305　因為給我生命的上帝能作證：
　　在整個法蘭西，沒有一個女人
　　比我更不愛這種沒趣的事情。
　　而且，如果我想要嘆一嘆苦經，
　　說我命苦，也沒人願意聽，」她講，
1310　「我又不敢對人家說這種情況。　　120
　　所以我常常想要離開這國家，

或者乾脆就自己了結自己吧。
我可眞有滿腔的擔心和煩惱。」

修道士盯看著那個女人，說道！
1315 「妹子，不管你怎麼煩惱和擔心，
說到要自殺，上帝可不會答應。
還是把你的煩惱講給我聽聽，
說不定，對你的擔心或者不幸
我還能給點忠告或幫助，所以，
1320 把煩惱統統告訴我，我會保密。　　　　130
現在我憑手邊的祈禱書起誓，
不管今後會發生什麼樣的事，
我也絕不會透露出你的祕密。」

那婦人說道：「我也是這樣對你，
1325 憑上帝和這祈禱書，我也起誓，
哪怕人家要殺我，要把我碎屍，
我也絕不肯（哪怕我會進地獄）
把你對我說的話透露出一句。
這並不是憑我們的親戚關係，
1330 而完全是憑彼此關愛的情誼。」　　　　140
兩人起誓之後又把嘴親了親，
接著把心裡的話講給對方聽。

婦人道：「表親，要是我有機會啊，
我就把我的生活對你講一下——
1335 可惜沒機會，尤其在這個地方——
我眞想把嫁給他以後的苦況

告訴你，儘管你們兩人是親戚。」
修道士答道；「憑聖馬丁和上帝，
他同我根本就不是什麼親戚——

1340　　就像樹上的葉子同我沒關係！　　　150
憑聖但尼起誓，我攀這個親戚，
只是想找個理由能夠親近你，
因爲我敢保證：所有的女人裡，
我特別愛的一個女人就是你——

1345　　我以我信仰的名義向你保證。
趕快把你的煩惱說給我聽聽——
你說好就走，免得他下樓碰上。」

「我最親愛的約翰先生，」她講，
我倒真想把這話埋藏在心裡，

1350　　但藏不住了，我不該守這祕密。　　　160
事實上，我那個丈夫對我來說，
是有這世界以來最壞的傢伙。
我既然是個妻子，夫妻間的事——
不管是床上的事還是別的事——

1355　　要我說給外人聽就不很妥當，
仁慈的上帝也不會讓我亂講。
我知道妻子不該談論她丈夫，
除非對丈夫的聲望有所幫助。
不過我可以告訴你這樣一點：

1360　　願上帝原諒我，他在任何方面　　　170
都沒有價值，抵不上一隻蒼蠅。
但最使我難過的，是他的慳吝。
你知道，女人天生有六個願望，

　　　　　　我作爲一個女人，自然也一樣；
1365　　　　就是說，女人對丈夫抱的希望，
　　　　　　是他勇敢又聰明，富有而豪爽，
　　　　　　對妻子順從，在床上生龍活虎。
　　　　　　但是，憑著爲我們流血的基督，
　　　　　　我穿著打扮爲的是他的體面，
1370　　　　而我下個星期天就必須付款　　　　　　180
　　　　　　一百法朗，付不出我可就完蛋——
　　　　　　與其那時候壞了名聲丟了臉，
　　　　　　我覺得倒還不如不出世爲好。
　　　　　　而如果這件事讓我丈夫知道，
1375　　　　我也同樣完蛋，所以我要求你
　　　　　　借我這筆錢，否則我必死無疑。
　　　　　　請借給我一百法朗，約翰先生，
　　　　　　我一定會感激不盡，這我保證。
　　　　　　我這個要求，如果你能夠答應，
1380　　　　到時候我一定報答你的恩情：　　　　　190
　　　　　　只要我能辦到，你要我怎麼幹
　　　　　　我就怎麼幹，準讓你意足心滿。
　　　　　　如果我食言，上帝會給我報應，
　　　　　　就像他曾懲罰法國的加涅隆。」②

1385　　　　那位文雅的修道士這樣回答：
　　　　　　「我的最最貼心的親愛女士啊，
　　　　　　說眞的，我對你的確非常同情，

---

②加涅隆（一譯岡隆）是法國《羅蘭之歌》中的叛徒，出賣了英雄羅
蘭，後被四馬分屍。

所以我向你發誓並向你保證：

只要你丈夫出門去了佛蘭德，③

1390　我一定來幫你擺脫這種困厄——　　　　200

那時我會帶一百法郎來給你。」

說完，他一把摟住婦人的腰肢，

把她緊抱在懷裡，吻了好一陣。

「現在去吧，輕輕地，可別出聲！」

1395　他說，「但願盡快讓我們吃早飯，

因爲看日晷，現在已經快九點。

去吧，要說話算數，同我一個樣。」

「說話不算數，上帝不容，」她講。

快活得像隻喜鵲，她走進屋來，

1400　吩咐廚師們，要他們動作加快，　　　　210

以便大家都可以早一些用餐。

接著她去她那丈夫的帳房間，

冒冒失失地把門敲得砰砰響。

「誰？」丈夫問。「我的聖彼得，」她講，

1405　「是我。你準備不吃不喝到幾時？

搞這些帳目、帳本這一類東西，

你要爲它們把多少時間花費？

恨不得叫你這些混帳去見鬼！

上帝給你的恩典已經夠多啦；

1410　今天快下樓，把你的錢袋放下。　　　　220

讓約翰先生一上午餓著肚子，

你這樣招待客人怎麼好意思？

---

③佛蘭德即佛蘭德斯，爲西歐一地區名，布魯日爲其中一城市。

　　　　　　　好啦，我們祈禱後就去進早餐。」

　　　　　　　丈夫說道：「娘子，吃這生意飯，
1415　　　　　你很難想像我們有多麼艱辛。
　　　　　　　做生意的人，哪怕有上帝照應——
　　　　　　　還有我們稱聖埃夫的保護神——
　　　　　　　十二個人裡難得會有十個人④
　　　　　　　始終能興旺發達，一直好到老。
1420　　　　　我們的臉上雖顯得親切友好，　　　　　230
　　　　　　　為迎合世人各種需要而盡力，
　　　　　　　但得為自己的業務保守祕密
　　　　　　　直到去世，要不然就出去朝聖，
　　　　　　　或者乾脆就不幹這一種營生。
1425　　　　　所以在這個稀奇古怪的世上，
　　　　　　　我很有必要了解各方面情況；
　　　　　　　因為我們生意人總是在擔心，
　　　　　　　怕錯過了機會或者遭到不幸。

　　　　　　　「明天一早我去佛蘭德那地方，
1430　　　　　我會盡可能快地回到這家鄉。　　　　　240
　　　　　　　所以親愛的娘子，我要請求你
　　　　　　　對隨便什麼人都要謙和客氣，
　　　　　　　要對我們的財產好好地守護，
　　　　　　　要光鮮體面地管好我們家務。
1435　　　　　你在各方面，什麼也都不缺乏，
　　　　　　　對勤儉的人，這是個富足的家：

---

④有的版本中，「十個人」作「兩個人」。

你不愁吃的，有許多衣服可穿，
你的錢包裡總有足夠的銀錢。」
他說完以後把帳房的門一關
1440 就下樓，沒有再耽擱什麼時間；   250
接著便急急忙忙地做了祈禱。
這時餐桌上的東西全已擺好，
於是他同大家趕快地吃了飯──
招待修道士吃了豐盛的一餐。

1445 約翰先生用畢了豐盛的早餐，
一本正經地把商人拉到一邊，
私下說道：「表親，情況就這樣；
我看你是要去布魯日走一趟。
願主和聖奧古斯丁一路送你！
1450 表親啊，騎在馬上別粗心大意，   260
在飲食方面要有節制，別過度，
特別眼下這麼熱，萬不能疏忽。
我們彼此就不必客套啦，表親，
再見，願上帝保佑你免遭不幸。
1455 無論白天黑夜有什麼事要辦，
只要你認為我有這能力去幹，
那麼只要你設法吩咐我一聲，
我一定完全按你的意思完成。

「有件事想請你在出發前幫忙：
1460 如有可能，請借給我一百法郎；   270
只要借 兩個星期我就歸還。
因為我們那地方有個牲口欄，

所以我必須去採購牲口一批。
上帝保佑，但願那地方屬於你！
1465　　到了我說的日期，我一定歸還，
哪怕借一千法郎，也不會食言。
但請你為我這件事保守祕密，
因為買牲口的事今晚就辦理。
再見啦，你是我最親愛的表親！
1470　　為你對我的款待我感激不盡。」　　　280

這位高尚的商人謙和地回答：
「我的親愛的表親，約翰先生啊，
這樣的事情真是極小的要求。
我的錢就是你的，只要你開口——
1475　　不但是錢，我的貨你需要就拿，
要是你客氣，那倒反而見外啦！

「當然你非常清楚這樣的道理：
對於生意人，銀錢就是他的犁。
只要我們有信譽，錢就能借到，
1480　　若是一文不名，事情就沒法搞。　　　290
你手頭方便的時候還我不遲，
只要我有能力，我樂於幫助你。」

他很快就去拿來了一百法郎，
悄悄地塞進約翰先生的手掌；
1485　　世界上沒人知道這借錢的事，
只有他們這兩個人你知我知。
他們喝酒又談話，遊逛了一下，

然後約翰騎馬朝修道院進發。

第二天商人騎了馬登上旅途，
1490 陪他去佛蘭德的是他的學徒。 *300*
他們高高興興地到了布魯日；
現在我們這商人忙著在辦事，
因爲他既要搞採購又要借款，
所以不跳舞也不擲骰子賭錢。
1495 總之，他過著商人那樣的生活——
我讓他待在那裡，暫且不去說。

商人出發之後第一個星期日，
約翰先生再一次光臨聖但尼——
已經新剃了頭髮，新刮了鬍子。
1500 那幢屋子裡即使最低的僕役， *310*
反正個個人都顯得非常高興，
因爲再一次來了那約翰先生。
我們就直截了當、長話短說吧：
那婦人同意約翰先生的辦法，
1505 只要收到了他那一百個法郎，
就在他懷裡陪他玩一個晚上。
對這一協議兩人都忠實履行，
整整一夜兩人忙乎得很高興。
天亮後，約翰先生向那一家人
1510 道了早安和再見便踏上歸程。 *320*
無論在這個家裡還是在當地，
沒人對約翰先生有任何懷疑。
他騎著馬兒究竟是回修道院

還是去別的地方，我按下不談。

1515　話說那商人把事情辦理完畢，
　　　便動身回到他聖但尼的家裡；
　　　同妻子他一邊吃喝一邊談笑，
　　　說是他現在需要大筆的現鈔，
　　　因爲貨物昂貴，他借了很多錢。
1520　現在這筆錢他準備立即歸還，　　　　　330
　　　必須把兩萬克朗的款子籌集。
　　　於是這商人接著就去了巴黎，
　　　因爲他自己雖有錢但還不夠，
　　　需要向他的朋友借些錢湊湊。
1525　就這樣他終於獨自來到巴黎。
　　　出於深厚的友誼和親戚情意，
　　　他首先就去約翰先生那兒玩，
　　　這不是爲了向他討錢或借錢，
　　　而是想問他是不是一切都好，
1530　並把自己做生意的情況相告，　　　　　340
　　　就像朋友相聚時常做的那樣。
　　　約翰先生熱情地款待這富商，
　　　於是富商談起了自己的生意，
　　　說是特別要感謝仁慈的上帝，
1535　因爲這次採購進行得很順利，
　　　但眼下他得把一筆款子籌集──
　　　只要有利，用任何方式都可以──
　　　然後他方可高高興興去休息。

「我的確很愉快，」約翰先生回答，

1540 「因為你已安然無恙地回來啦！　　　350
我有錢就好了，可惜沒這福氣，
否則給你這兩萬克朗沒問題。
上回你待我這麼有情又有義，
借錢給我，我全心全意感激你——
1545 我憑上帝也憑聖詹姆斯起誓！
不過那筆錢我已還給你妻子，
對，就還在你那位太太的手裡，
放在你帳台上，這事她能記起，
特別是如果我提供證明給她。
1550 現在請你原諒，我可得失陪啦！　　　360
我們的修道院長馬上要出城，
我只能陪他一起出去轉一陣。
千萬向尊夫人轉達我的問候；
好表親，下回再見，現在且分手。」

1555 那商人辦起事來精明又能幹，
他在巴黎籌足了這樣一筆錢，
交到幾位倫巴底錢商的手裡，
同時從他們那裡收回了借據。
他回到家裡，快活得像隻鸚鵡，
1560 因為他對自己的情況很清楚：　　　370
這次為了做生意出門走一趟，
除了開支他淨賺了一千法郎。

他的妻子站在門口的台階上
迎接著他的歸來，同往常一樣。
1565 那夜他們兩人說不盡的恩愛，

因爲賺到了大錢又還清了債。
天亮了以後丈夫又來了興致，
吻著妻子的臉又抱住她身子，
一骨碌地翻身而上，開始蠻幹。

1570　妻子說：「天哪，算啦！你有完沒完？」380
　　　說著，自己也忍不住開始放肆。
　　　最後，那丈夫這樣告訴他妻子：
　　　「娘子啊，儘管我不願生你的氣，
　　　但上帝作證，我確實有點惱你。

1575　你知道爲了什麼？因爲依我看，
　　　在那表親約翰先生同我之間
　　　你插了一手，使我們有了隔膜，
　　　你該在我還沒走之前告訴我：
　　　他已經把一百法郎交給了你。

1580　我看他好像心裡非常不樂意——　　　　　390
　　　因爲向他提到借錢的事情時，
　　　他的臉色給我的印象就如此。
　　　但我們的天國之王上帝知道，
　　　他借的錢我根本沒想到要討。

1585　所以娘子啊，請你今後要注意：
　　　我若不在家，有人把錢還給你，
　　　那就請你千萬要及時告訴我。
　　　免得由於你一時的疏忽，結果，
　　　人家還了錢，我卻還向人家討。」

1590　那妻子並不害怕，也沒嚇一跳，　　　　　400
　　　卻立即非常潑辣地破口罵道：

「這修道士約翰先生真是壞料！
我承認他是給了我一些法郎，
但給我證明的事我沒在心上。
1595　願他那修道士的嘴臉倒大楣！
因為我原先毫不懷疑地以為：
是由於你的緣故，他給我那錢，
算是為我好並維持我的體面，
又因為我們間有點親戚關係，
1600　我們這裡常對他顯示出好意。　　　　　410
既然我處於這樣尷尬的位置，
那就不妨直截了當地告訴你：
你的債戶遠比我拖欠得厲害！
因為我很願意每一天還你債，
1605　就算還不出，畢竟是你老婆吧——
你把我欠的錢記在帳上好啦——
我一定設法盡早把錢還給你。
說真的，我沒用這錢去買垃圾，
而是把每個子兒都買了衣裳——
1610　為你的體面，這錢花得很得當，　　　　420
所以聽我說：看在上帝的份上，
別生氣，還是開開心心玩一場。
你有我這快活的身子作抵押，
我保證，我對你願在床上報答。
1615　原諒我吧，我最親愛的好郎君，
請翻過身來，現在就高興高興。」

見到事已如此，那商人沒辦法——
如果罵老婆一頓，自己就太傻，

因爲這於事無補；於是他說道：

1620 「娘子，這一回我就不同你計較， 430
以後千萬不能再這樣亂花錢——
保住我們的財產，你記住這點。」
我的故事就到此爲止，上帝呀，
給我們足夠的故事聽到死吧。阿門！

海員的故事到此結束

修女院院長

修女院院長的引子

請聽旅店主人快活地對海員
和對修女院院長講的話

1625　「憑基督的身體起誓，你講得好！
　　　願你航行中永遠平安，」店主道，
　　　「你眞是位好把式，是位好海員！
　　　願神罰那修道士倒楣萬萬年！
　　　夥伴們哪，那種詭計可得提防；
1630　不單是那個丈夫上了個大當，
　　　聖奧古斯丁啊，老婆也受戲弄！
　　　所以別再把修道士帶回家中。
　　　「現在不講這個啦；我們來試試，
　　　看看我們中誰願另講個故事。」　　　　10
1635　說完了這句話，沒過多少時候，
　　　他像姑娘那樣客氣地開了口：
　　　「修女院院長女士，眞是對不起，
　　　我知道我本不該這麼麻煩你；
　　　但我想，如果你並不反對的話，
1640　你也可以接下去講個故事吧？
　　　你肯賞臉嗎，親愛的院長女士？」
　　　「很樂意，」院長說罷，開始講故事。

結　束

修女院院長的故事

修女院院長的故事引子①

主啊，我們的主啊

主啊，我們的主啊，你偉大的名
在這大地上傳播得多麼奇妙！
1645　因為把你稱頌的人並不僅僅
是些高貴者（修女院院長說道），
連兒童也在把你的慷慨稱道──
哪怕是一些還在吃奶的嬰孩
有時把對你的讚美表露出來。

1650　所以我要盡我的全力頌讚你
和你那純潔如百合花的母親，
她雖生下你，卻始終是個處女。　　　10
我要努力講個故事給大家聽，
倒不是我能夠發揚她的榮名，
1655　因為她就是榮名，除了她兒子，
她是一切慷慨和仁慈的根子。

────────────

①在希臘史詩中，詩人常在正文前有一段向繆斯等神靈發出的祈求，以得到寫詩的靈感。這裡的引子具有同樣的性質。

聖母童貞，仁慈的童貞聖母啊！
未燃的灌木，摩西看來在燒燃，
就因爲你謙卑，上帝大爲歡洽，
於是聖靈就降臨到你的心田；
1660
當上帝的光照亮了你的胸間，
其神力使聖父之智托胎於你；　　20
請助我講個故事，向你表敬意。

你的仁慈和你的尊榮，聖母啊，
1665
你的力量和你的偉大的謙虛，
沒任何語言能夠充分地表達；
因爲有時候人們還沒祈求你，
你已經開始了行動，懷著善意
爲我們祈禱，求來了一種啓示，
1670
把我們引向你的親愛的兒子。

天后啊，我只有很微薄的能力，
要我把你的偉大美德講明白，　　30
這樣的重任我實在擔當不起——
對此，我像個不滿周歲的小孩，
1675
就連一個詞兒幾乎還講不來；
正因爲如此，所以我向你祈禱：
在我歌唱你的時候，把我引導。

結　束

修女院院長的故事由此開始

從前在亞細亞的一座大城裡，
基督徒之中劃有一個猶太區──
1680　這個區的設立經過領主同意，
自然這出於重利盤剝的考慮──
基督和基督徒自然痛恨此舉；　　　40
在這猶太區，基督徒可以過往，
可以從兩頭自由進出那地方。

1685　猶太區那條主要街道的一頭，
矗立著一所小小基督教學校；
許多基督徒父母的自家骨肉
年復一年地來這學校裡受教；
他們學的無非是通常那兩條，
1690　就是說，學的只是唱歌和識字──
這正是小孩幼年時該學的事。

這些孩子中有個寡婦的兒子，　　　50
他只有七歲，是唱詩班的一員；
每天他總習慣地來到學校裡；
1695　只要有聖母的畫像給他看見，
他就半路上跪下來祈禱一番──
這一切就像母親教他的那樣，
而他對這樣做也早習以為常。

寡母就這樣把她的孩子教導，

1700　　　要他把基督的神聖母親崇敬；
　　　　　他也就此把母親的教導記牢，
　　　　　因爲無邪的孩子最最學得進；　　　　　　　60
　　　　　然而每當我想起了這種事情，
　　　　　我總是不免把聖尼古拉聯想，
1705　　　因爲他崇拜基督時幼小異常。

　　　　　這個小孩子每天去學校學習，
　　　　　坐在教室中唸著識字祈禱書；
　　　　　年紀較大的孩子學唱讚美詩，
　　　　　他就能聽到他們在歌頌聖母，
1710　　　於是大著膽子朝他們挪幾步，
　　　　　仔細去傾聽那些歌詞和曲調，
　　　　　最後終於把第一首完全記牢。　　　　　　　70

　　　　　他並不懂拉丁語歌詞的意思，
　　　　　因爲畢竟是年紀太小的幼童；
1715　　　有一天他要求他的同伴解釋，
　　　　　請他用英語說說這歌的內容，
　　　　　或者講講唱這歌起什麼作用。
　　　　　赤裸著雙膝，他多次跪在地上，
　　　　　要求那同伴給他這樣講一講。

1720　　　比起他來，這同伴年齡大一點，
　　　　　「我曾聽到人家說，」他這樣回答，
　　　　　「我們唱這歌是要把聖母頌讚，　　　　　　80
　　　　　不但如此，唱這歌也是祈求她：
　　　　　在我們去世之時救我們一下。

1725　我只是學著唱歌，只能講這些；
　　　歌裡的那些道理，我並不了解。」

　　　「寫這歌就是為了敬奉聖母嗎？」
　　　這個天真無邪的小孩子問道，·
　　　「這樣，我就一定要努力學好它，
1730　要在聖誕節過去前把它記牢，
　　　任老師罰我，說我書也唸不好——
　　　為了敬奉聖母，我一定要學它，　　　　90
　　　一小時把我打三頓，我也不怕。」

　　　每天在回家的路上，同伴教他，
1735　直教到他對這支歌非常熟悉；
　　　這時他唱得好，唱時也很膽大，
　　　字句和曲調配合得十分緊密。
　　　他一天兩次把這首歌兒唱起，
　　　一次是在去校時，一次回家時，
1740　總之，他敬奉聖母之心極誠摯。

　　　這孩子上學和回家，上面說過，
　　　都要走過猶太人聚居的區域，　　　　100
　　　而他走過時總在歡快地唱歌，
　　　唱的就是那一支拉丁語歌曲——
1745　基督之母的美德像溫潤的雨
　　　滋養他的心，使他把聖母頌揚，
　　　使他忍不住一路走一路歌唱。

　　　撒旦這毒蛇是我們頭號敵人，

他在猶太人心中築有馬蜂窩，
1750　　這時抬起蛇頭道：「哦希伯來人，
你們竟讓這孩子隨意地穿過，
讓他目中無人地唱著這種歌，　　　　　110
這歌同你們的信仰背道而馳──
這樣的事情對你們是否合適？」

1755　　此後，猶太人開始了一個陰謀，
要把這天真孩子攆出這人世；
為了這目的，他們雇了個殺手，
讓他埋伏在一條小小的巷子；
等到這個孩子經過這巷子時，
1760　　這個該死的兇手緊緊抓住他，
割斷他喉管，把他往坑裡扔下。

事實上他被拋進了一個糞坑，　　　　　120
坑裡都是猶太人排泄的東西。
又是個希律王那樣可恨的人！②
1765　　犯下這種罪能得到什麼利益？
殺人罪總會暴露，這毫無疑義──
尤其暴露後更榮耀我們的主。
血債定會把你們的罪行控訴。

「哦你呀，你以童貞之身殉了教，

──────────

② 希律王指猶太國王希律大帝之子及繼承人希律‧阿基勞斯（前22～
18？），後被羅馬帝國剝奪王位，流亡高盧。據《新約全書‧馬太福音》
說，他準備殺死幼小的耶穌。

1770　　今後你可以永遠地放聲歌唱，
　　　　並同天國的白羔羊作伴，」她道，
　　　　「據傳播福音的偉大聖約翰講——　　　　130
　　　　在帕特莫斯他這樣寫在紙上：③
　　　　從未同婦女發生關係的童子
1775　　走在那羔羊前，唱著新的曲子。」

　　　　可憐的寡母等了整整一晚上，
　　　　但是她所等的人並沒有回來；
　　　　於是天色剛剛有一點朦朦亮，
　　　　便去學校等地方看他在不在。
1780　　這母親擔心又害怕，臉色蒼白，
　　　　最後她總算打聽到這樣一點：
　　　　昨天孩子在猶太區裡露過臉。　　　　140

　　　　她這做母親的自然滿腹擔心，
　　　　她像失了魂落了魄東奔西跑，
1785　　去她認爲有可能的地方找尋，
　　　　想把她失蹤的幼小孩子找到。
　　　　另一方面她不斷向聖母求告；
　　　　慈祥的聖母最後給了她點撥，
　　　　讓她去那猶太區裡找尋線索。

1790　　既然猶太人都住在這個地區，
　　　　她就苦苦向每個猶太人打聽，

───────────────

③帕特莫斯爲愛琴海中一小島，面積二十八平方公里，位於薩摩斯島西
南。羅馬統治時期爲流放地，最有名的流放者是第四福音的作者約翰。
中譯本《聖經》中，該地譯作拔摩。

她兒子是不是曾經走過那裡？ *150*
他們說沒有；但憑耶穌的指引，
她不知不覺就走到糞坑附近，
1795 而心中忽然就有個念頭一閃，
於是放聲把兒子的名字叫喚。

偉大的上帝啊，你以天眞的嘴
顯示你榮耀，現在請看你威力！
這顆純潔的珍寶，這粒綠翡翠，
1800 這塊光華四射的殉教紅寶石，
雖割斷了喉管仰面浮在那裡，
卻唱起了那支讚美聖母的歌， *160*
而且那歌聲把那個地區響徹。

所有的基督徒走過那個地方，
1805 都來看這件事，感到極爲神奇；
他們忙派人去請當地的官長。
他毫不耽擱，立刻就趕到這裡，
並且不由得讚美天國的上帝，
還讚美作爲人類榮耀的聖母；
1810 隨後便把所有的猶太人逮捕。

人們哀哭著把這個孩子撈起，
然而這孩子仍在不斷地歌唱； *170*
人們都懷著敬意在這裡聚集，
然後列隊送他去附近的教堂，
1815 可他母親昏倒在他的棺架旁。

就這樣，又一位拉結昏倒在地，④
把她扶離那棺架實在不容易。

猶太人凡是參與這謀殺之事，
這長官立即對他們施加酷刑，
1820 或者就立即叫他們不得好死，
因為他不能姑息這樣的惡行。
誰幹了壞事就應當受到報應。 180
他先用野馬把他們拖個半死，
然後再根據法律把他們吊死。

1825 舉行彌撒的時候，無邪的孩子
躺在那個主祭壇前的棺架上；
儀式結束後，長老和全體教士
加緊了工作，準備要把他埋葬。
他們把聖水潑灑在他的身上；
1830 聖水剛一灑好，孩子又開了口，
唱的仍是讚美聖母的那一首。

像一切修道士應該是的那樣， 190
這位長老是個很虔敬的教士；
他用央求的口氣對那孩子講：
1835 「憑著神聖的三位一體的威力，

---

④拉結為《聖經》中的人物。希律王為除掉剛出生的耶穌，下令將伯利
恆城及四境所有兩歲以內的孩子盡數殺死，結果無數的孩子被殺，拉結
為一受害兒童的母親，她「號啕大哭……不肯受安慰」。見《新約全書‧
馬太福音》。

我想請你告訴我，親愛的孩子，
我明明看到你已被割斷喉管，
爲什麼還能唱歌，讓歌聲不斷？」

「我喉管完全割斷，割到了骨頭，
1840　按照通常的情況，」孩子回答道，
「我該斷氣了，而且該斷了很久；
但耶穌基督要顯示祂的榮耀，　　　　　　　200
讓人記牢（這情形書上能讀到）；
所以爲了把聖母的美德頌揚，
1845　我仍能把那歌唱得清晰響亮。

「我一向熱愛一切仁愛的源頭，
我知道源頭就是耶穌的親娘。
正在我馬上就要斷氣的時候，
她來到我身旁，要我照舊歌唱，
1850　要我唱著那支歌去面對死亡。
你們聽到我歌唱，我唱的時候，
她似乎已把麥粒放上我舌頭。　　　　　　　210

「所以我歌唱，一定要歌唱下去，
讚美賜福於人的童貞的聖母，
1855　直到我舌頭上的麥粒被拿去。
後來聖母對我把這些話說出：
『你別害怕，我不會棄你於不顧；
等到拿掉了你舌頭上的麥粒，
我的小孩子，我就會來接走你。』」

1860　聖潔的修道士（我指那位長老）

拉出他舌頭，取走了那顆麥粒；
這時孩子的靈魂靜靜出了竅。　　　*220*
長老親眼看見了這樣的奇蹟，
滾滾而下的淚珠簡直像雨滴；
1865　隨後他一動不動地伏在地上，
那情形就像被捆綁著的一樣。

其他的修道士也都伏在地上，
一邊哭一邊讚美慈愛的聖母，
然後他們站起身，從那棺架上
1870　抬起這位殉教者，從教堂走出；
來到用光潔大理石築成的墓，
把他的小身軀永遠埋在裡面——　　　*230*
願上帝恩准，讓我們同他相見。

林肯郡那個年紀幼小的休啊，⑤
1875　（事情發生還不久，大家都知道）
你不也被可恨的猶太人所殺？
請你為容易犯罪的我們祈禱，
讓仁慈的主對我們格外關照，
讓我們對聖母馬利亞的崇敬，
1880　能博取祂對我們更大的歡心。阿門！

修女院院長的故事到此結束

⑤休是在英國亨利二世（1216～1272）時被殺的，當時他也是個孩子，
據說也是被猶太人所殺害。此事在當時曾引起廣泛的注意，後來休被列
為聖徒。

托帕斯爵士

托帕斯爵士的引子

旅店主人打趣喬叟的話

修女院院長講完這奇蹟以後，
大家的神情嚴肅得叫人驚奇，
後來調皮的旅店主人開了口——
這時他頭一次朝我投來一瞥——
1885　「我看你這人眼睛老是望著地，」
他這樣說道，「你這是幹什麼呀？
難道你是想找到一隻野兔嗎？

「走近些，高興地抬起頭來望望。
各位讓一讓，讓這位先生過來。
1890　他的腰身很標準，同我的一樣，　　　　10
他個兒不大而面色相當潔白，
這樣的娃娃女人都能摟進懷；
他的神情像是調皮的小精靈，
但他不同任何人嬉鬧或調情。

1895　「現在別人講過了，你也得說說，
快給我們說一個有趣的故事。」
我說道：「老闆，你聽了可別發火，
因為除了很早學過的一首詩，

我確實講不出什麼別的故事。」

1900 他說道：「也好，從他那樣子看來， *20*
我們將聽到的東西一定精彩。」

結 束

托帕斯爵士

喬叟講的故事由此開始

請你們好好聽我說，各位，
我很想說得合你們口味，
　　講出個有趣的故事。
有一位騎士英俊而高貴，
戰場、比武場上總顯神威，
　　他叫作托帕斯爵士。

他生在那個遙遠的地方
佛蘭德，同我們隔著海洋，
　　他故鄉是在波波林；
他父親的爲人慷慨大方——
這領主在當地很有名望——
　　這可是上帝的恩情。

托帕斯爵士長成爲英豪，
他皮膚白得像精製麵包，
　　嘴唇卻紅得像玫瑰；
他面色白裡透紅非常好，
而且我完全能向你擔保：
　　他鼻子生得相當美。

1920　　他的鬚髮像藏紅花一樣，
　　　　長長地垂到他的腰帶上；　　　　　　20
　　　　　皮鞋用的是進口皮，
　　　　布魯日製造的褐襪很長，
　　　　好料子做成他華麗衣裳——
1925　　　這些值好多個傑尼。①

　　　　獵野鹿是他的拿手好戲，
　　　　他手上常擎著蒼鷹一羽——
　　　　　他騎馬在河邊放鷹；
　　　　在射箭上他有很高技藝，
1930　　連公羊也總是被他拿去，
　　　　　因為他角力總是贏。②　　　　　　30

　　　　多少閨房中的漂亮姑娘
　　　　只盼望他作她們的情郎，
　　　　　盼望得竟難以入睡；
1935　　但是他潔身自好不荒唐，
　　　　就像野薔薇的好花一樣，
　　　　　還長有紅果實纍纍。

　　　　話說有一天發生一件事，
　　　　下面我告訴你們那事實：
1940　　　托帕斯爵士要離家，

---

①傑尼是一種熱那亞的鑄幣，十四世紀時流通於英國。
②當時角力優勝者得到的獎品通常是公羊。

於是把一支矛拿在手裡，　　　　　　　40
拿一柄長劍佩掛在腰際，
　　騎上了他的灰駿馬。

他催馬馳進一大片樹叢，
1945　許多野獸住在這樹林中，
　　野鹿和野兔真不少；
他催馬向前，朝北又朝東；
現在我告訴你，他的胸中
　　有件事叫他很煩惱。

1950　那裡的花草有大也有小，
既長有甘草也長有纈草，　　　　　　　50
　　紫羅蘭也長得遍地；
還有肉豆蔲可做浸酒藥，
不管酒放的時間多或少，
1955　　或者是放在櫥櫃裡。

那一天鳥兒唱得真好聽——
鳥兒中有鸚鵡也有雀鷹——
　　聽牠們唱叫人欣喜；
櫸鵊這種鳥也正在啼鳴，
1960　嬌柔的歐鴿棲在樹枝頂，
　　唱得又響亮又清晰。　　　　　　　60

托帕斯爵士聽歌鶇在唱，
心裡便湧起了愛的渴望；
　　他瘋似地催動坐騎——

1965 　這好馬跑得就像飛一樣，
　　直跑得牠周身熱汗流淌，
　　　而兩肋都淌下血滴。

　　他的馬踏著軟軟的草地，
　　一路上奔馳得又快又急，
1970 　　使爵士也感到疲勞；
　　他找了個地方躺下身體，　　　　　　70
　　同時也放了馬讓牠休息，
　　　讓牠可以去吃些草。

　　「哦聖母馬利亞，請保佑我，
1975 　不知道爲什麼這股愛火
　　　把我糾纏得這麼牢；
　　昨晚一整夜夢把我折磨；
　　夢見仙女王睡進我被窩，
　　　說是要做我的相好。

1980 　「我確實愛上這位仙女王，
　　因爲這世上沒一位女郎——　　　　　80
　　　我同城裡人不般配，
　　　　難成配偶；
　　別的女子我一概無所謂——
1985 　爲了同仙女王成雙捉對，
　　　我翻山越嶺去尋求！」

　　轉眼他跨上了他的馬鞍
　　縱馬跳過了石墩和圍欄，

要去找那位仙女王；
1990　他騎馬奔馳了不知多遠，
最後來到個幽僻的地點；　　　　　*90*
這個仙女們的地方
相當荒涼，
因爲去那裡人們都不敢，
1995　無論是婦女，無論是幼男
不敢隨便往那裡闖。

這時候走過來一個巨人，
他的名字叫歐利豐先生，③
這傢伙危險而莽撞；
2000　他說：「公子，憑凶神發誓，
除非你馬上就離開此地，　　　　　*100*
否則我就用狼牙棒
打死你馬。
因爲仙女王就住在這裡，
2005　經常打鼓、彈豎琴和吹笛，
把這裡當作她的家。」

「既然要幸福，」這公子答道，
「明天我一早把盔甲穿好，
來這裡同你打一仗。
2010　我希望，事實上我能擔保，
叫你在我的長矛前敗掉——　　　　*110*
要打得你渾身是傷。

③歐利豐是按當時發音的音譯，意為「大象」。

　　　　　　你的咽喉
　　　我要盡力地用長矛刺穿，
2015　叫你在天還沒大亮之前
　　　　　就在這地方死個透。」

　　　托帕斯爵士說完了就走；
　　　這時候巨人拿彈弓在手
　　　　　把一塊石頭彈向他；
2020　但是憑上帝對他的保佑，
　　　也憑他本人的靈活防守，　　　　　　120
　　　　　這石塊沒有擊中他。

　　　各位，請你們聽我的故事，
　　　這比聽夜鶯歌唱還愜意；
2025　　我要輕輕對你們唱，
　　　個兒不大的托帕斯爵士
　　　如何在山上和山下奔馳，
　　　　　馳進他家外的圍牆。

　　　他吩咐手下人統統出來，
2030　幫他準備好去幹個痛快，
　　　　　因為他就得去厮殺；　　　　　　130
　　　他那位意中人最有光彩，
　　　為了幸福也為了贏得愛，
　　　　　他得同三頭巨人打。

2035　他叫道：「我的歌手們，來呀！
　　　快來呀，小丑！趁我穿盔甲，

　　來講個故事給我聽！
　　講段宮闈內廷的祕事吧，
　　講段教皇主教的軼事吧，
2040　　或者就給我講愛情。」

　　他們先給他拿來了甜酒，　　　　　　140
　　用楓木的碗裝來蜂蜜酒，
　　　還拿來上好調味品
　　製成的薑餅，味道極爽口，
2045　　土茴香和甘草，我想也有——
　　　用的糖當然是上品。

　　他貼著他那一身白皮膚
　　穿衣裳，那是細潔的麻布
　　　製成的褲子和襯衫；
2050　　外加一件襯墊厚的衣服，
　　再套短鎖子甲保護胸部，　　　　　　150
　　　免得他心臟被刺穿。

　　穿在最外面的鎧甲很長，
　　這出自猶太的能工巧匠——
　　　那精鋼片十分堅韌；
2055　　他穿的鏡甲上飾有紋章，
　　白得簡直像百合花一樣——
　　　他就這樣子去對陣。

　　他用的盾牌由赤金精製，
2060　　盾牌上有野豬頭的裝飾，

　　　　　另外還鑲著顆紅玉；　　　　　　　　　　160
　　　　他憑麥芽酒和麵包發誓，
　　　　很快就「要把那巨人打死──
　　　　　　應該除去的就除去！」

2065　　他用硬革做小腿的護甲，
　　　　用來做他刀鞘的象牙，
　　　　　他的黃銅盔亮晃晃；
　　　　做他馬鞍的是鯨魚的牙，
　　　　他韁繩耀得人家眼睛花──
2070　　　亮得像滿月或太陽。

　　　　堅挺的柏木做成他矛杆，　　　　　　　　170
　　　　它不用於和平，用於作戰──
　　　　　那矛頭磨得極尖利；
　　　　他的坐騎是一匹灰斑馬，
2075　　走路時踏著穩健的步伐──
　　　　　那腳步輕盈而有力
　　　　　　　　踏在地上。
　　　　各位請注意，這是第一曲！
　　　　如果你們都願意聽下去，
2080　　　那麼我就會繼續唱。

　　　　　　　〔第二曲〕

　　　　對不起，各位女士和先生，　　　　　　　180
　　　　請你們都先把嘴停一停，

仔細地聽我的說唱；
騎士精神和戰鬥的情形，
2085　閨房中女子的相思之情，
這些我都給你們講。

人們說唱英雄們的傳奇，
這些英雄有霍恩、貝維斯，
有希波底斯和蓋埃，
2090　有普萊恩達摩和利波斯；
但是所有傑出的騎士裡　　　　　　190
數托帕斯爵士最帥。

他騎在他的那匹駿馬上，
像火炬飛出的火星那樣
2095　他飛似地奔馳趕路；
有個小塔在他的頭盔上，
一朵百合花插在小塔上——
願上帝能把他保護！

他最愛把冒險的事尋求，
2100　所以休息時用披肩一兜——
用不到進屋子睡覺；　　　　　　　200
鎧亮的頭盔是他的枕頭；
一整夜他的馬在他四周
咀嚼著豐美的細草。

2105　　　帕齊法爾是出色的戰士；④
　　　　　也就像這一位圓桌騎士，
　　　　　　他渴了就喝些泉水，
　　　　直到有一天——

**在這裡旅店主人打斷了
喬叟講的故事**

---

④帕齊法爾是亞瑟王傳奇中亞瑟王的一名騎士，最後找到了「聖杯」。

喬叟

梅利別斯的引子

「看在上帝的份上，別再唱下去，」
旅店主人道，「你那些無聊東西
讓我們聽的人感到非常膩煩——
但願上帝保佑我靈魂的平安——
你這些胡謅聽得我耳朵發脹；
這樣的詩歌你還是對鬼去唱，
因為這類貨色就叫作打油詩。」

「幹嘛這樣？為什麼別人講故事
你從不打斷，偏偏就來打斷我；
這是我知道的最好的詩，」我說。

他說：「憑上天起誓，你那些臭詩
一句話就能說到底，屁都不值。
這樣做，你是把時間白白糟蹋，
所以勸你一句話，別再搞詩啦。
不知道你可會唱頭韻體傳奇，
或至少用白話講點什麼東西——
內容要有趣，要有些教育意義。」

「很好，」我說，「憑受難的基督起誓，
我就用白話給你講個小故事；

2110
2115
10
2120
2125

據我估計，這故事會討你歡喜，　　　　20
要不然，你這人也就太難對付。
2130　這是一個有醒世作用的典故，
儘管很多人以不同方式講過，
我也要以自己的方式說一說。
你也知道，人們在傳播福音時，
總講到主耶穌基督受難的事，
2135　各人說的與他的同道不一樣；
但儘管他們的講法並不相像，
他們各人所講的卻都是事實，
他們所講的內容也相當一致。　　　　30
因爲講到主耶穌受難的情況，
2140　各人講述的多少有些不一樣；
我是指馬可、馬太、路加和約翰，①
他們講的話並沒有各執一端。
所以我要向各位把要求提出：
如果我講的話中有一點出入，
2145　比如在我的這篇短短故事裡
我爲了要清楚講明某種道理，
額外給你們引用了幾條格言，
而這些，你們以前又不曾聽見，　　　　40
或者我用的一些字眼和句子
2150　同你們以往聽到的不太一致，
那麼我得請你們不要責備我，
因爲在基本內容上不會有錯；
因爲我寫的這篇歡快的故事，

---

① 這四位聖徒在《新約全書》中都有以他們命名的「福音書」。

畢竟沒有脫離那故事的主旨。
2155　所以請你們聽好我講的故事，
並聽到我把故事講完了為止。」

結束

梅利別斯的故事

喬叟由此開始講梅利比的故事①

　　1.一位名叫梅利別斯的年輕人有錢有勢，他妻子名叫普魯登絲，夫妻倆有個女兒叫索菲婭。

　　2.有一天，他去野外玩，讓妻子和女兒留在家中，把家門鎖得牢牢的。他的三個宿敵發現了這一情況，便把梯子搭在他家的牆上，從窗口進了屋子。他們打他的妻子，又把他女兒打成五處重傷，這五處地方是她的腳，她的手，她的耳朵，她的鼻子和她的嘴；他們以為她已被打死，便離開了那座屋子。

　　3.梅利別斯回家之後，看到這樣的禍事，就瘋了似地扯著自己身上的衣服，又哭又叫起來。

　　4.他妻子普魯登絲鼓足勇氣，勸丈夫不要再哭，可是丈夫哭叫得反而更厲害。

　　5.普魯登絲是位賢妻，她想起了奧維德在其《愛的治療》一書中的話。在書中，他說道：「誰想去阻止一位母親為其死去的孩子哭泣，那麼這人就是個傻瓜，除非讓這母親哭夠了，並且等她哭了一段時間之後再說；到了那時，別人才可以竭力好言勸慰，讓這位母親停止哭泣。」於是這位賢妻普

① 這個故事是喬叟的一篇散文譯作。它最早的原作是十三世紀一位義大利法官用拉丁文寫成的《訓子篇》，喬叟譯文所根據的則是該文的法語譯文。在喬叟的這一譯文中，男主人翁名字出現了「梅利比」與「梅利別斯」兩種不同的拼法並常混用，譯文中保存這種區別。

　　魯登絲就讓她丈夫去又哭又叫；過了一陣之後，她瞅準一個
機會，開始勸慰丈夫。「我的丈夫啊，」她說道，「爲什麼
2170 你讓自己表現得像個傻瓜一樣呢？事實上，一個明智的人不
該顯得這樣痛苦。憑著神的恩典，你女兒的傷可以治好，她
可以恢復健康。而且就算她現在死了，你也不該爲此而毀了
你自己。塞內加說過：『明智的人不會爲其子女的死亡而過
於傷心，他應該有耐心地忍受這一事實，就像等待他自己的
2175 死亡一樣。』」

　　　6.梅利別斯立即回答說：「遇上了這種該大哭一場的災
難，誰能忍住不哭呢？就說我們的主耶穌基督吧，連祂也因
爲祂朋友拉撒路的死而哭過。」普魯登絲答道：「我當然非
常清楚，在人們都很悲傷的情況下，一個心懷悲傷的人是可
以哭泣的，只要他哭得有節制；不過，這不妨說是大家對他
哭泣沒有意見。使徒保羅對羅馬人寫道：『與喜樂的人要同
樂，與哀哭的人要同哭。』② 但是，儘管有節制的哭泣是可
2180 以的，過度的痛哭卻是肯定要防止的。根據塞內加的教導，
憂傷時也得考慮適可而止。『在你的朋友去世的時候，』他
說道，『別讓你的眼睛流太多的淚水，但是也不要一點淚水
也沒有；儘管淚水湧上了你的眼睛，可不要讓它淌下來。』
所以，當你送走了你的這位朋友，就得努力去另找一位；這
樣做就比較明智，因爲老是爲去世的朋友哭泣並沒有任何好
處。所以，如果你讓理智控制自己的話，你就別再傷心。請
你想一想西拉之子耶數③是怎麼說的吧。他說：『一個人心
中快樂就可以一生興旺，一個人心中悲傷就使他骨頭枯
2185 槁。』他還這樣說過：『心中憂傷置很多人於死地。』所羅

---

② 語出《新約全書・羅馬人書》12章15節。
③ 耶數是《次經傳道書》作者，該書又譯《耶數智慧書》或《德訓篇》，即
杜埃版《聖經》中的《便西拉智訓》。下文中的句子恐即出自該書。

門說過：『同羊毛裡的蛀蟲蛀壞衣服一樣，同樹上的蛀蟲蛀空樹幹一樣，憂傷也會蛀蝕人的心。』所以，無論是損失了人間的財貨，還是失去了孩子，我們都應當忍耐。

　　7.「你回想一下那位有耐心的約伯；他喪失了兒女和資財，肉體上又經受了許多痛苦，但他這樣說道：『賞賜的是我們的主，收取的也是我們的主，我們的主願意怎麼做就怎麼做，主的名是應當稱頌的。』」④聽了這番話，梅利別斯對他的妻子普魯登絲說道：「你說的話都很對，而且對我也很有好處；可是這件傷心事使我心煩意亂至極，我真是不知怎麼辦才好。」普魯登絲說道：「那麼你就把你所有的知心朋友請來，把你那些頭腦清楚的親戚請來，然後把你的煩心事告訴他們，聽聽他們有什麼建議；這以後你就得聽從他們的忠告，控制好自己。所羅門說得好：『做事憑忠告，日後無懊惱。』」

　　8.於是，梅利別斯按照妻子普魯登絲的勸告，請來了老老少少許多人，其中有些人是外科醫生和內科醫生，有些是看來已同他和好的往日仇人（現在他們看來敬愛他並得到他寬恕）；一些鄰人也來了，像通常發生的情況那樣，這些人與其說是出於愛倒不如說是出於懼怕才尊敬他；還來了一大幫老練的溜鬚拍馬之徒；此外，還有一些熟讀法律條文的聰明律師。

　　9.這些人都聚在一起之後，梅利別斯臉色憂傷、言辭哀切地把情況告訴了他們；從他說話的神情來看，他心裡窩著一團憤怒的烈火，隨時都會對他的仇人進行報復，而且巴不得立刻就同他們較量一番。儘管如此，他還是徵求他們對此

④可參看《舊約全書・約伯記》1章21節。本書中，喬叟引用的《聖經》文字常與後來的「欽定本」《聖經》有所不同。在此情況下，按照喬叟的文字翻譯。

2200　事的看法。一位外科醫生在得到所有在場的聰明人同意後站
　　　了起來，對梅利別斯講了下面這樣一席話。

　　　　10.「先生，」他說道，「對於我們作醫生的來說，只
　　　要病人請我們去看病，那麼盡力醫治每個病人是我們的本
　　　分，我們絕不會傷害他們。所以經常發生這樣的情況，就是
　　　受了傷的敵對雙方都請同一個醫生治療。對我們來說，我們
　　　自然不應該加深雙方的矛盾或偏袒一方。至於治療你的女
　　　兒，儘管她傷勢很重，我們會日日夜夜地密切注意的，再加
2205　上神的恩典，她會復原的，而且我們會使她盡快地復原。」
　　　內科醫生們說的話幾乎完全一樣，只是增加了這樣一句：
　　　「治病要對症下藥，針鋒相對，同樣，要治人間的冤仇也應
　　　該用冤仇相報的辦法。」他的鄰人對他滿懷妒忌，他的一些
　　　假朋友只是裝出同他和好的樣子，一些馬屁鬼則假惺惺地爲
　　　他流淚，他們吹捧梅利比，說他有財有勢，交遊廣闊，同時
　　　又貶低他仇人的力量；這樣一來，情況就變得更加嚴重了，
　　　於是這批人接著就建議他迅速地行動起來，對他的仇人進行
2210　報復。

　　　　11.這時，一位聰明的律師站了起來，在其他聰明人的
　　　同意和建議下，開口說道：「各位先生，我們聚集在這裡討
　　　論的，是一件重大的事情，因爲這牽涉到罪惡行爲及其所造
　　　成的傷害，而且這一事件可能在今後引起嚴重的惡果，何況
　　　與此事有關的雙方都是非常有權有勢的。由於這些原因，我
2215　們如果在這件事上走錯一步，那的確是很危險的。所以，梅
　　　利別斯，我們要向你談談我們的看法。我們首先要向你建議
　　　的是：毫不遲疑地採取措施，加強你自身的保衛，爲達到這
　　　一目的就不能缺少密探和警衛。我們還要向你建議：在你的
　　　住宅裡也要布置足夠的警衛人員，這樣可以使你的住宅同你
　　　本人一樣受到足夠的保衛。至於馬上行動起來進行報復，說
　　　實話，在這麼短的時間裡，我們提不出看法，無法判斷這樣

的行動究竟是否有利。因此我們要求給我們充裕的時間，讓我們可以把這問題考慮得周密一些，俗話說：『決定做得快，悔恨來得快。』再說，人們心目中的明智的法官，是那種一下子就能把案件了解清楚卻又不慌不忙進行判決的人。因為，曠日持久儘管使人不耐煩，但如果對做出公正判決或量刑得當來說，這種曠日持久是必要的和合理的，那麼這就沒什麼可以指責的。我們的主耶穌基督就有一個這方面的例子。當時，人們提到了一個犯了姦淫罪的女人，把她帶到耶穌跟前，想聽聽祂對處理那女人的意見。儘管耶穌很清楚自己將怎樣回答，祂卻沒有立即做出回答，而是思考了一番，然後才兩次俯下身去在地上寫字。由於所有這些緣故，我們要求先給我們考慮的時間，然後我們才能夠根據神的指點，向你提出對你有利的方案。」

12.這時，在場的年輕人一下子都跳了起來，他們大多數對那些明智老人的意見不以為然，喧喧嚷嚷地說道：打鐵要趁熱，報仇也要趁怒火正旺。他們大聲地叫道：「出擊！出擊！」

這時，一位明智老人站了起來，做了個手勢，請大家安靜並注意聽他講。他說道：「各位先生，現在很多人大叫『出擊！出擊！』但他們並不怎麼了解這個詞的意義。首先，出擊這個詞有著又高又寬的入口，任何人只要願意，隨時都可以進去，他會覺得要出擊很容易。但是出擊的結果是什麼，他就不那麼容易知道了。因為一旦真的打起來之後，連很多沒有出生的孩子也會由於這場鬥爭而死在母腹之中，或者就是出生了，等待他們的也無非是不幸和死亡。所以在出擊之前，人們應當好好地在一起商量商量，仔細地考慮考慮。」這位老先生為支持自己的論點，還想列舉他的理由，但幾乎所有的年輕人都站了起來，有的打斷他的話頭，有的叫他閉上嘴，別再說下去。說實在的，對於一個說教的人而

言，如果人家對他的話充耳不聞，那麼這就說明人家對他的說教感到厭煩。西拉之子耶數說過：「哀悼時的音樂是件討慶的事。」這也就是說，講話不合時宜會令人討厭，就像對
2235 哭泣的人唱歌一樣。這位聰明人明白自己沒有聽眾，只得頹然坐下。因為所羅門說過：「沒人願意聽你說話的時候，你就住口。」「是啊，」這個聰明人說道，「還是俗話說得好，真所謂『最需要忠告的時候卻聽不到忠告』。」

　　13.在梅利別斯的這次聚會上，還有許多人私下裡對他說的是一套，而當著眾人的面說的又是另一套。

　　梅利別斯聽到多數人的意見是以牙還牙，便很快接
2240 受了他們的主張，完全同意他們的判斷。他的夫人普魯登絲見丈夫決定報復，並準備向仇人開戰，便瞅準了時機，非常謙恭地對丈夫這樣說道：「我的夫君哪，我誠心誠意地斗膽懇求你，可不能這樣倉促從事；無論如何你得聽我說幾句。彼得‧阿方索說過：『無論人家對你做了什麼好事或壞事，你都不要急於回報他；因為這將使你的朋友繼續對你友好，而使你的敵人擔心的時間更長。』俗話說得好：『誰能夠明智地等待，行動才是真正地快。』粗心大意的匆忙，決沒有好處。」

　　14.梅利比回答妻子道：「我決定不照你的意見辦，這
2245 有幾方面的緣故。因為要不然，人家肯定都會認為我是傻瓜；這也就是說，如果我採納了你的意見，我就得去改變那許多聰明人已經決定、已經肯定的事情。其次我要說，女人都很壞，一個好的也沒有。所羅門說：『一千個男人中，我可以找到一個好人；但是在所有的女人中，我肯定一個好女人也找不到。』同樣可以肯定的是，如果我照你的意見行事，那麼看起來就好像我在讓你支配我──願老天不讓這樣的事發生。因為西拉之子耶數曾說過：『如果由妻子作主，她就成了丈夫的對頭。』而所羅門說：『在你的一生之中，

絕不要把控制你的權力交給你妻子，或交給你孩子，或交給你朋友；因為與其讓你自己落在你孩子們的手中，倒不如讓他們需要東西的時候來向你要。』還有，如果我要按你的勸告行事，那麼我對我聽到的這個勸告肯定要保密一段時間，以後要到必要的時候才讓人知道；但是這又辦不到。因為早有人寫道：『女人嘮嘮叨叨，只能藏住她們不知道的事情。』不僅如此，那位哲人還說：『在出壞點子方面，女人勝過男人。』因為有這些理由，你的意見我不能接受。」

15.普魯登絲夫人溫柔而耐心地聽完了丈夫的話，這時她要求丈夫讓她說幾句，並這樣說道：「我的夫君，對你講的第一條理由顯然很容易回答。因為我要說，既然情況已經改變或者是情況看起來同原先的已有所不同，這時候改變主意並不是做傻事。不僅如此，我說即使你發過誓或做過保證，說是要進行某項工作，但只要你出於正當的理由而沒有去做那件事，人們也不能因此而說你講話不算數或違背誓言。因為《聖經》上說得好：『明智的人改進他的想法，這不能說是狡詐。』儘管你的這件事是一大幫子人定下來的，但是除非你願意，你不一定要去做。因為只有少數明智而有理性的人才知道事情的是非曲直和利害關係，而大多數的人對此未必了解，他們只是按照各人的心思亂叫亂說。說真的，這樣的一大幫子人並不值得敬重。至於你的第二條理由，說『女人都很壞』；請原諒，你這話完全表明你瞧不起一切女人。可是《聖經》上說：『誰瞧不起所有的人，就得罪了所有的人。』塞內加也說：『任何智者都不會貶低別人，相反，他們會樂於把他們的知識傳授給別人，而且這樣做的時候不會顯得驕矜無禮。對於他所不了解的事情，他會不恥下問。』先生，再說世上確實有很多好女人，要證明這一點並不困難。因為可以肯定的是，先生，如果所有的女人都很壞，那麼我們的主耶穌基督就絕不肯讓自己由女人生出

來，從而辱沒了自己。而在那以後，正是因爲女人的好德性，所以當我們的主耶穌基督復活的時候，他向一位女子顯靈，而沒有向他的門徒顯靈。儘管所羅門說他從來沒有見到好女人，也不能因此就說一切女人都很壞。因爲，就算他沒有找到好女人，事實上卻有許多別的男人找到了許多忠實而善良的女人。說不定所羅門的意思是：他沒有找到一個具有至高美德的女人，這也就是說，除了神之外，沒有一個人具有至高的美德，而神的這種美德已記載在〈福音書〉中。因爲人都是神創造的，所以人不可能像神那樣完美，而總是有所欠缺。你的第三條理由是這樣的：你說『如果我按照你的意見行事，那麼看起來就好像我在讓你支配我。』先生，請你原諒，情況並不是如此。因爲如果是這樣的話，人們只能聽取他們支配者的意見了，這樣一來，人們就不會經常聽到忠告了。事實上，一個人儘管徵求人家對做某件事情的看法，他仍有選擇的自由：或是按人家的意見辦，或是不按人家的意見辦。至於你的第四條理由，你說『女人嘮嘮叨叨，只能藏住她們不知道的事情』，這正像人們說的那句話：『女人藏不住她所知道的事情。』先生，這些話指的都是饒舌的壞女人；對這種女人，男人們還這樣說：『有三件事可以把男人趕出自己的屋子，這就是：煙、漏雨、壞妻子。』對於這種女人，所羅門這樣說：『與其同愛吵鬧的妻子住在一起，倒不如住在沙漠裡。』先生，請允許我說一句：我可不是這樣的女人；因爲我的沉默和我的耐心經常受到你的考驗，你很知道我非常守得住男人們應當守住的祕密。至於你的第五條理由，你說『在出壞點子方面，女人勝過男人』；天知道，這種理由根本站不住腳。要知道，你現在是在請人家幫你出主意去幹壞事，而如果你想要幹壞事，你的妻子卻在勸阻你，用道理和好的建議來說服你，要你別去那麼幹，那麼你的妻子肯定應當受到稱讚，而不應當受到指責。由

此，你也可以了解那位所謂的賢哲，他竟然說出『在出壞點子方面，女人勝過男人』這樣的話。既然你指責所有的女人和她們的判斷力，我倒要給你舉一些例子，讓你看看，不但過去和現在都有很多好女人，而且她們的意見也是正確而有

2285　益的。有的男人還說：女人的勸告不是代價太高，就是代價太低。然而，儘管壞女人確實不少，她們出的主意不是壞，就是沒有價值，但人們還是發現有很多好女人，她們的意見慎重而又明智。看看雅各吧，他由於聽從了母親利百加的正確意見，從而贏得了父親以撒的祝福，並可以對他的兄弟們發號施令。猶滴憑她一番有力的說詞，從圍攻的奧洛菲努的手中救下了她所居住的伯修利亞城，免遭他帶來的毀滅。亞比該以她的智慧和恰當的言詞平息了大衛王的怒火，救下了她丈夫拿八的性命，不然他就會遭到大衛王的殺害。以斯帖

2290　一番好言好語，極大地提高了阿哈隨魯王統治下的上帝子民的地位。人們還可以講出許多好女人的金玉良言。再說，當我們的主造出我們的始祖亞當時，曾這樣說道：『那人獨居不好，我要為他造一個同他相像的幫手。』由此你可以看出，如果女人不好，如果她們的意見一無可取，那麼我們的

2295　天主根本就不會把她們造出來，也不會稱她們為男人的幫手，倒是要稱她們為男人的禍害。從前有一位文人寫過兩行詩：『什麼比黃金好？碧玉。什麼比碧玉好？智慧。什麼比智慧好？女子。什麼比好女子好？沒有什麼。』先生，還有許多其他的理由，可以使你明白：世上好女人很多，她們的意見既正確又有益。所以，先生，如果你相信我的勸告，那

2300　麼我將使你的女兒恢復健康。而且，我還將大力幫助你，使你體面地了結這件事情。」

　　16.梅利別斯聽了妻子普魯登絲的這番話，這樣說道：「我深切地體會到所羅門的這句話說得一點不錯。他說：『有條有理的好言好語簡直是蜂房，因為這使人的心靈感到

甜蜜，使人的身體得到好處。』娘子的話講得這樣好，再說，你那種出眾的才智和超群的忠誠都經受過我的考驗，我願意在所有的事情上按照你的意見辦。」

17.「好吧，先生，」普魯登絲夫人說道，「既然你給我面子，答應照我的意見辦，那麼我想奉告你，你自己應該怎樣選擇給你出主意的人。首先，你應該在一切事情上謙卑地祈求天主，讓祂來給你出主意，同時你應當做好心理準備，要相信天主是會給你忠告和安慰的。多比⑤的事就是個例子，他教導兒子說：『在任何時候你要讚美天主，並且祈求祂指引你的道路。』所以，你永遠應當做到一點，就是讓你的一切行動聽從神的指引。聖雅各也說：『如果你們任何人需要智慧，那麼就向天主去要。』在這以後，你就應當問問你自己，好好地考慮你的各種想法，看看哪一種辦法你認爲對你最有利。然後從你的心裡，你要驅除不利於你正確判斷的三樣東西，那就是憤怒、貪婪和急躁。

18.「首先，一個自己在考慮問題的人就絕不能發火，這有幾點理由。第一點是：一個人滿腔怒火，就往往把他不能做的事情當作他能做的。第二點是：一個人滿腔怒火，就不能很好地判斷；而一個人不能很好地判斷，就不能很好地聽取意見。第三點是：塞內加說過，『一個人滿腔怒火，說起話來必然容易傷人，』這樣，他傷人的話會惹得人家也生氣。同樣，先生，你還得排除你心中的貪婪念頭。因爲聖保羅說過：『貪婪是一切罪惡之根。』請相信我：一個貪婪之徒既不能正確地判斷，也不能冷靜地思考，想的只是如何滿足他那貪婪的目的；但可以肯定，他永遠也達不到目的，因爲他越是富有，就越是貪婪。還有，先生，你得排除你心中

⑤多比是〈多比傳〉中的主要人物（〈多比傳〉是基督教《聖經・舊約》中的《外典》之卷）。

的急躁。因爲可以肯定，那些突然出現在你心中的念頭，你也不會認爲是最高明的，而必須反覆地加以考慮。想必你也曾聽到過這樣一句俗話：『決定做得快，後悔來得快。』

19.「先生，你的心思不會總是一成不變的，可以肯定，有的時候你會認爲做某件事情很好，但別的時候你又會認爲情況正好相反。

20.「如果你自己尋找答案，而且通過仔細思考，感到你已經找到了你看來最佳的方案，那麼我勸你，這時你對此要保守祕密。不要把你的意向告訴任何人，除非你確實知道，你把你這想法說出去之後，情況將對你更爲有利。因爲西拉之子耶數說過：『無論對你的敵人還是對你的友人，都不要暴露你的祕密或你幹的蠢事；因爲他們當你的面會看著你、聽著你，並且支持你，但是他們背著你就會瞧不起你。』另一位作家說過：『你很難找到一個能保守祕密的人。』《聖經》上說：『你把你的想法藏在心裡的時候，你就把它關了起來；但是當你把你的想法告訴了任何人，你就落在人家的羅網之中。』所以你最好還是把你的想法藏在心中，免得把這想法告訴了人家之後，又要去求人家別再講出去。因爲塞內加說過：『如果連你自己都不能藏住你的想法，你又怎麼能要求別人爲你守住祕密呢？』不過話也要說回來，如果你可以肯定你把你那想法告訴人家以後，你就處於更加有利的位置，那麼你就說給人家聽，但要做到下面幾點。首先，你要不露聲色，叫人家看不出你是準備求太平還是準備對著幹，叫人家什麼也看不出，看不出你的意向，也看不出你的目的。因爲——請相信我——那些給人出主意的人往往是溜鬚拍馬之徒，特別是那些給大人物出點子的人。因爲他們總是投大人物之所好，盡量講些好聽的奉承話，而不會講那種於人有益的眞心話。所以常言道：『有錢人很難得到忠告，除非他向自己要。』其次，你得考慮分清敵友。

考慮到朋友的時候，你要想一想，他們中間是誰最忠實、最
2345 明智、最老成，誰在提供意見方面最受人稱道。你得根據情
況的需要向這些人求教。

　　21.「我說你首先應當把你那些忠實的朋友請來商量，
因為所羅門說過：『正像是香膏能使人們的心感到愉悅，忠
實朋友的勸導使靈魂感到甜美。』他還說：『沒有任何東西
像忠實的朋友那樣寶貴。』事實上：黃金和白銀都沒有忠實
2350 朋友的情誼那麼珍貴。他還說：『忠實的朋友是一種堅強的
保障，誰找到這樣的朋友，誰就找到了寶藏。』然後你應當
想一想，你的這些忠實的朋友是不是謹慎，是不是明智。因
為《聖經》上說：『你要經常向明智的人討教。』正因為這
個道理，你要徵詢意見，就應當去找你那些年事稍長的朋
友，找那些閱歷豐富、辦事老練、在出謀畫策方面頗受好評
的朋友。因為《聖經》上說：『年紀大了就知識豐富，時間
長了就深謀遠慮。』圖利烏斯⑥說：『偉大的事業不是靠體
力和體能完成的，而是靠好的主意、個人的權威和學識；這
三樣東西不會隨年齡的增大而削弱，相反，隨著一天一天的
2355 過去，它們肯定會加強和增長。』然後，你要經常把我下面
講的話當作一種規矩。首先，你只須請教幾個特別的密友就
可以了。因為所羅門說過：『你有很多的朋友，但是你要向
他請教的朋友得千裡挑一。』因為儘管開始的時候你只把你
的想法告訴了少數幾個人，但以後情況需要的話，你也許會
告訴較多的人。有一點你得永遠牢記，就是幫你出主意的人
要具備我前面講過的三個條件，也就是說，他們應當是忠
實、明智又富於經驗的。不能在任何情況下總是單憑一個人
2360 的主意就行動，因為有時候應當多聽一些人的意見。因為所

---

⑥圖利烏斯似即古羅馬最著名的演說家西塞羅，因其全名為馬庫斯・圖利烏
斯・西塞羅。

羅門說過：『出主意的人多，辦事就不容易錯。』

　　22.「既然我已對你講了應當向哪種人討教，現在我要來教你，什麼樣的意見你應當避免。所羅門說：『不要去聽傻瓜的意見，因為傻瓜只會按照自己的興趣和愛好來發表意見。』《聖經》上說：『傻瓜的特點是：他輕易地相信每個人都很壞，同時又輕易地相信自己具有一切優點。』你也不要去聽一切溜鬚拍馬者的意見，他們這種人寧可勉強自己奉
2365 承你，也不願對你說真話。

　　23.「所以圖利烏斯說：『在危害友誼的一切瘟疫中，最厲害的是諂媚。』正因為如此，諂媚者比任何其他的人更可怕，所以你更應當遠離他們。《聖經》上說：『你應該害怕並遠離那些奉承和讚美你的甜言蜜語，而不應該害怕和遠離朋友對你推心置腹說的真話。』所羅門說：『餡媚者說的話是天真者的陷阱。』他還說：『一個對朋友甜言蜜語的人，在他的腳前安置了誘捕他的羅網。』所以圖利烏斯說：
2370 『不要去聽諂媚者說的話，別把奉承話當一回事。』加圖也說：『你要好好地注意，別去聽那些甜言蜜語。』還有那些已同你言和的宿敵，對他們的意見你也應當保持距離。《聖經》上說：『對於從前的敵人所表示的好意，誰也不能輕易地相信。』而伊索也講：『不要相信那些曾經同你為敵或不和的人，別把你的祕密告訴他們。』塞內加講出了其中的道
2375 理。他說：『在大火長時間燒過的地方，不大會沒有留下熱氣。』所以所羅門說：『絕不要相信你以前的仇敵。』因為可以肯定的是：儘管你的仇敵已同你言歸於好，在你面前顯得謙恭有禮，總是向你低著頭，你也絕不能信任他。因為他做出這副低聲下氣的樣子，肯定不是因為他喜歡你，而是為了他自己的利益；因為他認為靠這種偽裝，他可以占你的便宜，而他不可能靠同你爭鬥來占這種便宜。彼得·阿方索說：『不要同你過去的敵人有什麼交往，因為如果你對他們

好，他們會誤以爲你有惡意。』還有，凡是你的僕人和那些
對你畢恭畢敬的人，對他們的意見你特別應當保持距離；因
2380 爲他們說出那種話恐怕多半是出於對你的懼怕，而不是出於
敬愛。所以有位哲人這樣說：『一個人如果非常懼怕另一個
人，那就不會對他完全忠實。』圖利烏斯說：『任何一個帝
王，除非他得到百姓的愛戴多於恐懼『否則無論他多麼強
大，也不可能持久。』還有，你要同醉漢的意見保持距離；
因爲他們的心裡藏不住東西。所羅門說：『在醉漢的王國裡
沒有祕密。』對於私下裡向你提出一套建議而在公開場合又
2385 向你提出另一套建議的人，對他們的建議你也應當保持警
惕。因爲卡西奧多魯斯①說：『一個人在公開場合讓人看見
他在做某件事，而在私下裡他卻在幹相反的事，這是一種花
招，表明此人將會從中作梗。』對壞人的意見你也應當保持
警惕。因爲《聖經》上說：『壞人的勸告往往充滿了圈套。』
大衛說：『誰沒有聽從惡棍的建議，誰就有福了。』你還應
當同年輕人的建議保持距離；因爲他們的建議並不成熟。

　　24.「先生，既然我已經告訴你應當徵求什麼人的意
2390 見，應當聽從什麼人的意見，現在我要來教你，如何根據圖
利烏斯的原則來檢驗你聽到的這些意見。在檢驗一個提出意
見的人時，你應當考慮很多方面。首先你應當考慮，在你想
加以解決並想聽取人家意見的這件事上，要把事情真相講出
來，也就是說，你要據實把事情講明白。因爲說假話的人也
就是撒了謊，在此情況下，他不可能聽到正確的忠告。在這
以後，你應當考慮同你聽取意見後準備做的事有關的事項，
2395 看看是否符合道理，看看你是否有能力達到目的，看看給你
出主意的人們中，多數比較明智的人對此事是贊成還是反

①卡西奧多魯斯（490？～585？）是古羅馬的史家、政治家和僧侶，曾建立
寺院並爲保存羅馬文化而努力。

對。然後你得考慮，按那些意見去做將會帶來些什麼後果，例如仇恨、和解、對抗、榮譽、利益、損失以及其他很多情況。在所有這些後果中，你應當選擇對你最好的一種，而放棄其他的各種選擇。隨後你應當考慮產生這些意見的根源以及由此而產生的結果。你還得考慮所有這些原因以及產生它
2400　們的原因。你按我的辦法檢驗了那些意見，找出比較好、比較有利並且得到很多聰明人和老人贊同的意見，然後你就得考慮，你是不是有能力加以貫徹並獲得滿意的結果。因為可以肯定的是，人的理性不會讓人去著手做一件事情，除非他有能力按他應該的那樣去做。任何人都不應當讓自己負擔過重，重得連他自己都負擔不了。俗語說：『想抓的越是多，
2405　抓住的越是少。』加圖說：『只能試圖去做你有能力做的事，免得你負擔過重，給壓得受不了，以至於連你已經著手做的事都不得不放棄。』如果你感到猶豫，不知道你是否有能力去做一件事，那麼寧可忍一忍，而不要著手就去做。彼得・阿方索說：『如果你有能力去做一件事，但做了後你一定會後悔，那麼你最好否定這事而不要肯定這事。』這也就是說，你最好保持沉默而不要開口。這樣你也就有了更有力的理由來明白一個道理，就是當你有能力去做一件會使你後
2410　悔的事情時，你最好是忍一忍，不要著手去做。他們說得很好，因為在人們不清楚自己是否有能力去做某件事的時候，他們勸阻人們別去試著做。然後，當你按照我上面所講的那樣去檢驗了種種意見，並且充分了解你能夠做到你要做的事，那時你就認真地去做，直到完成。

　　25.「現在我應當告訴你，在什麼時候和在什麼情況下，你可以改變主意而不受到指責。事實上，一個人是可以改變他的目的和主意的，只要早先的那個原因已不再存在或是發生了新的情況。因為法典上說：『對於新發生的情況，
2415　要有新的對策。』塞內加也說：『如果你的對策傳到了你敵

人的耳朵裡，那就改變你的對策。』還有，如果你發現，由於出了差錯等等原因，可能會造成危害或損失，這時你也可以改變你的計畫。另外，如果你的意圖不是正大光明的，或者其出發點並不正大光明，那麼你也應當加以改變。因爲法典上說：『一切非正大光明的法令都是沒有價值的。』再有，凡是不可能實行的或者不大能好好貫徹與遵循的辦法，2420 都應當加以修改。

26.「請記住我下面的話，並把它當作一條普遍的原則：如果有哪一種意見變得十分僵化，不管發生了什麼情況，它也絕不能改變，那麼我認爲這種意見是很糟的。」

27.梅利別斯聽了他妻子普魯登絲夫人的這番道理後，這樣回答道：「娘子，到現在爲止，你對我大致講了講我應當如何選擇或拒絕人家的意見，講得很好很動聽，使我很受啓發。但是現在我希望你能給我具體的指點，請你告訴我，對於我們目前已經選定的給我們出主意的那些人，你有什麼2425 看法？你覺得他們怎麼樣？」

28.「我的夫君哪，」她說道，「我懷著極度謙恭的心情懇求你，請你對我講的理由不要故意地加以反對，即使我講了使你不快的話，你也不要心裡生氣。因爲上天知道，我講這些話的目的是爲你好，也是爲了你的榮譽和利益。說眞的，我希望你能夠寬宏大量，能耐心地聽取我的意見。請務必相信我，你在這件事情上所聽到的那些意見，嚴格地說來，算不上是什麼意見，只是一派胡言亂語，慫恿你去幹傻2430 事。而你在好幾個方面也有錯。

29.「首先，你爲聽取意見而把人召集起來的方式就不對。因爲你開始的時候應該少叫一些人來商議，以後如果情況需要，你可以再把事情講給較多的人聽。可是你一下子就叫大批的人來商量，說眞的，聽他們說話叫人感到費勁又厭煩。在另一點上你也做得不對：你本來應該只叫你那些年長

又明智的真心朋友來商量的，可你卻叫來了一些莫名其妙的人，一些年輕人，一些虛情假意的馬屁精，一些同你言和的仇敵，還有一些表面上尊敬你但並不真心喜歡你的人。你做

2435　得不對的地方還在於：你是找人家來商量的，但是你卻把憤怒、貪婪、急躁帶進了這次聚會，而這三點同任何公道而有益的商討是格格不入的；無論在你自己身上或者在那些為你出主意的人身上，你本該把這三點排除掉，可是你並沒有這樣做。你做錯的另一點是：你向那些給你出主意的人，流露出你的心思，表明你想要立刻進行反擊以求報仇雪恨；這樣，他們從你的話中已了解到你想做的事。所以他們提出的

2440　建議與其說是為你的利益考慮，倒不如說是他們順從你的意願。你還做錯的一點是：你似乎已滿足於只向這些人徵詢意見，而且聽到區區那幾條意見就好像已經夠了。事實上，在這樣重大的一件事情上，完全有必要向更多的人徵求意見，對你想去幹的事給以更多的考慮。你還做錯一件事：因為對於聽來的意見，你既沒有按照前面說過的方式進行檢驗，也沒有根據實際情況所需要的合適方式進行檢驗。你還做錯的一點是：對於給你出主意的人，你沒有加以區分，也就是

2445　說，你沒有區分你的真心朋友和假意給你出主意的人；你沒有了解到你那些年長而又明智的真心朋友的意願，卻把人家的各種說法全都混為一談，而你的心意就傾向於多數人的意見，就這樣隨大流。但是你知道得很清楚，人們找到的傻瓜總比聰明人多得多，所以在一大幫子人商量事情的時候，人們得到的往往是大多數人的意志而不是個別人的真知灼見。

2450　在這種場合，你經常看到的就是傻瓜們控制著局面。」梅利別斯回答道：「我承認我做錯了事情；不過你先前對我說過，在某些情況下，只要有正當的理由，一個人可以更換為他出謀畫策的人而不應受到指責。現在我已決心按照你的指點，更換那些為我出主意的人。俗話說：『是人就難免犯錯

誤；只有魔鬼對罪孽才不思悔悟。』」

2455　　30.聽了這話，普魯登絲夫人答道：「你回顧一下你所聽
到的意見，讓我們看看哪條意見講得最有道理，對你的幫助
最大。這樣的回顧很有必要，所以我們就從那些外科醫生和
內科醫生開始吧，因爲在這件事情上他們是首先發言的。我
認爲，這些外科醫生和內科醫生的話講得在情在理，很符合
他們身分。他們說他們的職責就是要善待每個人，而不是要
虧待任何人；而且，他們要憑他們的醫術，努力地治療他們
2460　手中的病人；他們這話說得非常明智。我說先生，既然他們
的話講得這樣在情在理，我就建議你爲他們這番高尚的講話
而重重地酬謝他們，當然，這樣做也是爲了讓他們更加盡心
盡力地治療你親愛的女兒。因爲，儘管他們是你的朋友，你
也千萬不能讓他們爲你白辛苦，相反，你更應當重謝他們，
2465　顯示出你的慷慨大度。至於內科醫生們在這件事上所提的建
議，就是說，在治病中用針鋒相對的辦法，我倒很想知道你
對這說法怎麼理解，你對此又有什麼看法。」梅利別斯說
道：「說實在的，我這樣理解這句話：既然他們傷害了我，
2470　我也應當傷害他們。既然他們拿我報復，讓我深受其害，我
就同樣要拿他們報復，叫他們也吃吃苦頭。這樣我才做到了
針鋒相對。」

　　　　31.普魯登絲夫人說道：「看哪，看哪！每個人都這樣
自然而然地只顧自己的願望，只求自己的痛快！我要肯定地
說，那位內科醫生的話不能這樣理解。因爲事實上，做惡的
反面並不是做惡，報復的反面並不是報復，傷害的反面並不
2475　是傷害，它們彼此是相同的。所以，一種報復不能以另一種
報復來克服，一種傷害不能用另一種傷害來克服，因爲它們
只能相互激化，相互生發。可以肯定的是，內科醫生的話應
當這樣理解：善良與邪惡、言和與敵對、報復與容忍、分歧
與一致等等，是互相對立的。可以肯定，邪惡應當由善良來

　　糾正，分歧應當由一致來糾正，敵對應當由言和來糾正，
2480　在其他的事情上也是如此。在很多地方，使徒聖保羅表達過
這樣的觀點。他說：『不要以怨報怨，不要以惡言還惡言；
而要以德報怨，要用祝福回報對你口出惡言的人。』在其他
許多地方，他也諄諄告誡：要和平與和諧。現在我要講講那
2485　些律師和聰明人給你提的建議。你已聽到他們的共同主張，
就是你首先要注意自身的防衛，對自己的屋子要派人守衛。
他們還說，在這件事情上，你的行動應當非常謹慎，應當仔
細斟酌。先生，說到那第一點，也即注意自身防衛的問題，
你應當明白，一個隨時會受到攻擊的人要做的第一件事，就
2490　是時時恭順而虔誠地祈求耶穌基督，請祂格外開恩並給予保
護，而且在必要的時候給予最最有效的救援。因為可以肯定
的是，在這個世界上，任何人如果沒有我們主耶穌基督的保
護，都不能憑人家的告誡而得以確保平安。大衛這位先知也
這樣認為，他說：『如果天主不來保護城池，那麼保衛城池
的人徹夜不睡也沒有用。』然後，先生，你應當把你自身安
全的事交托給你的真心朋友，這些朋友應當是經過考驗的並
2495　且為你所熟知的；你應當請求他們的幫助，來確保你的人身
安全。加圖說：『如果你需要幫助，那就請你的朋友來幫助
你；因為再好的醫生也比不上真心的朋友。』今後，你應當
遠離莫名其妙的人，遠離說話不老實的人，永遠對這種人保
持警惕。因為彼得・阿方索說過；『路上千萬不要同莫名其
妙的人結伴，除非你認識他已有很長一段時間。如果他是偶
2500　然遇見你的，而且沒有徵得你的同意就要同你結伴，那麼你
就要盡可能機靈地觀察他的言談舉止並了解他過去的生活情
況。你要隱蔽自己，明明是你不準備去的地方，你要說你就
是去那裡。如果他帶著長矛，你就走在他右面；如果他帶著
刀劍，你就走在他左邊。』今後，對於我上面提到的這類
人，你應該巧妙地避開他們，不但要避開他們，而且他們的

話你也不要聽。今後，你應當做到一點，就是不要自以爲有
力量，從而輕視你的對手，把他的力量看得微不足道，由此
2505 而危及你自身的安全。因爲每個明智的人對於他的仇敵都是
不敢疏忽的。所羅門說：『對所有的人都不敢疏忽的人必將
得福；而有的人因爲膽子大、力氣大就自以爲有恃無恐，這
樣的人必將遭殃。』所以，你得時時提防人家的伏擊和一切
暗算。塞內加說：『對危險心懷恐懼的人能夠避免危險；誰
2510 避開危難，誰才能免於危難。』現在看來，你似乎處境很安
全，但你應當時時刻刻注意你自身的安全；這也就是說，無
論對你的強有力的仇敵或者微不足道的仇敵，你都不能掉以
輕心，而應當注意自身的防衛。塞內加說：『一個謹慎的人
對他最微不足道的仇敵也存戒心。』奧維德說：『小小的黃
2515 鼠狼能咬死大牛和野鹿。』《聖經》上說：『一根小小的刺
能扎得一位大王疼痛難忍；一條獵狗能制服一頭野豬。』但
是話說回來，我這樣講並不是要你做個膽小鬼，弄得在沒有
危險的地方也心懷疑慮。《聖經》，上說：『有些人一心只
想欺騙人，但他們又怕受別人騙。』不過你還是得防著點，
免得受人毒害，同時，你應該離那種出言不遜的人遠些。因
爲《聖經》上說：『不要同言不遜的人爲伍，聽到他們的
2520 話要像見到毒物那樣避開。』

32.「現在來講第二點，也就是你那些聰明的謀士給你
出的主意，要你花大力氣加強你屋子的防衛。我很想知道你
對這種建議是怎麼理解的？對此有什麼看法？」

33.梅利別斯回答道：「說實在話，我是這樣理解的，
就是我要在我的房子外造些塔樓，讓它像城堡等建築物一
樣，再備上鎧甲和武器。這樣我就能防衛我的屋子，保衛自
身的安全，使我的敵人不敢接近我的屋子。」

34.聽到了他這樣的想法後，普魯登絲當即回答道：「修
造高高的塔樓和巨大的防衛建築，並派人守駐其中，這種作

2525　法有時候反而會助長人的驕氣。再說，即使人們花了大量的
　　　錢財和人力，建造了高大的塔樓和堡塔之後，除非由你年長
　　　而明智的眞心朋友來防守，否則它們還是毫無用處的。你要
　　　清楚地明白一點：一個有錢人無論是保衛他自身或他財產不
　　　受侵犯，其最強大的安全保證在於他的下人對他的敬愛和他
　　　的鄰人對他的友愛。因爲圖利烏斯說：『有一種城堡攻不破
2530　也摧不毀，那就是百姓對那位領主鈞愛戴。』

　　　　35.「先生，現在我要來講那第三點，就是你請來的那
　　　些年長而又明智的親友勸告你，說你在這件事情上不應當倉
　　　促急躁，而應該通過仔細的考慮，花很大的力氣做好物質上
　　　和精神上的準備。眞的，我認爲他們這說法很有見地，也很
　　　有道理。因爲圖利烏斯說：『對於每件事情，要在著手去做
　　　之前大力進行準備。』所以我說，無論是採取報復行動或敵
2535　對行動，無論是進行鬥爭或部署，我都要奉勸你：在正式著
　　　手之前，你要做好一切準備，而且做準備的時候要好好地斟
　　　酌。因爲圖利烏斯說：『迅速的勝利是長時間準備的結果。』
　　　卡西奧多魯斯說：『準備得越久，越能夠堅守。』

　　　　36.「現在我們還是來談談另外一些人所提的建議。提
　　　這些建議的人有的是你的鄰人，他們看來對你很尊敬，但沒
　　　有愛心；有的是你往日的仇敵，只是現在相安無事了；有的
2540　是專門奉承你的人，他們私下裡對你說一套，但在公開場合
　　　對你說的卻是截然相反的另一套；有的則是一些年輕人，他
　　　們建議你報仇雪恨，立刻就進行反擊。先生，正像我先前說
　　　過的那樣，你請來了這樣一些人爲你出主意，確實犯了個大
　　　錯誤，因爲憑前面說的那些理由足以證明，這些人並不可
　　　靠。不過，還是讓我們來具體地談談吧。首先，你應當按照
2545　圖利烏斯的教導行事。當然啦，這一事件的眞相，或者這類
　　　建議的眞情都不必細加研究，因爲大家已清楚地知道：是誰
　　　對你幹下了這樣傷天害理的事，有幾個人來幹了這傷天害理

的事，他們以什麼方式對你幹了這傷天害理的事。然後，你
應該檢查一下也是這位圖利烏斯在這種事上添加的第二個條
件。因為圖利烏斯加了一條他所謂的『贊同』的條件，這也
2550 就是說，在你請人家來商量並任性地表示要立刻進行報復
後，有哪些人贊同你的意見？他們有多少人？他們是些什麼
人？同樣，我們也來考慮一下，有哪些人贊同你的仇敵？他
們有多少人？他們是些什麼人？關於那第一點，可以肯定的
是，我們都很清楚是哪些人贊同你採取你那種任性而魯莽的
行動；因為事實上，所有建議你立刻進行反擊的人都不是你
的朋友。現在讓我們來考慮一下：你深信是你朋友的那些人
2555 是誰？因為儘管你有財有勢，但是事實上你卻很孤立。因為
你除了一個女兒之外確實沒有別的孩子；你既沒有兄弟，也
沒有堂兄弟、表兄弟，連個近親也沒有，因此你的仇敵如果
要同你過不去或者要你的性命，就不會因有所忌憚而罷手。
你也知道，你死了之後財產就得分給方方面面的人，而當他
2560 們拿到自己並不豐厚的一份之後，也不會願意為這點錢財就
出頭為你的死復仇。可是你的仇敵卻有三個，而且他們還有
很多的孩子、兄弟、堂兄弟、表兄弟和其他近親；這樣，就
算你殺了他們兩三人，他們還剩有足夠的人來殺了你，為那
兩三人報仇。哪怕你的親戚比你仇敵的親戚忠誠可靠，但你
的親戚都是遠親，同你的血緣關係並不近，然而你仇敵的親
2565 戚中有的是近親。所以在這個方面，他們的條件肯定比你
好。現在我們再來考慮一下：那些建議你立刻進行報復的人
是否確有道理？你當然清楚地知道，答案是否定的。因為從
權利上和從道理上講，沒有人可以向別人進行報復，只有法
官在受到授權後才能做出裁決，至於他執行這一報復的時間
2570 是從速還是從緩，也得按法律的要求。不但如此，講到圖利
烏斯所說的『贊同』一詞，你應當考慮一下，你的權力和能
量是否足以『贊同』你那任性的決定和給你出那主意的人們

的意願。可以肯定地說，你對此的回答也只能是否定的。因為確切地說來，我們確實只能做公道合理的事情，而不公道、不合理的事我們不能做。所以，要公道合理的話，你就肯定不能夠自作主張地進行報復。這樣，你就可以看到，你的力量不足以『贊同』你那任性的決定。現在讓我們仔細看看第三點，就是圖利烏斯所稱的『後果』。你應當明白，你想進行的報復就是後果。而由此而來的，會是第一輪報復、另一輪風險和另一輪廝殺；當然還有其他無數的禍害，而對於這些禍害我們現在還無從了解。現在談到第四點，就是圖利烏斯所稱的『生發』。你應當想一想，這次你所受到的傷害就是由你仇敵的宿怨生發出來的，而如果對此進行報復，那麼就會生發出另一輪報復，這又將帶來很多痛苦和財產損失，就像我說過的那樣。

37.「先生，現在我來講圖利烏斯所稱的『起因』，這是最後的一點。說到這點，你應當明白，你所受到的傷害是有一定起因的，學者們稱這些起因為Oriens和Efficens，也稱它們為Causa longinqua和Causa propinqua[8]，也就是說：遠因和近因。遠因即是全能的神，他是萬物萬事的起因。近因則是你的三個仇敵。偶因是仇恨，實因是你女兒的五處創傷。表因是他們行動的方式，即帶來梯子爬進你的窗戶。終因是殺害你女兒的慾望，但這一慾望並不妨礙他們極力地摧殘你女兒。說到這件事的遠因，說到他們想達到什麼目的，或者在這件事情上你那些仇敵最終會有什麼下場，我無法判斷，只能做些猜想和推測。但是我們可以假定他們將不會有好結果，因為《教令集》上說：『難得會有起因壞而結果好的事；即使有，也只是付出了極大努力才有可能。』

38.「先生，但如果人們問我，為什麼天主竟然允許那

---

[8] 這裡出現的是幾個拉丁詞，其意義下文中有說明。

2595 些人對你下這樣的毒手，那麼我肯定無法做出明確的回答。因爲聖保羅說：『我們全能的天主的智慧和判斷深邃至極，沒有人對之能夠有足夠的了解或者做充分的探究。』然而，根據某些猜想和推測，我認爲並且我也相信：最最正直而公道的天主既然允許了這樣的事發生，自然有其公正而合理的原因。

2600 　　39.「你的名字叫梅利比，這詞的原義是：喝蜂蜜的人⑨。你喝過這個世界上多少人間榮華富貴的甜美蜂蜜，喝得已經醉了，但你卻忘記了造就你的耶穌基督，沒有像你應該做的那樣敬奉祂。你也沒有牢牢地記住奧維德的話；他

2605 說：『在使肉體感到甜美的蜂蜜之下，隱藏著戕害心靈的毒液。』所羅門也曾說：『如果你找到了蜂蜜，吃起來要適可而止；因爲如果你吃得過了量，你就會嘔吐，』結果依然是飢餓。說不定基督因此而輕視你，扭過頭去，不再理你，也不再傾聽你那些請祂開恩的話；也可能，祂因此就容許了人

2610 家對你的侵犯，作爲對你的懲罰。你對我們的主基督犯了罪；因爲可以肯定地說，對於肉體、魔鬼、俗世這三個人類的大敵，你竟任意讓它們通過你身體上的幾個窗口進入了你的心靈，根本就沒有充分地抵抗它們的侵襲和誘惑，以至於它們使你的心靈受到五處傷害；這也就是說，通過你的感官，幾項大罪已進入了你的心靈。同樣的情況是，我們的主

2615 基督也就容許了你那三個仇敵，讓他們通過窗口進入你的屋子，使你的女兒受到上面說起過的那些創傷。」

　　40.梅利比說道：「你向我說明了我進行報復後可能會產生的危險和災禍，爲的是說服我，要我別向我的仇敵報

⑨梅利別斯這一名字出自古羅馬詩人維吉爾（西元前7～前19）第一首《牧歌》中的牧羊人。而喬叟的這個故事則譯自古代法國故事《梅利比與普魯登絲夫人》。

復，我確實清楚地感覺到你這番話很有說服力。但是，在任
何報復中，如果每個人都要考慮他的報復所可能帶來的危險
和災禍，那麼就沒有人會進行報復了，而如果那樣的話，也
2620 將是有害的；因為通過報復，可以把壞人從好人中區分出
來。這樣一來，儘管有些人本來打算幹壞事，但是看到其他
那些幹壞事的人受到了懲罰，他們的壞心思也就會有所收
斂。」對此，普魯登絲夫人回答道：「不錯，我承認，報復
既帶來很多壞處，也帶來不少好處。但是進行報復這種事不
是人人都可以做的，只有法官和有司法權的人才能夠對有罪
2625 的人進行懲處。不但如此，我還要說：如果一個人對另一個
人進行報復就是犯罪，那麼同樣，如果一個法官沒有對應受
懲處的人給以應有的懲罰，那也是犯罪。因為塞內加這樣說
過：『能判定壞人有罪的，才是好官。』卡西奧多魯斯也
說：『一個人如果明白或者知道他的惡行會觸怒法官和他的
主上，那麼他就不敢這麼做。』另外還有人說：『法官不敢
秉公執法，人們都將橫行不法。』使徒聖保羅在他的〈羅馬
2630 人書〉中說：『法官們帶矛不是沒有道理的。』他們帶矛為
的是懲罰壞人和作惡的傢伙，為的是保護好人。所以，如果
你想對你的仇敵進行報復，那麼你應該去找法官，他們對你
的仇敵有制裁權；你應當請法官按照法律的規定懲治他
們。」

　　41.梅利比說道：「唉，這樣的報復一點也不合我的心
意。現在我回想一下，發現從我童年時代起，幸運女神就養
2635 育了我，幫助我度過了許多難關。現在我想再試她一下；我
相信，憑著基督的保佑，她會幫助我報仇雪恥。」

　　42.普魯登絲說道：「如果你願意按我的忠告行事，那
你就絕不應該以任何方式去試探幸運女神；按照塞內加的
話，你也不應當低著頭聽命於她，因為『懷著僥倖之心而幹
出來的蠢事，決計不會有好結果』。這位塞內加還說：『幸

運這東西看上去越是清澈而有光輝，它就越是脆，越是容易
2640　破碎。』所以你不要相信幸運女神，因爲她既不堅定又不可
靠，就在你自以爲最有把握得到她幫助的時候，她會欺騙
你，叫你希望落空。既然你說你從童年時代起就受到幸運女
神的養育，我也要說一句：正因爲如此，你更不應當信任
她，也不能信賴她的智力。因爲塞內加說：『誰受到幸運女
2645　神的養育，就會被她培養成大傻瓜。』現在，既然你希望並
要求報復，既然你又不喜歡由法官依據法律來爲你進行報
復，既然抱著僥倖心去進行報復相當危險而又沒什麼把握，
你就只剩一個辦法，那就是求助於懲治一切罪惡與暴行的最
高主宰。他必定會按照自己許下的諾言爲你報復；因爲他說
2650　過：『把報復的事留給我，由我來做這件事。』」⑩

　　43.梅利比答道：「如果人家對我進行了惡意的傷害，
而我不進行報復，那麼我就是在通知和邀請傷害了我的人和
其他一切人，要他們再來對我幹壞事。因爲書上寫有這樣的
話：『如果你受到惡意的傷害而不去報復，你就是在邀請你
的仇敵再來傷害你。』而且，如果我忍了下來，人們就會肆
意傷害我，叫我想忍受也忍受不了；這樣一來，我還會叫人
2655　看不起。因爲人們說：『你越是忍受，就越是有很多事情落
到你頭上，叫你再也忍受不了。』」

　　44.普魯登絲說道：「當然，我承認，過分的忍受並不
好，但不能由此得出結論說，凡是受到人家侵害的人就可以
進行報復；因爲報復這種事歸法官管，屬於他們的職責，因
爲他們應當爲人們受到的侵犯和損害進行報復。所以你剛才
2660　引用的兩句權威性的話，應當理解爲是對法官而言的。因爲

---

⑩本譯本中所有引自《聖經》的語句都譯自喬叟原作。而現在通用的《聖經》
中譯本根據的則是由英格蘭國王詹姆斯一世任命五十四位學者定稿的「欽定
本」，因此兩者在文字上不盡相同。例如這一句在中譯《聖經》中爲：主
說：伸冤在我，我必報應。（見《新約全書·羅馬人書》)。

如果他們一味容忍，對那些幹了惡事和壞事的人不予懲罰，那麼他們不僅是在請人家再幹壞事，而且簡直是在命令人家再幹壞事。有一位聰明人也說過：『如果法官對犯罪的人不加懲處，那麼就是在吩咐他再去犯罪。』在任何地方，如果法官們和當權者們對壞人惡人過於容忍姑息，那麼正由於這樣的容忍姑息，隨著時間的推移，壞人惡人的勢力就會膨脹

2665　起來，以至於使那些法官和當權者在位子上都坐不住，最終使他們喪失權力。

　　45.「現在，我們且假定你有報復的自由。但是我要說，你現在還沒有報復的能力。因為如果你願意拿你和你敵人的力量做一比較的話，你就會發現，他們在許多方面的處境比你的要好——這也是我先前已對你講過的。所以我說，

2670　目前你還是耐心地忍受一下為好。

　　46.「再說，你也很清楚有這樣一句俗話：『一個人去同比他自己強的人爭鬥，這是瘋狂；去同力量跟他不相上下的人爭鬥，那是危險；去同比他弱的人爭鬥，那是愚蠢。』所以每個人都應當盡可能地避免同人家爭鬥。所羅門說：『一

2675　個人如果能避開紛擾和爭鬥，那就是他的巨大榮耀。』所以，要是一個比你強有力的人傷害了你，那麼你與其想方設法地去進行報復，不如努力從這傷害中恢復過來。因為塞內加說過：『誰去同比他強大的人爭鬥，誰就把自己置於巨人的危險之中。』加圖也說：『要是一個權位比你高、勢力比你大的人打擾了你，或傷害了你，你就忍一忍；因為，說不

2680　定有朝一日，這傷害了你的人會幫你一把，救你一把。』現在，假定你既有足夠的力量，也完全有自由去進行報復。但我還是要向你指出，有很多方面的情況會制約你的報復行動，使你傾向於忍受，使你有耐心承受住你所受到的傷害。首先，如果你願意的話，就考慮一下你本身的缺點，天主正是由於你這缺點，讓你遭受這樣的磨難——這一點我先前已

2685 對你講過。因為那位詩人說過：『每當我們想到並且認識到我們理當遭受磨難，我們就耐心地接受這種磨難。』聖格列高利說：『當一個人好好考慮自己所犯錯誤和罪過之多，他就會覺得他所遭受的痛苦和磨難減輕了一些；而且，他越是感到自己罪孽深重，就越是覺得他的痛苦不太厲害，越是覺

2690 得這痛苦易於忍受。』還有，你應當非常虛心地看看我們的主耶穌基督，學習祂的忍耐心。聖彼得在他的書信中寫道：『耶穌基督為我們而受難，祂給我們每個人做出了榜樣，讓大家都追隨祂。因為祂從來沒有犯過罪，祂嘴裡從來也沒有出過惡言：當人們咒罵祂的時候，祂並不咒罵他們；當人們打祂的時候，祂也沒有威嚇他們。』還有，如今在天堂裡的那些聖徒，他們當初在世上沒犯任何罪過而遭受了許多苦難，

2695 但在苦難中他們表現出極大的耐心，這應當能激發起你的耐心。進一步說，考慮到世間的受苦受難相當短暫，很快就會過去，你也就應當更加有忍耐的決心。另一方面，根據聖保羅在他書信中所講的，人們通過忍受苦難而追求的幸福卻是永恆的。這位聖徒說，『天主那裡的幸福是永恆的，』這也

2700 就是說，是永無止境的。你還應當堅決地相信一點：一個沒有耐心的人，或是一個不願意鍛鍊自己耐心的人，就沒有受過良好教養和良好教育。所羅門說：『看一個人的耐心就可』以知道他受的教育和智慧。』在另一處地方他又說：『有耐心的人會極其審慎地控制自己。』這同一位所羅門還說：『怒氣衝衝的人吵吵鬧鬧，而有耐心的人能夠使吵鬧之聲平息

2705 下來。』他還說：『與其強大，不如有耐心；同一個憑武力攻城略地的人相比，一個能主宰自己心態的人更值得讚揚。』所以，聖雅各在他的書信中寫道：『耐心是一種完美的高尚德行。』」

47.梅利比說道：「普魯登絲，我當然承認耐心是一種完美的高尚德行。但是，你所追求的這種完美並不是每個人都

2710　能做到的；而我更不在那些完人之列，因爲在我報仇雪恨以
　　　前，我的心是永遠不會安寧的。事實上，對我的敵人而言，
　　　儘管爲進行報復而害我也給他們自身帶來巨大的危險，但他
　　　們卻不顧這種危險，而只顧滿足他們惡毒的目的。所以，即
　　　使我冒一點險爲自己報仇，甚至做得大大地過了頭，也就是
2715　說，哪怕我以牙還牙，我想人們也不應當責備我。」

　　　　　48.普魯登絲夫人道：「你講出了你的願望，講出了你
　　　的心思。但是在任何情況下，世上的任何人都不應該以暴行
　　　或過激行動爲自己報復。因爲卡西奧多魯斯說過：『誰以暴
　　　行進行報復，誰就同首先施暴者一樣惡劣。』所以你如果要
　　　報復，就得按部就班地進行，就是說，按照法律去進行，而
　　　不是以過火行動或暴行去實現。如果你遭到你仇敵的暴行之
2720　害，也要以法律以外的手段去報復，那麼你就是去犯罪。所
　　　以塞內加說：『一個人永遠不應該以惡還惡。』如果你說，
　　　一個人爲正當防衛而必須以暴力對抗暴力，以攻擊對付攻
　　　擊，那末，只要這防衛行動是當場做出的，在受到攻擊和進
　　　行防衛之間沒有什麼間隔，而且確實是爲了防衛而不是爲了
　　　報復，你這話就說得完全正確。事實上，一個人即使在進行
2725　自身防衛，他也應該有一定的節制，免得落下話柄，結果讓
　　　人家說他反應過火，行動兇暴，這樣的話，有理也成了沒
　　　理。我可以憑天起誓，你很清楚你現在不是要自衛，而是要
　　　去報復，而且你並不想讓你的行動有所節制。正因爲如此，
　　　我認爲對你來說，忍耐爲好。因爲所羅門說過：『不能忍耐
　　　的人必受大苦。』」

　　　　　49.「不錯，」梅利比說道，「我承認，如果一個人爲
　　　了一件同他不沾邊、不相干的事而忍耐不住並大動肝火，那
2730　麼即使他因此而受到傷害也不足爲怪。因爲法律上有一條：
　　　『誰干涉或者干預同他無關的事，誰就有罪。』所羅門說：
　　　『別人在爭吵、在爭鬥，誰去干涉，誰就像去揪住狗耳朵。』

當然，一個人去揪住一條狗的耳朵，而這狗又不認識他，那麼他很可能被那條狗咬一口；同樣的道理，一個人由於沒有耐心，去干涉人家同他毫無關係的爭吵，那麼他也很可能受到傷害。但是你很清楚，他們的這次所作所爲，也就是說，他們這次給我帶來的傷害和痛苦，實在至深至巨。所以，即
2735 使我忍不下這口氣而大動肝火，這也沒什麼可奇怪的。說句失敬的話，我可看不出，如果我進行報復，我怎麼會大受其害。畢竟，同我的仇敵相比，我更加有財有勢。而你也清楚地知道，在這個世界上，一切事情就是憑錢財和資產主宰
2740 的。正如所羅門說的那樣：『萬事聽命於錢財。』」

　　50.普魯登絲聽到她丈夫因自己的富有、爲自己的錢財而自負，卻輕視敵人的力量，便這樣說道：「不錯，親愛的先生，我承認你有財有勢；而且我也承認，對於以正當手段獲取財富並善於使用的人來說，財富確實是種好東西。因爲正像一個人的肉體如果沒有靈魂，就不能生存一樣，肉體也不能脫離物質需要而存在。而且，財富可以爲一個人召來有
2745 權勢的朋友。所以潘菲留斯⑪說道：『如果一個牧牛人的女兒很富有，她就可以從一千個人中間挑選她中意的丈夫；因爲一千個人中間，沒有一個人會不要她或拒絕她。』這位潘菲留斯又說：『如果你很幸福，這也就是說，如果你很富有，你就會找到大量的夥伴和朋友。但如果你運氣變了，沒有了錢財，那麼夥伴和朋友之間的那種情誼也就結束；因爲
2750 你將形單影隻，沒有人與你交往，除非您去同窮人爲伍。』潘菲留斯還說：『哪怕是奴僕和農奴家出身的人，只要有了財富，就可以變得體面而高貴。』而正像財富可以帶來許多好處，貧窮可以帶來許多災難和壞處。因爲極端貧困會迫使人去幹許多壞事，所以卡西奧多魯斯把貧窮稱作『毀滅之

---

⑪潘菲留斯（？～309）是古羅馬時期的基督教作家。

2755　母，也就是說，是崩潰和敗落之母。所以彼得‧阿方索說：
　　　『人生在世，最大的厄運之一，就是一個家世好、出身清白
　　　的人為貧困所迫，只得以敵人的施捨為生。英諾森⑫在他的
　　　一本書裡也說過同樣的話：『一個可憐乞丐的處境是不幸
　　　的，是悲慘的，因為他如果不去要飯，就會餓死；而如果他
2760　去要飯，就會羞死；然而境況逼得他不得不向人要飯。』正
　　　因為如此，所羅門才說：『與其這樣窮困潦倒，還不如死的
　　　好。』這位所羅門還說：『與其過這樣的生活，倒不如慘死
　　　來得痛快。』根據我對你講的這些理由，也根據我可以舉出
　　　的許多其他理由，我承認：對於以正當手段獲得財富的人來
　　　說，對於能正確使用財富的人來說，財富是一樣好東西。正
　　　因為如此，我要告訴你，應當怎樣去獲得財富以及應當怎樣
2765　去使用財富。

　　　　51.「首先，你積聚財富的願望不可過於強烈和過於急
　　　切，積聚財富要不慌不忙、逐漸逐漸地進行。因為貪財的人
　　　首先會自甘墮落，幹出偷盜等等的罪惡勾當。因此所羅門
　　　說：『急於發財、忙於致富的人，沒有一個是清清白白的。』
　　　他又說：『一個人的錢財來得容易，那就去得也快；但是一
2770　點一點掙得的錢財，就會不斷地積累起來。』先生，你應當
　　　好好地運用你的智慧，以你的努力去獲得財富，而不要用損
　　　害別人、侵犯別人的辦法。因為法律上有一條：『任何人不
　　　得以損害他人的手段而致富。』這也就是說，任何人不得以
　　　損害他人而致富這個道理是天經地義的。圖利烏斯說：『人
2775　們所可能經受的憂傷，可能懷有的對死亡的恐懼等等並不違
　　　背情理，違背情理的倒是：人們為增加自己獲得的利益而損
　　　害別人。儘管有權有勢的人比你容易獲取錢財，你可不要在

⑫英諾森疑指某位教皇或其中的英諾森一世，因為到喬叟的時代，已有太多
位叫英諾森的教皇。

爲自己謀取利益上拖拖拉拉，懶懶散散；因爲你應當在一切
事情上避免懶散。』所羅門說：『懶散能教人做很多壞事。』
這同一位所羅門還說：『一個忙忙碌碌、辛勤耕作自己土地
的人，該有麵包可吃；而一個懶懶散散、無所事事、遊手好
閒的人，必然陷入窮困，以至於餓死。』懶懶散散、拖拖拉
拉的人永遠找不到合適的時間爲自己的利益幹點事。有位詩
人說：『懶漢不幹活，冬天裡藉口天氣太冷，夏天裡藉口天
氣太熱。』就因爲這種緣故，加圖說道：『醒醒吧，你們可
不要太貪睡；因爲睡得太多會滋生出許多罪惡。』所以聖哲
羅姆[13]說道：『做些好事吧，免得與我們爲敵的魔鬼發現你
無所事事。因爲魔鬼見到誰在做好事，就很難把這人搜羅去
爲他服務。』

　　52.「這樣說來，你要獲取財富，就一定要避免懶散。然
後，在使用你以知識和辛勞獲取的財富時，你也應當適可而
止，別讓人們說你吝嗇小氣或說你大方得像傻瓜，就是說，
花錢不要過於大手大腳。因爲，正像人們爲吝嗇小氣而責罵
守財奴，人們也同樣責罵揮霍浪費的人。所以加圖說：『要
恰當地使用你掙來的錢財，讓人們沒有任何理由說你是敗家
子或吝嗇鬼；因爲一個人如果內心很貧乏，而錢袋很飽滿，
那就非常可恥。』他還說：『使用你手中的錢財時，要有節
制。』這就是說，要花錢有度；因爲有些人花錢時揮霍浪
費；傻勁十足，待到把自己的家產花得精光之後，就要設法
謀取別人的錢財。其次，我說你應該避免貪婪；要恰當地使
用你的錢財，免得人家說你把錢財埋藏了起來，相反，你要
把錢財掌握在自己手裡，自己要用就用。有個聰明人爲責備
一個貪財的傢伙，寫了這樣兩句詩：『一個貪財鬼爲什麼埋

---

⑬聖哲羅姆（347～420）是早期西方教會教父，《聖經》學者，通俗拉丁文
本《聖經》譯者。

藏他的財富？他明知世上的人都得走死亡之路。』是啊，出
於什麼緣故和動機，他讓自己同他的財產緊緊地結合在一
2805　起，連他的心思都離不開他的財產，而他明明知道，或者說
應該知道：他死了以後，不能從這個世上帶走任何東西？所
以，聖奧古斯丁說：『貪婪之徒就像是地獄；因為地獄吞下
去的人越多，就越是想吞食更多的人。』同樣，你既要避免
被稱為貪婪小氣的人，也應該自我約束，免得人家稱你為濫
2810　花錢的傻瓜。所以圖利烏斯說：『你家的錢財不應該藏起
來，也不應該守得太牢，而應該為同情心和善意而啟用。』
——就是說，要用其中的一部分周濟那些有急需的人——
『但是你對你的錢財也不應當毫無保留，不能使它成為每個人
的錢財。』其次，在獲取資財和使用資財時，你心裡應當時
2815　時記住三件事，這就是：我們的天主、良心和好名聲。首
先，你應當把神放在心中，切不可為了錢財而去幹任何會使
神不快的事，因為是神創造了你，給了你生命。所羅門的說
法是：『錢財少而得到神的愛，強似財寶多而喪失天主的
愛。』先知說道：『做一個只有少量錢財的好人，強似做一
2820　個擁有巨大資產卻被認為是壞蛋的人。』我還要進一步對你
說，在你努力積聚財富時，你應當始終憑良心掙錢聚財。聖
保羅說：『在這個世界上，最叫我們高興的事情是：我們的
良心能夠為我們作證。』這位聖哲還說：『人的良心上如果
沒有罪過，那麼他的資產才真的不錯。』再其次，在獲取財
2825　富和使用財富時，你必須做出巨大的努力，讓你始終都保有
良好的名聲。因為所羅門說：『對一個人來說，有好名聲不
但比有巨額資產好，而且也更加有用。』所以他又在另一處
地方說：『你要做出巨大的努力　來保住你的朋友和你的好
名聲；因為同任何最珍貴的財寶相比，這二者將更長久地伴
2830　隨你。』一個人即使做到了敬畏天主並有良心，即使他做到
這一切，但只要他沒有努力地去保全他的好名聲，那麼他肯

定就不該被稱作爲有德之人。卡西奧多魯斯說：『一顆有德之心的標誌是：既熱愛好名聲，又熱望有一個好名聲。』所以聖奧古斯丁說：『有兩樣東西是必需的，是不可以沒有的，那就是良心和良好的名聲。這就是說，爲了你內在的靈魂，你得有良心；爲了你外在的鄰人，你得有好名聲。』誰
2835 只是一味相信自己的良心，而對於自己的好名聲或令譽則不屑一顧或感到討厭，即使沒有了好名聲也毫不在乎，那麼這個人只是個粗鄙之徒。

53.「我的夫君啊，現在我已經對你講了，你應當怎樣積聚錢財，應當怎樣使用錢財。我看得非常明白，你因爲相信自己有錢，你也就傾向於同人家開戰。但是我要勸你，絕不要自以爲有錢，就決定開戰；因爲你的錢財還不足以維持
2840 戰鬥。所以一位哲人說過：『一個好鬥並且希望一直有仗可打的人，永遠也不會有足夠的經費；因爲，如果他想要獲得崇敬和勝利，那麼他越是有錢，他的花費必然就越大。』所羅門說：『一個人的財富越多，那末來花他錢的人也越多。』親愛的夫君啊，儘管憑你的財富，你可以有很多追隨者，但是如果爲你的聲望和利益考慮，能夠以和平手段解決的話，
2845 那你就不應當開戰，因爲這不是好事。因爲在這個世界上，戰鬥的勝利既不在於人數的眾多，也不在於人的大丈夫氣概，而在於我們全能天主的意願，這全在他的掌握之中。所以，當天主的武士猶大·馬加比⑭想要同人多勢眾的敵人作
2850 戰時，對他人數少、力量單薄的部下這樣鼓動道：『對於我們全能的天主來說，要使人數少的隊伍獲勝也很容易，就像使人數多的軍隊獲勝一樣容易；因爲戰鬥的勝利並不取決於人數眾多，而取決於我們的天主。』親愛的先生，〔一個人

---

⑭猶大·馬加比（？～前161）是猶太游擊隊領導人，曾抗擊塞琉西國王的入侵，使猶太免於希臘化，勝利後修復耶路撒冷聖殿，爭取猶太人宗教信仰自由及政治獨立，後戰死。

說不準自己是不是配得到神的愛〕，同樣，一個人也說不準
自己是不是配得到神給的勝利，正因爲如此，所羅門才說每
2855　個人都應當對開戰有所忌憚。還有，一旦開戰了就會有許多
危險，有時候大人物同小百姓一樣轉眼就被殺死。所以，
〈列王紀下〉中寫道：『戰鬥的結果帶有偶然性，根本無法
確定；因爲無論這個人或那個人，都很容易被矛刺中。』既
然戰鬥中的危險性糧大，一個人就應當盡可能體面地避免同
2860　人家開戰。所羅門說：『喜歡危險的人將會在危險中倒下。』」

　　54.在普魯登絲夫人說了這樣一番話之後，梅利比回答
道：「我的夫人普魯登絲啊，你的話講得很公道，你也給我
講了一番道理，我聽了之後也非常明白，你是不喜歡我向人
家開戰的；但是到現在爲止，對於在這種緊迫形勢下該怎麼
辦這一問題，我還沒有聽到你的意見。」

　　55.「不錯，」夫人說，「我要向你提的建議是：同你
2865　的敵人妥協，大家和平相處。聖雅各在他的書信中寫道：
『大家和睦一致，小錢就變成大財；大家你爭我吵，大財也
不免衰敗。』你清楚地知道，在這個世界上，一件最重大最
高於一切的事情，就是團結與和平。所以，我們的主耶穌基
督對他的使徒們這樣講：『熱愛並追求和平的人們快樂而有
2870　福，因爲他們被稱爲神的孩子。』」⑮「啊，」梅利比說
道，「現在我看清楚了，你並不愛惜我的榮譽和我的聲望。
你明明知道，是我的仇敵先下了毒手，才挑起這次對抗的。
而且你也看得很清楚，他們既沒有向我要求，更沒有向我請
求和平，甚至沒有提出和解。難道你要我去他們那裡，對他

---

⑮這裡又是一個例子，表明喬叟所引用的《聖經》與後來欽定的《聖經》存
　在著區別。根據由欽定的英語《聖經》譯出的中文《聖經》，這句話的中譯
　文是：「使人和睦的人有福了，因為他們必稱為上帝的兒子。」見《新約全
　書·馬太福音》。

們俯首帖耳、卑躬屈膝，向他們討饒，要他們開恩嗎？說實
2875 在的，我的榮譽感不允許我這麼做。因為正如人們所說的那
句話：『過分的熟悉會產生輕蔑之心，』同樣，過分的謙虛
或忍讓也會導致這種結果。」

56.這時，普魯登絲夫人開始顯得有些生氣，說道：
「先生，對不起；我可以肯定地說，我愛惜你的榮譽和利益
同愛惜我自己的一樣，而且一貫如此。對於這點，無論是你
或是任何別的人，都從來沒有否定過。即使我說的話是要你
付出代價，以取得妥協和太平，那麼我這話既沒什麼大錯，
2880 也沒有說得離譜。因為自有聰明人說過：『不和起於別人，
但和解起於你自己。』先知也說：『要避惡行善，要盡可能
地尋求並遵循和平之道。』但我並不是說你應當向你的敵人
求和，而他們不應當向你求和；因為我清楚地知道，你心腸
2885 很硬，是不肯為我做任何事情的。所羅門說：『心腸太硬的
人，到頭來必遭不幸。』」

57.聽普魯登絲說話的口氣像是生了氣，梅利比就這樣
說道：「夫人，我請求你別為我說的一些話而感到不快；因
為你知道得很清楚，我現在又是氣又是惱，當然這也並不奇
怪；而一個氣惱的人既不知道自己在做什麼，也不知道自己
2890 在講什麼。所以先知說：『眼睛有了病，就會看不清。』不
過，你喜歡怎麼講就怎麼講，想對我提什麼意見就提；因為
我非常願意照你的心願去做正當的事。如果你責備我愚蠢，
那麼我就會更加愛你，更加敬重你。因為所羅門說過：『同
一個用甜言蜜語騙人的傢伙相比，一個責備人家做了蠢事的
2895 人將蒙受更多的天恩。』」

58.於是普魯登絲夫人說道：「我只是為了你的大局考
慮，才感到又是氣又是惱。因為所羅門說過：『一個傻瓜幹
了蠢事，有的人當面責備或責罵他，顯得很氣憤，有的人當
面支持和讚揚他幹的錯事，背後卻笑話他的愚蠢；兩者相

比，前者高尚。』這位所羅門後來還說：『看到人家的愁容』
——這也就是說，看到人家難過而心情沉重的面容——『傻
2900 瓜會改正自己的錯誤。』」

　　59.梅利比隨即說道：「你給我擺出了這麼多正經的道理，
我真不知道該怎麼一一回答。你還是簡短地講一講你的想法和
你的建議，我一定照你的意思去辦，去做好這件事情。」

　　60.普魯登絲夫人把心思全講了出來，對丈夫這樣說
道：「我勸你做的第一件要緊事情，就是不要同天主過不
2905 去，要順從天主並爭取他的恩典。先前我已經對你說過，天
主讓你經受這次災難，是因為你有罪。如果你能夠按照我對
你說的話去做，天主會叫你的仇敵來找你，會叫他們跪倒在
你面前，隨時按你的意願和你的吩咐去做。因為所羅門說
過：『如果一個人的所作所為使神感到高興和歡喜，他能使
這人的仇敵回心轉意，使這些仇敵不得不來請求這人的寬
2910 恕，要求同他和平相處。』這裡我要求你一件事，就是讓我
同你的敵人私下裡談一談；為的是不讓他們知道這經過你的
同意。然後，在我得知他們的意向之後，我就可以更有把握
地向你提出建議了。」

　　61.「夫人，」梅利比說道：「按你的心願和你喜歡的
方式去做吧，因為我把自己交託給你，完全由你來支配，由
2915 你來安排。」

　　62.普魯登絲夫人看到丈夫已經同意，便在心裡考慮並
盤算了一番，想要為這件棘手的事情找到一個妥善圓滿的解
決辦法。她看準了時機，便派人去找她丈夫的那幾個仇敵，
要他們來同她私下裡會一會。她非常得當地向他們說明，和
平相處將會帶來的巨大好處，彼此開戰將會帶來的巨大損害
2920 和危險；她心平氣和地對他們說，他們應當深深地感到後
悔，因為他們的確傷害了她的丈夫梅利比，傷害了她本人和
他倆的女兒。

63.聽了普魯登絲夫人的這一番好言相勸，那幾個人大
為驚奇並對她非常敬佩，心中的欣喜之情無法形容。「夫人
哪！」他們說道，「用先知大衛的話來說，你向我們顯示了
2925 『甘美的祝福』。你一片好意，向我們提出了和解的建議，
真叫我們感到無地自容，因為這本該由我們提出，而且應該
帶著深深的懊悔和歉疚之感提出。現在我們深切地體會到，
所羅門確實才智雙全，因為他曾這樣說過：『好言好語能使
2930 朋友成倍增加，能使惡人謙恭溫雅。』

64.「我們一定要，」他們說道，「把我們的行動，把
我們所有的理由和根據全放在你手裡，由你明斷；同時我們
也做好準備，隨時按梅利比大人的話和吩咐去做。所以，親
愛而仁慈的夫人，我們懷著理所當然的最謙卑心情向你提出
懇求，請你寬宏大量，讓你這一番美好的言詞化為事實。因
為我們既考慮到，也認識到，我們已極其嚴重地冒犯並傷害
2935 了梅利比大人，以至於我們對他已無力進行彌補。所以我們
和我們的朋友負有道義上的義務，一切應當按他的意願和他
的吩咐去做。然而，我們所給予他的傷害也許使他心頭沉
重，餘怒未消，因此想對我們施以無法承受的重罰。所以，
2940 高貴的夫人哪，我們請求你：從你女性的仁慈之心出發，在
這件棘手的事情上多起些作用，免得我們和我們的朋友因一
時糊塗而被剝奪應當享有的權利並就此毀了一生。」

65.「確實如此，」普魯登絲說道，「一個人如果毫無
保留地把他自己交在敵人的手裡，完全由敵人對他進行處
理，那是一件難事，而且也相當危險。因為所羅門說過：
『請相信我，請相信我講的話：你們這些人，這些百姓，這
2945 些神聖教會中的首領們，在你們活在世上的時候，絕不要把
控制你們身體的權力交給你們的兒子、你們的妻子、你們的
朋友和你們的兄弟。』既然他要人們別把控制自己身體的權
力交給他們的兄弟和朋友，那麼他更有理由不允許人們把自

己交給敵人。不過話得說回來，我勸你們不要懷疑我的丈夫。因爲我非常清楚地知道，他爲人謙和友善，寬厚有禮，2950 既沒有勃勃野心，也並不貪圖財富。因爲在這個世界上，除了人們的尊重和榮譽，他沒有什麼別的要求。另外，我知道得很清楚，也很有把握的一點，就是在這件棘手的事情上，他對我是言聽計從的。所以我要爲這件事出力，以便讓我們雙方憑著我們天主的恩典，能夠彼此和解。」

66.於是那幾個人異口同聲地說道：「可敬的夫人哪，現在我們把自己和自己的一切完全交在你手裡，由你隨意處2955 置。無論你喜歡在哪一天高抬貴手，只要你對我們確定下來，我們一定來履行你的仁慈心腸想讓我們承受的義務。無論這義務多麼沉重，我們也一定要滿足你和我們梅利比大人的願望。」

67.普魯登絲夫人聽了這些人的回答之後，就叫他們悄悄地離去，而她自己則來到她夫君梅利比的跟前，講了一番經過，說是她發現丈夫的仇敵都已低聲下氣地承認犯了侵害2960 之罪，現在十分懊悔，所以也都願意接受任何懲罰，只是懇求他寬宏大量，發發慈悲。

68.於是梅利比說道：「一個人犯了罪過而不爲自己辯解，相反，他承認自己的罪過，既表示悔改又要求寬恕，那麼這個人的罪過是可以寬恕的。因爲塞內加說過：『誰懺2965 悔，誰就得到赦免和寬恕。』因爲懺悔已接近於無辜。在另一處地方他還說：『承認自己犯了罪過並感到羞愧的人，是值得予以赦免的。』所以我同意和解，對此表示認可；但是，我們做這件事最好能取得我們朋友的同意。」

69.這時，普魯登絲夫人非常高興，說道：「你這個回2970 答確實很好。既然先前在你朋友們的建議、贊同和支持下，你已經激動起來，要進行報復和開戰，那麼現在你沒取得他們的同意就先別同你的敵人講和修好。因爲法律上有一條：

『從本質上來說，由製造問題的人去解決問題是最好的辦法。』」

　　70.於是普魯登絲夫人毫不耽擱，立刻派人請來了他們的親戚和他們忠實而明智的老朋友，並當著梅利比的面，有條有理地向他們講述了一切——所有這些上面都已經講得一清二楚了。她要求他們就這件事情發表看法和意見，看看怎麼辦最好。梅利比的親友們對這件事做了反覆的考慮，又認眞仔細地進行了研究，最後他們完全贊同和解以平息事端，並認爲梅利比應當眞心實意地接受敵人的請求，寬宏大量地饒恕他們。

　　71.普魯登絲夫人先前得到了丈夫梅利比的同意，現在又聽到了親友們的意見，而這些意見與她的願望和心意完全一致，心裡感到欣喜異常，於是說道：「有一句老古話說得好：『一件好事如你能夠今天幹，那就去幹；不要等待，不要把這件事拖到明天。』所以我要建議：派幾個辦事穩健而又機智的人去找對方，讓派去的人代表你向他們說明，如果他們願意同我們和解的話，那麼就不要耽擱，就立刻到我們這裡來。」於是這意見就付諸實施。梅利比的那幾個敵人正爲他們幹的蠢事而懊悔，覺得本不該去侵害梅利比家人，現在聽到對方派來的人所說的一番話，自然是滿心歡喜，當下就言詞謙和地回答了來人，說是非常感謝他們的主人梅利比和他所有的親戚朋友；同時，他們也毫不拖延地做好準備，並同那些來人一塊兒出發，去聽候他們的主子梅利比大人的處置。

　　72.就這樣，他們很快就上路，向著梅利比的宅第進發；當然，他們這回去時還帶著幾個知心的朋友，讓他們去爲自己擔保或爲他們當人質。他們來到梅利比的跟前時，他對他們這樣說道：「你們無緣無故地對我，對我的妻子普魯登絲，還對我的女兒，造成了極大的傷害；情況就是這樣，而

且都是實情。由於你們用暴力闖進了我的屋子，而且還犯下了這種暴行，所以大家都知道你們已犯了死罪。正因爲如此，我要問問你們：由我和我的妻子普魯登絲來決定對你們這一暴行的懲罰，你們願意還是不願意？」

73.於是他們三個人中間最聰明的一個代他們回答道：「大人，你這麼尊貴，這麼顯赫，我們清楚地知道，我們不配進你的府第。我們大錯特錯，竟以那樣的方式冒犯了你這位高貴的大人，犯下了罪過，所以死也活該。但是世人都看到，你爲人極其善良寬厚，所以我們願把自己交付給你，任由你這位寬宏大量的大人明斷，並做好準備，服從你的一切裁斷。只是我們懇求你大發慈悲，考慮我們的極度悔恨，考慮我們伏地請罪的態度，寬恕我們那種肆無忌憚的侵害行爲吧。我們清楚地知道，我們對你這位高貴的大人所犯下的罪行可惡而又可恨，是一種很深的罪惡，但是你的寬厚和仁慈是一種更深更深的善心。」

74.這時，梅利比態度溫和地把他們從地上攙起，聽取了他們將接受任何懲罰的誓言，接受了他們所提供的種種保證，然後給他們定下一個日期，要他們到時候再來，以聽取並接受梅利比爲上述罪行而對他們做出的判決。這事結束之後，他們各自回家。

75.普魯登絲夫人找了個機會，詢問她的夫君梅利比，他準備怎樣報復他的那些仇敵。

76.對此，梅利比回答道：「可以肯定地說，我已決定沒收他們的財產，剝奪他們的一切權利，把他們永遠流放出去。」

77.「說眞的，」普魯登絲夫人道，「這個判決過於嚴厲，而且很沒有道理。因爲你有足夠的錢，並不需要人家的財產；而且這樣一來，你可能很容易就得到一個貪婪的名聲。這名聲可是個壞東西，是每個正派人都應當避開的。因

3030　爲，根據聖保羅說的那句話：『貪婪是一切罪惡之根。』所
　　　以對你來說，寧可自己損失許多財產，也不能以這種方式收
　　　取人家的財產。因爲與其以邪惡而可恥的方式獲取財產，遠
　　　不如喪失財產而保全聲譽。每個人都應當盡心盡力地爲自己
　　　贏得一個好名聲。而且，每個人不但應當爲保全好名聲而努
　　　力，而且還應當讓自己時時有所作爲，爲他的好名聲增添新
3035　的光彩。因爲人家早就寫下了這樣一句話：『一個人從前的
　　　好名聲好名望，如果沒新的東西添上，就很快會過去並被遺
　　　忘。』至於你說你要流放你的敵人，我認爲這非常沒有道
　　　理，而且極其過分，因爲你應當考慮到，是他們將處置他們
　　　的權力交給了你。人家還早就寫下了這樣一句話：『誰濫
3040　用、錯用人家給予他的權力，就應當剝奪他的這種特權。』
　　　我認爲，儘管依據法律你也許有權利對他們施以那種懲罰，
　　　但我覺得你千萬不該那麼做。因爲你很可能沒法把這事付諸
　　　實施，而這一來，情況看來又會變得像從前一樣，弄得彼此
　　　爭鬥不休。所以，如果你要人家聽命於你，你在做出判決時
3045　就應該體諒人家一些，也就是說，你得手下留情，從輕發
　　　落。因爲早就有這樣的話記錄了下來：『誰發的命令最體諒
　　　下情，人家對他就最樂於從命。』所以在這件棘手的事情
　　　上，你得克制你的感情。因爲塞內加說過：『誰能克服自己
　　　的感情，就有雙倍克服的本領。』圖利烏斯說：『對於位高
3050　權重者，最最值得稱讚的，就是他的仁慈、謙讓、隨和，』
　　　所以我現在要勸你，要你堅決放棄報仇的想法，從而保全你
　　　的好名聲，而人們也可以有足夠的理由來讚美你，說你仁慈
　　　而富於同情心。這樣，你就永遠也不會有理由爲你做的事而
3055　懊悔。因爲塞內加說過：『誰對自己的勝利有所懊惱，那麼
　　　他的勝利並不妙。』因此，我要請求你，讓你的腦海裡和心
　　　坎裡萌生出憐憫，從而在最後審判日⑯時，我們全能的主，
　　　也會對你加以憐憫。因爲聖雅各在他的書信中說過：『誰對

別人沒有憐憫，那麼對他的審判也將沒有憐憫。』」

　　78.梅利比聽了普魯登絲夫人的這番令人信服的道理，
3060　又聽了她明智的見解和開導，再考慮到她那種真摯的情意，
心思便開始同妻子的意願趨向於一致，不久便完全同意妻子
的意見，決定按她的話去辦。梅利比還感謝那作爲一切德、
一切善之源的天主，感謝祂給了自己這樣一位足智多謀的妻
子。到了預定的那一天，梅利比的那些敵人來到了他的跟
3065　前。他十分和善地對他們這樣說道：「由於你們的驕傲自大
和不動腦子，加上疏忽與無知，結果做錯了事，傷害了我。
雖然如此，看到你們低頭認罪，看到你們爲此而懊惱和悔
3070　恨，我也就只能對你們網開一面，從寬發落了。所以我寬恕
你們，不再計較你們對我和我的家人所做出的一切侵犯和傷
害。我這樣做，有我的動機和目的，這就是在我們死去之
時，無限仁慈的天主也會寬恕我們，會寬恕我們在這可悲的
世界上對祂犯下的罪過。毫無疑問，對於我們在天主的注視
3075　之下犯下的罪過，如果我們感到懊惱和悔恨，那麼寬宏大量
的天主就會寬恕我們的罪過，把我們帶進祂那永無止境的
3078　巨大幸福之中。阿門！」

梅利比和普魯登絲夫人的故事
喬叟講到這裡結束

---

⑯根據《聖經》中的說法，到了世界末日，上帝要對所有已死的人做最後的
審判。

修道士

修道士的引子

旅店主人打趣修道士的話

當我剛一講完梅利比的故事，

3080　　並且描述了賢慧的普魯登絲，

旅店主人就說道：「我為人忠實，

願意憑聖母珍貴的聖體起誓：

我寧可不要上等麥芽酒一桶，

只要這故事傳到我賢妻耳中！

3085　　因為同這位普魯登絲比的話，

我這位妻子的耐心顯得太差。

我的天哪！每當我動手打小廝，　　　10

她總是給我拿來粗大的棍子，

還喊道：『打死他們，一個也別留！

3090　　打斷這些崽子的脊樑和骨頭！』

而且，我的妻子如果在教堂中

看到有任何鄰人不向她鞠躬，

或在教堂裡有冒犯她的地方，

她回到家裡就對我大叫大嚷：

3095　　『給你老婆報仇，沒出息的東西！

你的刀應該給我，憑聖骨起誓，

你應該拿起我的紡杆去紡紗！』

她一天到晚就是愛這樣叫罵：　　　20

　　　　　　『我的命真是好苦，嫁的丈夫
3100　　　是個膽小鬼，是個沒骨氣之徒。
　　　　　　隨便什麼人都能欺負凌辱你！
　　　　　　你卻不敢保衛你老婆的權利！』
　　　　　　這就是我的生活，除非我打架；
　　　　　　所以我只能立刻離開我的家，
3105　　　要不然待在家裡我只能完蛋，
　　　　　　除非像一頭猛獅也十分兇悍。
　　　　　　我知道有一天我會受她影響，
　　　　　　會去殺了個鄰人，然後去逃亡。　　　30
　　　　　　因為我手裡有著刀就很危險，
3110　　　而要我同她對著幹我可不敢，
　　　　　　因為我絕不撒謊，她雙臂粗壯，
　　　　　　誰若得罪了她就知道那力量。
　　　　　　這件事不提了。」接著他又說道：
　　　　　　「修道士先生，把你興致提提高；
3115　　　說真的，你也應該講個故事吧。
　　　　　　哦看哪，羅切斯特已經快到啦！①
　　　　　　可別讓消遣中斷，騎過來一點！
　　　　　　我還不知道你的大名，我的天！　　　40
　　　　　　該怎麼稱呼你，叫你約翰先生、
3120　　　托馬斯先生，還是奧爾本先生？
　　　　　　究竟你在哪個修道院裡修道？
　　　　　　我對天起誓，你的面色非常好；
　　　　　　你常待的牧場準是水草豐美——

────────────

①羅切斯特是英格蘭肯特郡城市，古代為帶城牆的羅馬不列顛城鎮。當
地有建於七世紀的聖安德魯教堂。現在，從倫敦通往坎特伯雷和多佛爾
的鐵路經過此地。

你可不像悔罪人也不像餓鬼。

3125　我保證，你準擔任著什麼職司，
　　　不是可敬的司事就是管伙食；
　　　總之，憑我父親的靈魂，依我猜，
　　　你在那修道院裡相當吃得開——　　　　　　50
　　　不是可憐的一般修士或新手，

3130　而是掌握著實權又足智多謀。
　　　再憑你這一身骨頭和一身肉，
　　　可以看出你這人已經混出頭。
　　　當初是誰竟讓你皈依了教門？
　　　我真要祈求上帝：懲罰那個人。

3135　要是曾有一個好機會給了你，
　　　讓你在傳宗接代上發揮能力，
　　　那你準是精力旺盛的大公雞，
　　　讓人家給你生下一大堆子女。　　　　　　　60
　　　你要穿這麼寬大的法衣幹嘛？

3140　可惜我不是教皇，如果是的話，
　　　我讓你和你所有魁梧的同道——
　　　任你們腦殼上頭髮剃得多高——
　　　都娶個老婆。因為世界要完啦！
　　　教會把身強力壯的人往裡拉，

3145　剩下的俗人都是些瘦小的蝦！
　　　瘦弱的樹只長得出瘦弱的芽，
　　　所以我們只能有瘦弱的後代——
　　　以後他們將會生不出子女來。　　　　　　　70
　　　這就使我們的老婆去找教士，

3150　因為你們確實比我們有本事，
　　　能夠更好地償還維納斯的債；

主知道，你們不會付出假幣來！
但是先生，別爲這玩笑而生氣，
因爲玩笑中我常聽出些道理。」

3155　可敬的修道士耐著性子聽完，
　　　說道：「我願意盡我的能力去幹，
　　　只要是故事無傷大雅，講就講，
　　　別說一個，講它兩三個也無妨。　　　80
　　　如果你們願意聽，就請過來聽，
3160　我給你們講聖愛德華的生平，
　　　或給你們先講些悲劇性故事，
　　　這種悲劇我的腦子裡多的是；
　　　所謂悲劇就是歷史上的事蹟，
　　　古籍上記錄了下來供人回憶，
3165　其中的主人公原先興旺發達，
　　　後來卻一蹶不振而難以自拔，
　　　最後終於悲慘地了結了一生。
　　　這些悲劇以詩歌的形式寫成，　　　90
　　　每行六音步，稱作六音步詩句——
3170　也有不少以散文寫成的悲劇——
　　　當然用其他音步寫成的也有。
　　　你們瞧，這一段說明已經足夠。

　　　「如果你們願意聽，那麼就聽好；
　　　但是有個要求我首先要提到：
3175　就是講到的教皇、皇帝和君主，
　　　我在次序上也許有一點出入，
　　　同書上看到的也許不全一致，

　　可能是前前後後改變了位置，　　　　　*100*
　　反正先想到什麼就什麼先講；
3180　　我才疏學淺，請你們各位原諒。」

結束

修道士的故事

修道士的故事由此開始
取自《名人落難記》

我要以悲劇這樣的一種文體
爲遭到不幸的人們表示悲哀；
他們從高位上一旦跌落在地，
難把他們再從逆境中拉出來。
3185　幸運女神從他們那裡要跑開，
那就沒有誰能讓她改變主意；
所以不要對幸運盲目地信賴，
要看看歷史上這些確鑿事例。

路濟弗爾①

路濟弗爾本是個天使不是人，
3190　但是我首先就想把他講一講；　　10
天使，照理說命運女神不敢碰，
但他卻因犯了罪被趕出天堂，
落到地獄裡，一直關在那地方。

———————

①路濟弗爾是音譯，是早期基督教對墮落前撒旦的稱呼。意為明亮之星，早晨之子，金星。

路濟弗爾呀，你已落入不幸裡，

3195　儘管以前你在天使中最輝煌，

現在成了撒旦，苦難將纏住你。

亞　當

瞧瞧亞當，大馬士革的花園裡

我們全能的天主親手製造他

（同男子骯髒的精液沒有關係）；

3200　除了棵禁樹，那樂園由他管轄。　　　　20

要論地位高，世人都比不上他，

但後來因為行為上出了大錯，

從他顯赫的位置上面被趕下，

落到地獄裡經受苦難和折磨。

參　孫

3205　來看看參孫，在他出生前很久，

天使就已宣告他出生的消息，

並且把他奉獻給全能的天主。

在有視力的時候，他所向無敵：

在力量上，沒人能夠同他相比，

3210　也沒有一個人像他那樣堅強；　　　　30

但他向他的妻子透露了祕密——

這招來了不幸，使他自殺身亡。

參孫，這一位力大無窮的鬥士，

在他去參加自己婚禮的路上，

3215	活活打死並撕碎了一頭猛獅，	
	憑的只是他沒拿武器的手掌。	
	不忠的妻子逗得他心花怒放，	
	探聽出他的祕密便背信棄義，	
	把這祕密告訴了參孫的敵方——	
3220	自己就投奔新歡，把丈夫拋棄。	40

	憤怒的參孫捉來三百隻狐狸，	
	在每條尾巴上他把火把繫牢，	
	然後把所有的尾巴繫在一起，	
	便在這些尾巴上點起火燃燒。	
3225	這一來，當地的莊稼全被燒掉，	
	橄欖樹、葡萄樹也沒一棵剩下——	
	他拿驢子的腮骨當武器打仗，	
	竟然一千名對手就這樣被殺。	

	殺掉他們之後，他口渴得要命，	
3230	差點就渴死，於是他祈求天主，	50
	求天主對他的痛苦加以憐憫：	
	給他些水喝，要不他沒有活路。	
	從那腮骨的牙齒竟有水湧出，	
	儘管剛才那整塊骨頭很乾燥；	
3235	於是他立刻把那水喝飽吃足——	
	天主這樣幫他，〈士師記〉裡寫到。②	

②事見《舊約全書·士師記》15章，但在一些具體的說法上兩者略有差異。下節詩則可見〈士師記〉16章。

他不管迦薩城裡的非利士人，
一天夜裡就用他周身的力氣，
卸下了那座城市的兩扇城門，
3240　放在肩上，扛到高高的山上去，　　　　60
為的是讓人看到他幹的事蹟。
親愛的參孫，你強大而又高尚，
要是你沒有向婦人洩露祕密，
世上將沒有人能夠同你對抗。

3245　參孫從來不喝烈酒和葡萄酒，
從來不用刀剪把頭髮剪或剃；
這是他遵從天使提出的要求，
因為正是那長髮使他強有力——
整整在二十個年頭的歲月裡
3250　是這力量使他把以色列統治。　　　　70
但不久他將流下無數的淚滴，
因為女人將使他遇上倒楣事！

他把祕密告訴了情人大利拉，
說是他的力量全在他頭髮裡，
3255　但這女人向他的敵人出賣他。
一天，大利拉趁他睡在她懷裡，
便把他的長頭髮全部都剪去，
然後向他的敵人透露這情形；
敵人一看到他這樣睡在那裡，
3260　便把他捆住，挖掉了他的眼睛。　　　　80

在他的長髮被全部剪去之前，

人們沒辦法用繩索把他捆住；
但現在他卻被關在地牢裡面，
人家還要他推磨，推得很辛苦。
3265　哦，高貴的大力士參孫哪，當初，
你是士師，生活在榮華富貴裡，
如今只能用瞎掉的雙眼哀哭，
因為從高位落到悲慘的境地。

這囚徒的結局，我給你們講吧。
3270　有一天，他的敵人要大擺筵席，　　　90
叫他也去，讓大家當眾羞辱他。
筵席擺在一座壯麗的神殿裡；
而他終於狠狠地給敵人打擊：
他抱住兩根柱子，搖倒了它們——
3275　那神殿的屋頂立即塌落在地，
壓死了他和他所有那些敵人。

這也就是說，所有的文武大員
和三千個人當場全死在那裡——
壓在神殿塌落的大石頭下面。
3280　參孫的事我現在不再說下去。　　　100
通過這個古老又明顯的事例，
人們得注意；有的祕密很重要，
它能傷害你或能置你於死地——
這種祕密連妻子也別讓知道。

赫拉克勒斯

3285　赫拉克勒斯，戰無不勝的勇士！
　　　放聲歌唱他業績和崇高聲譽；
　　　作爲力量之花，他揚名於當時。
　　　他曾殺死猛獅，撕下了牠的皮；
　　　又叫狂妄的人馬怪低聲下氣；
3290　他殺了半鳥半人的兇殘女怪；　　　　　　110
　　　從惡龍那裡，他把金蘋果奪取；
　　　又把守衛地獄的三頭犬偷來。

　　　他殺了兇殘的暴君布西里斯，③
　　　讓他的馬群把他的屍骨吃掉；
3295　他把劇毒的噴火蛇活活打死，
　　　又從河怪的頭上折下一隻角；④
　　　卡科斯躲在石窟裡也被殺掉；⑤
　　　他還殺死巨人大力士安昔烏；
　　　那頭兇猛的野豬也在劫難逃；
3300　他又用寬闊的肩膀把天扛住。⑥　　　　　　120

---

③布西里斯是希臘神話中的埃及國王，因爲想把赫拉克勒斯用作犧牲（以解除旱災），反被殺死。

④這個河怪名叫阿刻羅俄斯（一譯阿謝洛奧斯，也是希臘一條河的名稱）。據希臘神話中的一種說法，這河神長有人頭牛身。

⑤據神話中說，卡科斯是火神之子，生性邪惡而能吞煙吐火。他因偷了牛群藏在山洞中而被殺。

⑥以上所述即傳說中英雄赫拉克勒斯完成的十二項業績。

　　　　從開天闢地以來，世上沒有人
　　　　殺死的妖魔鬼怪有他那麼多；
　　　　憑他的威力和他的武士精神，
　　　　他的赫赫名聲在世界上遠播。
3305　　他尋訪的足跡遍及各個王國。
　　　　他的勇猛沒有人能夠擋得住；
　　　　在世界的兩個盡頭，特羅菲說，⑦
　　　　作為界標，他豎有兩根大石柱。

　　　　這位高尚的武士有一個情人；
3310　　這德傑妮拉像五月一樣鮮艷。⑧　　　　　130
　　　　據一些古代作家記載的傳聞，
　　　　她送赫拉克勒斯新襯衫一件。
　　　　唉呀可真是不幸，這襯衫裡面
　　　　竟非常巧妙地下了劇毒的藥，
3315　　所以赫拉克勒斯只穿了半天，
　　　　身上的肉就從骨頭上往下掉。

　　　　但有一些寫書人為女的辯護，
　　　　說是這襯衫出自奈蘇斯之手。⑨
　　　　不管怎麼說，我不想把她控訴。

─────────

⑦據說，特羅菲是古代迦勒底（在古巴比倫王國南部）的先知。下一行
所說的石柱又稱赫拉克勒斯之（石）墩，即直布羅陀海峽東端兩岸的兩
個岬角（歐洲的直布羅陀和非洲的穆塞山），據傳為赫拉克勒斯所立。
⑧德傑妮拉（一譯德安尼拉），可參看〈騎士的故事〉1085行註（但兩種
說法略有差異）。
⑨據說德傑妮拉並不是有意要害死丈夫，所以在丈夫死後，她也因痛苦
和絕望而自盡。

3320　且說她丈夫貼身穿這襯衫後，　　　　　　　140
　　　　那肌膚立即中毒而變成爛肉；
　　　　他既然不願就這樣中毒死亡，
　　　　所以眼見得自己將無法得救，
　　　　便弄好柴堆把自己燒個精光。

3325　勇士赫拉克勒斯就這樣死去。
　　　　誰還敢信賴命運女神的安排？
　　　　誰要在世上追求地位和榮譽，
　　　　會在不經意之間就名裂身敗。
　　　　聰明人對自己應當清楚明白。
3330　要是你看到命運女神對你笑，　　　　　　　150
　　　　注意啦，那是在安排你的失敗，
　　　　而她採用的手段你最難猜到。

尼布甲尼撒⑩

　　　　尼布甲尼撒擁有的寶座王位、
　　　　奇珍異寶和光華四射的權杖，
3335　他所享有的王者的榮華富貴，
　　　　用任何語言都難盡情講一講。
　　　　耶路撒冷城遭到他兩次掃蕩，
　　　　神廟裡的法器全已歸他所有；
　　　　他把都城建在巴比倫那地方，

⑩這裡指的是巴比倫國王尼布甲尼撒二世（西元前630？～前562，西元前605登基）。他侵占敘利亞和巴勒斯坦，攻占並焚毀耶路撒冷，將大批猶太人擄到巴比倫。他和下文中伯沙撒的故事均出自《舊約全書‧但以理書》。

3340　在這裡他把榮耀和安樂享受。　　　　160

以色列皇家血統的漂亮男孩
全都被割去睪丸，送進他宮裡，
成爲侍候他的奴隸，替他當差。
他們之中有一個名叫但以理，
3345　這些男孩中論聰明，數他第一；
因爲他能夠給這位國王解夢，
能講一個夢究竟有什麼含意——
整個迦勒底只有他有這本領。

這驕奢的國王造了一尊金像，
3350　這金像六十肘尺高，七肘尺寬。⑪　　170
他下令，百姓無論是年幼年長，
都得誠惶誠恐地拜倒在像前；
否則，火燒得通紅的爐膛裡面，
就是不聽命令者的葬身之處。
3355　可是但以理和他的兩個夥伴
怎麼也不肯在這偶像前匍匐。

這萬王之王高傲又自鳴得意，
他認爲君臨天下的威嚴天主
也奈何他不得，不能把他貶抑。
3360　可他突然間落到悲慘的地步：　　180
這時他看起來像是一頭牲畜，

---

⑪肘尺是古代的一種長度單位，指的是由肘到中指頂端的長度，約等於
18至22英寸。

　　同牛一樣吃乾草，棲身在野外，
　　就像野獸一樣在風雨中走路──
　　好長時間裡，他就這樣熬過來。

3365　他的一頭亂髮像老鷹的羽毛，
　　他的手指甲像是鳥兒的腳爪；
　　幾年後天主終於已把他寬饒，
　　恢復了他的理智，這時候的他
　　含著淚感謝天主，從此就懼怕
3370　自己會再犯天條，再冒犯天主。　　　190
　　此後，直到他躺上他那副棺架，
　　他為天主的威力和仁慈折服。

伯沙撒

　　他有個兒子名字叫作伯沙撒，
　　在這位父親死了以後登了基；
3375　他生性高傲，生活又極其奢華，
　　沒從父親的經歷中汲取教益，
　　而且還竟然把偶像奉為天帝。
　　他以為權在手就可作威作福，
　　但命運女神卻使他跌翻在地，
3380　轉眼之間人家分掉了他國土。　　　200

　　有一次他下令，說要大宴群臣，
　　要這些達官貴人高興又歡喜。
　　他這樣吩咐隨侍左右的從人，
　　「我父親曾征戰四方，所向無敵，

3385　　　從耶路撒冷他搬來全部法器；
　　　　　你們這就把那些法器拿出來。
　　　　　我們要感謝我們供奉的神祇，
　　　　　因爲我們享受著父輩的光彩。」

　　　　　他的后妃和大臣們濟濟一堂，
3390　　　手拿盛滿各種酒的神聖法器，　　　　　　210
　　　　　一個個盡情把酒往肚子裡裝。
　　　　　國王的眼睛忽然盯視著牆壁，
　　　　　只見有手在寫字卻不見手臂。
　　　　　他愁得直嘆息，嚇得簡直要死；
3395　　　那隻手寫的幾個字叫他驚疑，
　　　　　寫的只是：彌尼，提客勒，法勒斯。

　　　　　他國度裡的法師都沒法解讀，
　　　　　不知這幾個字裡有什麼意思；
　　　　　可是但以理對此做了番講述：
3400　　　「主上，你父親得到天主的厚賜，　　　　　220
　　　　　享有了榮耀、財寶、租稅和權勢，
　　　　　結果驕傲得不把主放在眼裡。
　　　　　於是天主就收回了他的恩賜，
　　　　　使你父親落到了悲慘的境地。

3405　　　「他遭到驅逐，不再同人們一道，
　　　　　而是進了驢棚，同驢子一起住，
　　　　　吃著或乾或濕的牲口的草料，
　　　　　直等到天恩和理智使他清楚：
　　　　　不管是哪種生物或哪個國度，

3410　無一不是在天主的管轄之下；　230
　　　這時天主對他的憐憫才恢復，
　　　讓他能重新做人並統治國家。

　　　「你是他兒子，同他一樣驕橫，
　　　儘管你也很清楚他這些經歷；
3415　你反對天主，你便是他的敵人；
　　　你和你后妃狂妄地拿著神器，
　　　把裡面盛的各種酒喝了下去，
　　　卻還不知道這是多大的罪過，
　　　而且你們荒唐地崇拜假神祇，
3420　所以你將大大地吃苦受折磨。　240

　　　「天主派來那隻手在牆上寫字：
　　　彌尼，提客勒，法勒斯，其中含意，
　　　就是你無足輕重，不能再統治，
　　　你的國家將分裂，將會分歸於
3425　瑪代人、波斯人，」他就說到這裡。
　　　就是在那天夜裡，伯沙撒被殺；
　　　大流士既無權利也不憑法律，⑫
　　　占有了他那個王位，替代了他。

　　　諸位，這例子說明了一個道理：
3430　世上的權位未必能永久占有；　250
　　　因為當命運女神一旦拋棄你，
　　　你的地位和財富就被她帶走——

⑫事見《舊約全書‧但以理書》5章末（其中的大利烏即大流士）。

她還帶走你高貴、低賤的朋友；
因為，你在幸運時結交的友人
3435　　在你倒楣時會同你反目成仇——
這句諺語說得多麼好，多麼真！

芝諾比亞

芝諾比亞是巴爾米拉的女王——
波斯人記載了她的光榮事蹟——
她足智多謀，武藝也十分高強，
3440　　沒有人比得上她的勇敢剛毅——　　　　260
在家世、修養方面也無人可比。
她血統高貴，祖上是波斯皇家；
我不說她有多麼絕頂的美麗，
但身材之好可以說無以復加。

3445　　我發現，從小她就不愛做女紅，
倒是經常溜到樹林裡去遊蕩；
她的長箭把許多頭野鹿射中，
射得牠們的身上血不住流淌——
她跑得也快，轉眼把牠們追上。
3450　　等年紀稍大，她能殺獅又殺豹，　　　　270
連熊也不是她對手，被她殺傷——
她赤手空拳就能把牠們殺掉。

她甚至敢於去闖野獸的巢穴，
敢於一整夜翻山越嶺地奔走，
3455　　或在樹底下睡覺；任何的男子

無論怎樣有力氣又勇敢好鬥，
她也敢於同他們角力或交手；
因為她臂力能把任何人制服。
從來沒一個男子敢把她挑逗，
3460　因為她不願嫁人為妻受拘束。　　　　　　　280

最後經過她朋友們一再撮合——
儘管她一再拖延，拖延了很久——
她嫁了該國的王子渥登那克；⑬
你們得明白，要是說到怪念頭，
3465　這一對夫妻不多不少同樣有，
但是他們倆自從結合在一起，
生活很美滿，完全是對好配偶，
且為彼此都懷著親密的情意。

但有一件事她是打定了主意：
3470　丈夫只在她身邊每次睡一晚，　　　　　　　290
因為生孩子是她結婚的目的——
為世界增口添丁，這道理簡單。
如果那一晚過去之後她發現
自己並沒有因此而懷上孩子，
3475　那麼她會讓丈夫稱心地再幹，
但同樣道理，再幹也只能一次。

⑬渥登那克一譯奧登納圖斯，是西元三世紀期間統治巴爾米拉（在今敘利亞）的羅馬藩王，約於267年與長子希律同時被暗殺，於是芝諾比亞輔佐自己的幼子瓦巴拉特即位，讓其繼承其父的頭銜「王中之王」兼「全東方總督」，而她自稱巴爾米拉女王（情況與詩中有出入）。

如果她終於發現自己懷了孕，
那她就不讓丈夫再幹那把戲；
直到足足把四十天工夫過盡
3480　才會讓丈夫再這樣幹上一次，　　　　　300
然後任丈夫同意還是發脾氣，
她再也不讓渥登那克碰一碰，
說道：「如果讓丈夫老是幹那事，
那麼這妻子是個淫蕩的女人。」

3485　同渥登那克她生了兩個男孩，
把他們教養得知書而又識禮；
但我們還是回到我故事上來。
我說，像她這樣可敬的奇女子——
既非常明智，既慷慨又不奢靡，
3490　打起仗來既謹慎又很有分寸，　　　　　310
一上了戰場更是勇敢又堅毅——
世上難找第二個她這樣的人。

她衣著華美，這也就不必細述；
所用的器物自然也十分富麗；
3495　她周身上下多的是珠寶飾物。
在她不去打獵的空暇時間裡，
她總把各種不同的語言學習——
只要有時間，就鑽研各種學問，
因為她就是喜歡知識和書籍，
3500　為的是要做一個有道德的人。　　　　　320

在這裡，我把這故事長話短說。

總之，她丈夫和她都勇猛無比，
在東方，征服了許多龐大王國，
並且占領了許多美麗的城市，
3505　　而這些地方本是羅馬的屬地。
在渥登那克生前那段好時光，
他們倆對那些城邦嚴加治理，
他們的敵人從沒使他們逃亡。

誰願意讀一讀有關她的記載，
3510　　看看她對薩博王等人的成績——　　　　330
看這些事究竟怎麼進行起來，
她南征北討的目的、用的名義，
以及她以後遭到的不幸經歷，
如何遭到了圍攻並被人捕獲——
3515　　去找我老師彼特拉克，我建議；
我相信，這些事他已寫得很多。

渥登那克去世後，她執掌朝政，
把國家大權牢牢掌握在手裡，
同時她又勇猛地進行著戰爭，
3520　　使附近的君主對她吞聲忍氣——　　　　340
只要她不來攻打就相當滿意；
所以他們同她訂條約、結同盟，
為了保太平，讓日子過得安逸——
至於她，人們讓她去縱橫馳騁。

3525　　羅馬皇帝，一個是克勞狄烏斯，

　　　　另一個加列努斯，是他的前任，⑭
　　　　都沒有勇氣出面去把她制止，
　　　　另外，無論亞美尼亞人，埃及人，
　　　　或者是敘利亞人和阿拉伯人，
3530　　全都不敢在戰場上同她交鋒，　　　　　　350
　　　　怕的是自己在她大軍前逃遁，
　　　　或是在她的手裡斷送了性命。

　　　　她兩個兒子穿上國君的袍服，
　　　　作爲繼承人，他們統治了國家；
3535　　根據波斯人對他們倆的稱呼，
　　　　他們分別叫赫曼諾和蒂馬拉。
　　　　但命運的蜜糖總有膽汁摻雜；
　　　　這位強大的女王過了沒多久，
　　　　命運女神把她從寶座上趕下，
3540　　也讓她嘗遍辛酸並吃盡苦頭。　　　　　　360

　　　　當統治羅馬帝國的軍政大權
　　　　落到奧雷連堅強有力的手裡，⑮
　　　　他決定打擊這位女王的氣焰；
　　　　於是他率軍向芝諾比亞進擊。
3545　　這裡我把結果簡單地提一提：
　　　　他打得女王的軍隊落花流水，

---

⑭這裡的克勞狄烏斯即克勞狄二世（268～270年在位），他曾任加列努斯皇帝（253～268在位）的騎兵統領。

⑮奧雷連（215？～275）原籍約在巴爾干，後來做到騎兵統帥，西元270～275年期間是羅馬皇帝，他恢復了羅馬帝國的統一，征服巴爾米拉並於273年將之夷爲平地，贏得「世界光復者」稱號。

最後捉住了她和她兩個兒子，
占領了巴爾米拉後凱旋而歸。

奧雷連這位偉大的君主獲得
3550　大量戰利品，其中之一是女王　　　　　　370
用金銀珠寶裝飾的那輛戰車——
他把車帶回羅馬供人們「欣賞」。
在他凱旋的戰車前走著女王，
她的頸子有鍍金的鏈子鎖住，
3555　表示身分的王冠戴在她頭上，
而她衣服上也同樣綴滿珍珠。

命運哪！這位女王在不久之前
還是國君和帝王畏懼的對象，
現在連百姓也能正眼朝她看；
3560　當初她頭戴銀盔馳騁在戰場，　　　　　　380
要攻下城堡和城市易如反掌，
可現在腦袋上只能包塊頭巾；
本來掌握著刻花權杖的手上，
現在只能拿紡杆並賴以為生。⑯

---

⑯西元269年，芝諾比亞侵占埃及，後又占領小亞細亞大部分地區，宣布
脫離羅馬而獨立。奧雷連（一譯奧勒利安）俘獲了她並將她解往羅馬
（272），在274年羅馬為他舉行凱旋式時芝諾比亞被作為戰俘。她後來嫁
給羅馬元老院的一位議員，在其別墅中度過餘生。

西班牙的彼得王⑰

3565	高貴的彼得是西班牙的光榮，	
	命運女神曾使你高坐王位上，	
	人們當然為你的慘死而悲痛！	
	你弟弟使你從自己國家逃亡，	
	然後在受到圍攻時你又上當，	
3570	遭人出賣後被帶進他的帳篷，	390
	結果他親手刺穿了你的心臟，	
	從而把你的國家和產業繼承。	

一片雪地上，有一隻黑色的鷹
被長杆黏住，這長杆顏色似火，⑱
3575　是他釀成了這樁邪惡的罪行。
犯下這樁罪行的是「邪惡之窩」；⑲
絕對不是查理手下的奧利弗⑳
（他忠誠又可靠）而是布列塔尼
那個像加涅隆的貪婪奧利弗——

---

⑰彼得王一譯佩特羅王，1350～1362年間是卡斯蒂利亞和萊昂的統治者。他與弟弟恩利克爭奪王位，1369年被圍，情急之中派羅德利哥去遊說恩利克的盟友哥斯克林，望其幫助他恢復王位。哥斯克林拒絕後，將情況告訴親戚奧利弗·莫尼爵士。後者轉告恩利克，設計騙彼得來哥斯克林營中談判。彼得不知有詐，去後即被其弟親手刺死。

⑱這兩行謎一樣的詩行指的是哥斯克林的紋章圖案。這裡的長杆頭上塗有黏膠，人們常以此捉鳥。

⑲「邪惡之窩」在古法語中是mau ni，發音同「奧利弗·莫尼」中的莫尼（mauny），因此「邪惡之窩」即指莫尼。

⑳這裡的奧利弗指的是《羅蘭之歌》中的人物，是羅蘭的朋友和查理大帝的忠誠戰士，後戰死於西班牙。

3580　　　他使這可敬的君王中了奸計。㉑　　　　　　400

塞浦路斯的彼得王㉒

塞浦路斯高貴的國王彼得呀，
你給無數異教徒施加過打擊，
以極大的能耐打敗亞歷山大；
因此你手下的大臣心懷妒忌，
3585　　　一天早晨在你的床上殺了你——
不爲別的，就爲你樣樣都高強。
命運之輪就這樣轉來又轉去，
轉眼使人們從歡樂轉爲悲傷。

倫巴底的伯納博㉓

米蘭鼎鼎大名的爵爺伯納博
3590　　　是享樂之王，是倫巴底的霸王。　　　410
爲什麼我不把你的厄運說說——
你既已爬到這樣高的位置上？
你侄子把你投進了他的牢房；

㉑加涅隆是《羅蘭之歌》中的反面人物，正是由於他的背叛行為，造成了勇士們全部壯烈犧牲。從歷史上看，這位西班牙王並非一位英主，他的死並不是什麼損失。喬叟採取這種立場，只是由於1367年時，英格蘭國王愛德華三世的兒子和繼承人，黑王子愛德華曾協助他反對恩利克。

㉒這位國王也譯作比埃爾，他1352年登上塞浦路斯王位，1369年遭暗殺。喬叟筆下的那位騎士似乎曾為其效力。

㉓伯納博（一譯貝爾納博）·維斯孔蒂原來與其兄加萊阿佐分享米蘭統治權。1378年，侄兒繼承父業。1382年，伯納博與法國結成軍事同盟後，侄兒感到威脅，於1385年逮捕叔父（兩個月後，他的孫女成為法國王后）。

他是你侄子兼女婿，親上加親，
3595　但是你卻在他的牢房中死亡——
誰知道你被殺的原因和情形！

比薩的烏格利諾伯爵⑳

這比薩伯爵烏格利諾的哀怨，
最同情的嘴也只能道其萬一。
有一座城堡離開比薩城不遠，
3600　伯爵就被監禁在這個城堡裡；　　　420
他三個孩子也同他關在一起，
其中最大的只是個五歲娃娃！
唉，把這種鳥關在這種籠子裡，
這可真是太殘酷，命運女神哪！

3605　他被定罪，得死在這兒牢房裡，
因為魯吉埃里這比薩的主教，
為把百姓反對他的情緒激起，
捏造了他罪名，對他進行誣告。
就是這緣故，他被關進了大牢——

3610　你們要知道，牢裡伙食非常糟，　　430
不但糟，而且給的量也非常少，
所以他們根本就不可能吃飽。

有一天，到了該來送飯的時候

---

⑳這標題與目錄中的略有不同，但均按原文譯出。這情況後面還有，不
再說明。

往常總是在這會兒送飯給他——
3615　　獄卒關住了這個城堡的入口。
他聽得很清楚，但他一言不發；
他心裡頓時閃過了一個想法：
他們想把他餓死在牢房裡面。
接著他嘆道：「我不出世倒也罷！」
3620　　說完這話，淚水已流下他雙眼。　　　　440

他的小兒子這時不過才三歲，
對他說道：「你沒有一點點麵包？
爸爸，爲什麼你在這裡淌眼淚？
我們的燕麥粥什麼時候送到？
3625　　我現在非常餓，餓得睡不著覺。
但願天主能讓我一直睡下去！
免得空空的肚子咕咕地亂叫——
只有麵包，才是我最要的東西。」

小兒子一天一天這樣地哭著，
3630　　最後他終於躺倒在父親懷裡，　　　　450
說道：「永別了，爸爸，我快死了。」
隨後吻了吻父親，當天就死去。
悲痛的父親眼看他這樣死去，
難過得把自己兩條手臂亂咬。
3635　　「命運女神，你設下坑人的詭計，
是你造成了我的悲傷，」他說道。

另兩個孩子以爲父親餓得慌，
這才把自己手臂上的肉咬下，

齊聲叫道：「哦爸爸，請你別這樣。
3640　　你要吃，就吃我們兩人的肉吧！　　　　　460
　　　你給了我們這身子，收回好啦，
　　　給你吃個夠，」孩子們這樣說道。
　　　隨後又是一兩天熬過，他們倆
　　　終於也倒在父親的懷中，死掉。

3645　　他自己終於也在絕望中餓死，
　　　比薩伯爵大人的結局就這樣；
　　　命運奪走了他那高高的位置。
　　　他這場悲劇我就講到這地方。
　　　誰想要知道更加詳細的情況，
3650　　可讀義大利那偉大詩人的書；　　　　　470
　　　這位詩人叫但丁，他講得周詳，㉕
　　　所有的細節講得都十分清楚。

尼　祿

　　　雖然同地獄深處的惡魔一樣，
　　　尼祿也是非常地兇狠又惡毒，
3655　　但是隋托尼烏斯卻另有一講，㉖
　　　說他曾經把廣闊的世界征服，
　　　在東西南北都擴展羅馬國土。
　　　他上上下下的衣服華麗無比，

㉕見《神曲·地獄篇》32～33歌。
㉖隋托尼烏斯（69？～122以後？）一譯蘇埃托尼烏斯，是古羅馬傳記作
家和文物收藏家，寫過《名人傳》及《諸凱撒生平》。

綴滿了紅藍寶石和潔白珍珠，
因爲珠寶是他最喜愛的東西。

沒一個帝王生性比他還驕橫，
排場比他大，衣著比他更華麗。
他的衣服只要哪一天上過身，
那麼以後就再也不在他眼裡。
他要散散心，就去臺伯河捉魚──
金線織成的漁網他有許多口。
他的願望居然是命令或法律──
命運女神聽他話，像是他朋友。

爲了取樂，他放火焚燒羅馬城；
有一天，爲聽聽人們怎樣哭泣，
他殺了幾位元老院議員大人；
他同他姐妹睡覺又殺了兄弟；
他母親也被弄到悲慘的境地：
只爲了看看孕育自己的地方，
他竟叫人剖開他母親的肚皮──
唉，母親的生命全不在他心上！

看見那情形，他眼中並無淚水，
只是說道：「這女人從前很好看。」
眞令人奇怪，對已死母親的美，
他怎麼能夠做出這樣的評判；
他吩咐隨從，把酒送到他跟前，
接著就喝起了酒來，行若無事。
殘酷的人若手裡還握有大權，

3660

3365

3670

3675

3680

480

490

500

唉，其爲害之深重就可想而知！

|3685| 這個皇帝年輕時有一位老師，
這老師教他各種知識和禮儀，
因爲其本人的道德品質當時
就是楷模（除非是古書上誤記）。
在尼祿聽從老師教導的時期，
|3690| 他顯得十分聰明也非常溫良，　　　　510
只是在多年之後，暴虐和惡意
才敢於在他身上顯露出眞相。

我講的這位老師名叫塞內加；
對於他，尼祿確實有幾分忌憚，
|3695| 因爲尼祿做壞事，他雖不體罰，
卻也要理直氣壯地責備一番。
他會說：「陛下，一個人頭戴王冠，
就必須有道德，必須痛恨暴政。」
因此，尼祿趁他洗澡時不防範，
|3700| 致使他雙臂流血不止而喪生。　　　　520

尼祿小時候養成了一個習慣，
一見老師總不由自主地起立；
但是後來他對此感到很厭煩，
所以讓老師這樣死在他手裡。
|3705| 塞內加很聰明，心裡早就有底：
與其遭受到其他的什麼酷刑，
倒還不如就這樣死在浴室裡──
這就是尼祿殺他老師的情形。

如今尼祿已變得極端地猖狂，

3710　使命運女神不能再容忍下去——　　　530
命運女神比尼祿更加有力量；
她在這樣想：「我這是什麼道理，
尼祿這個人確實已邪惡至極，
我卻讓他占據著皇帝的高位！

3715　我要把他從高位上拖倒在地——
對呀，要出其不意，要乘其不備。」

一天晚上，老百姓起來造他反，
要同他算帳；他發現這一情況，
連忙一個人逃出自己的宮苑，

3720　來找原同他站一邊的人幫忙。　　　540
但他敲門越是敲得重、喊得響，
人家在裡面卻把門閂得更牢。
這時他知道他已耽誤了自己，
於是連忙逃開去，不敢再喊叫。

3725　百姓邊叫喊邊亂哄哄地奔跑；
他親耳聽見人們都在這樣喊：
「暴君在哪裡？別讓尼祿逃掉！」
他嚇得慌了神，差點神經錯亂。
他求告神靈，顯得相當地可憐，

3730　但他求救的禱告沒有神答理。　　　550
他害怕這點，知道死期已不遠；
為了藏身，他逃進一座園子裡。

他在園子裡看到有兩個傢伙，
他們燒著一大堆火坐在那裡。
3735　這時他對那兩個傢伙這樣說：
「殺我吧，讓我的頭顱脫離身軀！
這樣的話，我死了以後我遺體
就不會受到人們進一步糟蹋。」⑰
沒其他辦法，只能結果他自己；
3740　命運女神就這樣地嘲弄了他。　　　　　560

奧洛菲努⑱

在他那時代，國王手下的戰將
沒一個像他征服那麼多國家，
沒有哪個人在戰場上比他強，
也沒任何人名望有他那麼大——

3745　論聲勢煊赫，也沒人比得上他。
命運女神淫蕩地去同他交好，
引得他時起時伏又忽上忽下，
最後掉了腦袋，自己還不知道。

世人們唯恐失去自由和財產，
3750　他不僅使他們對他感到恐懼，　　　　　570
還迫使他們拋棄自己的信念。

---

⑰尼祿（37～68），即位時僅十七歲，開始實行仁政，但後來越來越兇
殘，元老院缺席判處他上十字架，用鞭子抽死。
⑱奧洛菲努一譯荷羅孚尼，是基督教《次經》中的人物，曾引兵攻耶路
撒冷，後為猶滴所殺。參看〈律師的故事〉841行註。

他說道：「尼布甲尼撒就是天帝；
要崇拜其他的神，我絕不允許。」
沒人敢挺身而出，違抗他命令，
3755　但在住著埃略欽教士的城裡，
人們卻非常地堅強，拒不從命。

但還是來講講奧洛菲努的死。
一天夜裡在軍中他喝醉了酒，
躺在大得像是穀倉的營帳裡；
3760　儘管他位高權重儼然如君侯，　　　　580
一位叫猶滴的婦女往裡一溜，
見他正仰面睡著便一刀砍去，
然後從營帳出來，提著他的頭，
避開哨兵，一路回自己的城裡。

安條克斯・埃畢法內斯[29]

3765　這安條克斯王身為一國之主，
那種榮華富貴和狂妄的劣蹟
是不是還需要我在這裡指出──
從來就沒一個人能同他相比？

----

[29]安條克斯・埃畢法內斯（西元前215～前164）一譯安條克四世，西元前175～164年間的塞琉西王國（在今敘利亞）國王。年輕時曾作為人質被軟禁於羅馬，回國登基後，曾兩次打敗埃及，在埃及首都亞歷山大城下紮營。這時羅馬出面干涉，逼使其撤出其占領的埃及與塞浦路斯。他因實行希臘化政策而與猶太人衝突，西元前167年從埃及撤回時又強占耶路撒冷，不准信奉耶和華（違者處死），在猶太教聖殿中建造宙斯祭壇，於是猶大・馬加比領導人們開展游擊戰爭，多次打敗他的將領，西元前164年終於重建猶太教聖殿。這時他在波斯病死。

只要你們肯去讀一讀〈馬加比〉，㉚
3770　就知道他是什麼人，說話多狂，　　　　　590
爲什麼他從高位上跌落在地，
如何悲慘地死在一座小山上。

命運女神的抬舉使他昏了頭，
他眞的以爲，只要他願意的話，
3775　就可以登上隨便哪一顆星球，
能在天平上也把大山稱一下，
還能把大海奔騰的潮汐鎮壓。
他最最恨的就是天主的子民；
以爲天主對他的驕橫沒辦法，
3780　就用酷刑和困苦奪他們性命。　　　　　600

他兩員大將尼卡諾爾、提莫西
被天主選民猶太人打得大敗，
所以他把猶太人恨到骨子裡；
他下達命令：快把他戰車送來──
3785　他發誓的時候顯得頗有氣派，
說是很快就攻破耶路撒冷城，
破城後他就要洩憤洩個痛快，
但是他這個計畫卻沒有完成。

天主爲他的狂妄而給以打擊，
3790　讓他遭受到無法治療的內傷；　　　　　610
他腸子斷掉的情況非常奇異──

────────────

㉚這裡指天主教《舊約全書》及新教《次經》中的〈馬加比書〉。

不但斷而且還叫他疼痛難當。
這樣的折磨，理由卻也很正當，
因爲他曾使多少人肝腸寸斷！
3795　但他的目的照舊可恨而囂張——
儘管他受到懲罰，仍毫不收斂。

他命令他的人馬整好隊進軍，
突然，他還沒意識到怎麼回事，
天主已煞了他和他軍隊威風。
3800　因爲從戰車上重重跌落在地，　　　　620
跌得他四肢骨折又鮮血淋漓。
這使他不能走路也不能騎馬，
只能坐在人們抬著的椅子裡，
因爲周身是傷，骨頭像散了架。

3805　震怒的天主狠狠把他懲罰了，
使他周身的傷口全都爬滿蛆，
而且不管是睡著了還是醒著，
他身上總在散發強烈的臭氣，
使家人不得不同他保持距離，
3810　因爲那臭味大家實在受不了。　　　　630
受了這份罪，他終於流淚哭泣——
天主是萬物之主，他這才知道。

對於別的人，甚至對於他自己，
他身上這種腐臭都難以忍受——
3815　抬他出去走走已沒有人願意。
受著這樣的痛苦，忍著這種臭，

他終於死在山中，吃盡了苦頭。
這殺人強盜曾使多少人悲傷！
如今就這樣走到生命的盡頭，
3820　這也就是驕橫者必然的下場。　　　　　　640

亞歷山大

亞歷山大的故事流傳非常廣；
每個人，只要他不是孤陋寡聞，
就會多少知道些他那種輝煌。
總之，這世界雖然說廣闊無垠，
3825　只是他用武力奪取的戰利品，
或人家懾於他威名，不戰而降。
他滅了猛獸和人的種種威風，
他所到之處便是世界的邊疆。

任憑哪個征服者去東討西伐，
3830　其業績全都不能同他的相比；　　　　　　650
他英勇慷慨，是騎士、自由之花，
整個世界因為懼怕他而戰慄。
命運讓他把所有的榮譽承繼。
他在武功文治上有很高理想，
3835　又有著猛獅一樣的滿腔勇氣——
除了酒色，一切難改變他意向。

這樣做算不算是對他的讚揚，
若我告訴你們：他打敗大流士，
征服了成百上千的大小君王——

3840　他們雖英勇，卻打得一敗塗地？　　　　660
　　　我要說，只要人們能到達哪裡，
　　　一句話，那就是他統治的地方；
　　　因為他有過不計其數的業績，
　　　怎麼講也講不完——任我怎麼講。

3845　在位十二年，是〈馬加比〉的說法；
　　　馬其頓國王腓力的這個兒子，
　　　這位高貴而寬厚的亞歷山大——
　　　國王中，他最先把全希臘統治！
　　　你呀，竟會被自己的國人毒死！
3850　唉，發生的事情怎麼會這樣糟？　　　　670
　　　但命運女神不會為你而哭泣，
　　　是她把你骰子上的六改成么！

　　　血統高貴至極者就這樣死掉，
　　　整個世界曾經在他的掌握裡，
3855　而他還不滿意，認為世界太小——
　　　誰會因為哀悼他而為他哭泣？
　　　他壯志凌雲，滿懷熱誠和勇氣。
　　　我譴責反覆無常的命運女神
　　　和毒藥，誰願意對我表示支持？
3860　要知道，這兩者造成他的厄運。　　　　680

尤利烏斯・凱撒

　　　尤利烏斯・凱撒的出身很寒微，
　　　憑著智慧、勇武和巨大的努力

他飛黃騰達，登上君王的高位，
以訂條約的手段或者憑武力，
3865　　贏來西方全部的海洋和陸地，
使那些君主向羅馬俯首稱臣；
接著他成了羅馬帝國的皇帝，
直到命運女神變成了他敵人。

哦，強大的凱撒！當初在塞薩利
3870　　你作爲女婿同岳父龐培打仗，③1　　　690
而他擁有著整個東方的兵力——
這東方遠及太陽初升的地方；
你憑你本領率軍殺敗了對方，
只有少數人得以隨龐培逃跑——
3875　　這一仗打得東方人大爲驚惶——
感謝命運吧，她對你十分關照！

龐培一向是高貴的羅馬統帥，
這裡我要爲他的命運而悲哭：
這次他命運不濟被凱撒打敗，
3880　　逃跑後，他手下一個無恥叛徒　　　700
竟暗殺了他，割下了他的頭顱，
交給了尤利烏斯去邀功請賞。
哦龐培，你雖曾經把東方征服，
命運女神卻給了你這種下場！

---

③1凱撒（西元前100～前44）與龐培（西元前106～前48）均為古羅馬統帥，龐培在法薩盧斯被凱撒打敗後逃到埃及被殺。他們間的翁婿關係似無資料可以證明。

3885　　凱旋而歸的凱撒回到了羅馬，
　　　　他戴著高高桂冠，舉行凱旋式。
　　　　他這樣威風，自然有人忌恨他；
　　　　有個人名叫布魯圖·卡西烏斯㉜
　　　　就下定決心要殺死尤利烏斯；
3890　　經過密謀，他定下巧妙的計畫，　　　　710
　　　　選了地點，準備好用匕首行刺；
　　　　下面我告訴你們他怎樣殺他。

　　　　有一天，尤利烏斯同往常一樣，
　　　　去卡皮托利尼的朱庇特神廟；㉝
3895　　險惡的布魯圖就在那個地方
　　　　領著一大幫人立刻把他抓牢，
　　　　並拔出匕首連連扎他好幾刀，
　　　　他倒在地上，他們才撤下了他。
　　　　挨了好幾刀，他幾乎一聲沒叫——
3900　　最多一二聲，除非傳說出了岔。　　　　720

　　　　尤利烏斯對尊嚴的特別重視，
　　　　真正顯示一個男子漢的氣概：
　　　　儘管致命的刀傷痛得他要死，
　　　　他卻留心讓斗篷掩到他膝蓋，
3905　　因為他不願讓臀部暴露在外。

㉜布魯圖（西元前85～前42）為羅馬貴族派政治家，卡西烏斯（西元前
85?～42）為羅馬將領。兩人都是行刺凱撒的主謀，後兵敗自殺。作者
在這裡把他們當作個人處理。

㉝卡皮托利尼是羅馬的一座山名，朱庇特神廟就在這座山上。

他倒在那裡，神志已開始昏迷，
而且他知道死神馬上就會來，
但保持尊嚴這點，他沒有忘記。

盧坎、隋托尼烏斯、瓦勒里烏斯，[34]
3910　我把這故事向你們三位獻上：　　　　　730
你們們完完整整寫下過這史實，
講過命運女神對這兩位名將
起先多麼好，後來叫他們死亡。
別以爲命運女神永遠賜恩典；
3915　對於她時時刻刻都需要提防——
這兩位征服者便是前車之鑑！

克羅伊斯[35]

富有的克羅伊斯是呂底亞王，
雖然波斯的居魯士對他害怕，[36]
他卻因驕傲而落入敵人手掌；
3920　人家送他上火堆，想要燒死他，　　　　　740
不料一場大雨從雲朵裡落下，
澆熄了那堆火，使他暫時得救。
但命運女神沒再把恩典賜他；

---

[34]這裡的瓦勒里烏斯似指羅馬史家瓦勒里烏斯・馬克西穆斯（創作時期在西元20年前後）。另兩人前面已有介紹。

[35]克羅伊斯（？～前546）是呂底亞末代國王，斂財成巨富，即位後征服愛奧尼亞，後試圖阻止波斯勢力擴張，失敗被擒後在波斯宮廷任職。

[36]居魯士大帝（西元前599～前530）是波斯阿契美尼德王朝開國君主，後在作戰中陣亡。

他上了絞架，吊死後大張著口。

3925　當初他得救之後，沒接受教訓，
　　　接著又忍不住發動一次戰爭。
　　　他想得很美，既然他有這好運，
　　　有一場大雨來幫他死裡逃生，
　　　那他的敵人就無法要他性命；
3930　偏偏有一天夜裡他又做個夢，　　　　　750
　　　這就使他變得更驕傲更蠻橫，
　　　使他一心想的是報仇和雪恨。

　　　在這夢中，他覺得自己在樹上，
　　　而且朱庇特給他擦洗著身子，
3935　太陽神拿著漂亮毛巾來幫忙，
　　　把他擦乾了；因此他躊躇滿志。
　　　他知道女兒很有才學和知識，
　　　所以見她在身邊就開口問她，
　　　要她說說這個夢是什麼意思；
3940　於是女兒給了他如下的回答。　　　　　760

　　　女兒說道：「那棵樹意味著絞架，
　　　這裡的朱庇特把雨和雪代表，
　　　太陽神拿著一塊潔淨毛巾呀，
　　　就是從天而降的陽光一道道。
3945　哦爸爸，你會被吊死，在劫難逃──
　　　雨把你沖洗，陽光卻把你曬乾。」
　　　女兒這樣明白地發出了警告；
　　　這個女兒的名字叫作法妮安。

高貴的王位能夠幫他什麼忙？

3950 驕傲的克羅伊斯終於被吊死。 770

悲劇不是別的而不過是哀唱，

唱的不是別的而只是這類事，

就是哪一個國王在躊躇滿志，

命運女神便把他當襲擊目標；

3955 一味地信賴命運女神就出事，

而她美麗的臉在雲朵後隱掉。

悲劇故事結束

騎士在這裡打斷了修道士的故事

修女院教士

修女院教士的故事引子①

修女院教士的故事引子②

騎士說道：「喂，好先生，別說了吧！
我敢肯定，你講的已經夠多啦，
也太多啦；從多數人的情況看，
3960　　我想，大家已有點感到不耐煩。
拿我來說，聽人家以前很富足，
突然間一落千丈，比誰都不如──
聽了這種事，心裡總是很難過！
相反的情況，聽了就叫人快活。
3965　　比如有人起初的境況很貧困，
後來卻發起來，變得非常興盛，　　　　　10
而且興盛下去：這叫我說起來，
聽聽這種事就讓人感到痛快，
要講講這種事情那才有味道。」
3970　　「憑聖保羅的鐘起誓，你講得好，」
旅店主人說，「修道士嘮嘮叨叨，
說命運女神在雲的後面隱掉」。

---

①修女院教士負有聽取修女們懺悔的責任，這一位置同他所講故事中那
一群母雞鬥公雞的位置頗有相像之處。
②原作的文字如此。譯文從之。

我不懂是什麼意思；至於「悲劇」，
你們剛才全都聽到了，管它去！
3975　事情已經發生了，抱怨和哭嚷　　　　　　　20
根本沒有用；正像你說的那樣，
聽這種慘事，心裡可真難受啊。
願神保佑你，修士先生，別說啦！
你這些故事讓大家聽了煩惱，
3980　所以就連一隻蝴蝶也值不到──
因為沒什麼趣味，修道士先生，
我要不就叫你名字，彼得先生，
我求你講些別的給我們聽聽，
實話實說，要不是你的那些鈴
3985　在你那匹馬的頸旁叮叮噹噹，
那麼我早就呼呼地進了夢鄉──　　　　　　30
我憑為我們而死的基督擔保，
那就準會跌進路旁的深泥淖。
這樣，你這些故事就白講一場，
3990　因為有些讀書人確實這樣講：
『要是一個人找不到什麼聽眾，
那麼他那套道理講了也沒用。』
一篇故事講得究竟是好不好，
對於這點，我這人能清楚知道。
3995　先生，我請你講個打獵的故事。」
修士說：「不，對玩樂我沒有興致；　　　40
我已經講過了，就請別人講吧。」
旅店主人就講了些粗魯的話，
接著眼睛朝修女院教士一瞥：
4000　「你這個教士約翰先生，過來些。

快講個故事，讓我們高興高興；
你要開心些，儘管你的馬不行。
你的馬又醜又瘦有什麼要緊？
只要牠肯馱你，你就別瞎操心。

4005　要緊的是讓自己一直興致高。」
他答道：「對，老闆，我盡力做到；　　50
我知道，我若不快活，會受指責。」
於是他立刻就把故事想好了，
接著對我們大家講起了故事——

4010　好約翰先生眞是可愛的教士。

結束

修女院教士的故事

**修女院教士的故事由此開始，
講的是公雞羌梯克利和母雞佩特洛特**

　　　有一位上了年紀的貧苦寡婦，
　　　住的是一間非常狹小的房屋；
　　　這屋子傍著樹林，造在山谷裡。
　　　現在我要給你們講她的故事。
4015　話說這寡婦自從死掉了丈夫，
　　　過的日子就非常安分和清苦，
　　　因為她資產少，收入自然就低；
　　　她憑著上帝給她的些許東西，
　　　維持自己和兩個女兒的生活。
4020　她有一隻羊（她管這羊叫摩羅），
　　　另外只有三頭牛、三頭大母豬。
　　　她吃的是很少很少一點食物；
　　　飯間和房間都被煙燻得烏黑。
　　　她不用什麼香油辣醬來調味，
4025　從來沒一點美味食品進她嘴，
　　　她的飯菜同她的衣著很相配。
　　　她始終沒因吃得過飽而生病；
　　　有飲食節制、勞作和知足的心，
　　　這一切就是她賴以強身的藥，

10

4030	既沒有痛風症妨礙她去舞蹈，	20
	也沒中風症叫她一下子昏頭。	
	她從不喝酒，無論紅酒或白酒，	
	飯桌上的東西多為黑白兩樣——	
	牛奶、黑麵包是天天吃的食糧，	
4035	有時還有烤鹹肉和個把雞蛋，	
	因為製奶酪之類的活她也幹。	
	她還有塊圍一圈木柵的場地，	
	養著一隻叫羌梯克利的公雞；	
	這公雞的啼聲當地沒有對手——	
4040	這場地四周有一道乾乾的溝。	30
	禮拜天教堂裡響起風琴聲音，	
	但他的嗓音比風琴更加動聽；	
	他在雞棚裡每天準時發啼聲，	
	時鐘和教堂裡的鐘沒有他準。	
4045	不但如此，他憑著本能也很懂：	
	那地方的晝夜長短總在變動。	
	所以他自己也不斷做些調整，	
	使他報的時間用不著人修正。	
	他的雞冠比珊瑚更加紅一些，	
4050	雞冠上的鋸齒像是城堡雉堞。	40
	他黑黑的嘴像烏玉那樣發亮，	
	他的腿和腳趾像天青石一樣；	
	他腳爪白得百合花都比不上，	
	他一身的羽毛像是黃金閃亮。	
4055	在這位體面公雞的統治之下，	
	有七隻供他取樂的母雞陪他。	

她們是他的姐妹，是他的情侶，
羽毛的顏色也同他像得出奇。
其中有一隻的頸部格外美些，
4060　她叫作美麗的佩特洛特小姐。　　　　　50
她溫文爾雅，實在是個好伴侶；
而且從她出生以後第七夜起，
她已經很美麗，加上她的賢淑，
羌梯克利的那顆心被她拴住──
4065　拴得他對佩特洛特五體投地。
他愛這母雞，這也是他的福氣。
哦，聽他們倆合唱真叫人興奮，
每天早晨，當旭日初升的時分，
他們就合唱《我的愛去了遠方》──
4070　因為那時候，據我了解的情況，　　　　　60
所有的飛禽走獸都能唱會道。

這裡且說有一個明媚的清曉，
他正待在那飯間裡的棲木上，
他所有的妻妾圍在他的身旁，
4075　而嬌媚的佩特洛特離他最近。
這時他喉嚨裡發出咕噥聲音，
像人睡覺時發出的痛苦呻吟。
佩特洛特聽見了不免很吃驚，
於是就對他說道：「哦，親愛的，
4080　你幹嘛這樣哼哼，你是怎麼了。　　　　　70
你這樣老是睡覺，不怕難為情？」
「夫人，我求你別為我的事擔心，
我的天！」羌梯克利這樣回答道，

「我的心現在還在一個勁亂跳，
4085　因爲我在夢中碰上了倒楣事。
老天哪，請給我把夢解釋解釋，
免得我眞的落進人家的魔掌！
在夢中，我在場地上四處遊蕩，
看見一隻獵狗似的四腳動物，
4090　眞是差一點我就要被他抓住，　　　　　　　80
我這條性命眞是險些就斷送。
他顏色有點像黃也有點像紅；
他有黑的尾巴尖，黑的耳朵尖——
同身上別處毛色區別很明顯；
4095　他鼻子也尖，兩隻眼睛又很亮——
我嚇得要死，就爲他這副模樣。
沒錯，就是他害得我夢中哼唧。」

佩特洛特道：「滾吧，沒種的東西！
請天上的神爲我作證：你現在
4100　已經失去了我的歡心、我的愛。　　　　　　90
憑名譽擔保，要愛懦夫可不行。
因爲女人們都說得截鐵斬釘：
我們大家有一個熱切的希望，
要自己的丈夫勇敢、聰明、大方，
4105　可以信賴，而不要傻瓜、守財奴，
不要見了武器就害怕的懦夫，
憑上天作證，也不要吹牛傢伙！
而你怎麼竟敢對你的愛侶說，
竟有臉說什麼東西讓你受驚？
4110　你有鬍子，就沒有男子漢的心？　　　　　　100

唉，你怎麼就連做個夢也犯愁？
天知道，夢裡什麼意思也沒有！
夢這東西，是因吃得飽過了頭；
是人身子裡體液太多的時候，
4115　由腸胃脹氣和容易激動造成。
可以肯定地說，你這回做的夢
就是因為在你的這個身體裡
你那紅紅的膽汁十分地充溢，
這就會使人在夢中害怕弓箭，
1420　害怕火或者害怕紅紅的火焰，　　　　　110
會使你害怕可能咬你的野獸，
甚至怕打架或大大小小的狗。
就像那些體內多黑膽汁的人，
他們睡時會發出叫喊或呻吟，
4125　這或許是因為害怕黑牛、黑熊，
或許是怕落進黑魔鬼的手中。
其他使睡不穩的體液情況，
我還有許許多多的話可以講，
但我想這麼一句帶過就算啦。

4130　「來聽聽加圖這個聰明人的話，　　　　120
他不是講過『對夢可不要認真』？
我們還是飛下棲木去，好先生，
為了主的愛，吃點通便藥就好。
我用我的靈魂和生命來擔保，
4135　我這樣勸你是為你好，不騙你；
你得清除你的紅膽汁、黑膽汁。
可是這兒一家藥房也找不到，

爲了不耽誤你對這病的治療，
我教你識別對你有用的藥草，
4140　讓你能恢復健康，能把病治好。　　　　130
我要在這片場地上四處找找，
看看哪些草能有這樣的療效，
可以把你上上下下地清一清。
你呀，屬於那種多膽汁的類型；
4145　別忘記這一點，爲了天主的愛，
別讓升高了的太陽把你暴曬，
免得把你的體液曬得太熱啦。
老這樣，我同你賭個銀幣吧：
你準會得瘧疾或者隔天發燒，
4150　這一來，你的性命也就保不牢。　　　　140
你得先吃些蟲子把消化搞好，
過上一兩天再吃些通便的藥，
那就是桂葉芫花、埃蕾和藍菫，
或是這美麗場院裡的活血藤，
1455　要不，吃長在那兒的嚏根草葉，
或者吃鼠李的果實和槌果戟。
找到了它們就快啄來吃下去。
你得振作些，爲你老家的榮譽！
別怕夢，郎君，我的話到此爲止。」

4160　丈夫說道：「感謝你豐富的知識。　　　　150
夫人，但是要講到那加圖大師，
他的智慧確實是非常有名氣；
他儘管曾說過對夢不要恐懼，
但我擔保，你能在一些古書裡

4165　讀到許多比加圖更權威的人
　　　（這一點你可千萬對我要信任），
　　　他們的說法同加圖正好相反。
　　　他們都從大量的經驗中發現：
　　　夢有一定的含意，能夠顯示出
4170　人們在現實生活中遭受的苦——　　　160
　　　當然也能表明人生中的歡快。
　　　我們不必爲這點而爭論起來，
　　　因爲實際經驗證明得很清楚。

　　　「人們如果讀某位大作家的書，
4175　會讀到他寫的這樣一件事情：
　　　兩個朋友非常虔誠地去朝聖，
　　　不巧的是他們路過一個城鎮，
　　　這鎮上居住著許多許多的人，
　　　然而住房卻非常非常地緊張
4180　結果他們竟然找不到一間房　　　170
　　　可以讓他們兩人度過一晚上。
　　　他們看到這樣不得已的情況，
　　　只能分頭去設法度過那一晚。
　　　兩人各自都找到了一家客棧，
4185　至於住什麼房間只能碰運氣。
　　　一位被帶到穀倉旁邊的場地，
　　　在那牛棚裡同耕牛度過一夜；
　　　另外一位卻被安排得很妥貼——
　　　這得歸功於他的運氣或命運，
4190　其實，命運支配著我們每個人。　　　180

「那天夜裡，離天亮還早的時分，
那第二個人躺在床上做個夢。
在那夢境裡，他那朋友叫喚他，
對他說道：『今夜我可是倒楣啦！

4195　　我睡在牛棚裡將會被人殺掉！
請你快一點趕來吧，』那人說道，
『親愛的兄弟，趁早來幫我一把！』
他頓時驚醒過來，心裡很害怕；
但是等到他完全清醒了以後，

4200　　卻翻了個身，沒把這事放心頭，　　　　　190
因為他認為夢沒有什麼意思。
這樣的夢他接連著做了兩次。
他覺得這位朋友第三次來時
這樣對他說：『現在我已被殺死；

4205　　瞧瞧這寬而深的血淋淋傷口！
明天早晨你一早起來了以後，
立刻就去這座城西面的城門，
那裡將有輛大車裝滿了牛糞，
我的屍體就被藏在那大車裡。

4210　　你儘管把車攔住，絕不要客氣。　　　　　200
說真的，我的金錢送了我的命。』
那蒼白的臉上帶著淒慘神情——
他向朋友細說了他被殺的事。
真的，朋友發現他的夢是事實：

4215　　第二天，在天還朦朦亮的時候，
他去另一家客棧找他的朋友；
不多幾時，等走到那個牛棚外，
便開始喊他的朋友，叫他出來。

「那客棧老闆很快就走了出來，
4220　對他回答道：『你朋友已經離開，　　　210
　　　天朦朦亮的時候他就出了城。』
　　　這人想起了自己夜裡做的夢，
　　　感到很蹊蹺，心裡頓時犯了疑，
　　　於是就不再耽擱，離開了那裡，
4225　等走到這城的西門，果然看見
　　　有一輛大車裝著牛糞去肥田。
　　　這樣的情景同他夢中的景象──
　　　同夢中朋友描述的完全一樣。
　　　他毫無懼色，把這件血案揭發，
4230　要求對兇手進行正義的懲罰：　　　220
　　　『昨晚上我朋友遭了人家毒手，
　　　現在他屍體藏在這大車裡頭。
　　　是哪位長官把這個城鎮管理，
　　　這件兇殺案我就交到他手裡。
4235　殺人啦，我被殺的朋友在車上！』
　　　故事到這裡，還有什麼要我講？
　　　人們奔過來，推翻大車就發現：
　　　就在那滿滿一車的牛糞裡面，
　　　藏著那個剛被殺害者的屍體！

4240　「我們要讚美天主，你公正嚴厲！　　　230
　　　看哪，你總在把殺人的事揭露！
　　　殺人會暴露，這我們天天見到。
　　　因為我們的天主賢明而公道，
　　　對於殺人的事最憤怒最憎恨，

4245 　　絕不能容忍這種事被人掩蓋；
　　　　儘管有時候或許要等兩三載，
　　　　但我的結論是：殺人總會暴露。
　　　　且說那趕大車的立即被抓住，
　　　　那城裡的官員對他用了酷刑，
4250 　　又抓來那客棧老闆用了大刑：　　　　　240
　　　　兩個人很快承認自己的罪行，
　　　　結果都在絞刑架上丟了性命。

　　　　「由此可以看出，夢值得重視。
　　　　而且確實就在那同一本書裡，
4255 　　我在那緊後面的一章裡讀到
　　　　（我還想得救，所以不是開玩笑）：
　　　　兩個人有事要辦，得乘船遠航，
　　　　渡海去一個非常遙遠的地方，
　　　　但吹的並不是順風，船不能開，
4260 　　只得在一個城市裡安頓下來——　　　　250
　　　　這城位於一處宜人的港灣中。
　　　　但是有一天黃昏時分起了風，
　　　　而那個風向正是他們巴望的。
　　　　於是他們高高興興地回住所，
4265 　　打算第二天一早就登船啟程。
　　　　但是兩位旅客之中的一個人
　　　　那天睡覺的時候做了個怪夢——
　　　　做夢的時候已經快接近黎明——
　　　　夢境中似乎有個人站在床邊，
4270 　　口氣堅決地吩咐他且別上船，　　　　　260
　　　　而且對他說：『我要講的話就是：

要是你明天上船，你準會淹死。』
他醒來之後把夢告訴了朋友，
要他在城裡再做一天的逗留，
4275　　把他們原定的行期推遲一下。
睡另一張床的朋友聽了這話，
大笑起來，對這人頗感到不屑，
說道：『沒有什麼夢能使我膽怯，
使我把要去辦的事擱置一旁。
4280　　你的夢根本就不在我的心上。　　270
夢只是幻覺，只是騙人的東西；
貓頭鷹、猿猴常常出現在夢裡——
還常有其他莫名其妙的怪事
或者過去、將來都不會有的事。
4285　　但是我看你準備逗留在這裡，
任意地把這次出發機會放棄，
我很難過；告辭了，祝你好運。』
於是他離開了朋友，獨自登程。
然而他的船還沒有駛到半路——
4290　　究竟出什麼漏子我可說不出——　　280
反正他的船出了事，船底破損。
於是連船帶人全都往水下沉——
這船同其他船一起趁潮出海，
這海難人家看得清楚又明白。
4295　　所以，我美麗親愛的佩特洛特，
憑這些古代例子你可以懂得：
對於夢，人人都必須加以注意；
就憑我講的這些事，毫無疑義，
說明了對於夢不能掉以輕心。

4300　「瞧，我知道聖徒凱內倫的生平　　　290
　　　（他是麥細亞王凱努弗的兒子）；①
　　　我曾讀到一件事，說某天夜裡
　　　他在夢境中看到自己被殺掉。
　　　保姆詳細地告訴他這夢不妙，

4305　要他注意好好地保護他自己，
　　　以免遭毒手；但他沒怎麼在意，
　　　因爲他只有七歲，對夢不了解，
　　　而且他的心又十分眞無邪，
　　　結果，不久之後就遭到了謀殺。

4310　要是你也能讀讀這篇故事啊，　　　300
　　　憑天起誓，我寧可送掉這襯衣。
　　　佩特洛特夫人，我實話告訴你，
　　　馬克羅比烏斯寫過一段史實，②
　　　那是西比阿在非洲做夢的事；③

4315　他認爲夢中事並不虛無縹緲，
　　　而是日後將發生的事的先兆。

　　　「除此之外，我請你仔細地想想
　　　《舊約全書》中但以理那種情況，

――――――――――

①麥西亞是不列顛島上中世紀早期七國時代的七國之一，位於今英格蘭
中部。國王凱努弗死於819年，兒子接位時僅七歲，遭其姐謀害。

②馬克羅比烏斯是拉丁語法家和哲學家，創作時期在西元400年前後。他
對西塞羅（西元前106～前43）所著《論國家》中的〈西比阿之夢〉寫有
兩卷評註，成爲中世紀夢幻文學（例如《神曲》、《農夫皮爾斯》等作
品）的背景。

③西比阿（西元前236～前183）爲古羅馬共和國偉大人物，因在對迦太
基戰爭中功勳卓著，被授以「阿非利加征服者」的殊榮。

看他是不是認爲夢毫無意義。

4320　再讀約瑟的故事，看看在那裡　　　　　310

有時候的夢（不是說一切的夢）

是不是先兆，預告事情的發生。

再看看身爲埃及國王的法老，

把他的膳食總管和廚師瞧瞧，

4325　看他們是否認爲夢沒有意思。

無論誰，只要翻翻各國的歷史，

可讀到許多同夢有關的奇事。

「請看看呂底亞國王克羅伊斯；

他夢見自己坐在一棵大樹上，

4330　那不就預示他在絞架上死亡？　　　　　320

安德洛瑪刻，赫克托耳的賢妻，④

她在丈夫被殺的前一天夜裡，

也曾做過一個夢，在那個夢中

她得知丈夫如果第二天出陣，

4335　就會在那沙場上斷送掉性命。

她提醒過丈夫，但是丈夫不聽，

還是像往常那樣出陣去打仗，

卻被阿喀琉斯殺死在戰場上。

但是那故事講起來實在太長——

4340　我不能多耽擱，因爲天快大亮。　　　　　330

總而言之，我要做這樣的結論：

做了這個夢，預示我將交壞運。

---

④赫克托耳爲特洛伊戰爭中的英雄。他是特洛伊末代國王普里阿摩斯的
長子，後來被阿喀琉斯所殺害。安德洛瑪刻是他的妻子，以對丈夫忠貞
而著稱。

　　　　　除此之外，我還要這樣說一句：
　　　　　我就認為用通便藥沒有依據，
4345　　　因為我很清楚，這些藥都有毒，
　　　　　我討厭它們，吃它們沒有好處。

　　　　「咱們談快活事情，這事不談啦！
　　　　　你知道我總巴望得救，夫人哪，
　　　　　有一點，天主給了我很大恩典，
4350　　　因為每當我看著你美麗的臉，　　　　　　　　340
　　　　　看著你眼睛周圍的那圈緋紅，
　　　　　這些就會消除我心中的驚恐。
　　　　　這一點很肯定，就像In principio，⑤
　　　　　Mulier est hominis confusio；⑥
4355　　　夫人，這句拉丁語的意思就是：
　　　　　『男人的全部歡樂就在於女子。』
　　　　　每當夜裡貼在你酥軟的身旁，
　　　　　儘管我不能夠騎在你的身上
　　　　　（唉，這由於我們的棲木太狹窄），
4360　　　我已感到極大的安慰與歡快，　　　　　　　　350
　　　　　對於夢和夢魘也就不再害怕。」
　　　　　說完這話，他就從棲木上飛下，
　　　　　母雞們也飛下，因為天已大亮。
　　　　　他發現一粒穀子在那場地上，

---

⑤In principio是拉丁文《新約全書·約翰福音》開頭的兩個詞，意為「起初」，通常用這兩字就可表示「這是《福音書》上的道理」之意。結合這裡的下文看，也可解釋為：「從一開始」，於是這個短語與下面一行連在一起後意為：從一開始，女人（指夏娃）導致了男人的毀滅。
⑥此行為拉丁文，意即：女人導致了男人的毀滅。

4365　　便咯咯地叫喚他的那些母雞——
　　　　這時他像是帝王，已沒有恐懼。
　　　　上午沒過去一半，對佩特洛特
　　　　他已撲上去幹了二十個回合。
　　　　看來他就像猛獅那樣的神氣；
4370　　只見他踮著腳走來又是走去，　　　　　　360
　　　　因為他不屑讓他的腳跟著地。
　　　　他咯咯一叫，便表明找到穀粒，
　　　　這時，他的妻妾全跑到他身旁。
　　　　現在，我把他留在他這牧場上，
4375　　讓他去像朝廷上的一國之君；
　　　　下面，我就要講他遇險的情形。

　　　　當初天主創造人，是在三月裡，
　　　　整個世界也就在那時候開始。
　　　　而現在三月剛結束，這還不算，
4380　　從三月初至今已有三十二天；　　　　　　370
　　　　就那天，這羌梯克利神氣活現——
　　　　他的七位妻妾簇擁在他身邊，
　　　　這時他抬頭朝太陽望了一望，
　　　　見它在金牛宮的那個位置上
4385　　已經走過了二十一度還不止。
　　　　憑他的本能而不是他的知識，
　　　　他知道已是九點，便引吭歡唱
　　　　並這樣說道：「越爬越高的太陽
　　　　已經爬上了四十一度還有餘。
4390　　佩特洛特夫人，我幸福的依據，　　　　　380
　　　　你聽歡天喜地的鳥雀在歌唱，

你看鮮艷可愛的花兒在開放；
現在我的心充滿安慰和歡樂。」
但就在這時，突然降臨了災禍；
4395　因為快樂的盡頭一向是禍害。
天知道，人間幸福消失得極快；
任何文筆很出色的修辭學家
儘管在編年史中把這話寫下——
當它是最高真理也絕無問題。
4400　各位聰明人，現在聽我講下去；　　　390
我保證我這個故事非常真實，
完全可同《湖上的朗斯洛》相比——
這本書很受一些婦女的喜愛。⑦
現在我要回到我的主題上來。

4405　一隻狡猾惡毒的黑斑紋狐狸
在林中住了三年，就在那夜裡
（真像是按照冥冥之中的設計）
偏偏突破了那片場地的圍籬，
硬是鑽進去，來到了羌梯克利
4410　同他妻妾們經常活動的園地。　　　400
他不聲不響悄悄伏在草叢裡，
等待著攻擊羌梯克利的時機，
直等到半個上午都已經過去；
這就像一切殺手所用的慣技：
4415　他們殺人前總是埋伏著等候，
哦，隱藏在黑窩裡的陰險殺手！

---

⑦朗斯洛是亞瑟王傳奇中的圓桌騎士之一，與王后圭妮維爾有私情。

哦，新的加略人猶大和加涅隆！
新的兩面三刀的希臘人西儂，⑧
他使特洛伊遭到徹底的敗亡！

4420　羌梯克利，從棲木你飛落地上，　　　　　410
該詛咒你這麼做的那一時刻；
你的夢已經向你充分顯示了
那一天你會遇到極大的危險。
而天主預見的事情無法避免，

4425　這根據的是一些學者的共識。
而任何飽學之士也都會證實：
就在這件事情上，一些學院裡
有著或多或少的爭論或爭議，
有十萬個人捲入這場爭論裡。

4430　但是我沒有仔細辨別的能力，　　　　　420
不能像神聖的奧古斯丁博士、
布拉德沃丁主教、波伊提烏斯，⑨
弄不清天主極有價值的預示
究竟是否強制我去做一件事

4435　（我說「強制」是指絕對的必然）；
或者，我是否有權利自由挑選──
去做或不去做那麼一件事情，
儘管天主此前已預見其發生；
或者他的預見並沒有強制性，

⑧西儂據說是希臘人，是他說動了特洛伊王普里阿摩斯，使之同意把那特洛伊木馬弄進城中，從而導致特洛伊城的陷落。

⑨布拉德沃丁主教（？～1349）曾在牛津講學並任坎特伯雷大主教。他同波伊提烏斯（480～524）一樣，都是研究宿命與自由意志這一問題的專家。後者為古羅馬哲學家和政治家，喬叟曾譯過他獄中寫成的名著《哲學的慰藉》。

4440　只是有條件地變成必然事情。　　　　　430
　　　這一類事情我這裡不想多談——
　　　你們知道，這故事同公雞有關。
　　　且說他做了那個夢（這我講過），
　　　卻不幸地聽了妻子一番勸說，
4445　那天上午仍在他場地上散步。
　　　女人所出的點子常常帶有毒——
　　　女人的話一開始就害人不淺，
　　　害得亞當不得不離開伊甸園——
　　　在那裡，他本過得愉快又愜意。
4450　但如果我把女人的意見貶低，　　　　　440
　　　說不定我會惹得哪位不高興；
　　　我只是在逗樂，大家只當沒聽。
　　　去讀這方面權威們寫的書吧，
　　　看他們對婦女說了些什麼話。
4455　先前的，是公雞不是我的意思，
　　　對於婦女，我可沒一點兒輕視。

　　　佩特洛特高興地趴在沙地上，
　　　同她所有的姐妹一起曬太陽；
　　　高貴的羌梯克利獨自唱著歌，
4460　唱得比海中的人魚還要快樂　　　　　　450
　　　（因為《非肖洛古斯》講得可信，⑩
　　　說是人魚唱得又快活又好聽）。
　　　講起來實在是巧，當他抬起頭，
　　　看著草叢上一隻蝴蝶的時候，

――――――――――

⑩《非肖洛古斯》是書名的音譯，此書為一本拉丁文的動物寓言集。

4465　竟然發現埋伏在那裡的狐狸。
　　　這時他沒有興致再唱或再啼，
　　　而是像個滿心恐懼的人一般
　　　驚跳起來，發出「咯咯」的叫喊。
　　　因為動物一見到自己的天敵，
4470　哪怕他從來不曾見過這天敵，　　　　　　460
　　　憑本能他也會立刻轉身就逃。

　　　一見到狐狸，羌梯克利正要逃，
　　　不料狐狸馬上就開口招呼他：
　　　「嗨，好先生，你這要去哪裡呀？
4475　我是你朋友，難道見我還恐懼？
　　　要是我想傷害你，破壞你名譽，
　　　那我真是比惡鬼還壞的東西。
　　　我來這裡，不是要窺探你祕密；
　　　說真的，我來這裡的唯一願望，
4480　就是想聽聽你究竟怎麼歌唱。　　　　　　470
　　　因為你確實有著極美的嗓音，
　　　唱得比天堂裡的天使還好聽；
　　　不但如此，你唱起來感情真摯，
　　　波伊提烏斯等歌手難同你比。
4485　令尊大人（願天主保佑他靈魂），
　　　還有那位最賢淑的令堂大人，
　　　曾光臨舍下，真讓我喜出望外；
　　　當然，我也很願意把先生款待。
　　　說到唱歌，我可要這樣說一聲──
4490　我要以雙眼的視力發誓保證──　　　　　　480
　　　除了你以外，我還沒有聽見誰

　　　　　　早晨唱的歌有你父親那個味；
　　　　　　他那種感情自然來自他心裡。
　　　　　　他爲了使他的嗓音更加有力，
　4495　　　他高唱之時就運足全身之氣，
　　　　　　以至於連他那雙眼睛也緊閉，
　　　　　　同時還踮起他的那幾個腳趾，
　　　　　　拚命地伸長他那細細的頸子。
　　　　　　這還不算，他特別地聰明伶俐，
　4500　　　所以無論是誰，也無論在哪裡，　　　　　490
　　　　　　沒人比他聰明或比他唱得好。
　　　　　　我從《驢先生布魯內勒斯》讀到[11]
　　　　　　用詩寫成的另一隻公雞的事：
　　　　　　說是教士的兒子因年幼無知，
　4505　　　扔出的石頭砸斷了公雞的腳，
　　　　　　這公雞竟使教士把教職失掉。[12]
　　　　　　當然，他的那一份聰明和伶俐
　　　　　　同你父親的聰明和伶俐相比，
　　　　　　那其中的差別可就實在太大！
　4510　　　發發神聖的慈悲，你現在唱吧；　　　　　500
　　　　　　讓我看看你同你父親是否像。」
　　　　　　羌梯克利聽後就大拍其翅膀，
　　　　　　狐狸的捧場話使他狂喜不已，
　　　　　　他哪裡還能聽出話中的殺機！

─────────────

[11] 這是十二世紀時的拉丁語諷刺詩。作者為坎特伯雷基督教會的修士奈吉爾·德·龍香（1130？～1205）又名奈吉爾·維勒克，是一位諷刺教會的作家。
[12] 這隻公雞報復的辦法是：當這牧師的兒子要在主教主持下接受牧師任命之日，牠故意不叫，使牧師睡過頭而失去了這一任命。

4515　唉，君主啊，就在你們的宮廷裡，
　　　多的是溜鬚拍馬的撒謊東西；
　　　比起對你講真話的人，我保證，
　　　他們的話更動聽，更讓你高興。
　　　唸唸〈傳道書〉中有關諂媚的話，
4520　君主啊，你就知道諂媚的可怕。　　　　　　510

　　　於是，羌梯克利就踮起了腳趾，
　　　閉上了眼睛，用力伸長了頸子，
　　　開始大聲地喔喔喔啼叫起來；
　　　狐狸拉塞爾這時連忙躥過來，
4525　一口咬住了羌梯克利的頸子，
　　　把他馱在身上跑進了樹林子——
　　　因為到現在為止，沒誰追上去。
　　　命運哪，注定的命運難以逃避。
　　　羌梯克利偏偏從棲木上下來！
4530　他的妻子又偏偏不相信夢，唉！　　　　　　520
　　　於是那個星期五發生這災禍。
　　　維納斯女神，你管世上的快活，⑬
　　　既然這羌梯克利一直侍奉你，
　　　而且又一直侍奉得竭盡全力——
4535　不是為繁衍，而是為了要快活——
　　　那為何讓他在你這日子遭禍？

――――――――――

⑬過去曾將太陽系中一些行星的名稱用來命名一星期中的各天，星期五是金星日，而維納斯即金星。

哦，傑弗瑞啊，至高的親愛大師，⑭
當你高貴的理查王被射死時，
你寫詩表達你的哀痛和惋惜；

_4540_　爲什麼我沒你的才智和筆力，　　　　530
不能像你那樣罵一頓星期五
（因爲他的被殺也是在星期五）？
那樣，對羌梯眞利的痛苦、害怕，
我就能讓你看看我的痛苦啦。

_4545_　可以肯定的是，伊利昂城破時，
手提利劍、逢人就殺的皮洛斯
一把抓住普里阿摩斯的鬍子，
隨手一劍，把這特洛伊王殺死
（這是《埃涅阿斯紀》講的情況），⑮

_4550_　當時特洛伊婦女的哭喊叫嚷，　　　　540
難比目睹這慘劇的那些母雞，
特別是佩特洛特叫得最尖厲——
哈斯卓巴的妻子叫得沒她響，⑯
儘管她得知她的丈夫已死亡，

_4555_　而且羅馬軍隊燒毀迦太基城
（這位女子的胸中滿懷著悲憤，
竟一頭撲進熊熊燃燒的火裡，

---

⑭這裡的傑弗瑞指傑弗瑞・德・文索夫。這是一位十二世紀作家，寫有
一些關於詩歌的論文，其中在談到哀歌時，用的例子是一首悼念獅心王
理查一世的詩。

⑮《埃涅阿斯紀》是羅馬詩人維吉爾（西元前70～前19）所作史詩，講
的是特洛伊英雄埃涅阿斯在特洛伊城破後，背父攜子逃出，經長期流
浪，到達義大利定居，其後裔建起了羅馬城。

⑯哈斯卓巴一譯哈斯德魯巴，是西元前三世紀時的迦太基將領。

決心在那大火裡燒死她自己）。
傷心的母雞啊，你們呼天搶地，

4560　就像尼祿放火燒羅馬城之時，　　　　　　　550
那些元老院議員的夫人哀哭，
因為尼祿使她們失去了丈夫——
他們雖無辜，卻都被尼祿殺死。
現在我回頭再來講我的故事。

4565　那位可憐的寡婦和兩個閨女
聽到母雞們發出的悲呼哀啼，
趕緊跑出了屋子，到門外一望，
只見狐狸把那公雞背在背上，
正朝樹林跑，於是就大聲叫嚷：

4570　「狐狸把雞叼走啦，快來幫幫忙！」　　　　560
她們一邊喊，一邊跟在後面奔；
許多人都追了上去，手拿木棍；
瑪爾金也追了上去，手拿紡杆；
一起追上去的還有三條獵犬；

4575　母牛和小牛都在跑，豬也在跑，
因為男男女女的奔跑和喊叫，
獵人的吠叫使他們心驚肉跳，
使他們跑得連心都差點炸掉。
一時間那喊叫就像鬼哭狼嚎；

4580　鴨以為死到臨頭都放聲大叫；　　　　　　570
鵝被嚇昏了頭，都飛到了樹上；
蜜蜂都紛紛飛出他們的蜂房。
老天哪，狐狸引起的喧囂之聲
真可說是驚天動地，聲勢嚇人！

4585　　當初傑克・斯特勞領著一夥人[17]，
　　　　大聲叫嚷著要殺掉佛蘭芒人，
　　　　他們的喧嘩遠不及這回可怕。
　　　　人們拿來了銅製、木製的喇叭，
　　　　拿來了角製、骨製的喇叭狂吹，
4590　　一面狂叫著，一面在後面猛追，　　　　　　580
　　　　鬧得好像天立即就要往下掉。
　　　　各位好朋友，現在請你們聽好！

　　　　瞧命運女神的變卦多麼突然——
　　　　敵手的希望和驕氣忽被推翻！
4595　　且說那隻在狐狸背上的公雞
　　　　雖滿心恐懼仍這樣招呼狐狸，
　　　　對他說道：「先生，如果我是你，
　　　　我求天主讓我對他們說一句：
　　　　『回去吧，你們這些大小傻瓜！
4600　　願上天讓你們全都染上天花！　　　　　　590
　　　　現在我已經到了樹林的邊上，
　　　　雞是我的啦，你們還能怎麼樣？
　　　　老實說，我要吃掉他，馬上就吃。』」
　　　　狐狸答道：「我確實要做這件事。」
4605　　就在他張嘴說這句話的時候，
　　　　公雞靈活地逃脫了狐狸之口，
　　　　立刻就高高地飛上附近樹梢。
　　　　狐狸見公雞一下子逃之夭夭，

---

[17]傑克・斯特勞是1381年倫敦農民暴動的領袖之一，他和他手下的人曾
屠殺了一些佛蘭芒人，後來被捕並被斬首。

就對他說道：「唉呀，羌梯克利，
4610　講起來，我真是有點對你不起；　　　　　　600
我剛才捉住你，把你帶出場地，
這麼做的時候恐怕嚇著了你。
但我這樣做，先生，沒不良動機，
下來吧，讓我告訴你我的用意；
4615　上帝保佑，我一定不對你撒謊。」
公雞答道：「要是我再次上你當，
那麼就讓咱們倆都受到詛咒，
但讓我連血帶骨先受到詛咒。
你別想再用花言巧語的捧場，
4620　騙得我閉上了眼睛，大聲歌唱。　　　　　　610
因為一個人該睜眼看的時候
眨巴眼睛，就得不到上天保佑。」
狐狸道，「對，誰若不瞻前顧後，
應該沉默的時候卻偏偏開口，
4625　那麼天主準就會叫他交壞運。」

看吧，對奉承話信以為真的人
做事又粗心大意，後果多嚴重。
你們會認為這故事無足輕重，
是講狐狸或雞夫婦的小故事，
4630　但是朋友，其中的教訓要牢記。　　　　　　620
因為聖保羅說過，寫下的東西
肯定都是為了供我們去學習，
所以，要留下穀粒並揚去秕糠。

如果像我們主基督說的那樣，

4635　　偉大的天主，就請你調教我們，
　　　　讓我們享受他至高福澤，阿門！

修女院教士的故事到此結束

修女院教士的故事尾聲

「修女院教士，」旅店主隨即說道，
「願天主保佑你的臀部和精巢！
你這羌梯克利的故事實在好，
不過我相信，要是你沒有入教，
你就是專同母雞交尾的公雞！
因為我看得出來，你很有力氣，
所以只要有勇氣，就會要母雞，
要的數目還遠不止七乘十七。
瞧這高貴的教士肌肉多發達，
胸膛多寬闊，頸子又多麼粗大！
他眼睛有鷹一樣犀利的目光，
他天生就是這樣的滿面紅光，
不用葡萄牙顏料來塗紅臉皮！
為你的故事，願上天賜福於你！」

說完了這些，他一陣嘻嘻哈哈，
就招呼別人，引出下面這番話。

4640

4645

4650

醫生

第　三　組

醫生的故事

以下是醫生的故事

根據提圖斯・李維記載的史實，①
從前有位武士叫維吉尼烏斯，
他德高望重，為人十分地高尚，
家中富有資財，而交遊也很廣。

5　這武士同妻子生有一位閨女，
除了這閨女，他沒有其他孩子。
他這位女兒長得出奇地美貌——
那樣美的女子，人們難得見到。
因為自然女神花極大的精力，
10　使她出落得非同一般地美麗，
似乎想說道：「瞧我這自然女神——
只要我願意，我就能使一個人

---

① 李維（西元前59～17）一譯李維烏斯，是古羅馬的歷史學家，著有
《羅馬史》142卷，記述從羅馬建城開始到西元前9年的歷史，但大多都已
佚失。

姿容絕代。這一點誰能同我比？
皮格馬利翁，任憑他怎麼賣力②

15　　去鍛打、刻畫也不行，我就敢說：
若阿佩利斯、宙克西斯想學我，③
那麼任憑他們去鍛打或刻畫，
他們的精力到頭來都將白花。
因爲創造了萬物的至高之神

20　　把他總代表之職派給我擔任，
讓我對世上的大小萬物負責，
按我的心意給他們賦形、著色，
因爲月亮下的一切歸我照料。
我幹這工作並不求任何回報。

25　　我主的看法與我的完全一致，
我使她美，爲了對我主表敬意。
其他的萬物，無論形象或色彩，
也全都出自我的手，無一例外。」——
依我想，這就是自然女神的話。

30　　且說那閨女這時方二七年華，
而自然女神就是喜歡這年歲。
就像把紅白色染上百合、玫瑰，
她在這閨女還沒有出生之時
就大筆一揮，給她那優雅身子

---

②皮格馬利翁爲希臘神話中的塞浦路斯王，善雕刻，因熱戀自己所雕少
女像，愛神見其感情真摯，遂賜生命於雕像，使他們結爲夫妻。
③阿佩利斯是西元前四世紀希臘畫家，曾給亞歷山大大帝當宮廷畫師。
宙克西斯是活動於西元前五世紀末的希臘畫家，據傳其所畫葡萄曾引飛
鳥來啄食。

35　　染上她染百合和玫瑰的顏色，
　　　使她的周身有了後來的色澤。
　　　太陽神用他一道道火熱的光
　　　把她粗大的髮辮染成了金黃。
　　　如果說她容貌美得異乎尋常，
40　　那她的德行更是千倍地高尚。
　　　憑她裡裡外外的任何哪一點，
　　　都能夠獲得有識之士的稱讚。
　　　她身心兩方面全都十分純潔，
　　　像一朵花兒她開在處女時節。
45　　無論是她的衣著或她的舉止，
　　　無不顯示出她那種謙和、節制，
　　　同時也反映出她的溫良、恬靜。
　　　她回答問話也總很謹慎小心；
　　　我敢說，她像帕拉斯一樣聰明，④
50　　但說話仍很平易並充滿溫情，
　　　沒一點矯揉造作或故弄玄虛，
　　　只根據自己的身分出言吐語，
　　　而她講的話，每句無論長或短，
　　　總或多或少同德性、善行有關。
55　　她有少女們共有的那種嬌羞；
　　　她從不三心二意，總有事在手
　　　讓她忙碌，避免了懶散和怠惰。
　　　對於她的嘴，巴克斯無法掌握——⑤
　　　酒和青春增加維納斯的影響，

────────────

④帕拉斯即希臘神話中的智慧女神雅典娜。
⑤巴克斯是羅馬神話及希臘神話中的酒神。

60　　　就像是人們在火上澆油一樣。
　　　　爲保持自己毫無瑕疵的品德，
　　　　她有時裝病，以避開一些場合；
　　　　因爲有些聚會上會幹出傻事，
　　　　所以對那種場合她避免出席。

65　　　她從不參加宴會、酒會和舞會，
　　　　這種場合給人們調情的機會，
　　　　使少年男女變得早熟又膽大——
　　　　這樣的例子一向就並不缺乏——
　　　　人們早看到，這類事危險得很。

70　　　事實上，一位處女一旦嫁了人，
　　　　可能很快就學會放蕩的一套。

　　　　你們這些婦人家年紀已不小，
　　　　你們管教著富貴人家的千金，
　　　　不要聽了這話就心裡不高興。

75　　　想想吧，千金小姐交給你們管，
　　　　無非是因爲考慮到這樣兩點：
　　　　或者是你們一直就保持貞潔，
　　　　或者是你們走過彎路失過節，
　　　　已過於熟悉愛神的那種舞蹈，

80　　　現在已決心再也不玩那一套。
　　　　所以請看在耶穌基督的份上，
　　　　不要鬆懈，教千金們品德高尚。
　　　　一個偷獵鹿的傢伙一旦醒悟，
　　　　不再走那種貪婪的生活之路，

85　　　管樹林就最好，眞是比誰都好。
　　　　認眞管那些千金，你們能管牢。

注意啦，對惡習敗行可別容忍，
否則心思壞，就得受上天嚴懲；
因為誰縱容，誰就背叛她東家。
90　現在請你們記住我的一句話：
一切最最嚴重的背叛行為裡，
最壞的是對天真無邪的背棄。

你們這些為人父母的也聽著：
你們有孩子，無論一個或兩個，
95　你們在把他們養育的時期裡，
最大的責任就是把他們教育。
要注意自己在生活中的榜樣，
對懲戒一事也不能疏忽淡忘，
免得孩子受害；有個賭我敢打：
100　孩子受害，你們的代價就太大。
一個牧羊人如果軟弱又大意，
狼會使羊兒們死無葬身之地。
這裡我只需給你們舉個例子，
因為我得回過來講我的故事。

105　我這故事裡所講的這位女子，
最善於自持，不需要家庭教師。
天下的姑娘看她的日常舉止，
就像在讀書，書中含的每個字
全都像出於賢德的淑女之口。
110　她非常節儉，同時又十分寬厚，
所以她有美貌而慷慨的名望。
而且這名望遠播到四面八方，

使得那一帶一切有道德的人
都把她讚揚；只除了忌妒之人——
115　他們看到人家好，心裡就難過；
看到人家倒了楣，就滿心快活
（這可是奧古斯丁博士的原話）。
有一天，這姑娘同她親愛的媽
一塊兒出發，要去城裡上教堂，
120　就像年輕姑娘們常做的那樣。

且說這座城池裡有一名法官，
周圍那一片地區全都歸他管。
真不巧，這姑娘一路走向教堂，
偏偏走過了那法官站的地方。
125　他一眼看見這位美麗的女郎，
他的心思和心情頓時變了樣。
這姑娘的美貌深深吸引著他，
他暗暗對自己說出這樣的話：
「不管有誰作梗，這姑娘屬於我！」

130　於是魔鬼立刻就鑽進他心窩，
並且馬上就教給他一條詭計，
讓他達到占有那姑娘的目的。
他覺得，要辦成眼下這件事情，
使用暴力或金錢肯定都不行，
135　因為她有許多有地位的親友，
而且她高尚的品行底蘊深厚，
所以他知道，不用卑劣的辦法，
就絕不能使這姑娘委身於他。

因此，經過仔細的謀畫和安排，
140　他終於找來城裡的一個無賴；
他知道這無賴無恥而又狡猾，
就把自己的祕密全告訴了他，
並要他切切實實地做出保證：
絕不把這事告訴其他任何人——
145　如果洩露出去就情願掉腦袋。
那罪惡計畫就這樣定了下來，
爲此，那法官的心裡感到高興，
送了那無賴許多珍貴的禮品。

這好色之徒爲達到他的目的，
150　非常具體地策畫好他的詭計——
實施起來更需要狡詐和機巧；
至於怎樣去實施，你們將看到。
隨後，無賴克勞迪烏斯回了家。
壞法官阿庇烏斯（這名字不假，
155　因爲這不是一個虛構的故事，
而是歷史上一段有名的史實，
至少我所講的要點確鑿無疑），
做好了布置，但是仍忙碌不已，
爲的是盡快實現他那種夢想。
160　於是，按照那史實敘述的情況，
不久後的一天，這個陰險法官
像平時一樣，坐在公堂上斷案，
對一些案子分別在做出裁判，
這時那邪惡的無賴衝到堂前，
165　叫道：「大人明鑑，請接受我控告。

　　　　我請你主持正義，還我以公道。
　　　　我這狀子告的是維吉尼烏斯，
　　　　要是他說我控告的不是事實，
　　　　我可以請來證人並提供證明，
170　　　證明我訴狀裡講的全是眞情。」

　　　　法官回答道：「他本人不在這裡，
　　　　所以這案子我現在不好處理。
　　　　派人叫他來，我樂於聽你控告；
　　　　這裡不會冤屈你，會還你公道。」

175　　　維吉尼烏斯奉召來到了公堂，
　　　　馬上就聽到那個無賴念訴狀；
　　　　這份可詛咒的訴狀內容如下：

　　　　「我敬愛的阿庇烏斯大人閣下，
　　　　你可憐的僕人我克勞迪烏斯
180　　　控告名叫維吉尼烏斯的武士。
　　　　他不顧法律，不顧世上的公理，
　　　　根本就不管我本人願意不願意，
　　　　一天夜間，從我的私人住宅裡
　　　　偷去了我女僕，我的合法奴婢──
185　　　當時這女奴很小，要是您需要，
　　　　我可以提供證人證明這一條。
　　　　那不是他的女兒，任憑他說啥。
　　　　所以法官大人，我這裡求您啦：
　　　　請你依法把我的奴婢還給我。」
190　　　瞧，那訴狀裡竟這樣一派胡說。

維吉尼烏斯一時看著那無賴，
倉促之間還沒把辯詞講出來
（作為武士，他有權為自己辯護，
而且還可以把許多證人舉出，

195　以證明對方的控告純屬捏造），
但那壞法官對這些哪裡需要，
哪裡要聽維吉尼烏斯的答辯？
他匆匆忙忙做了如下的宣判：

「我宣判，這人偷了他的奴婢；
200　你不能再把那女奴留在家裡。
回去帶她到這裡來，由我監護，
然後我將把這女奴歸還原主。」

這就是法官阿庇烏斯的判詞。
這樣，高貴的武士維吉尼烏斯
205　就得被迫把心愛的女兒交出——
交到這法官的手裡，被他玷污。
他回到家中，坐在自己房間裡，
馬上叫人去請他心愛的閨女。
他的臉色蒼白得像死灰一樣；
210　他看著女兒謙卑溫順的面龐，
萬般的痛苦扎著他慈父之心，
但是這沒有動搖他下的決心。

「親愛的女兒維吉尼婭，」他說道，
「這裡有受辱或者受死兩條道，

215　你得選一條。唉，我何必來世上！
　　　因爲這對你來說，絕對不應當，
　　　你絕不應當在刀劍之下喪命。
　　　親愛的女兒，你也帶走我的命。
　　　我最大的歡樂就是把你撫養，
220　你每時每刻都在我的心坎上！
　　　女兒呀，你可以使我極端難過，
　　　同時也可以使我異常地快活。
　　　貞潔的寶石呀，現在安安靜靜
　　　準備死吧，因爲我已做了決定。
225　我憐憫的手必須砍下你的頭，
　　　而這是出於愛，不是出於怨仇。
　　　唉呀，偏偏讓阿庇烏斯看見你，
　　　今天就這樣卑鄙地做此處理。」——
　　　他把整個情況全告訴了閨女，
230　這些你們已知道，重複就不必。

　　　姑娘叫道：「發發慈悲吧，父親！」
　　　說著就把雙臂圍住父親脖頸——
　　　就像平日裡她經常做的那樣——
　　　同時，淚水也流出了她的眼眶。
235　她問：「好爸爸，我就非得死嗎？
　　　能不能饒我？有沒有別的辦法？」

　　　他說：「親愛的女兒，肯定沒辦法。」

　　　女兒說：「那就給我點時間，爸爸，
　　　讓我爲自己的死先哀悼一下。

240　唉，憑上天作證，想當初耶弗他⑥
　　　在殺女兒前也給她時間哀悼——
　　　女兒並沒有什麼錯，上帝知道，
　　　她只是首先從屋裡跑到屋外，
　　　以極大的敬意歡迎父親歸來。」
245　說完了這話，她就昏倒在地上，
　　　過後她甦醒過來，神志已清爽，
　　　便站了起來，對父親這樣說道：
　　　「趁我還沒有受辱就把我殺掉。
　　　按你的意志處置你的孩子吧；
250　感謝主，讓我以女兒之身見祂！」

　　　說完了這話，她再三央求父親，
　　　請他下刀時動作要俐索要輕。
　　　這話剛說完，她又昏倒在地上。
　　　於是她父親懷著滿腔的悲傷，
255　砍下她的頭，把這頭提在手上，
　　　趕回仍舊在審理案子的公堂，
　　　立即把這頭交到那法官面前。
　　　據書上介紹的情況，法官一見，
　　　便下令捉住他並要把他吊死。
260　但人們得知了這件邪惡醜事，
　　　成千的群眾出於義憤和同情，

---

⑥耶弗他是個勇士，曾率以色列人與亞捫人作戰，戰前他向耶和華許願，如他得勝回家，將以首先從家門出來迎接他的人獻為燔祭。不料，他回家時他的獨生女拿鼓跳舞出來迎接他。他答應女兒離開兩個月，與同伴去山上為她終為處女哀哭。然後將女兒獻為犧牲。見《舊約全書·士師記》11章。

　　　　　立刻都趕來救那武士的性命。
　　　　　他們得知了無賴控告的情形，
　　　　　早就猜到這裡面必定有隱情，
265　　　知道這阿庇烏斯必定在搞鬼，
　　　　　因爲他們都清楚他是個色鬼。
　　　　　人們都衝到了阿庇烏斯那裡，
　　　　　立刻把這壞法官投進了監獄，
　　　　　不久他便在監獄裡自殺身死。
270　　　他的那個狗腿子克勞迪烏斯
　　　　　也被定了罪，將要在樹上吊死；
　　　　　倒是心懷惻隱的維吉尼烏斯
　　　　　爲他求情，結果就改判了流放，
　　　　　因爲他畢竟也上了法官的當。
275　　　其他同此案有關的大小人犯，
　　　　　全都被處以絞刑，沒一人獲免。

　　　　　由此可看到：對罪惡，報應不爽！
　　　　　警惕呀，因爲不知在誰的身上
　　　　　上天將予懲罰，而犯下的罪孽
280　　　即使除了天主外，沒有誰了解，
　　　　　還會有良心的譴責，這種譴責
　　　　　厲害的程度與方式難以預測。
　　　　　因爲不管人無知或者有才學，
　　　　　誰都不知道什麼時候會膽怯。
285　　　所以請你們把我這忠告牢記：
　　　　　拋棄罪惡，不要等罪惡拋棄你。

醫生的故事到此結束

旅店主人的話

旅店主人對醫生和賣贖罪券教士講的話[①]

旅店主人聽後，發瘋似地咒罵：
「該死！十字架的釘子和聖血呀，
這個無賴和這個法官壞透啦！
290　　眞該發明出一種厲害的刑罰，
叫這法官和幫兇們死得可恥！
可惜這不幸的姑娘已被殺死！
她爲美貌付出了太大的代價！
所以人們能聽到，我常說這話：
295　　命運女神或自然女神的賦予
有的時候也會使一些人死去。　　　10
我敢說，她的美使她一命歸天；
唉；她這樣被殺死實在太可憐！
我剛才說到的那樣兩種賦予，
300　　人們得到後往往是弊大於利。
不過說句實在話，親愛的先生，
你這個故事叫人聽了很不平。
算了，這個故事就讓它過去吧。
你的好行當，我求天主保佑啦！

---

① 賣贖罪券教士是中世紀時獲准出售天主教贖罪券（也稱赦罪符）的神職人員。

305 還保佑你那些尿壺、那些便盆，
你的加香料藥酒和你的藥品， 20
還有你那些盒中滿滿的藥物——
保佑它們的是馬利亞和天主！
你是個體面人，像個高級教士，
310 這我可以憑聖羅南之名起誓。
我講得對嗎？我沒有現成詞彙，
但是我清楚，你使我十分傷悲，
差一點就使我的心絞痛大發。
憑聖體起誓！但我自有好辦法，
315 讓我喝點新釀麥芽酒就可以，
或者過會兒聽個快活的故事—— 30
總之，那姑娘使我心中很悲愁。
賣贖罪券的教士啊，我的朋友，
你這就講件趣事給我們聽聽。」
320 這人答道：「憑聖羅南之名，遵命；
不過這裡我看見有家小酒店，
我先吃塊糕，再把酒喝上一點。」

可是幾位正經人立即就喊道：
「若故事很粗俗，還是不講爲好；
325 要講就講有教育意義的事情，
既可供我們學習，我們也愛聽。」 40
這人說道：「我答應你們的要求，
一面想出個好故事，一面喝酒。」

賣贖罪券教士

賣贖罪券教士的故事引子

以下賣贖罪券教士的故事引子

貪戀錢財是萬惡之本
〈提摩太前書〉第六章

330　　他說：「各位，當我在教堂裡說教，
　　　總盡心盡力地講得頭頭是道，
　　　而講的聲音也總像鐘聲一樣，
　　　因為講的東西總牢記在心上。
　　　只有這一個題目我經常討論，
　　　這就是『貪戀錢財是萬惡之本』[①]。

335　　我首先講一講我的來龍去脈。
　　　再把教皇的詔書全部拿出來。
　　　教皇的大印蓋在我證書上面，
　　　大家先看看，以確保我的安全，　　10
　　　免得有教士或俗人輕舉妄動，
340　　來阻撓我為基督做神聖之工。
　　　在這個之後我才講我的故事；

---

① 原作中該引文及引文出處為拉丁文。上面這句引語出自《聖經·新約全書·提摩太前書》的6章10節。

我把教皇和主教的文書出示，
還要出示長老和教長的特許；
說話中我要用上幾句拉丁語，
345 這就使我的講道顯得有深意
讓我的聽眾佩服得五體投地。
然後我拿出我那些水晶長罐，
裡面裝滿了一些骨頭和布片，　　　20
人們都認為這是聖骨和聖物。
350 我有一塊鑲有金屬的肩胛骨，
這來自一個虔誠猶太人的羊。
我說：『各位好人，仔細聽我講：
任何泉水裡只要浸浸這骨頭，
那麼凡是羊、小牛、母牛或公牛，
355 若因吃了蛇或者被蛇咬一口
而腫脹，就用那泉水洗牠舌頭，
牠立刻就可以復原。不但如此，
這種泉水只要弄一點給羊吃，　　　30
羊就不會染上瘟疫之類的病，
360 不會生瘡。這裡你們要仔細聽：
如果擁有牛羊的主人家願意，
每個星期早上趁公雞還沒啼，
空著肚子喝一口這樣的泉水，
他的牲口會成倍增加，肯定會——
365 猶太人就這樣教導我們祖先。
治妒忌，這水的療效也很明顯；
各位，一個人哪怕他醋心大發，
只要用這種泉水做成湯喝下，　　　40
那時就再也不會懷疑他妻子，

370　　　　儘管他知道妻子已幹了醜事，
　　　　　甚至有兩三個教士同她相好。

　　　　「『你們看，這裡還有一隻手套。
　　　　　播下的不管是小麥或者燕麥，
　　　　　一個人只要把我這手套一戴，
375　　　　他麥子的收成就會成倍增加——
　　　　　只要戴手套的錢這人捨得花。

　　　　「『各位先生和女士，我提醒你們，
　　　　　如果現在這教堂裡有什麼人，　　　　　50
　　　　　由於犯下的罪過丟人到極點，
380　　　　已羞於通過懺悔去得到赦免，
　　　　　或者哪個或老或少的婦道家
　　　　　讓丈夫戴了綠帽子，當了王八，
　　　　　這種人無權得到上天的恩典，
　　　　　我不要他們對這些聖物奉獻。
385　　　　誰認為自己沒犯過這種錯誤，
　　　　　就能以天主的名義奉獻財物；
　　　　　這樣，憑這詔書賦予我的權威，
　　　　　我完全可以就此赦免他的罪。』　　　　60

　　　　「我自從承擔了賣赦罪符之責，
390　　　　每年靠這種把戲掙一百馬克。
　　　　　站上佈道壇，我頗有學者派頭，
　　　　　等那些無知的人一一坐好後
　　　　　就講道，講的東西你們已聽過，
　　　　　哪怕再講一百種話也是胡說。

395　我伸長了脖子，伸得很花力氣，
　　　然後朝人點頭，點向東，點向西，
　　　就像棲在穀倉上的鴿子那樣。
　　　我的手和嘴，動作都非常勿忙；　　　　　　70
　　　那種忙乎勁你們看了準喜歡。
400　我說教的時候，總是要說貪婪
　　　這類罪行可恨；之所以這樣說，
　　　是要他們快掏錢，掏出來給我。
　　　因為說到底，我的目的是要錢，
　　　不在乎人們是不是改惡從善──
405　他們被埋葬之後，他們的靈魂
　　　是不是去探黑莓，這我不關心！
　　　毫無疑問，我許許多多的說教，
　　　出發點既不高尚也並不美妙；　　　　　　80
　　　有的只是為了討一些人喜歡，
410　用虛偽的一套博取人家好感，
　　　有時卻是為了爭面子、洩私憤。
　　　每當我不敢以其他方式爭論，
　　　但只要有人冒犯我和我同行，
　　　那麼我就在講道時同他算帳，
415　用我嘴皮子功夫去狠狠刺他，
　　　務必要使他的名譽受到糟蹋。
　　　儘管對這人我不會指名道姓，
　　　但是我會打手勢並含沙射影，　　　　　　90
　　　所以人家一聽就知道在講誰──
420　誰得罪我們，我就這樣對付誰。
　　　就這樣，我憑神聖旗幟的掩護，
　　　道貌岸然地向我的敵人噴毒。

「總之一句話，我沒有其他目的，
　我講道只是因為我貪求實利。
425　所以只有這題目我一貫討論，
　那就是『貪戀錢財是萬惡之本』。
　我就這樣說教，要人家別貪婪，
　而這種罪孽我自己不斷在犯。　　　　　100
　不過，儘管我自己總犯這種罪，
430　我卻可以使別人感到很懊悔，
　可以使別人同貪婪脫離關係。
　不過這並不是我的主要目的。
　我講道不為別的，只為了撈錢；
　我想我已講夠講透了這一點。

435　「我於是對他們講了許多例子，
　那都是一些很久以前的故事；
　因為老故事最討無知者喜歡——
　畢竟要記住或復述比較簡單。　　　　　110
　什麼，我憑自己的說教和講道，
440　就能夠贏得不少的金銀財寶，
　你們還以為我甘願受苦受窮？
　不不，這根本不在我考慮之中！
　我情願去各處講道或者乞討，
　不願用自己的雙手整天操勞；
445　我願做個無所事事的叫花子，
　也不願為了糊口而編編籃子。
　我可不願過使徒那種窮日子，
　我要錢，也要羊毛、乾酪和麥子，　　　120

哪怕給東西的人是個窮娃娃，
或是村子裡最窮的寡婦人家——
哪怕她的孩子們都活活餓死。
對，我樣樣要，我還要大喝大吃，
每到一處市鎮，還要找好婊子。
不過各位請聽好了，總而言之，
要我講故事，這是你們的要求。
現在既然我已經喝夠了烈酒，
我希望我能給你們講些東西，
我相信這東西能討你們歡喜，
因為我儘管心思已邪惡至極，
講出來的故事卻有教育意義——
講道掙錢，我靠的就這些故事。
現在請你們安靜，故事就開始。」

450

455

460

130

賣贖罪券教士的故事

賣贖罪券教士的故事由此開始

從前在佛蘭德斯有夥年輕人，

他們生活很放蕩，成天在鬼混，

465　不是賭博就是去妓院或酒館，

在那裡彈著豎琴、魯特琴、吉坦，①

日日夜夜地擲骰子或者跳舞；

還暴飲暴食，全不管飲食過度。　　　　140

就是這樣，他們在魔鬼殿堂裡，

470　可恨地向魔鬼獻出他們自己──

就是說，沒有節制又肆無忌憚。

他們的咒罵簡直是無法無天，

就連聽他們咒罵也令人驚怖；

我們的救主被罵得一無是處，

475　似乎猶太人罵他還罵得不夠。

他們彼此把對方的罪惡嘲詬。

接著來的有嬌美的跳舞女郎，

有賣水果的相當年輕的姑娘，　　　　150

有賣糕點的，有彈豎琴的歌女

---

①魯特琴一名詩琴，是十四至十七世紀時使用較多的一種形似吉他的半梨形撥弦樂器。吉坦則是中世紀另一種類似吉他的弦樂器。

480　和妓女，反正都是魔鬼的前驅；
　　她們來點燃並吹旺情慾之火，
　　而這同貪吃貪喝正是一路貨。
　　我能用《聖經》來為我做個證明：
　　喝酒或喝醉了酒能造成荒淫。

485　看那喝醉了酒的羅得多糟糕，
　　糊塗得竟同他兩個女兒睡覺──
　　醉得不知道自己在幹什麼事。②

　　有的人讀過有關希律的故事；　　　　　160
　　因為在宴席上喝了太多的酒，
490　他竟糊塗得答應了非分請求，
　　下令把無罪的施洗約翰殺害。③

　　毫無疑問，塞內加說得很精彩。
　　他說，在一個喝多了酒的醉漢
　　同一個神智不正常的人之間，
495　可說是沒有什麼重大的差別，
　　要說有的話，那麼唯一的區別，
　　是蠢漢發瘋，時間要比酒醉長。
　　貪吃貪喝呀，其惡果難以估量！　　　　170
　　這就是我們人類墮落的起點！
500　這就是我們受到天罰的根源，
　　直到耶穌以祂的血拯救我們！

_____

②事見《舊約全書·創世記》19章30～38節。
③事見《新約全書·馬太福音》14章。

大家想想，聽我簡短地說一聲：
這種墮落行爲的代價多麼大——
人類竟爲了貪吃而難以自拔！

505　同樣的是我們始祖亞當夏娃，
　　　他們也因爲貪吃而把罪犯下，
　　　從此被逐出樂園去經受悲愁；
　　　一點不假，亞當不貪吃的時候，　　　　180
　　　我們知道，他是在樂園裡生活，
510　但是當他去吃了樹上的禁果，
　　　他就立刻被投入苦難和悲愁。
　　　所以貪吃的行爲該受到詛咒！
　　　大吃大喝能引發多少的疾病！
　　　這一點要是人們都了然於心，
515　那麼他們坐在餐桌前進食時
　　　就肯定會有所顧忌，有所節制。
　　　唉，短短的食管和靈敏的嘴巴，
　　　使得人們在空中、地上和水下，　　　　190
　　　在世界的東西南北操勞忙碌，
520　爲的是滿足他們貪婪的口腹。
　　　這件事上，保羅說得恰到好處，
　　　他說：「食物爲肚腹，肚腹爲食物；
　　　但是上帝要叫這兩樣都廢壞」。④
　　　貪吃的事，說起來就很不光彩，
525　我相信，做起來更是當眾出醜。
　　　當人們這樣喝著紅、白葡萄酒，

④見《新約全書·哥林多前書》6章13節。

那麼由於這可恨的多吃多喝，
他們把食道變成他們的廁所。　　　　　　200

那使徒哀哭道；「我常告訴你們——
530　而現在我說這話更帶著哭聲——
我常告訴你們，世上有很多人，
他們偏是基督十字架的敵人，
既把肚子當上帝，注定要廢壞。」
唉，肚子和胃呀，惡臭的酒飯袋
535　裡面充塞著腐敗，充塞著大糞！
而兩端發出的聲息污穢難聞。
為了你，得花多少金錢和精力！
廚工們舂著、榨著和磨著東西，　　　　　210
把各種各樣原料加工為食品，
540　就為了滿足你那貪吃的脾性！
廚師們敲碎硬骨頭，取出骨髓；
任何東西只要能取悅一張嘴，
他們就不會任意地隨手拋棄。
他們用各種香料、根葉和樹皮，
545　做成味道鮮美的漿汁或佐料，
刺激食慾和味覺，使胃口更好。
可以肯定，誰經常吃這種美食，
那麼他在這罪惡中，生猶如死。　　　　　220

酒可是一種挑動色情的東西，
550　喝醉了酒是爭鬧，是害人害己。
酒醉之徒啊，你的面龐變了樣，
你酒氣衝人，你的擁抱也骯髒，

你噴著酒氣的鼻子不斷出聲，
似乎你一直在說著「參孫，參孫」；

555　　天知道，酒啊，參孫一口也不嘗。
你像被殺翻的豬，臥倒在地上；
你口齒不清，喪失了體面身分；
說真的，喝醉了酒便像一座墳，　　　230
裡面埋的是那個酒徒的理智。

560　　一個人如果愛喝酒而難自制，
那毫無疑問，他不能保守祕密。
所以不要讓紅酒、白酒接近你，
特別是不要碰那種勒伯白酒⑤，
（這酒在魚街和契普賽德出售）；

565　　這西班牙酒常常巧妙地摻有
鄰近地區釀造的別的各種酒，
結果酒勁兒大得一直衝上頭。
所以一個人喝上三大口之後，　　　240
儘管他認為仍舊在契普賽德，

570　　身子卻去了西班牙，去了勒伯──
倒也不去拉羅謝爾和波爾多──⑥
這時，「參孫，參孫，」他嘴裡會說。

請各位聽我來證明一個事實：
就是《舊約全書》中的一切勝利，

575　　可以說，所有那些偉大的業績，
憑的是全能天主的真正支持，

──────────

⑤勒伯為西班牙地名，該地產酒。

⑥拉羅謝爾與波爾多都是法國地名，後者尤以產酒著名。

憑的是人們不喝酒以及祈禱——
這一點你們讀《聖經》就可明了。　　　　　*250*

征服者阿提拉多麼不可一世，⑦
580　卻因為喝醉酒，鼻子流血不止，
結果在睡眠中死去，聲名蒙垢；
所以真正的好領袖，不該喝酒。
撇開阿提拉，你們好好想一想，
利慕伊勒的母親對他怎麼講——
585　不是撒母耳，我是指利慕伊勒——⑧
讀讀《聖經》，看那裡是怎麼講的，
那是叫執掌大權的人別喝酒。
這個就不再多講，講得已足夠。　　　　　*260*

貪吃貪喝的壞處我已經講過，
590　我現在得警告你們：不要賭博。
賭博這種事最應當受到詛咒，
它是撒謊、欺騙、偽證的根由；
褻瀆基督和殺人或浪費財產
和時間都由此引起；這還不算，
595　一個人如果被稱為是個賭徒，
那麼這對他是個可恥的稱呼。
這樣的一個人地位若是越高，
那他就越被認為是不可救藥。　　　　　*270*

---

⑦阿提拉（？～453）是進攻羅馬帝國的最偉大的匈奴王，在新婚之夜突然死去。

⑧利慕伊勒（Lemue1）是《舊約全書・箴言》31章中的人物，撒母耳（Samuel）也是《舊約全書》中的人物，兩者拼寫字母相近，故云。

如果王侯和國君也參加賭博，
600　那麼無論是他的政績或政策，
在上上下下貴人平民的眼裡
都會在很大程度上受到貶低。

斯蒂爾朋是一位明智的使節，
爲了代表斯巴達去訂立盟約，
605　他帶著堂皇隨從前往科林斯。
他到了那裡以後感到很驚奇，
因爲他偶然發現當地的王公
對於賭博一事都非常地熱衷。　　　　280
爲了這個緣故，他連忙又出發，
610　偷偷地盡快趕回自己的國家，
說道：「我不願在那裡喪失美名，
而且做這事說起來也很難聽，
似乎是我讓賭徒同你們結盟。
你們要派使節去，還是派別人；
615　與其讓這種賭徒作你們盟友，
我對天發誓：我寧可死在前頭。
因爲你們有著極良好的名聲，
我怎麼能讓你們同賭徒結盟？　　　　290
我不願做這事，不能訂這條約。」
620　這些話表明這位賢人的哲學。

我們再來看看帕提亞的君主；⑨
據史書記載，他爲了表示輕侮，

⑨帕提亞是古代安息國的音譯，該國在亞洲西部，在今伊朗東北部。

送德朱特里厄斯金骰子一副，
因爲這國王以前也曾經參賭。
625　　所以在這帕提亞王的眼睛裡，
已勾銷德米特里厄斯的業績。
君王盡可以找些高尚的消遣，
以此來消磨他們閒暇的時間。　　　　　300

古書上面提到發僞誓和凶誓，
630　　現在我也要說說這方面的事。
發凶誓這種事非常可惡討厭，
發僞誓更應受到指責和非難。
至高的天主根本就不許發誓，
這看〈馬太福音〉就知道，尤其是
635　　聖潔的耶利米這樣說到發誓：
「如果你發誓，你的誓應當誠實，
不能夠撒謊，應當正直和公正。」
胡亂發誓是一種罪惡，極可恨。　　　　310
請看看至高天主的光榮戒律，
640　　看那戒律第一表中寫的東西，
那其中有一條戒律這樣說道：
「不可妄稱我名」（就是第二條）。⑩
看，把禁止發這種誓放在前面，
而把殺人等大罪放在這後面。
645　　告訴你們，這一條就是這位置；
只要對天主的戒律略有所知，
就一定知道這是第二條戒律。

───────────

⑩根據新教徒對十條戒律的劃分，這第二條戒律應為第三條。

此外，我還要對你們再說一句： 320
一個人發的誓言如果很兇狠，
650　　那麼他的家一定會遭到報應。
「憑著基督寶血（這血在海爾斯），⑪
憑著他的寶心和指甲，我發誓，
我擲七點，你會擲五點和三點；
憑基督的手臂發誓，你若行騙，
655　　我這把匕首就刺穿你的心臟。」——
可惡的骰子生出這麼些花樣：
發偽誓，欺騙，殺人，火冒三丈。
基督爲我們而死，看在他份上， 330
請你們大小事情別賭咒發誓；
660　　現在我就來給你們講個故事。

故事中我要講的三個無賴漢
早在晨禱的鐘聲沒響起之前，
已經坐定在一家酒店裡酣飲；
這時候他們聽到丁零響的鈴，
665　　見鈴後有具屍體在抬去下葬。
其中有一個無賴看到這情況，
便吩咐小廝道：「快去替我問問，
正抬過這裡的死者是什麼人；
問清楚了姓名，再來告訴我們。」 340

---

⑪海爾斯在英格蘭的格洛斯特，這裡的修道院中藏有一小瓶（據稱是）
基督的血，後被亨利八世下令毀掉。

670　小廝回答道：「先生，不必去問。
　　　有人在你們來前的兩個鐘頭
　　　已告訴了我；他是你們老朋友，
　　　昨晚突然之間被奪走了性命。
　　　當時他坐在凳上，喝得醉醺醺，
675　偷偷來了一個叫死神的強盜——
　　　我們這裡許多人都被他殺掉——
　　　他用矛一下把這人的心刺破，
　　　然後轉身就走，一句話也沒說。　　　　　350
　　　這次瘟疫流行，他殺了一千人；
680　所以趁他還沒有來找你，先生，
　　　依我看，你很有必要警惕自己，
　　　免得碰上這對手時措手不及；
　　　所以你要時時刻刻地提防他，
　　　這是我媽教我的，別的不說啦。」
685　「憑聖馬利亞之名，」酒店老闆道，
　　　「他說的是真話，今年一年不到，
　　　離這兒三里一個很大村子裡
　　　許多的男女老少都被他殺死。　　　　　360
　　　我相信，死神一定就住在那裡，
690　所以明智的人會非常地注意，
　　　盡量地使自己不受死神侵襲。」
　　　無賴說道：「憑神的手臂問一句，
　　　難道碰上他就真這麼危險嗎？
　　　那我倒要去大街小巷找他——
695　我敢憑基督珍貴的骨頭起誓！
　　　聽著，夥計們，我們三人是同志，
　　　快伸出手來，伸給另外兩人吧，

這樣，我們三個人就是兄弟啦， 370
也就可以去殺這不義的死神；
700 應該殺掉他，他殺了這麼多人——
以神的名譽發誓，天黑前殺他。」

於是三個人說了些結盟的話，
說是以名譽擔保生死在一起，
彼此間親密無間就像是兄弟。
705 喝醉的他們這時候一躍而起，
怒氣衝衝地要去那個村子裡——
這村子酒店的店主剛才提起。
他們一路以基督的聖體發誓， 380
簡直像是在撕碎耶穌的身體——
710 務必要捉到死神，置之於死地。

三里地的路他們沒走到一半，
正好要踏著個梯磴翻過柵欄，
這時候來了一位窮苦的老翁；
這老翁招呼他們，態度很謙恭：
715 「願老天爺保佑你們，各位大爺。」

三人中最狂的一個頗感不屑，
答道：「碰上你可真倒楣，老漢，
為什麼裹成這樣，只露一張臉？ 390
為什麼你這麼老，活得這麼長？」

720 老漢的兩眼盯視著這人面龐，
回答道：「因為哪怕我走到印度，

　　　無論在鄉村還是在大邑通都，
　　　我都沒法找到這樣的一個人
　　　願讓我這把年紀換他的青春。
725　所以我只能根據天主的意願，
　　　活在這世界上，一年老似一年。

　　「唉，連死神也不來取我的性命；
　　　我像不得安息的囚犯走不停，　　　　　　400
　　　拿著一根手杖，從早上到夜晚
730　敲著作爲我母親門扇的地面，
　　　說道：『大地母親啊，讓我進來吧，
　　　我皮皺肉癟血枯，請你看看哪！
　　　我這把老骨頭何時才能安息？
　　　母親啊，我眞想把錢櫃交給你，
735　它在我屋裡已放了很長時間，
　　　拿它換馬尾襯把我裹在裡面！』⑫
　　　但是我的請求她並沒有理睬，
　　　所以我的臉顯得憔悴又蒼白。　　　　　　410

　　「不過，對老人說話竟這樣粗暴，
740　先生們，你們這就太沒有禮貌──
　　　除非是他的言行把你們傷害。
　　　『在白髮老人跟前應當站起來』──
　　　這句話你們能在《聖經》上讀到，
　　　所以我要向你們提出個勸告：

---

⑫馬尾襯是以棉、麻等為經、馬鬃、駝鬃等為緯織成的織物，質地硬而韌，一般用作衣襯或家具套，這裡則作裹屍布用。

745 你們如果活到老，頭髮也變白，
也希望人家不要把你們傷害，
那麼你們現在別欺負老年人。
任你們去哪裡，願神保佑你們； 420
現在我得去我準備去的地方。」

750 「不，憑天起誓，你別走，老流氓，」
三個賭棍中的另外一個說道；
「我發誓，沒這麼容易讓你走掉！
你剛才說到那個奸詐的死神，
他殺了我們這裡的全部友人。

755 我把話講清楚：你是他的奸細，
想不吃苦頭就得說：他在哪裡——
這是憑基督起誓，憑聖餐起誓！
你肯定就是同他一夥的賊子， 430
彼此商量好，來殺我們年輕人！」

760 老漢道：「既然你們急於找死神，
那就請沿這條曲折的小路走，
因為我在那樹林中同他分手；
我保證他還在那棵樹下等待——
你們的誇口不會使他藏起來。

765 看見那棵橡樹嗎？去那裡找他。
求求你，拯救我們人類的主啊，
求你把他們糾正糾正。」老漢道。
於是那三個無賴一路地奔跑， 440
停也不停地跑到那棵樹那裡；

770 在那兒發現大量圓圓的金幣——

數量之多看來不少於二十斗。
這時候他們不再把死神尋求；
看著那金幣，三人都驚喜若狂，
因為那些金幣又好看又鋥亮。

775　於是他們在那堆寶貝旁坐下；
三人中最壞的一個開口說話。

他說：「弟兄們，我的話你們聽好；
我腦子很靈，儘管我常開玩笑。　　　　450
幸運女神給我們這麼些財寶，

780　讓我們日子過得又快活又好——
來得容易，花起來可大手大腳。
光榮歸於天主！誰能夠想得到
我們今天會有這樣的好運氣？
只要能夠從這裡把這些金幣

785　搬回我家裡，要不，搬回你們家——
反正這金幣全屬於我們大家，
那就要怎麼快活就怎麼快活。
當然了，這件事情白天不能做；　　　　460
人家會說我們是大膽的強盜，

790　就吊死我們，奪了我們的財寶。
這些金幣一定要夜裡搬回去，
這事要做得巧妙，要盡量隱祕。
我們還是來抽一次籤，我建議，
看看籤究竟會落在誰的手裡。

795　無論誰中了籤，就得心甘情願、
快去快來地到城裡去轉一圈，
悄悄地給大家捎些麵包和酒；

另外兩人則機警地在此守候。　　　　　　470
只要去城裡的人不要多耽擱，
800　晚上我們就可以搬運財寶了——
大家覺得哪裡好就搬到哪裡。」
於是一個人把籤條捏在手裡，
讓另兩人抽，看誰把那籤抽到，
結果被那最年輕的一個抽到；
805　他隨即便出發，朝著城裡疾走。
等這個最年輕的人出發以後，
那第一個人對另外一人說道；
「你我是結義兄弟，這你也知道；　　　480
我要對你說件事，完全為你好。
810　我們的夥伴走了，這你也看到；
而這裡的金幣，數量非常之多。
分這筆錢的，本來是我們三個，
但是如果我想出個什麼妙計，
結果就我們兩人分這些金幣，
815　那我這樣做是不是對你很好？」

那人答道：「這可怎麼辦得到？
他知道這批金幣在你我這裡，
我們能怎麼辦？怎麼向他解釋？」　　　490

頭一個惡棍說道：「你若守祕密，
820　我就把我的辦法簡單告訴你，
告訴你怎麼辦才能乾淨俐落。」，

「我保證守住祕密，」另一個人說，

「你絕對放心，我絕不會出賣你。」

頭一個人說：「那好，你我一起，
825　　你知道，兩人的力量比一人大。
所以等到他來了之後一坐下，
你就起來，假裝要同他鬧著玩，
我這時就乘機一刀把他刺穿；　　　　　　500
而你在同他打鬥著玩的時候，
830　　得同我一樣扎下你那把匕首。
這樣，親愛的朋友，這批金幣
就由我們倆平分，全歸我和你，
那時能滿足我們的一切意願，
也隨我們愛怎麼擲骰子賭錢。」
835　　兩個惡棍經過了這一番商議，
就此決定置另一個人於死地。

且說另外那個人雖往城裡走，
心裡卻一直不停地轉著念頭，　　　　　　510
惦記著那些金光閃閃的錢幣，
840　　情不自禁地喃喃說道：「哦上帝，
要是這些錢都歸我，那該多好！
那樣的話，無論是男女和老少，
天下的人沒一個能像我快活！」
結果，同我們為敵的那個惡魔
845　　在他腦袋裡作祟，叫他買毒藥，
讓他用來把那兩個同伴殺掉。
魔鬼既然知道這無賴的品行，
更覺得有理由使他遭到不幸；　　　　　　520

因為他一心把兩個同伴殺掉，
850　這心思明顯，而且他不會懊惱。
他急急忙忙朝城裡邁著大步，
毫不耽擱地來到了一家藥鋪，
求藥鋪老闆賣給他一些毒藥，
說是拿回去用來把老鼠殺掉，
855　還說他家附近有黃鼠狼一隻，
常常來把他院子裡的雞咬死，
對這專在夜間破壞的壞東西，
他這回要盡量出出這口惡氣。　　　530

「願天主救我靈魂，」藥鋪老闆道，
860　「我可以賣給你一種劇毒的藥；
這個世界上無論是人還是獸，
這種調製的藥只要喝一小口，
或吃下麥子那樣大小的一粒，
那麼這個人或獸立刻就斷氣——
865　一點不假，你還沒走完一里地，
那吃了藥的傢伙一定已斷氣，
因為這種藥的毒性十分厲害。」

那個該死的年輕人伸出手來　　　540
接過了藥盒，隨後便開始飛奔，
870　跑到相鄰的街上，找他的熟人，
向這人借了三只很大的瓶子，
就把毒藥分放在兩只瓶子裡；
第三只瓶子自己用，沒有放藥，
因為晚上的事他已經盤算好，

875　準備一整夜獨自搬那些黃金。
　　這個該死的惡棍主意既打定，
　　給三只大瓶子打滿了酒以後，
　　便朝夥伴們所待的地方疾走。　　　　550

　　這件事還有什麼必要多說呢？
880　因為正像那兩人定下的計策，
　　他們很快就把那年輕人殺掉。
　　幹完這事後，那第一個人說道：
　　「我們先坐下喝喝酒，慶祝慶祝，
　　過會兒再把他屍體埋進泥土。」
885　說完了這麼一句話，他一伸手，
　　正好拿到一瓶下了毒藥的酒。
　　他喝了幾口，又給他的夥伴喝；
　　結果這兩個惡棍很快就死了。　　　　560

　　這兩個惡棍在其臨死的時候，
890　曾有過一些奇特的中毒徵候——
　　這種徵候，我肯定連阿維森納
　　也從未在任一部藥典中寫下。
　　就這樣，兩個殺人犯中毒倒斃，
　　而那奸詐的下毒者早已斷氣。

895　哦，可詛咒的罪惡充滿了惡毒！
　　哦背信棄義、謀財害命的奸徒！
　　哦貪吃貪喝、淫蕩好色和賭博！
　　還有你這基督的兇惡褻瀆者，　　　　570
　　出於習慣和狂妄，胡亂地發誓！

900　人類啊，怎麼可能發生這種事：
　　造物主創造了你們；你們有罪，
　　祂用心頭的寶血爲你們贖罪，
　　你們對祂竟如此無情和虛僞！

　　哦各位，願天主寬恕你們的罪，
905　保佑你們不去犯貪婪的罪惡。
　　我的赦罪符一切罪孽都能赦，
　　只要你們肯交來金幣或銅錢，
　　或交銀子的胸針、湯匙或指環。　　　　　580
　　朝這份聖諭低下你們的腦袋！
910　來，婦女們，把羊毛捐些出來！
　　我馬上把你們姓名寫進文卷，
　　保你們日後進入天上的樂園。
　　我有極大的權力，能赦免你們，
　　使你們同出生之時一樣眞純——
915　只要你們捐獻。就這樣我說教。
　　耶穌基督把我們的靈魂治療；
　　願你們接受祂那最好的赦免——
　　這點上，我可不能把你們欺騙。　　　　　590

　　「哦各位，有句話剛才被我忘記：⑬
920　聖物和赦罪符都在我的袋裡——
　　是我從教皇本人的手裡得到，
　　在英格蘭，這些東西可數最好。
　　你們中有誰想敬奉天主，有誰

———————————

⑬故事已經結束，這裡開始可看作是故事的「尾聲」。

　　　　願做出奉獻，讓我赦免他的罪，
925　就請他走上前來，在這裡跪下，
　　　　虛心誠意地接受我的赦免吧。
　　　　要不，也可以一路走一路赦免：
　　　　每走三里地，你們做一次奉獻，　　　　600
　　　　只要獻的金幣銅錢貨真價實，
930　那我就重新再赦免你們一次。
　　　　對你們來說這也是一種榮幸，
　　　　能夠與合格的赦罪教士同行；
　　　　因為你們騎著馬走過這鄉間，
　　　　畢竟有可能發生意外的事件——
935　你們中間有一兩個人，說不定
　　　　會一頭栽下馬來，摔斷了頭頸。
　　　　你們看看，我能夠與你們同路，
　　　　這為你們提供了多好的保護——　　　　610
　　　　我在你們靈魂與肉體分離時
940　能赦免你們罪，不論地位高低。
　　　　旅店老闆第一個上來，我建議，
　　　　因為他的整個人浸在罪孽裡。
　　　　來吧，旅店老闆，你第一個奉獻；
　　　　每件聖物讓你吻，只要些小錢。
945　你還是趕快解開你的錢袋吧。」

　　　　老闆道：「不，我寧可受基督懲罰！
　　　　我還想發跡，絕對不幹這種事！
　　　　你會讓我吻你的什麼舊褲子，　　　　620
　　　　還信誓旦旦地說是聖人遺物——
950　儘管這褲子已被你肛門玷污！

我憑聖徒找到的十字架起誓，
我寧可把你的睪丸拿在手裡，
不願碰你的聖物或者聖物盒。
還是把它們毀了，我會幫你的。

955 這些東西該放進豬糞供起來。」

賣贖罪券教士氣得死去活來，
他一言不發，已根本不想說話。

旅店主人道：「好，不開玩笑啦；　630
對於要生氣的人，我不開玩笑。」
960 這時，看到隊伍裡的人都在笑，
那位可敬的騎士便開口說話：
「到此為止吧，這樣也已經夠啦。
赦罪教士先生，可不要不開心；
旅店老闆，我覺得你很可親近，
965 我請你去把赦罪教士吻一下。
赦罪教士，你也就湊近一些吧。
讓我們大家歡笑得一如當初。」
於是那兩人相吻，接著又趕路。　640

賣贖罪券教士的故事到此結束

國家圖書館出版品預行編目資料

坎特伯雷故事／喬叟（Geoffrey Chaucer）著；
　黃杲炘譯 . ——初版 . ——臺北市：貓頭鷹出
版：城邦文化發行，2001〔民90〕
　　冊；　公分 . —— （經典文學系列；31-32）
　譯自：The Canterbury tales
　ISBN　957-469-215-9（上冊：平裝）. ——ISBN
957-469-216-7（下冊：平裝）

873.412　　　　　　　　　　　　89016535

貓頭鷹讀者服務卡

◎謝謝您購買《坎特伯雷故事（上）》

　　為了給您更好的服務，敬請費心詳填本卡。填好後直接投郵（免貼郵票），您就成為貓頭鷹的貴賓讀者，優先享受我們提供的優惠禮遇。

姓名：＿＿＿＿＿＿＿＿＿＿＿＿＿＿　□先生　　民國＿＿＿＿年生
　　　　　　　　　　　　　　　　　　□小姐　　□單身　　□已婚

郵件地址：□□□＿＿＿＿＿＿＿＿＿　縣　　　　　　　　　　　鄉鎮
　　　　　　　　　　　　　　　　　　市＿＿＿＿＿＿＿＿＿＿＿市區

聯絡電話：公（0　　）＿＿＿＿＿＿＿宅（0　　）＿＿＿＿＿＿＿

■您的**E-mail address**：＿＿＿＿＿＿＿＿＿＿＿＿＿＿＿＿＿＿

■您從何處知道本書？

□逛書店　　　　　□書評　　　　　□媒體廣告　　　□媒體新聞介紹
□本公司書訊　　　□直接郵件　　　□全球資訊網　　□親友介紹
□銷售員推薦　　　□其他＿＿＿＿＿＿＿＿＿＿＿

■您希望知道哪些書最新的出版消息？

□百科全書、圖鑑　　　□文學、藝術　　　□歷史、傳記　　□宗教哲學
□自然科學　　　　　　□社會科學　　　　□生活品味　　　□旅遊休閒
□民俗采風　　　　　　□其他＿＿＿＿＿＿

■您是否買過貓頭鷹其他的圖書出版品？□有　　□沒有

■您對本書或本社的意見：

- -

*查詢貓頭鷹出版全書目，請上城邦網站 http://www.cite.com.tw

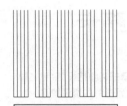

廣 告 回 信

北區郵政管理局登記證

北台字第10158號

免 貼 郵 票

城邦文化事業股份有限公司

貓頭鷹出版事業部 收

１００

台北市信義路二段

213

號 11 樓